Skarabapur
Palastruine
Scherben
Graben
Golf

Kai Meyer

Die Sturmkönige

Glutsand

Weitere Titel von Kai Meyer in der
Verlagsgruppe Lübbe:

Die Sturmkönige – Dschinnland
Die Sturmkönige – Wunschkrieg
Das Buch von Eden
Herrin der Lüge
Der Rattenzauber
Loreley
Der Schattenesser
Das Gelübde
Faustus
Nibelungengold
Göttin der Wüste
Hex
Schweigenetz

Kai Meyer

Die Sturmkönige

Band 3 von 3

Glutsand

Gustav Lübbe Verlag

Dieses Buch erscheint auch als Lübbe Audio

Gustav Lübbe Verlag in der Verlagsgruppe Lübbe

Originalausgabe

Textredaktion: Stefan Bauer
Kartenzeichnung: Helmut W. Pesch
Satz: Bosbach Kommunikation & Design GmbH, Köln
Gesetzt aus der [Schrift:] Berkeley
Druck und Einband: Friedrich Pustet, Regensburg

Printed in Germany
ISBN 978-3-7857-2375-3

5 4 3 2 1

Sie finden uns im Internet unter: www.luebbe.de
Bitte beachten Sie auch: www.lesejury.de

Inhalt

Das Flüstern weißer Federn 9
Aufmarsch 14
Kraftprobe 22
Junis' Entscheidung 31
Die Legende von Skarabapur 37
Die Scholle 51
Kochender Schlamm 61
Faruk 70
Im Untergrund 80
Das Dschinnlager 91
Hundert Regenbögen 104
Glasbruch 119
Der Abgrund 137
Ritt ins Nichts 153
Die Besessenen 159
Die Zikkurat 169
In Flammen 187
Sturmgewalt 204
Fliegende Pferde 217
Die Entdeckung 228
Scherbensteg 237
Über der Tiefe 246
Zwei am Abgrund 269
Nebelritt 274

285 Crahac
303 Gefangene
313 Die Bändigerin
323 Stampede
333 Der Dschinnfürst
345 Stadt aus Glas
356 Amaryllis
367 In den Ruinen
374 Der Plan des Narren
386 Aufstand
395 Qatum
410 Die Heimkehr des Propheten
424 Splitterpanzer
433 Der Wunschthron
442 Erfüllung
457 Am Grab
466 Die leeren Lager
473 Alabasda

Persien –
nach dem Tod des Kalifen
Harun al-Raschid
8. Jahrhundert n. Chr.

Das 52. Jahr des Dschinnkrieges

Das Flüstern weisser Federn

Das Elfenbeinpferd stand mit angelegten Schwingen neben der Toten im Wüstensand.

Es hatte das Haupt gesenkt, seine Nüstern berührten Maryams staubbedeckte Stirn. Es bewegte sich nicht. Stand einfach nur da, als hielte es stumme Zwiesprache mit der leblosen Sturmkönigin.

Von Osten raste ein Windstoß über das ausgedörrte Ödland. Mit einem Laut wie ein Schrei traf er auf die Gruppe der sieben Menschen rund um die Tote. Die schneeweiße Mähne des Zauberpferdes sträubte sich in der heißen Bö, die Federn auf seinen Schwingen raschelten. Die Bewegungen erweckten es aus seiner Starre, und jetzt sah es nicht mehr aus wie ein weißes, aus Marmor gehauenes Grabmal an Maryams Seite. Das Flüstern der Federn verlieh ihm etwas Geisterhaftes, Überirdisches. Den Kopf noch immer gesenkt, trabte es zwei, drei Schritte rückwärts, als wollte es nun auch den anderen gestatten, Abschied zu nehmen.

Sabatea überlegte, ob es etwas zu sagen, etwas zu tun gab. Aber ihre Stimme versagte. Die allgegenwärtige Trauer schien greifbar wie kalter Regen über der Wüste. Sie ergriff Tariks Hand, spürte, wie eisig seine Finger waren, und blieb eng an seiner Seite stehen. Sie rang um ihre Fassung, als ihr Blick abermals auf Junis fiel und der Schmerz, der in seiner Haltung, in seinem bitteren Schweigen lag, mit aller Macht auf sie übergriff.

Er kauerte neben Maryam auf den Knien, den Oberkörper vorgebeugt, das Gesicht zwischen seinen langen schwarzen Haaren verborgen. Er ließ die Hand der Leiche nicht los. Seine aufgesprungenen Lippen bewegten sich, aber kein Ton drang aus seinem Mund. Er schien das Elfenbeinpferd und dessen rätselhafte Abschiedsgeste nicht bemerkt zu haben, so versunken war er in seinem Verlust, ganz eins mit seinem Leid.

Wenn er weinen würde, dachte Sabatea, dann wäre es leichter. Wenn er schreien und toben würde, wenn Tarik und die anderen ihn hätten festhalten und bändigen müssen in seiner Pein. Die Stille und Reglosigkeit aber, in die er verfallen war, seit sie ihn und Maryam in der Einöde gefunden hatten, war verstörender als jeder Gefühlsausbruch.

Neben ihm lag der verblichene Teppich, der Maryam und ihn über die Berge getragen hatte, hierher in dieses ausgetrocknete Flussbett. Er hatte sie nach der Schlacht in den Zagrosbergen vor den Dschinnen gerettet, doch hier war ihre Flucht zu Ende. Vor dem, was Maryam geholt hatte, gab es kein Entkommen.

Sabatea blinzelte, weil Sonnenlicht und Sandkristalle in ihren Augen brannten. Als sich ihr Blick wieder klärte, hatte sich der alte Teppich enger an seinen verzweifelten Reiter herangeschoben. Eigentlich unmöglich. Aber Junis hatte seine Haltung nicht geändert, und niemand war dem Knüpfwerk nahegekommen. Dennoch berührten seine zerzausten Fransen jetzt Junis' Bein, schmiegten sich an den fleckigen Stoff seiner Hose, als wollten sie ihm durch die

Berührung Trost spenden. Niemand außer Sabatea schien es zu bemerken.

Nicht Khalis, der Hofmagier des Kalifen von Bagdad; nicht Nachtgesicht und seine Schwester Ifranji; schon gar nicht Almarik, der Ifritjäger aus Byzanz, der noch immer auf seinem Gardeteppich hoch über ihnen am Himmel schwebte und Wache hielt.

»Junis«, sagte Tarik und legte seinem Bruder sanft eine Hand auf die Schulter. »Wir müssen weiter. Die Dschinne können jeden Moment hier sein.«

Junis reagierte nicht. Er kniete mit dem Rücken zu ihnen und hielt weiterhin Maryams blutleere Hand. Vor nicht allzu langer Zeit musste sie ihre Fingernägel kurz geschnitten oder abgekaut haben, aber in der Schlacht gegen die Dschinnfürsten und Kettenmagier in den Zagrosbergen waren selbst diese wenigen Reste gesplittert. Ruß, Schmutz und getrocknetes Blut bildeten dunkle Halbmonde in ihren Nagelbetten.

Es waren solche Details, auf die sich Sabatea konzentrierte. Sie lenkten sie ab von der Tragik des Augenblicks, von dem Schrecken, den Junis und Maryam erlebt hatten und der noch immer um sie war, als wäre ein Stück davon auf ihrer Flucht an ihnen haften geblieben. Fast meinte Sabatea, in der Stille das Getöse des Krieges zu hören, die Schreie der Sterbenden, das Knistern der Magie um verbranntes Fleisch. Nichts als ihre Einbildung. Dennoch fröstelte sie, und die Kälte von Tariks Hand ließ die Gänsehaut von ihren Armen auf ihren ganzen Körper übergreifen.

»Junis, bitte.« Tariks Tonfall wurde beschwörend. »Wir nehmen Maryam mit, du musst sie nicht hier zurücklassen. Aber von Süden rückt ein Dschinnheer heran, und ein anderes von Osten. Nicht mehr lange, dann werden die Ersten von ihnen hier sein.«

Junis hob den Kopf, als wollte er etwas erwidern. Dann aber ließ er ihn gleich wieder sinken, verfiel zurück in diese bedrückende Starre, die sich nicht nur seiner, sondern ihrer aller bemächtigt hatte. Selbst Khalis und die Geschwister Nachtgesicht und Ifranji rührten sich nicht.

Das Wadi, in dem sie sich befanden, mäanderte verzweigt in westliche Richtung, wo in der Ferne der Tigris als silbriges Band durch die Wüste schnitt. Darüber flirrte die Luft wie geschmolzenes Glas.

Von ihren Teppichen aus hatten sie noch etwas gesehen: Klauenabdrücke eines Riesenvogels, der vor Jahren einmal diesen Weg genommen hatte. Dreigliedrig, mit einem vierten Sporn an der Ferse, jeder Abdruck so groß wie ein Pferd. Die Wüstenglut hatte sie ausgehärtet. Die Spur führte weiter nach Osten, zu einem Haufen aus Felsbrocken und daran vorüber in Richtung der Berge.

»Ich werde dich nicht mit ihr hierlassen«, sagte Tarik bestimmt. Er löste seine Hand vorsichtig aus Sabateas Griff, umrundete den Leichnam und ging vor Junis in die Hocke. Er war sichtlich bemüht, nicht in Maryams starres Gesicht zu blicken, in das Gesicht jener Frau, die er selbst einmal geliebt hatte. »Du kannst später um sie trauern. Jetzt ist keine Zeit dazu.«

Junis blickte zu ihm auf. Sabatea konnte sein Gesicht nicht sehen, aber er klang müde und verbittert. »Trauerst *du* um sie?«

Tariks Züge bebten, vielleicht nur Sonnenreflexe auf seiner schweißnassen Haut. Er suchte nach Worten, die seinen Bruder, vor allem aber ihn selbst zufrieden stellen würden, und musste doch wissen, dass es eine solche Antwort nicht geben konnte, denn egal, was er sagte –

»Sie kommen!«

Almariks Ruf erklang vom Himmel herab. Dann schoss auch schon er selbst auf seinem Teppich zu ihnen in die Tiefe.

Sabatea sah, dass Tarik scharf ausatmete. Als wäre er erleichtert, dass er Junis die Erwiderung schuldig bleiben konnte. »Wir kommen nicht mehr rechtzeitig von hier fort«, knurrte er.

Sein Bruder kniete noch immer am Boden und regte sich nicht.

Das Elfenbeinpferd spreizte seine Flügel und stieg in den Wüstenhimmel auf.

Almariks Teppich schwebte jetzt auf Höhe ihrer Gesichter. »Hier gibt es nirgends ein Versteck«, stellte er fest.

»Doch«, sagte Sabatea. »Es gibt eines.«

Aufmarsch

Das Nest des Riesenvogels füllte eine Senke im Wüstensand: ein Ring aus Felsbrocken, zerkleinert zwischen mächtigen Schnabelkiefern, aufgeschichtet zu einem meterhohen Wall. Es war seit vielen Jahren verlassen. Buschwerk und Federn, die es einst gepolstert hatten, waren längst verrottet, ihre Reste von heißen Winden über die Einöde verstreut worden.

Tarik schob seine Augenklappe zurecht, während er aus dem Nest über den Felswall hinaus in die Wüste blickte. Sein Schweiß machte das Leder rutschig. Er musste noch sorgfältiger als sonst darauf achten, dass kein Sonnenlicht in das Auge darunter fiel.

Keine fünfhundert Meter entfernt passierte eine Heerschar Dschinne die verzweigten Ausläufer des Wadis.

Neben Tarik pressten sich Sabatea und Almarik an die kantigen Steinbrocken und starrten angespannt zum fliegenden Schwarm der Dschinne hinüber. Die vier anderen kauerten unten am Boden des Vogelnests und warteten darauf, dass Tarik Entwarnung signalisierte.

Er war beinahe froh über das Auftauchen der Dschinne. Sie lenkten ihn ab von Maryam und dem, was mit ihr passiert war. Ein Grund mehr, nicht mehr in das Gesicht von Junis sehen zu müssen, nicht die Qual darin zu lesen.

Sabatea strich sich eine Strähne ihres schwarzen Haars

aus der Stirn. Sie schwitzte, und das nicht allein von der Wüstenhitze.

»Das sind nur Kundschafter«, flüsterte Almarik. Der Byzantiner hatte endlich seinen schwarzen Helm mit dem Schleier aus feinem Kettengewebe abgesetzt. Bei dieser Hitze genügte schon der Anblick des dunklen Metalls, um die Übrigen nervös zu machen. Sein lockiges dunkles Haar fiel glitzernd über das schwarze Kettenhemd. Immerhin schwitzte er wie alle anderen. Tarik war sicher, dass er genauso *bluten* würde, wenn er ihm erst sein Schwert in den Leib stieß.

Er hatte einen Eid geschworen, Almarik zu töten. Und er würde diesen Schwur erfüllen. Tariks Ehrgefühl war zu lange abgestorben gewesen, um es jetzt, nachdem so etwas wie ein Schatten davon zurückgekehrt war, erneut aufs Spiel zu setzen.

Nicht zum ersten Mal fragte er sich, ob Almarik wusste, was Tarik dem sterbenden Ifrit versprochen hatte: Der Tod des Byzantiners war der Preis dafür, dass das fliegende Elfenbeinpferd sie durch die südlichen Wüsten nach Skarabapur führte.

Tarik blickte sich um, doch er konnte das Pferd nirgends entdecken. Vermutlich war es zu hoch aufgestiegen. Die Sehkraft der Dschinne war kaum besser als die von Hunden. Aber sie verfügten über eine feine Witterung, mit deren Hilfe sie Menschen über große Entfernungen ausmachen konnten; vor allem das war es, was Tarik Sorgen bereitete.

Almarik stieß ihn an. »Dort drüben. Sie haben etwas bemerkt.«

Tarik verengte das gesunde rechte Auge. Jetzt konnte er die fliegenden Punkte in der Ferne besser erkennen. Einmal mehr verfluchte er seine Augenklappe und das, was der Dschinnfürst Amaryllis seinem linken Auge angetan hatte. Mit dem rechten allein sah er nicht halb so gut wie mit beiden zusammen. Manchmal, vor allem auf weite Distanzen, hatte er das Gefühl, kaum das Allernötigste zu erfassen. Bei seinem ersten Versuch, in den Palast des Kalifen einzudringen, hatte ihn das fast das Leben gekostet. Er hatte niemandem davon erzählt, nicht einmal Sabatea.

Dass er sich nun auf Almariks Gespür verlassen sollte, machte es noch schlimmer. Als Dschinnjäger hatte der Byzantiner viel Zeit hier draußen verbracht, mehr noch als Tarik selbst. Er wusste eine Menge über ihre Gegner, kannte ihre Stärken und Schwächen. Eine Überlegenheit, die ihn arrogant machte. Und Tarik umso wütender.

Die Dschinne näherten sich jetzt mit größerer Geschwindigkeit. Der Trupp bestand aus zwanzig Kriegern. Sie führten keine Schwarmschrecken oder Sandfalter mit sich, auch keine anderen Dienerkreaturen. Aber sie waren bis an die Zähne bewaffnet, und ihre Aufgabe, den Weg für das gewaltige Heer aus dem Osten auszukundschaften, erfüllten sie mit größter Sorgfalt.

Plötzlich teilte sich die Gruppe. Etwa die Hälfte der Dschinne schwärmte in alle Richtungen aus. Drei hielten auf das verlassene Riesenvogelnest zu. Sie schwebten keine zehn Meter über dem Boden.

»Vorschläge?«, flüsterte Tarik.

Sabatea wischte sich Schweiß aus den weißgrauen Augen. »Die Teppiche?«

»Zu spät«, sagte Almarik. Die beiden warfen ihm einen finsteren Blick zu, obwohl – oder *weil* – er nur ausgesprochen hatte, was sie alle längst wussten.

Von unten raunte Ifranji herauf: »Was ist los? Haben sie euch entdeckt?«

»Sei still.« Nachtgesicht legte eine schwere Pranke auf den Arm seiner Schwester.

Almarik zog langsam sein Schwert. Tariks eigene Klinge, ein Krummschwert aus der Waffenkammer des Kalifenpalastes, lag neben ihm. Mit nur einem Auge gab er bestenfalls einen passablen Fechter ab. Unten am Boden des Nests fluchte Ifranji leise und zerrte den Dolch aus der Lederscheide an ihrem Bein.

Junis hingegen hielt still. Er hatte Maryams Leichnam am Grund der Nestgrube abgelegt, saß neben ihr und wartete. Unweit von ihr erhob sich der zylinderförmige Kristallschrein des Magiers, zwei Meter hoch und notdürftig mit Teppichen bedeckt, damit sich die Sonnenstrahlen nicht darauf spiegelten und ihre Feinde herbeilockten.

Die drei Dschinne folgten dem Verlauf des Wadis. Einer der Krieger stieß einen Ruf in der harten, stakkatoartigen Dschinnsprache aus. Die beiden anderen verharrten. Der Anführer der Patrouille sank aus der Luft zu einem der Krallenabdrücke hinab und untersuchte den Boden. Seine Gefährten hielten hoch über ihm Ausschau nach dem Wesen, das diese gigantische Spur hinterlassen hatte. Augenscheinlich waren sie nicht überzeugt, dass das Nest tatsächlich verlassen war.

Tarik starrte angespannt auf die beiden Dschinne in der Luft. Er verabscheute ihre purpurne Haut mit den schillernden Mustern, die beinlosen Leiber, die an den Hüften in einem fleischigen Zapfen endeten, vor allem aber die spinnenbeinartigen doppelten Ellbogen. Er war so vielen von ihnen begegnet, hatte Dutzende erschlagen, aber der

Anflug von Übelkeit, den ihr Anblick in ihm hervorrief, würde wohl niemals ausbleiben.

Seine Hand bewegte sich wie von selbst zum Griff des Krummschwertes, während Sabatea mit ihren Fingerspitzen seine Linke berührte, ganz sanft nur. Er war dankbar für ihre Nähe und würde sie nie wieder fortschicken oder zurücklassen, um sie zu schützen. Sie wollte nicht seine Rücksicht, sondern ihn, und das wurde ihm ausgerechnet jetzt bewusst, im ungünstigsten Augenblick.

»Rührend«, fauchte Ifranji unten im Nest. Die junge Diebin hatte ihre Blicke überall, und die flüchtige Berührung war ihr nicht entgangen. Dafür erntete sie einen strafenden Knuff ihres Bruders.

Junis presste die Lippen aufeinander und erhob sich. Er trug keine Waffe, aber Tarik begriff, dass er sich mit bloßen Händen auf die Dschinne stürzen würde, falls er Gelegenheit dazu bekam. Womöglich wollte er dafür sorgen, *dass* die Gelegenheit kam.

»Junis«, zischte Tarik über die Schulter. »Nicht!«

Sein Bruder hörte nicht auf ihn. Blickte nicht einmal in seine Richtung. Auf seinen Zügen spiegelte sich eine Abfolge düsterer Regungen.

Tarik schaute hektisch nach vorn.

Der Patrouillenführer schwebte gebeugt über dem Boden, nur eine Armlänge oberhalb der gehärteten Kante des Abdrucks. Die beiden anderen Krieger standen zehn Meter über ihm in der Luft, Rücken an Rücken. Einer sah genau in die Richtung des Nests.

Junis machte sich daran, den Wall zu erklimmen.

»Junis!«, flüsterte jetzt auch Sabatea. »Bleib unten.«

»Ich habe einen Dschinnfürsten getötet.« Er sprach tonlos und blickte durch sie hindurch. »Ich habe seinen Schädel unter meinen Füßen zertreten.«

Almarik spannte sich. »Halt den Mund und setz dich, Junge.«

»Wie viele Dschinnfürsten hast *du* erledigt, Byzantiner?«, gab Junis zurück. Immerhin, dachte Tarik, reagierte er wieder auf das, was andere sagten.

»Wir können später herausfinden, wer der härtere Kerl ist«, raunte Almarik düster. »Jetzt geh zurück an deinen Platz und sei still!«

»Hört auf«, flüsterte Sabatea. »Beide!«

»Junis«, sagte Tarik eindringlich, »du wirst noch genug Gelegenheit bekommen, Maryam zu rächen.«

»Wäre das nicht eigentlich deine Aufgabe?«

Tarik nahm es ihm nicht übel. Er war nicht sicher, was zwischen Junis und Maryam vorgefallen war, aber es gehörte nicht viel dazu, die Zeichen zu deuten. Es tat ihm leid für seinen Bruder, leid für Maryam, aber die Erfahrung hatte ihn gelehrt, dass dies nun mal die Art und Weise war, wie das Leben mit einem umsprang. Vom Schicksal konnte man keine Gerechtigkeit einfordern. Wahrscheinlich war es genau diese Erkenntnis, die dafür verantwortlich war, dass er nach sechsjähriger Trauer um Maryam nur noch Zorn empfand, aber keine Verzweiflung.

Der Dschinn beendete seine Untersuchung des Krallenabdrucks. Junis war nun auf einer Höhe mit Tarik und den beiden anderen. Seine Wangenmuskeln zuckten, als er unterhalb der Steinkante innehielt. Almarik war anzusehen, dass er nicht zögern würde, Junis aufzuhalten, falls er noch eine einzige Bewegung nach oben machte. Die Frage war, auf welche Weise er dies tun würde. Tarik hoffte, dass sein

Kräftemessen mit dem Byzantiner nicht schon heute und ausgerechnet hier stattfinden musste – und nicht inmitten eines Angriffs der Dschinnkrieger.

»Damit hilfst du niemandem«, flüsterte Sabatea Junis zu. »Schon gar nicht Maryam.«

Unten im Nest nickte Ifranji heftig, hielt aber zur Abwechslung den Mund. Tarik musste sich zwingen, die Dschinne im Auge zu behalten, während Junis mit sich rang und nicht bemerkte, dass Almariks Schwert langsam in seine Richtung schwenkte.

Tariks Blick kreuzte finster den des Ifritjägers. Beide wussten, wohin dies führen würde. Umso absurder, dass die Entscheidung nicht bei ihnen lag, sondern allein bei Junis, der nicht ahnte, wie angespannt die Lage zwischen den beiden Männern war.

Sabatea zog ihre Hand von Tarik fort und berührte Junis an der Wange. Einmal, vor einer Ewigkeit, hatte sie vorgegeben, etwas für ihn zu empfinden – aber was sie jetzt tat, war kein Spiel, keine falsche Zuneigung. Sie trauerte wirklich mit ihm um Maryam, und sie wollte nicht, dass er hinaus in sein Verderben lief.

»Das macht sie nicht wieder lebendig«, raunte sie – dann beugte sie sich an sein Ohr und wisperte etwas hinein. Junis' Miene blieb einen Augenblick lang starr in seinem Leid, dann sah er Sabatea stirnrunzelnd an. Sie nickte und flüsterte abermals etwas. Sein flackernder Blick streifte Tarik, tastete über die anderen Gefährten unten in der Senke und blieb schließlich an dem verhüllten Kristallschrein haften.

»Ist das wahr?«, fragte er leise.

Sabatea nickte erneut.

Junis entspannte sich ein wenig, und zum ersten Mal sah er nicht mehr aus, als wollte er sich im nächsten Moment über den Wall schwingen.

Sie schenkte ihm ein dankbares Lächeln, als er rückwärts und ohne sie aus den Augen zu lassen zurück nach unten kletterte. Tarik atmete auf. Sogar Almariks Züge verrieten Erleichterung. Aber sein Blick folgte nicht Junis, sondern blieb auf Tarik gerichtet. Der Kampf zwischen ihnen war ohne ihr Zutun vertagt worden.

Die drei Dschinne wechselten unverständliche Worte. Einer zeigte auf die Abdrücke, die in Richtung des verlassenen Nests führten. In einer engen Kurve drehten sie bei und schwebten zurück zu ihren Artgenossen.

Bald darauf setzte der Spähtrupp seinen Weg nach Nordwesten fort, dorthin, wo weit entfernt und unsichtbar jenseits des Hitzeflimmerns Bagdad lag.

»Was hast du zu ihm gesagt?«, fragte Tarik.

»Die Wahrheit, hoffentlich«, antwortete Sabatea, so leise, dass nur er es verstehen konnte. »Falls Khalis es zulässt.«

Aber bevor er weiterfragen konnte, wandte sie sich ab und stieg hinab zum Grund der Senke.

KRAFTPPROBE

Niemals!« Khalis schnaubte vor Zorn.

»Maryam liegt seit heute Mittag in dieser Hitze«, gab Sabatea heftig zurück. »Wie lange, glaubst du, wird das noch gut gehen?«

»Ich bedaure euren Verlust«, behauptete der Magier ohne jedes Mitgefühl. »Aber wir werden sie nicht zu Atalis in den Honigschrein stecken. Das ist mein letztes Wort.«

Junis blickte aufgebracht von ihm zu Tarik. »Wenn es wirklich einen Weg gibt, sie zurück ins Leben zu holen … in Skarabapur … dann muss sie mit dorthin.«

Tarik wollte etwas erwidern, aber der Hofmagier des Kalifen kam ihm zuvor. »Meine Tochter ist nicht tot. Tief in ihr ist noch Leben. Eine Flamme, die wieder entfacht werden kann.« Sein Pathos klang beinahe bemüht, als wäre es in Wahrheit seine Hoffnung, die wieder entfacht werden musste.

Junis deutete mit ausgestrecktem Arm auf den Honigschrein. Das Kristallgefäß stand in seiner Verankerung auf Khalis' ausgebreitetem Teppich im Sand. Vor der Abenddämmerung, im letzten Sonnenschein über der Wüste, funkelte der hohe Zylinder mit seiner goldenen Füllung wie ein geschliffener, mannshoher Bernstein. Atalis' lebloser Körper schwebte darin, in ein eng anliegendes weißes Gewand gehüllt, unter dem sich die knochigen Formen ihres

Körpers abzeichneten. Augen und Mund waren geschlossen, die Finger an ihren Seiten fächerförmig gespreizt. Das dunkle Haar trieb um ihren Kopf wie erstarrte Rauchschlieren. Atalis war noch keine zwanzig gewesen, als sie vor acht Jahren in diesen Zustand verfallen war. Khalis behauptete, dass sie seither weder alterte noch verweste. Ihr Leib war mager, aber ihr Gesicht wirkte voll und friedlich wie das einer Schlafenden.

»Sie ist tot«, rief Junis. »Und jeder hier weiß das. So tot wie Maryam!« In hilflosem Zorn wandte er sich an seinen Bruder: »Tarik, sag du es ihm! Es geht um *Maryam*, verdammt noch mal!«

Tarik hatte selbst lange genug unter Maryams Verlust gelitten. Aber hätte sie das hier gewollt? In Honig zu schwimmen, um irgendwann vielleicht vom Dritten Wunsch mit etwas erfüllt zu werden, das neues Leben oder ein Anschein davon sein mochte – oder aber etwas Schlimmeres?

»Niemand weiß, was geschehen wird«, sagte er zu Junis. Zu seinen Füßen stand eine Sanduhr, ihr Inhalt war zur Hälfte durch das gläserne Nadelöhr gerieselt. »Selbst wenn wir Skarabapur lebend erreichen und dort den Dritten Wunsch finden … und wenn es uns gelingen sollte, bis zu ihm vorzustoßen, ins Allerheiligste der Dschinne … selbst wenn es so kommen sollte, weiß keiner von uns, was *danach* passieren wird.«

Es war offensichtlich, dass Junis das alles nicht hören wollte. Anklagend wandte er sich an Sabatea. »Du hast gesagt, dass der Dritte Wunsch sie wieder zum Leben erwecken kann!«

»Ich habe gesagt, dass Khalis es versuchen will. Aber auch er kann dir keine Garantie geben, dass es gelingen wird.«

Der Magier sah aus, als wollte er widersprechen – er glaubte fest an den Erfolg seiner Mission –, besann sich jedoch im letzten Augenblick eines Besseren. Das hier war nicht der Zeitpunkt, um auf seinen Überzeugungen zu beharren.

Ifranji und Nachtgesicht saßen neben Maryams Leichnam im Sand. Beide waren ihr vor Jahren bei den Sturmkönigen begegnet. Noch vor wenigen Tagen hatte Nachtgesicht Tarik erzählt, dass er und seine Schwester die Rebellen aufgrund eines Streits zwischen Ifranji und Maryam verlassen hatten. Das dunkelhäutige Mädchen hatte womöglich Gründe gehabt, Maryam den Tod zu wünschen. Jetzt aber saßen sie und ihr Bruder eng bei der Leiche, als wollten sie sie vor Khalis beschützen.

Ifranji war immer wieder für eine Überraschung gut, und ihre Zurückhaltung in dieser Angelegenheit war eine der erstaunlichsten. Mit der Spitze ihres Dolchs zeichnete sie gedankenverloren Muster in den Sand, während ihr Bruder den Kopf in die Hände stützte und dem Wortwechsel schweigend folgte.

Nach ihrer Begegnung mit den Dschinnen waren sie mehrere Stunden nach Südwesten geflogen, fort von der Route, die das Dschinnheer aus den Zagrosbergen nach Bagdad nehmen würde. Seither hatten sie keinen Dschinn mehr zu sehen bekommen. Aber sie alle wussten, dass in den Wüsten noch andere Kreaturen lauerten und dass eine weitere Armee von Süden aus gen Bagdad zog.

Junis hatte während des Fluges unablässig auf Tarik eingeredet: Maryam müsse im Honigschrein nach Skarabapur gebracht und dort ins Leben zurückgeholt werden. Spätestens da war Tarik klar geworden, *was* Sabatea seinem

Bruder zugeflüstert hatte. Sonderbarerweise war er selbst nicht schon früher auf denselben Gedanken gekommen, was ihn der toten Maryam gegenüber mit einem nagenden Schuldgefühl erfüllte.

Abgesehen davon machte ihn Khalis' beharrliche Weigerung wütend. Nichts sollte die Reinheit seiner kostbaren Tochter beflecken, schon gar nicht der schmutzige Leichnam einer Sturmkönigin.

Letztlich gab das den Ausschlag.

»Gut«, sagte Tarik. »Wir nehmen sie mit.«

»Das werden wir ganz sicher nicht«, ereiferte sich der Magier.

Tarik sah ihn gelassen an. »Das hier ist nicht der Palast, Khalis. Dein Wort zählt hier draußen nicht mehr als das eines jeden von uns.«

»Nicht so vorschnell, Schmuggler«, mischte sich Almarik zum ersten Mal in den Streit ein. Der Ifritjäger war ein bezahlter Söldner, und er klang leidenschaftslos, fast ein wenig verärgert darüber, dass seine eigene Position in diesem Zwist von vorneherein feststand, ganz gleich, was er von alldem halten mochte. Allerdings vermutete Tarik, dass Almarik weder zur einen, noch zur anderen Seite neigte. Maryams Schicksal – das Schicksal einer *Toten* – interessierte ihn so wenig wie die Tochter des Magiers.

Tarik entschied, ihn vorerst zu ignorieren. Stattdessen schenkte er Khalis einen eisigen Blick. »Du verschenkst nichts, wenn du Maryam dieselbe Chance gibst wie deiner Tochter. Es wird nichts ändern am Ausgang dieser Sache, so oder so.«

»Ihr begreift noch immer nicht!«, fuhr der alte Mann ihn an. Wäre er vor Zorn nicht so außer sich gewesen, hätte er womöglich einen seiner Trugzauber angewandt, um überzeugender zu wirken. In seiner Aufgewühltheit aber verließ er sich ganz auf die besseren Argumente. Er glaubte mit ganzem Herzen an das, was er sagte.

»Atalis ist nicht tot«, sagte er. »In ihr ist noch Leben. Es ist nicht der Honig allein, der sie vor dem körperlichen Verfall bewahrt. Bei dieser Rebellin ist das anders. Innerhalb der nächsten paar Tage setzt die Verwesung ein, und ich werde ganz bestimmt nicht zulassen, dass ihre Fäulnis auf den Leib meiner Tochter übergreift.«

»Du lügst«, warf Sabatea ein. »Du hast gesagt, es sei der Honig, der sie schützt. Das *hast* du gesagt, Khalis, mehr als einmal! Du willst nur nicht zulassen, dass Maryam den Schrein mit ihrer Anwesenheit … besudelt.«

Junis ballte die Fäuste. Drohend machte er einen Schritt auf den Magier zu.

»Almarik«, befahl Khalis hochmütig, »ich erwarte, dass du jeden tötest, der sich dem Schrein auf mehr als drei Schritte nähert.«

Tariks Schwert zuckte schneller in die Höhe als das des Byzantiners – *Was zum Teufel tue ich hier?*, schoss es ihm durch den Kopf –, dann standen sich die beiden auch schon gegenüber. Tariks linkes Auge hinter dem Leder pochte. Der Ifritjäger und er waren sich gefährlich ähnlich, und bei aller gegenseitigen Abneigung herrschte in gewissen Dingen stumme Übereinstimmung zwischen ihnen. Das würde es schwierig machen, Almarik zu töten. Nicht unmöglich, aber mühsam.

Tief in seinem Verstand heulte der Narbennarr auf vor Erregung.

Sabatea wandte sich ab und eilte eine Düne hinauf.

Tarik hatte keine Ahnung, was sie dort oben suchte. Sie glitt aus dem Blickfeld seines einen Auges, während er sich ganz auf seinen Widersacher konzentrierte.

Junis sprang hinüber zu Ifranji. »Deinen Dolch!«, forderte er. »Gib ihn mir.«

»Nein!«, rief Tarik ihm zu. »Das hier ist meine Sache.«

Der Byzantiner verzog keine Miene. »Das hier ist nicht nötig. Ganz gewiss nicht hier und jetzt.«

Khalis zerrte sich den nachtblauen Turban vom Kopf und schleuderte ihn zornig in den Sand; es fehlte nur, dass er darauf herumtrampelte. »Wir brauchen den Schmuggler, verflucht noch mal!«

»Dann sitzen wir in einer ziemlichen Zwickmühle.« Tarik lächelte grimmig. »Nachtgesicht – wie lange noch, bis der Sand durch die Uhr gelaufen ist?«

Der Afrikaner wischte sich Schweißperlen vom Schädel. »Eine gute halbe Stunde, nicht länger.«

»Bis dahin sollten wir wieder in der Luft sein. Alle von uns, die dann noch am Leben sind.«

Almarik seufzte. »Vielleicht wirst du mich töten. Vielleicht töte ich dich. Aber niemand gewinnt dadurch irgendetwas.«

Da ertönte ein Schnauben, und Sabatea rief von der Dünenkuppe zu ihnen herab: »Es reicht jetzt. Ihr führt euch auf wie zwei Straßendiebe.«

Bis auf Tarik und Almarik blickten alle zu ihr hinauf. Ifranji stieß einen verblüfften Laut aus.

»Wir werden den Honigschrein öffnen«, sagte Sabatea langsam, »und Maryam hineinlegen. Ansonsten wird niemand von uns irgendwohin gehen, außer vielleicht zurück nach Bagdad.«

Tarik sah aus dem Augenwinkel zu ihr hinüber. Neben Sabatea stand schneeweiß und anmutig das Elfenbeinpferd. Seine gefiederten Schwingen waren angelegt, die Nüstern vibrierten nervös. Das Geschöpf vertraute Sabatea – und *nur* ihr –, dennoch verunsicherte es die Nähe so vieler Menschen. Mit einem Vorderhuf scharrte es im Sand, und seine dunklen Augen starrten zu Tarik und den anderen herab, als hätte es von ihnen nichts Gutes zu erwarten.

»Wenn ich es bitte, umzukehren und uns zurückzulassen, dann wird es das tun.« Sabatea streichelte die weiße Mähne des Zauberpferdes und sah dabei Khalis an. »Maryam kommt zu Atalis in den Honigschrein. Sonst endet unsere Reise genau hier.«

»Niemals«, entgegnete Khalis.

»Was genau an *endet-unsere-Reise* hast du nicht verstanden, Magier?« Sie beugte sich zum aufgerichteten Ohr des Zauberpferdes vor und flüsterte etwas hinein. Tarik ahnte nichts Gutes: unangenehme Erfahrungen mit ihrer Heimlichtuerei.

Almarik sah zu Khalis hinüber. »Sieht aus, als wäre nicht viel zu machen. Der Gaul hört nur auf sie.«

Der Magier ächzte vor Wut. Tarik fürchtete, dass er einen Zauber schleudern könnte, der Sabatea *und* das Elfenbeinpferd zu Asche verbrannte.

Aber Khalis war kein Narr. Als Hofmagier hatte er drei Kalifen überlebt, ohne seine Stellung oder gar den Kopf zu verlieren. Er handelte niemals unüberlegt, nicht einmal jetzt.

Das Pferd wieherte leise, als Sabatea mit der Hand über seine Schnauze strich. Noch vor wenigen Tagen hätte Tarik nicht geglaubt, dass so viel Vertrautheit zwischen einem

Menschen und einem Zauberpferd möglich war. Jetzt sah er es mit eigenen Augen und hatte noch immer Zweifel, ob Sabatea ihnen allen nicht nur etwas vorgaukelte, sich irgendeines Tricks bediente. Doch das Pferd blieb ruhig. Wüstenwind raschelte im Gefieder seiner Schwingen.

»Ich werde das nicht vergessen, Emirstochter«, rief Khalis die Düne hinauf.

Es war eine plumpe Drohung, aber Tarik spürte im Nacken ein Frösteln. Weder er noch einer der anderen wussten, zu was Khalis fähig war. Der einzige Zauber, den sie ihn hatten wirken sehen, war eine eitle Spielerei gewesen, eine Täuschung bei ihrer ersten Begegnung, die ihn größer und eindrucksvoller erscheinen ließ und für ein paar Augenblicke alle Geräusche aus der Umgebung abgesaugt hatte. Das aber konnte unmöglich alles sein.

Khalis behauptete, bei Qatum in die Lehre gegangen zu sein – demselben Qatum, der jetzt drohte, mit Hilfe des Dritten Wunsches das Siegel der Weltenflasche zu brechen. Qatum, dem sie auf ihrem Weg nach Skarabapur zuvorkommen mussten, ohne überhaupt zu wissen, wo er sich im Augenblick befand und wie nahe er seinem Ziel bereits war.

»Ich will dein Wort, Khalis«, verlangte Sabatea. »Dein Versprechen, dass wir Maryam bis zu unserer Ankunft in Skarabapur mit Atalis im Honigschrein aufbewahren. Im Gegenzug werde ich dafür sorgen, dass das Zauberpferd seine Aufgabe erfüllt.«

Tarik war nicht sicher, ob sie das wirklich konnte. Doch wie sie so dastand, gleich neben dem Pferd, als wäre dies das Selbstverständlichste der Welt, schien es fast glaubhaft.

Khalis gab Almarik ein Zeichen, die Waffe zu senken. Der Byzantiner gehorchte und schenkte Tarik ein knappes Lächeln: Überheblichkeit oder Erleichterung, wer wusste das schon.

Am lautesten atmete Junis aus. Mit der Anspannung ließ auch die unnatürliche Kraft nach, die ihn nach allem, was er durchgemacht hatte, auf den Beinen hielt. Taumelnd sank er vor Maryams Leichnam auf die Knie. Sie lag auf seinem ausgebreiteten Teppich, das Gesicht nicht länger verhüllt, die ausgezehrten Züge bleich und mit Staub gepudert.

Nachtgesicht räusperte sich. »Der Sand ist fast durchgelaufen.«

Tarik nickte. »Beeilen wir uns.«

Junis' Entscheidung

Bevor sie Maryam in den Honig hinabließen, zog Sabatea sie aus und wusch sie notdürftig mit einem kleinen Teil des Trinkwassers. Sie schickte die anderen fort, damit niemand zusah. Ungeduldig standen sie hinter einer Düne, Khalis in stummer Wut, Almarik fast amüsiert, Tarik und Junis nervös und gereizt. Nachtgesicht und Ifranji tuschelten.

Schließlich rief Sabatea, dass sie fertig sei. Sie hatte Maryams drahtigen Körper wieder in Hose und Hemd gekleidet, beides blutbefleckt, aber das Gesicht der Sturmkönigin wirkte jetzt unversehrt bis auf die alte Narbe, die vom Jochbein über die Wange am Hals hinablief.

Khalis murmelte widerwillig eine Beschwörung, die es ermöglichte, den runden Deckel des Schreins von dem Kristallzylinder zu heben. Sie ließen Maryam von einem fliegenden Teppich in den Honig hinab, ganz langsam, mit den nackten Füßen zuerst. Sie war so leicht und ausgemergelt, dass der Honig nicht einmal überlief, obwohl er fast bis zum Rand des Gefäßes reichte. Nachdem sie den Schrein wieder verschlossen und Khalis ihn mit einem Zauberspruch versiegelt hatte, schwebten die beiden jungen Frauen ganz nah beieinander in der goldenen Flüssigkeit, die Gesichter einander zugewandt, als flüsterten sie miteinander.

Junis selbst hatte Maryam mit Tarik in den Honig hinabgesenkt. Auch jetzt noch wirkte er abwesend und gedankenverloren. Das hier war für ihn kein Abschied. Vielleicht, weil er noch Hoffnung hatte. Vielleicht auch nur, weil sein Abschied von Maryam schon viel früher stattgefunden hatte, in den Stunden allein mit ihr in der Wüste, bevor Tarik und die anderen sie entdeckt hatten.

Bisher hatte keine ihrer Ruhepausen länger als zwei Stunden gedauert – so lange brauchte der Sand, um einmal durch die Uhr zu rieseln. Tarik wollte auch jetzt darauf bestehen, sich an den Rat seines Vaters zu halten; Jamal al-Abbas hatte seine Söhne einst gewarnt, dass jeder längere Halt im Dschinnland den Tod bringen konnte. Doch während sie ihren Aufbruch vorbereiteten, fiel sein Blick erneut auf Junis, und diesmal dachte er, dass es Wichtigeres gab, als die Regeln eines toten Schmugglers zu bewahren, ganz gleich, ob sie ihre Berechtigung hatten oder nicht.

Er nahm Junis beiseite und führte ihn ein Stück von den anderen fort. Sie stapften über einen Streifen aus weichem Sand und gelangten auf eine härtere Bodenscholle, wo sich Felsbuckel wie verscharrte Tierkadaver aus dem Boden wölbten. Ein Skorpion, bräunlich gelb wie der Boden, suchte Zuflucht hinter einem Stein.

»Was hast du vor?«, fragte Tarik, als er stehen blieb und sich zu Junis umwandte. »Was es auch ist, es wird dich umbringen.«

»Ich kann nicht mit euch gehen.«

»Warum?«

»Das geht nur mich etwas an.«

»Ich hab das Gleiche auch schon mal durchgemacht. Sechs Jahre lang war ich sicher, dass Maryam tot ist. Du hast gesehen, wohin mich das gebracht hat.«

»Was willst du? Eine Entschuldigung?« Junis' Augen funkelten. Alles war besser als diese abwesende Leere in seinem Blick. »Dafür, dass ich mir damals nicht genug Mühe gegeben habe, dich zu verstehen?«

»Früher oder später hätte es mich erwischt«, sagte Tarik. »Die Teppichrennen oder ein Messer zwischen die Rippen bei irgendeiner Tavernenschlägerei. Aber du willst in einen verdammten *Krieg* ziehen. Was hast du vor? Die Dschinnarmee ganz allein angreifen?«

»Und ihr?«, entgegnete Junis. »Ist das, was ihr tut, vielleicht vernünftiger? Ihr wisst nicht mal, nach was ihr da unten im Süden wirklich sucht. Geschweige denn, was ihr anstellen werdet, falls ihr es jemals findet. Denkst du denn, in Skarabapur sind keine Dschinne? Dass sie alle nach Bagdad ziehen und ihre wundersame Geheimwaffe unbewacht in der Wüste liegen lassen?«

Tarik gab keine Antwort. In Wahrheit ging es in diesem Moment nicht um die Dschinne oder Skarabapur, und sein Bruder wusste das so gut wie er.

Junis senkte die Stimme und blickte zu Boden. »Sie ist dir so ähnlich gewesen«, sagte er unvermittelt. »Am Ende meine ich. Das Leben da draußen hatte sie verändert, all das, was sie durchgemacht hat. Ich hab keine Ahnung, was sie für mich empfunden hat – das heißt, die meiste Zeit über war ich sogar *sicher*, es zu wissen, weil sie keinen Hehl daraus gemacht hat, dass sie mich loswerden wollte. Aber dann, am Abend vor dem Angriff auf die Dschinne, und danach, als sie schon im Sterben lag …« Erneut wandte er den Blick ab und starrte mit bebenden Wangenmuskeln nach Süden. »Es spielt auch keine Rolle. Jetzt nicht mehr.«

»Und dafür willst du dich umbringen lassen?«

Junis schüttelte den Kopf. Bei der Schlacht war einer seiner goldenen Ohrringe ausgerissen worden, die Wunde hatte sich entzündet. »Das ist es nicht. Es geht um das, was ich ihr versprochen habe.«

»Was für ein Versprechen war das?«

»Jibril«, sagte Junis. »Ich habe ihr schwören müssen, dass ich versuchen würde, Jibril zu befreien.«

Tarik schwieg einen Augenblick.

Sein Bruder lächelte bitter. »Du hast selbst einen Eid geleistet, nicht wahr? Sabatea hat mir davon erzählt.«

Tarik seufzte. »Almarik hat in Bagdad einen Ifrit zu Tode gefoltert, damit er ihm den Weg nach Skarabapur verrät. Als er im Sterben lag, musste ich ihm versprechen, ihn zu rächen. Also werde ich Almarik töten.« Er fand selbst, dass es müde und erschöpft klang, so wie er es sagte.

»Wirst du das schaffen?«

»Ich weiß es nicht. Aber das war der Preis dafür, dass das Elfenbeinpferd uns nach Skarabapur führt. Es weiß von dem Schwur. Es bringt uns dorthin – wenn ich Almarik dafür umbringe.«

Junis schüttelte langsam den Kopf. »Dann müsstest gerade du mich verstehen.«

»Ich stelle nicht deine Entscheidung in Frage, nur Maryams Beweggründe. Warum hat sie so was von dir verlangt?«

»Sie hat gesagt, Jibril sei unsere letzte Hoffnung. Dass dieser Junge der Einzige ist, der die Dschinne noch aufhalten kann.«

»Offenbar hat das die Dschinnfürsten nicht davon abgehalten, ihn gefangen zu nehmen.«

Junis schnaubte leise. »Ich hasse den kleinen Bastard. Die Sturmkönige waren abhängig von ihm. Jibril musste in ihrer Nähe sein, damit sie einen Tornado erzeugen konnten. Er trägt die Schuld daran, dass sie alle tot sind. Zu einem großen Teil wenigstens. Und dieser Auftrag, den er mir in den Bergen gegeben hat … die Kettenmagier abzulenken, damit er mehr Zeit hätte, sie anzugreifen … Er hat in Kauf genommen, dass ich dabei sterbe, ohne mich zu warnen. Und *dann* war er auch noch zu schwach, um es zu Ende zu bringen. Alles war umsonst, die ganze Schlacht, all die Toten. Maryams Tod.«

»Trotzdem willst du ihn unbedingt da rausholen?«

Junis verzog das Gesicht. Die Hilflosigkeit in seinen Zügen schmerzte Tarik. »Ich habe es ihr geschworen«, wiederholte er tonlos.

Es gab eine ganze Reihe Argumente dagegen, bis hin zum getrübten Urteil einer Sterbenden. Aber Tarik sagte nichts mehr. Nickte nur. Junis hatte Recht: Er verstand ihn. Vielleicht besser als jemals zuvor.

Sie stapften wortlos durch den Sand zurück zu den anderen. Sabatea blickte Junis sorgenvoll entgegen. Der Kummer in ihren Augen verriet, dass sie ahnte, was kommen würde, aber sie machte keinen Versuch, ihn umzustimmen.

Junis ging zu ihr und umarmte sie schweigend.

Er nickte Nachtgesicht und Ifranji zu, ignorierte den Magier und trat ein letztes Mal vor den Schrein. Langsam hob er eine Hand und legte sie an die Oberfläche. Maryam schwebte reglos dahinter im Honig. Ihre Fingerspitzen waren den seinen ganz nah, nur durch eine Schicht aus Kristall getrennt.

Als er eine Bewegung neben sich bemerkte, wandte er

langsam den Kopf. Widerwillig. Da stand Almarik mit einem seiner Schwerter, den lederumwickelten Griff in Junis' Richtung ausgestreckt.

»Was immer du auch vorhast – das hier wirst du brauchen.«

Junis zögerte, dann nahm er die Waffe, wog sie in der Hand und ließ dabei den Ifritjäger nicht aus den Augen.

»Ich danke dir.«

Almarik wandte sich ab und ging zurück zu seinem Teppich. Tarik beobachtete ihn und fragte sich zugleich, ob nicht er selbst es hätte sein müssen, der seinem Bruder eine Waffe anbot. Zu spät. Auch dieses Mal.

Junis nahm Platz auf seinem Teppich. Er war ein Geschenk von Maryam gewesen, und es schien passend, dass ausgerechnet er ihn auf diesem Weg tragen würde. Langsam hob sich das Knüpfwerk vom Boden.

»Gebt auf sie Acht.« Er deutete aus der Luft herab auf Maryam im Honigschrein. »Tut für sie, was ihr könnt.« Es klang wenig hoffnungsvoll.

Sabatea formte mit den Lippen: *Pass auf dich auf.*

»Leb wohl«, sagte Tarik.

Junis nickte und jagte davon, zurück nach Norden, der funkelnden Erinnerung an Bagdad entgegen.

Die Legende von Skarabapur

Tiefer ins südliche Dschinnland.
Weiter in die entvölkerte Leere des persischen Reiches. Dies war immer ein Land der Hitze und Einsamkeit gewesen, eine Einöde von Horizont zu Horizont. Vereinzelt ragten die Ruinen vergessener Bauwerke aus dem Nichts, turmdicke Säulenstümpfe und verfallene Portale, die aus der Wüste *in* die Wüste führten. Die meiste Zeit über jedoch sahen die sechs Teppichreiter nichts als ockerfarbene Weite, Sanddünen, Felsplateaus, dann und wann die steinernen Wellen ausgedörrter Hügellandschaften.

Gelegentlich passierten sie die Überreste von Dörfern, allesamt verlassen. Sand und Wind hatten die papierne Haut von Schädelreihen auf windschiefen Pflöcken und Spießen geschleift; die Dschinne hatten sie rund um die meisten Siedlungen errichtet. Es gab keine Leichenmonumente wie in Buchara, aber aus der Luft war zu erkennen, dass die Anordnung der aufgespießten Köpfe verschachtelten Mustern folgte. Ziegen, Hunde und Rinder waren ebenso enthauptet und unter die menschlichen Trophäen gemischt worden wie Kamele und Pferde, ohne dass sich irgendwer um die Unterschiede geschert hätte. Jetzt blick-ten sie alle gemeinsam aus leeren Augenhöhlen hinaus das trostlose Wüstenland, während der Wind in lan Haarsträhnen spielte, Käfer in Kiefern nisteten und

Sand rund um die Pfähle von Jahr zu Jahr höher stieg und irgendwann alle Spuren begraben würde.

Aber mit den Dschinnen hatte es nicht begonnen.

Sie waren nur eine Folge dessen, was vor sechzig, siebzig Jahren geschehen war, vielleicht schon früher. Wann genau die Wilde Magie außer Kontrolle geraten und wie ein Sturm aus falschen Illusionen und echtem Tod über die Welt gefegt war, wusste niemand mehr zu sagen. Die Ersten, die es bemerkt hatten, waren die Magier gewesen, und auch sie erst viel zu spät. Vor zweiundfünfzig Jahren waren die Dschinne aus den Wüsten gekommen, die Kinder der Wilden Magie, mit ihrem Ziel, die Menschheit auszulöschen. Als Ajouz und Nasmat, die mächtigsten Zauberkundigen ihres Zeitalters, kurz darauf die Spaltung heraufbeschworen und die Welt verdoppelt hatten, war die Magie nur noch durch ihre vollkommene Austreibung aufzuhalten gewesen. Ajouz und Nasmat, zauberkundige Liebende, hatten eine Spiegelung der Welt erschaffen, eine exakte Kopie mit allen Ländern und Lebewesen, mit allen Geräuschen und Gerüchen. Diese zweite Welt hatten sie in einer Flasche gebannt, und mit ihr jede Form von Magie. Die Flasche war am Grund des tiefsten Ozeans versenkt worden, und dort ruhte sie noch heute.

Dieses Persien, die Wirklichkeit von Tarik und Sabatea, war die Welt *in* der Flasche, das Gefängnis der Wilden Magie. Irgendwo dort draußen musste noch das Original existieren, von allem Zauber bereinigt, unerreichbar für alle, die im Inneren der Flasche eingesperrt waren. Dass ausgerechnet Tarik, der sich jahrelang für nichts als sich selbst interessiert hatte, nun das Auge des Narbennarren trug, entbehrte nicht einer gewissen Ironie. Bei Dunkelheit vermochte er damit in die andere Welt zu blicken, in das entzauberte Reich außerhalb der Flasche. Bei Tageslicht aber drohte ihn die Helligkeit zu töten, wenn er es wagte, das verfluchte Auge zu öffnen.

Seine Fähigkeit, eine andere Welt als diese zu sehen, hatte den Narbennarren Amaryllis, einen der Dschinnfürsten, zum Propheten seines Volkes gemacht. Amaryllis hatte geglaubt, dass die Bilder, die er sah, die Zukunft zeigten – eine Welt ohne Dschinne, ein Menschenreich. Um das zu verhindern, hatte er die Dschinne in den Krieg gegen die Menschheit geführt, beseelt von der Überzeugung, ein Auserwählter zu sein, dessen Bestimmung es war, jeden Mann, jede Frau und jedes Kind von der Erde zu fegen.

Als Tarik die sterbenden Überreste des Narbennarren in die Feuer der Hängenden Städte geschleudert hatte, hatte Amaryllis die Gabe des Sehens an ihn weitergegeben, den Fluch seines furchtbaren Auges. Und erst allmählich war Tarik bewusst geworden, dass da noch etwas in ihm war – ein Teil von Amaryllis selbst, ein Splitter seines Geistes, tief unten in seinem eigenen verankert. Manchmal hörte er die Stimme des Narbennarren, sein irrsinniges Gelächter, spürte ein Zerren und Ziehen und den Versuch, Einfluss auf sein Denken, auf seine Entscheidungen zu nehmen. Er hatte Sabatea davon erzählt, und auch Khalis kannte die Wahrheit.

Als Tarik dem Narbennarren in den Hängenden Städten begegnet war, hatte der sich das linke Auge längst in einem Anflug von Wahn herausgerissen. Gesehen aber hatte er trotzdem noch damit, und nun fragte sich Tarik, ob es ihm bald genauso ergehen würde. War ihm vorherbestimmt, sich den verdammten Augapfel aus der Höhle zu schälen, nur um ebenso ein Opfer des Fluchs zu bleiben wie vor ihm Amaryllis? Er fand keine Lösung für solche Gedankenspiele, und auch die Stimme des Narbennarren in seinem Inneren gab ihm keine Antwort.

Die Visionen des Dschinnfürsten, seine Prophezeiungen und Gesichte waren auf ihn übergegangen, und Tarik fragte sich nicht zum ersten Mal, ob Amaryllis damit nicht ans Ziel gelangt war: Der Narbennarr hatte jahrelang versucht, sich einen menschlichen Leib zu erschaffen, hatte sich in geraubte Körperteile gehüllt, in ein Flickenkleid aus fremdem Fleisch. Jetzt aber lebte sein Schatten in Tarik weiter. In den Nächten, während ihrer zweistündigen Verschnaufpausen, hatte Tarik manchmal das Gefühl, dass der Fremde aus den Hinterzimmern seines Verstandes emporkroch, immer stärker an die Oberfläche drängte. Noch nicht allmächtig, nicht bestimmend, aber insgeheim auf der Lauer, um die Macht über Tariks Körper an sich zu reißen und endlich, endlich Mensch zu sein.

In seinem Traum floss kochender Schlamm durch die Straßen des gefallenen Skarabapur, schwebten Dschinnschwärme durch die Ruinen wie Aasfliegen über einem Leichnam, war die Vision von dieser Stadt der Legenden zu einem grotesken, verzerrten Nachtmahr geworden.

Als er aufwachte, blinzelte er mit dem gesunden Auge in die aufgehende Sonne. Sabatea saß neben ihm und hielt seine Hand. Erst nach einem Moment begriff er, dass ihre

Rechte auf einem Dolch lag, halb in einer Sandwehe am Rand des Teppichs begraben.

Sie bemerkte seinen fragenden Blick, zog die Finger eine Spur zu schnell von der Waffe und zuckte die Achseln. »Ich halte Wache«, sagte sie.

»Du bist nicht an der Reihe.« Er deutete hinauf zu Almarik, der auf seinem Teppich fünfzig Meter über ihnen schwebte und die Wüste beobachtete.

»Ich wache über dich.«

»Über mich.«

Sie nickte, beinahe ein wenig verschämt.

Er setzte sich auf. War ihm etwas entgangen, als er geschlafen hatte? Als er sich umschaute, sah er Ifranji im Schatten des schnarchenden Nachtgesicht schlafen. Khalis lehnte dösend an der Kristallwand des Honigschreins, weil das so früh am Tag noch möglich war; später würde die Sonne ihn zu sehr aufheizen. Der alte Mann schien das Gefäß so oft wie möglich zu berühren, vor allem nachts, solange es kühl war. Dass die Leichen tagsüber nicht im Honig zerkochten, war ein kleines Wunder, für das der Magier ohne viel Aufhebens sorgte.

»Also«, flüsterte Tarik, »Was ist los?«

Augenscheinlich war es ihr unangenehm, dass er sie ertappt hatte. »Jemand muss auf dich aufpassen, wenn du schläfst.«

»Ist das so?« Hatte er im Schlaf gesprochen? Hatte *der Narbennarr* im Schlaf aus ihm gesprochen? Aber dann folgte er ihrem Blick erneut zu Almarik oben am Himmel, und da verstand er, dass es ihr gar nicht darum ging, ihn vor sich selbst zu schützen.

»Almarik?«, fragte er leise.

»Was, wenn er gehört hat, was du dem Ifrit versprochen hast? Dass du ihn umbringen willst.«

»Dann hätte er längst etwas gesagt. Oder getan.« Plötzlich dämmerte ihm etwas. »Du machst das schon die ganze Zeit? Jedes Mal, wenn ich schlafe? Dann sitzt du mit einem Dolch in der Hand neben mir und passt auf, dass er mir nicht die Kehle durchschneidet?«

»Ich will dich nicht verlieren. Nicht noch einmal.«

Er wusste nicht, wie er damit umgehen sollte. Dass sie sein Leben beschützte, ohne dass er davon wusste, war eine Liebeserklärung, die ihn berührte. Und zugleich fühlte er sich auf eine Weise bevormundet, die ihm mehr als nur unangenehm war.

»Ich kann auf mich selbst aufpassen«, sagte er leise. »Das hab ich jahrelang gemacht.«

Sie sah ihn eindringlich an, mit einer Spur von Verletztheit im Blick. Er hatte wieder einmal das Falsche gesagt.

»Es ist mir egal, ob es dir gefällt oder nicht«, gab sie scharf zurück. »Wenn er versucht, dir etwas anzutun, dann werde ich da sein. Dann werde *ich* ihn töten.«

Das war ihre Art, ihm zu sagen, wie sehr sie ihn brauchte. Verdammt, *er* brauchte *sie* mehr als irgendetwas, irgendjemanden sonst.

Er beugte sich vor und küsste sie.

Sie lachte plötzlich. »Du hast Sand auf den Lippen. Und ich jetzt zwischen den Zähnen.« Aber sie lächelte noch breiter und erwiderte den Kuss.

Khalis murmelte etwas. Tarik sah zu ihm hinüber, aber der Magier lehnte noch immer im Halbschlaf am Schrein. Tariks Blick wanderte an ihm empor zu den beiden Körpern im Honig. Die Tochter des Magiers wandte ihnen den Rücken zu und verdeckte Maryam fast vollständig. Nur Maryams Gesicht schien über Atalis' Schulter zu Tarik und Sabatea herüberzublicken. Ihre Augen waren geschlossen, und dennoch – oder gerade deshalb – lief es Tarik kalt den Rücken hinunter.

Sabatea spürte, dass sich seine Haltung versteifte. »Du glaubst nicht daran, oder?«

»Dass sie wieder lebendig wird?« Er schüttelte den Kopf. »Nein.«

»Vielleicht hätten wir es Junis ausreden sollen.«

»Wie hättest du das anstellen wollen?«

Sie hob die Schultern. »Khalis wird dir das nicht so schnell verzeihen.«

»Damit kann ich leben.«

Der Magier schlug die Augen auf und blickte herüber.

»Nicht mal er hat so gute Ohren«, flüsterte Sabatea, während sie dem alten Mann mit falscher Freundlichkeit zunickte.

Tarik war davon keineswegs überzeugt. Aber statt sich Gedanken darüber zu machen, suchte er die Sanduhr. Sie stand neben seinem Teppich; die obere Hälfte war fast leer. »Wir müssen aufbrechen«, sagte er laut. »Nachtgesicht, Ifranji – es wird Zeit!«

Sabatea pflückte sich mit Daumen und Zeigefinger Sandkörner von der Zungenspitze. Khalis beobachtete sie noch immer ohne jede Regung. Sie runzelte die Stirn, zwang sich erneut zu einem Lächeln.

Völlig unvermittelt sagte der Magier: »Skarabapur ist nicht einfach nur eine Stadt. Es ist so viel mehr als das.«

Tarik warf einen weiteren besorgten Blick auf die Sanduhr, fragte aber: »Inwiefern mehr?«

»Vor allem ist es eine Legende«, mischte Nachtgesicht sich abfällig ein und streckte seine Glieder. Seine Schwester stand müde auf und stapfte hinter eine Düne, um ihre Notdurft zu verrichten. Kurz bevor sie dort verschwand, schaute sie zu Almarik hinauf; sie machte eine obszöne Geste in seine Richtung. Sollte er ihr doch von oben zuschauen, hieß das wohl. Aber Tarik bezweifelte, dass der Byzantiner daran Interesse hatte.

»Eine Legende, sicher«, sagte Khalis zu Nachtgesicht. »Aber auch Legenden können wahr sein. Würdest du nicht daran glauben, wärst du nicht hier.«

Der Schwarze schüttelte den Kopf. »Meine Schwester und ich sind hier, weil ihr uns einen Weg aus der Stadt versprochen habt.«

Ifranji rief von jenseits der Düne: »Selbst das hier ist besser, als in Bagdad tatenlos darauf zu warten, dass die Dschinne die Stadt dem Erdboden gleichmachen.« Sie fluchte, als sie, dem Geräusch nach zu urteilen, auf dem losen Sandhang das Gleichgewicht verlor. »Nein, das nehme ich zurück. Nichts ist schlimmer als *das* hier. Verfluchte Scheiße!«

Nachtgesicht seufzte und warf den anderen entschuldigende Blicke zu.

»Wir haben noch ein paar Minuten, Khalis«, sagte Tarik. »Wenn du uns etwas über Skarabapur zu sagen hast, dann tu es jetzt gleich. Und mach es kurz.«

»Viele haben nach Skarabapur gesucht«, sagte der Magier, während er aufstand und sich Sand von seinen Gewändern klopfte. Seit sie aufgebrochen waren, hatte Tarik ihn nicht ein einziges Mal trinken sehen, und er tat es auch an diesem Morgen nicht. »Viele haben alles dafür aufgegeben, für ihre große Suche nach Skarabapur. Aber habt ihr je von einem gehört, der es gefunden hat?«

»Es gibt Legenden«, sagte Nachtgesicht.

»Gerade eben noch hast du Legenden mit Lügen gleichgesetzt«, entgegnete der Magier.

Der Afrikaner grinste. »Das ist das Schöne daran – man kann sich aussuchen, ob man an sie glaubt oder nicht. Wie's einem gerade passt.«

»Nein«, widersprach Khalis. »So einfach ist das nicht. Wer Skarabapur finden will, der muss daran glauben. Aus tiefstem Herzen. Nur wer mit aller Kraft glaubt, der wird ans Ziel gelangen.«

»Jajaja«, rief Infranji gelangweilt hinter der Düne.

Tarik suchte den Himmel ab. Selbst das Elfenbeinpferd schien ihm ein vertrauenswürdigerer Führer nach Skarabapur zu sein als der Glaube seiner Gefährten. Er selbst war alles andere als überzeugt, dass sie die sagenumwobene Stadt jemals erreichen würden.

Zu seiner Erleichterung entdeckte er das Pferd als winzigen weißen Punkt, viel höher in der Luft als Almarik.

»Wenn ich nicht daran glaube«, fragte Sabatea, »ist das alles hier also nur so eine Art ... Zeitvertreib? Um nicht auf den Tod durch die Dschinne warten zu müssen?«

»Ich dachte, dass der Gaul uns führt.« Ifranji kam wieder zum Vorschein und zurrte ihre Kleidung zurecht. »Von An-irgendwas-glauben war keine Rede, oder?«

»Vielleicht reicht es ja, wenn einer von uns fest daran glaubt«, schlug Nachtgesicht versöhnlich vor.

Khalis strich Staub aus seinem dünnen grauen Bart.

»Alle, die nach Skarabapur gesucht haben, haben eigentlich nach sich selbst gesucht. Die Stadt ist das höchste innere Ziel, sie ist die Suche nach dem Sinn.«

Ifranji stöhnte. »Nun geht das wieder los.«

Tarik blickte abermals prüfend zur Sanduhr. Es war nicht das erste Mal, dass Khalis solche Töne anstimmte, irgendwo zwischen abgegriffenen Weisheiten, papierdünner Philosophie und der einen oder anderen klugen Beobachtung. Die Schwierigkeit war, dass man nie wusste, was als Nächstes kam. Manchmal wollte man nur den Kopf schütteln über das, was er sagte, während einem schon beim nächsten Satz der Spott im Hals stecken blieb.

»Für viele ist Skarabapur in der Tat kein Ort aus Stein und Mörtel«, fuhr der Magier fort. »Es bleibt immer ein Gespinst ihrer Phantasie, und sie suchen ein Leben lang danach, ohne auch nur seine Türme am Horizont zu entdecken. Und andere sind fest entschlossen, sie geben alles auf, konzentrieren sich ganz auf die Suche – indem sie zuerst einmal herausfinden, was sie wirklich wollen. Was Skarabapur ihnen bedeutet und was es bewirken wird, falls sie es finden.«

»Das ist alles gut und schön«, sagte Ifranji, »und sicher wahnsinnig tiefgründig. Aber mich interessiert nur: Wann kommen wir endlich dort an? Und was werden wir trinken, wenn wir innerhalb der nächsten beiden Tage kein Wasser finden?«

»Das werden wir«, sagte Nachtgesicht überzeugt. »Vertrau mir.«

Khalis ignorierte die beiden. »Was ich sagen will, ist: Der Zauber des Elfenbeinpferdes ist womöglich weit größer als allein die Tatsache, dass es künstlich erschaffen wurde und trotzdem lebt. Ich glaube, es hat tatsächlich die Macht, uns nach Skarabapur zu führen, selbst wenn es einigen von uns« – und dabei streifte sein strafender Blick die junge Diebin – »an innerer Überzeugung und Reife mangelt.«

Ifranji stopfte sich ein Stück Trockenfleisch in den Mund. »Schmeckt fad«, murmelte sie. »Wie alles hier.«

Sabatea, die beileibe allen Grund hatte, Ifranji zu hassen, musste sich ein Grinsen verkneifen, als Khalis aufgebracht schnaubte. »Lasst mal sehen«, sagte sie, »ob ich das verstanden habe. Skarabapur existiert also nicht für jeden gleichermaßen. Viele könnten mitten hindurchreiten, ohne überhaupt zu bemerken, dass sie dort waren. Richtig?«

»Wenn es ihnen an innerer –«

Sabatea fiel ihm ins Wort: »Wenn sie nicht daran glauben wollen. Oder glauben können.« Dafür erntete sie einen zweifelnden Blick von Tarik. »Und du meinst, selbst wenn das auf uns alle zutreffen würde, wenn wir alle keineswegs überzeugt wären, Skarabapur zu finden – dann könnte uns das Zauberpferd trotzdem dorthin führen? Allein durch die Magie, die ihm innewohnt?«

Der Magier nickte. »Wie ein sicheres Boot in einer starken Strömung, die uns sonst sofort mitreißen würde.«

Tarik schüttelte den Kopf, doch Nachtgesicht rieb sich nachdenklich die Nasenflügel. »Immerhin würde das erklären, warum ich früher nie darauf gestoßen bin«, sagte der Afrikaner. »Und auch keiner der anderen Karawanenführer, die ich kannte.«

»So tief im Dschinnland bist du mit Sicherheit nie gewesen«, sagte Khalis.

»Es gibt also zwei Möglichkeiten, nach Skarabapur zu

gelangen«, fasste Sabatea zusammen. »Zum einen, indem man vollkommen davon überzeugt ist, dass es einen ans Ziel seiner Wünsche bringt ... dass es *genau das ist*, was man immer gesucht hat. Und zum anderen, indem man den richtigen Führer hat.«

»Die richtige Magie«, korrigierte Khalis. »Das Elfenbeinpferd ist ein Segen für uns. Glaubst du, sonst hätte ich zugelassen, dass ihr die tote Sturmkönigin zu Atalis in den Schrein steckt?«

»Wie auch immer«, fiel Tarik ungeduldig ein, »Wir brechen jetzt auf. Die zwei Stunden sind um.« Er machte keinen Hehl aus der Tatsache, dass er dies alles – ähnlich wie Ifranji – für leeres Gerede hielt.

Sabatea stellte sich auf die Zehenspitzen, um in sein Ohr zu flüstern. »Du glaubst ja auch daran, dass die Sanduhr wirklich etwas zu bedeuten hat. Auch wenn es keinen einzigen Anhaltspunkt gibt, dass wir während der zwei Stunden tatsächlich sicher sind. Oder gleich darauf zum Tode verurteilt.«

»Erfahrung«, entgegnete er knapp.

»Nein. Nur der Glaube an das, was dein Vater dir beigebracht hat. Die Wesen auf der Alten Bastion haben dich vor Ablauf der Zeit angegriffen. Und Junis hat länger mit Maryam in diesem Wadi in der Wüste gesessen als zwei Stunden, ohne dass sie angegriffen wurden. Und trotzdem glaubst du noch immer daran.«

Mürrisch sah er sie an. »Und das sagt mir *was*?«

»Dass auch du dein Handeln von völlig unbegründeter Überzeugung abhängig machst. Und so was nennt man Glauben, ob dir das gefällt oder nicht.«

Im Hintergrund sah Tarik den Magier lächeln, und das

ärgerte ihn mehr als die Tatsache, dass Sabatea ihn durchschaut hatte. »Das eine beweist nicht das andere«, sagte er. »Ich hab im Dschinnland eine Menge verrücktes Zeug gesehen – aber Städte, die nur existieren, wenn man an sie glaubt, waren nicht dabei.«

Sie lächelte verschmitzt. »In Samarkand habe ich fest daran geglaubt, dass du mich nach Bagdad bringen würdest.«

»In Samarkand hast du mit meinem Bruder geschlafen, *damit* ich dich nach Bagdad bringe.«

»Hätte ich das getan, wenn ich nicht geglaubt hätte, dass ich Erfolg damit haben würde?«

Tarik sah, dass Khalis sich bereits anderen Dingen zugewandt hatte und Sandwehen von seinem Teppich scharrte. Ifranji aber hatte ihnen aufmerksam zugehört und schüttelte erstaunt den Kopf.

So weit ist es gekommen, dachte er. Von einer Diebin moralisch verurteilt.

»Du und dein Bruder«, rief das dunkelhäutige Mädchen, »ihr habt wirklich schon eine Menge miteinander geteilt, was?« Ihr Lachen sollte wohl hämisch klingen, aber es hatte mehr Ähnlichkeit mit dem Kichern eines Kindes. Ifranji war nicht halb so abgebrüht, wie sie vorgab. Immerhin half diese Erkenntnis Tarik, den neuerlichen Wunsch zu unterdrücken, ihr an die Gurgel zu gehen.

Sie waren alle kaum in der Luft, als Almarik ihnen von oben entgegenraste.

»Dschinne!«, warnte er sie einmal mehr. »Eine ganze Armee.«

»Die aus den Zagrosbergen?«, fragte Nachtgesicht erstaunt. »So tief im Süden?«

Khalis kam dem Byzantiner zuvor. »Nein«, rief er über die Kluft zwischen den Teppichen. »Das muss das dritte Heer sein. Dschinne aus Skarabapur.«

Die Scholle

Archipele aus Wolkendunst faserten aus dem dunklen Umriss einer Unwetterfront am südlichen Horizont. Gewitter über der Wüste waren selten, doch zogen sie erst einmal herauf, trafen sie das tote Land mit apokalyptischer Gewalt. In der Ferne zuckten Blitze. Donner war keiner zu hören, aber er würde nicht lange auf sich warten lassen.

Doch nicht das Unwetter war das größte Spektakel, das sich den Augen der sechs Teppichreiter bot. Vor den schwarz-violetten Gewitterwolken, die sich als düstere Naht zwischen Ödland und Himmel erstreckten, rückte das Heer der Dschinne heran. Tausende und Abertausende hatten sich zu einem gigantischen Schwarm zusammengeballt, ein diffuses Wogen und Wabern wie eine Wolke Eintagsfliegen an einem heißen Sommertag. Anders als die Dschinne aus der Kavirwüste, gegen die Junis und die Sturmkönige gekämpft hatten, trieben diese hier augenscheinlich keine Menschensklaven mit sich. Kein Teil der Streitmacht bewegte sich am Boden vorwärts, alle schwebten hoch über der Ebene aus Sand und Fels. Die Ränder dieses wimmelnden Balgs waren ausgefranst wie die Gewitterwolken im Hintergrund, das Zentrum zu einem dunklen Brodeln verdichtet.

»Da ist noch etwas anderes«, sagte Almarik finster. »In ihrer Mitte.«

Tarik verengte das rechte Auge. Er hatte Mühe, die Dschinnarmee als solche zu erkennen, geschweige denn Einzelheiten der Silhouette, die sich inmitten des Trubels befand.

»Das ist was ziemlich Großes«, brummte Nachtgesicht.

Sabatea starrte angestrengt über Tariks Schulter nach vorn. »Sieht aus wie ein Felsen.«

Ifranji stöhnte. »Was wollen die damit? Ihn auf Bagdad stürzen?«

»Und warum fliegt das Ding mitten unter ihnen?«, fragte Nachtgesicht. »Ich meine, *können* die so was? Berge fliegen lassen?«

»Für einen Berg ist es zu flach«, sagte Khalis.

»Beschreib's mir«, bat Tarik Sabatea.

»Khalis hat Recht. Es ist flach, eine Art Scholle. Und riesig groß. Wenn sie es wirklich auf Bagdad werfen wollen, würde es den Palast und die Gärten unter sich begraben.«

Die Dschinnarmee war noch mehrere Kilometer entfernt. Unwahrscheinlich, dass sie die vier Teppiche der Gefährten bereits entdeckt hatten. Tarik deutete nach Westen, auf ein paar bucklige Felsrücken. »Verstecken wir uns – egal, was es ist.«

Tief über dem Boden rasten sie auf die Erhebungen zu. Selbst so früh am Morgen warfen die schrundigen Hügel keine nennenswerten Schatten. Es waren nur magere Ausläufer von Felsadern, die wie Wurzelstränge aus den höheren Bergen am westlichen Horizont gewachsen und von Wind und Wetter erodiert worden waren. Risse und Kerben in der Oberfläche waren eng und nicht besonders tief.

Besser jedoch als gar kein Versteck, wenn erst die Dschinne hier waren.

Tarik deutete auf einen Spalt, der sich wie eine Axtwunde quer durch einen der Steinbuckel zog. An der breitesten und tiefsten Stelle, ziemlich genau in der Mitte der Erhebung, bot er genug Platz für die Teppiche, ohne dass sie damit am Grund der Spalte landen mussten.

Bald darauf schwebten sie in einer Reihe nebeneinander über dem Geröll am Boden der Kluft, gerade tief genug, dass sie noch über den Rand blicken konnten. Der erste Donner rollte über die Ebene und kam lange vor den Dschinnen bei ihnen an. Blitze verästelten sich über die gesamte Breite des Horizonts, die Wolken wanderten auf glühenden Spinnenbeinen über das Land.

»Kontrollieren die Dschinne das Gewitter?«, fragte Sabatea. »Sieht aus, als zögen sie es hinter sich her.«

»Vielleicht nur ein Zufall«, murmelte Khalis, der tiefer als die anderen zwischen den geborstenen Steinwänden abtauchen musste, damit der Honigschrein nicht oben aus dem Spalt ragte. Zu seinem sichtlichen Verdruss war er der Einzige, der nicht über die Kante schauen konnte.

»Falls es ein Zufall ist, dann jedenfalls ein sonderbarer«, sagte Nachtgesicht. »Unwetter sind hier draußen nicht gerade alltäglich.«

Tarik bemühte sich, mehr zu erkennen. Noch zwei, drei Kilometer, schätzte er. Nun sah auch er den Umriss in der Mitte der wogenden Dschinnschwärme. Es war tatsächlich eine Art Scholle, unregelmäßig geformt, als hätte man sie mit Urgewalt aus dem Erdboden gebrochen. Nur dass sie nicht aus Fels bestand, wie die anderen erst vermutet hatten.

»Es glüht!«, entfuhr es Ifranji.

»Nein«, widersprach Sabatea. »Von oben fällt Licht hindurch. Schaut genau hin. Man kann die Umrisse von dem erkennen, was sich auf der Oberseite befindet.«

Zu seinem Verdruss sah Tarik mit seinem einen Auge nichts dergleichen, aber Nachtgesicht stimmte ihr zu: »Wie Kristall. Oder … Glas?«

»Woher haben die das?«, fragte Ifranji. »Und warum fliegt es?«

»Manch einer mag das vielleicht wissen wollen, wenn er deinen Teppich sieht«, sagte Khalis trocken.

»Aber Teppiche *können* fliegen«, konterte die Diebin stirnrunzelnd. »Glas nicht.«

»Geht tiefer«, kommandierte Almarik und senkte als Erster sein Knüpfwerk weiter hinab zum Grund des Spalts. Viel Spielraum blieb ihnen nicht; der Riss maß an der tiefsten Stelle keine drei Meter.

Unmittelbar über dem Geröll am Boden warteten sie ab und blickten nervös hinauf zu dem blauen Himmelsstreifen zwischen den Felskanten. Ein Raunen näherte sich, wurde lauter – die Stimmen zahlloser Dschinnhauptleute, die ihren fliegenden Schwadronen Befehle zubrüllten.

Tarik hätte gern Sabatea umarmt, aber er wagte nicht, die Hand aus dem Muster zu nehmen, für den Fall, dass sie entdeckt würden. Seine freie rechte Hand suchte ihre und zog sie fest an seinen Oberkörper. Sie presste sich von hinten an ihn, er spürte ihren schnellen Atem. Er musste sich gegen die Erinnerung an die Hängenden Städte wehren, gegen die Bilder der Sklavenpferche, die höhnischen Fratzen der Dschinne. Es fiel ihm schwer, das alles zu verdrängen, während er sich ganz auf den Ausschnitt des Himmels über ihnen konzentrierte.

Das vielstimmige Raunen kam näher. Dann glitten die ersten vereinzelten Punkte in sein Blickfeld, Späher der Dschinne am Rand des Heerzuges. Offenbar waren Tarik und die anderen nicht weit genug nach Westen ausgewichen. Die Dschinnarmee würde genau über sie hinwegfliegen.

Die Punkte verdichteten sich zu einem Wimmeln, als die vorderen Schwärme über die Felsbuckel schwebten. Von unten aus waren kaum die Umrisse der einzelnen Krieger zu erkennen. Immerhin erhöhte das die Chancen, dass sie umgekehrt auch die sechs Menschen in ihrem Versteck nicht entdecken würden. Es sei denn, einige der tiefer fliegenden Dschinne nahmen ihre Witterung auf.

Es wurde schlagartig düster am Boden des Felsspalts, als sich der Rand der gigantischen Scholle über den Lichtstreifen schob und den Himmel verdrängte. Sie mochte siebzig, achtzig Meter über dem Boden schweben, genauer ließ sich das aus diesem Blickwinkel nicht abschätzen.

Der kolossale Umriss war tatsächlich lichtdurchlässig und bestand aus Glas oder einem ähnlichen Material. Obwohl der Himmel darüber noch immer blau sein musste, wurde der Lichtschein grünlich gefiltert und gab den Gesichtern der Teppichreiter einen bleichen, kränklichen Ton. Die Unterseite der Scholle hatte eine pockennarbige Struktur, stellenweise von langen Zapfen und Beulen überzogen, Nestern aus strähnigen Wucherungen. Deshalb fiel das Licht von oben nicht gleichmäßig hindurch, änderte beständig seinen Einfallswinkel und verlieh der gesamten Scholle ein irisierendes Funkeln.

Und noch etwas hatte Sabatea ganz richtig erkannt. Auf der Oberseite scharten sich zahllose dunkle Flecke, viele in Bewegung, offenbar Lebewesen, aber ungleich größer als die Dschinne. Schwarmschrecken und Sandfalter vermochten selbst zu fliegen, waren also nicht darauf angewiesen, auf der Scholle in die Schlacht getragen zu werden. Tarik hatte von lebenden Kriegs- und Belagerungsmaschinen gehört, und er brannte keineswegs darauf, die Bekanntschaft mit einer zu machen.

»Bagdad wird fallen«, murmelte Khalis.

Tarik hatte nie daran gezweifelt. Auch keiner der anderen widersprach. Ifranji, sonst nie um eine bissige Bemerkung verlegen, sah aus, als hätte man sie aus großer Höhe auf den Teppich hinter ihren Bruder fallen lassen, zusammengesunken und erschöpft. Nachtgesicht kaute nervös auf seiner Unterlippe, während Almarik mit lauernden Augen ruhelos die Bewegungen der Dschinne nachvollzog, die in unterschiedlichen Höhen über den Spalt hinwegschwebten.

Tariks Blicke wanderten wieder zu den Schwärmen aus purpurnen Kriegern hinauf, beinlos, mit geflammten Hautmustern und dreigliedrigen Armen. Viele hielten Lanzen und klobige Hiebwaffen, manche trugen auch Köcher und Bogen. Früher, als Schmuggler auf den geheimen Routen zwischen Samarkand und Bagdad, hatte er gegen viele dieser Wesen gekämpft. Aber erst in den Hängenden Städten waren ihm Dschinne mit Pfeil und Bogen begegnet. Während der vergangenen Jahre hatten sie offenbar dazugelernt. Ihre Evolution war noch nicht am Ende angelangt, und die Vorstellung, wohin sie sich entwickeln mochten, ließ ihn schaudern.

»Sie haben Kettenmagier dabei«, flüsterte Khalis.

Mit wachsendem Unbehagen hielten sie nach den gefallenen Zauberern Ausschau, aber von hier unten waren keine zu entdecken.

»Ich kann sie spüren«, raunte Khalis und wirkte dabei sonderbar abwesend.

Sabateas Stimme klang heiser. »Junis hat gesagt, dass vier von ihnen beim Angriff der Sturmkönige vernichtet wurden. Wenn es stimmt, dass es ursprünglich zwölf gab –«

»Was niemand mit Sicherheit weiß«, warf Almarik ein.

»– und einer auf der Dornenkrone ums Leben gekommen ist, dann wären jetzt noch sieben übrig. Wie viele mögen sie brauchen, um dieses Ding in der Luft zu halten? Alle sieben?«

»Spekulationen helfen uns auch nicht weiter«, knurrte Almarik.

»Ich fühle mehr als einen«, sagte der Magier.

Ifranji atmete tief durch. »Vielleicht sollten wir dann alle den Mund halten, damit sie uns nicht finden.«

»Sehen und Hören gehören nicht zu den Stärken der Dschinne«, sagte Almarik. »Und wenn sie uns in dem Getümmel dort oben wittern könnten, wären sie wahrscheinlich schon hier.«

»Khalis.« Tarik starrte den Hofmagier an. »Wenn du *sie* spüren kannst, bedeutet das, dass sie umgekehrt auch dich –«

»Na, fabelhaft«, flüsterte Sabatea.

»Möglich wäre es«, entgegnete Khalis.

Nachtgesicht fluchte. Seine schwarze Glatze glänzte vor Schweiß. Unter seinen Armen zeichneten sich dunkle Ringe auf dem Gewand ab. Sie alle schwitzten seit ihrem

Aufbruch aus Bagdad, und bislang hatte es keine Möglichkeit gegeben, sich zu waschen.

Sabatea kam der gleiche Gedanke wie Tarik. »Sie müssen nicht *allzu* gut riechen können, um uns aufzuspüren, oder?«

»Nein«, sagte er, »Wohl kaum.«

Die vorüberziehenden Kriegerschwärme nahmen kein Ende, und auch die titanische Glasscholle schob sich noch immer über ihr Versteck hinweg. Ein paar hundert Meter, schätzte Tarik. Bis jetzt.

Die dunklen Umrisse auf der Oberseite der gläsernen Insel dünnten sich aus, und endlich kam der Rand in Sicht. Der grüne Dämmerschein verschwand mit dem Schatten der Scholle. Im nächsten Augenblick wurde der Spalt abermals von Tageslicht geflutet. Die Strahlen reichten nicht bis zum Grund der Kluft, dafür stand die Morgensonne zu tief. Trotzdem mussten die sechs nun von oben aus besser zu erkennen sein.

Jenseits der Scholle folgten weitere Formationen aus Dschinnkriegern, die meisten hoch oben und winzig klein, einige aber auch größer und näher, keine dreißig Meter über den Felsen.

Niemand wagte zu atmen.

Eine Patrouille aus acht oder zehn Dschinnen glitt unmittelbar über sie hinweg. Tarik konnte die erbeuteten Menschenskalps erkennen, die sie sich in die Haut ihrer kahlen Schädel eingenäht hatten. Manche hatten sich mit noch fremdartigeren Trophäen geschmückt, schlangenartigen Tentakeln, in Bündeln zusammengebunden, einer sogar mit einer abgeschlagenen Klaue, achtfingrig, halb verwest aus Knochen und Sehnen, ebenfalls am Hinterkopf angenäht. Es war keine menschliche Hand, auch nicht die eines Dschinns. Ein Vorgeschmack auf das, was weiter südlich in den Wüsten lauern mochte. Auf dem Weg nach Skarabapur.

Die Krieger der Patrouille passierten die sechs, ohne sie zu bemerken. Auch die Schwärme hoch über ihnen zerfaserten und verschwanden schließlich ganz.

Tarik und die anderen blieben noch eine Weile länger in ihrem Versteck, ehe sie sicher waren, dass keine Nachhut folgte und kein Dschinn sie zufällig bei einem Blick über die Schulter entdecken konnte. Als sie sich schließlich ins Freie wagten und blinzelnd im Sonnenschein umschauten, war das Heer der Dschinne nur noch ein verschwommener Fleck vor dem Sandozean der Wüste.

»Woher bei allen Teufeln stammte dieses Ding?«, keuchte Nachtgesicht.

»Geschmolzener Sand«, sagte Khalis unheilschwanger. »Ein Stück Wüstenboden, das so enormer Glut ausgesetzt wurde, dass es zerschmolzen und zu Glas geronnen ist. Es heißt, die Wilde Magie habe das Land selbst verändert – möglich, dass wir gerade einen Vorgeschmack darauf bekommen haben.«

»Und die Kettenmagier haben dieses Stück Glas aus dem Boden gebrochen und zum Fliegen gebracht?«, stieß Ifranji aus. »Ein Stück Glas so groß wie eine verdammte *Stadt*?«

Es war Sabatea, die nach einem Augenblick das unangenehme Schweigen brach. »Dann sollten wir zusehen, dass wir weiterkommen.« Sie deutete auf die Gewitterfront, die von Süden her näher rückte. »Wenn es da unten regnet, wird uns das noch lange genug aufhalten.«

Tarik sandte einen Befehl ins Muster. Ohne auf die anderen zu warten, flogen Sabatea und er voraus, dem brodelnden Wall des Unwetters entgegen.

Kochender Schlamm

Als Junis Bagdad erreichte, waren ihm die Dschinne zuvorgekommen.

Im Westen, zwei Kilometer außerhalb der kreisrunden Stadtmauern, lag das erste der drei anrückenden Heere auf der Lauer. Die Armee aus den Zagrosbergen, gegen die er mit Maryam und den Sturmkönigen gekämpft hatte, kündigte sich durch mächtige Staubwolken im Südosten an, war aber noch weit entfernt. Vom Heer aus dem Süden, aus Skarabapur, fehlte nach wie vor jede Spur.

Die Dschinnfürsten mochten mächtig sein, skrupellos und grausam – aber sie waren schlechte Strategen. Menschliche Heere hätten sich anderswo vereinigt und wären gemeinsam zum Angriff aufmarschiert. Nicht so die Dschinne. Statt abzuwarten, bis die Armeen aus dem Osten und Süden Bagdad erreichten, ließen die Heerführer aus dem Westen ihre Streitmacht bereits zur Schlacht antreten. Zahllose Dschinne färbten den westlichen Himmel dunkel und warteten darauf, den Sturm auf die Stadt zu beginnen.

Aus der Ferne gesehen, lag Bagdad wie eine kreisrunde Brosche am geschlängelten Band des Tigris brütend in der Nachmittagssonne. Die Stadt war erst vor wenigen Jahrzehnten errichtet worden, das Herz des Kalifats, prachtvoller Sitz seiner Herrscher. Zwei Stadtmauern aus Lehmziegeln zogen sich als doppelter Ring um das verschachtelte Dächermeer im Inneren. Einhundert Türme wachten rundum wie Spitzen einer Krone über die breiten Wehrgänge und Zinnen. Zwischen den beiden Mauern lag ein sandiger Streifen Ödland, um Angreifer zwischen den Wällen einzukesseln und von oben mit Pfeilen, kochendem Öl und Pech einzudecken.

Bagdads Verteidigungsanlagen waren weitsichtig geplant worden. Über zahllose Rampen und Treppen ließen sich die Mauern in Windeseile bemannen. Katapulte und Schleudern standen bereit. Es gab Plattformen für Teppichreiter und – im Inneren der Mauern – ausgedehnte Lazarette für die rasche Versorgung der Verwundeten.

Der Großangriff der Dschinne war lange erwartet worden. Auf den beiden Mauerringen wimmelte es von Bogenschützen. Tausende Teppiche kreisten über den Türmen und Dächern, um den Feind in der Luft abzufangen. Die Wälle selbst boten keinen Schutz gegen einen Feind, der mühelos darüber hinwegfliegen würde; doch gerade deshalb galten die Bogenschützen des Kalifats als die besten der Welt, ihre Katapulte als ungeheuer zielgenau und die Männer der Falkengarde als die erfahrensten Teppichreiter des Orients. Niemand, nicht einmal ein Vogel, hätte unbemerkt die wirbelnde Himmelskuppel über den Dächern und Türmen passieren können.

Junis näherte sich der Stadt in einem weiten Bogen von Südosten. Er hatte nicht vor, sich mit der Falkengarde anzulegen; für das, was er vorhatte, musste er nicht nach Bagdad hinein. Ein gutes Stück östlich des Tigris ließ er seinen Teppich in der Luft stillstehen, hundert Meter über der Wüste. Von hier oben aus verschaffte er sich einen Überblick.

Bagdad lag am anderen Ufer, in einer engen Biegung des Flusses, inmitten der endlosen Ebene. Tausende von Soldaten bevölkerten die Mauerkränze mit den einhundert Türmen. Ungleich größer war die Zahl jener, die am Fuß des äußeren Walls einen Ring aus Menschen und Verteidigungsmaschinen bildeten. Alles war bereit für die Schlacht. In ihrem Rüstzeug aus Eisen und Leder brieten die Krieger in der gnadenlosen Wüstenhitze, während sich die Dschinne Zeit ließen. Zwar sah es nach wie vor aus, als stünde der Angriff aus dem Westen unmittelbar bevor, aber noch hatte die Attacke nicht begonnen.

Junis begriff, was auch Bagdads Heerführer längst erkannt haben mussten. In ein paar Stunden würde die Sonne niedrig über dem westlichen Horizont stehen und die Bogenschützen der Verteidiger blenden. Mit dem Licht im Rücken würde es den Dschinnen leichter fallen, dem Pfeilhagel zu entgehen und die Schwärme der Teppichreiter anzugreifen. Womöglich brauchten die Dschinne für ihre erste Angriffswelle gar keine Kriegsmaschinen, keine Sklavenheere am Boden und keine Scharen hirnloser Dienerkreaturen – nur die gleißende Abendsonne im Rücken.

Junis war nicht hier, weil er ernsthaft glaubte, noch etwas bewirken zu können. Nur um seinen Schwur zu erfüllen – oder bei dem Versuch ums Leben zu kommen. Trauer und Leid hatten Narben hinterlassen, die es ihm unmöglich machten, irgendetwas anderes zu empfinden.

Was zählte waren die wenigen klaren Augenblicke vor Maryams Tod gewesen, als sie ihm den Eid abgenommen hatte, Jibril zu befreien. Grund genug, alles andere beiseitezuschieben. Sogar seine Wut auf den Jungen, die sich mit jedem Tag mehr und mehr zu Hass verhärtete.

Das Wiedersehen mit Tarik und Sabatea, dem er nach den Ereignissen in den Hängenden Städten so entgegengefiebert hatte, war ihm vorgekommen wie ein diffuser Traum. Verschwommen hinter einem Nebel, zu unwirklich, um dabei mehr als schemenhafte Erleichterung zu empfinden. Was sie vorhatten war ebenso aussichtslos wie sein eigener Plan.

Das Muster des Teppichs vibrierte um seine Finger, zum Zerreißen angespannt wie er selbst. Unter seinen Händen war das Knüpfwerk zu neuem Leben erwacht, und nun teilte es seine Bereitschaft, alles aufs Spiel zu setzen. Teppich und Reiter verschmolzen zu einer Einheit, als Junis dem Muster befahl, in einem Halbkreis Bagdad zu umrunden und sich von Norden der Dschinnarmee vor den westlichen Mauern zu nähern. Aus diesem Blickwinkel hatte das Heer die Sonne nicht mehr im Rücken. Junis konnte die Feinde nun deutlicher ausmachen.

Abermals ließ er den Teppich in der Luft verharren, gerade nah genug, dass die Wolke der Dschinnkrieger vor seinen Augen zu zahllosen Punkten zerfiel, ein purpurner Heuschreckenschwarm, der aus dem Flirren der Nachmittagshitze näher rückte.

Doch der erste Eindruck täuschte. Sie kamen nicht auf ihn zu, konnten ihn mit ihrer unterlegenen Sehkraft noch gar nicht entdeckt haben. Stattdessen setzten sie sich gegen Bagdad in Bewegung.

Junis war gerade rechtzeitig gekommen, um Zeuge des ersten Angriffs zu werden.

Ein Pfeilhagel fegte dem Dschinnschwarm entgegen, eine schwarze, wimmelnde Flut, die sich in einem weiten Bogen von den Zinnen Bagdads und aus den Reihen der Soldaten am Fuß der Mauern erhob. Trotz der Sonne trafen nicht wenige ihre Ziele, schlugen in den Schwarm der Dschinnkrieger und holten zahlreiche von ihnen vom Himmel. Trudelnd und kreischend sanken die Kreaturen in die Tiefe. Viele waren von drei, vier und noch mehr Pfeilen durchbohrt worden.

Auf die erste Salve folgte unverzüglich eine zweite, dann eine dritte. Jetzt schossen auch die Männer der Falkengarde oben am Himmel. Jeder ihrer Teppiche war mit zwei Soldaten besetzt; einer lenkte mit der Hand im Muster, der andere war für den Fernkampf gerüstet. Die Reichweite ihrer kleineren, handlicheren Bogen war begrenzt, darum hatten sie abgewartet, bis die Dschinne näher heran waren.

Noch bevor die erste Angriffswelle die Ausläufer der Stadt erreichte, waren fast zwei Drittel der Dschinne tot oder schwer verletzt abgestürzt. Ihre Heerführer zögerten, weitere Schwärme auszusenden. Die erste Attacke diente vor allem dazu, die Stärke der Verteidigung auszuloten. Bagdads Soldaten hatten einen eindrucksvollen Beweis ihrer Entschlossenheit geliefert. Das bedeutete, dass der zweite Angriff ungleich machtvoller über sie hereinbrechen würde.

Junis beobachtete das Geschehen aus weiter Ferne. Er stand im Ausfallschritt auf seinem Teppich, die linke Hand im Muster, die rechte am Griff seines Schwertes.

Die Waffe des Byzantiners lag gut in der Hand. Aber es war eine gerade Klinge. Junis' Erfahrung beschränkte sich auf den Umgang mit Krummschwertern. Er war gespannt darauf, ob das einen Unterschied machte, wenn die Schneide durch purpurnes Dschinnfleisch schnitt.

Der Wind trug den Geruch von Blut heran, von schwitzenden Menschen und von Dschinnen. Heiße, trockene Böen hüllten ihn in den Lärm der Schlacht.

Die Reste der ersten Angriffswelle wurden erfolgreich abgewehrt. Solange die anderen Dschinnheere noch nicht eingetroffen waren, hatten die Verteidiger vielleicht eine Chance. Die Hauptstreitmacht aus dem Westen blieb außerhalb der Reichweite der Katapulte, während die Vorhut über den Zinnen aufgerieben wurde. Schon loderten am Fuß der Mauern Feuer auf, als die triumphierenden Soldaten ihre abgestürzten Feinde auf Scheiterhaufen warfen, die Kadaver mit Öl übergossen und entzündeten. Schwarzer, fettiger Qualm wölkte empor. Es dauerte nur wenige Atemzüge, ehe der bestialische Gestank auch bei Junis eintraf.

Er zählte sechs Scheiterhaufen. Der Wind trieb ihre Rauchfahnen schon nach kurzem Aufstieg auseinander und vernebelte die Sicht der Schützen. Es gehörte nicht viel dazu, vorauszusehen, was als Nächstes geschehen würde.

Die Dschinnfürsten kämpften im sechsten Jahrzehnt gegen die Menschen, und sie wussten um die Schwächen ihrer Gegner. Eine war Eitelkeit, eine andere Gründlichkeit. Die Scheiterhaufen waren Ausdruck von beidem, und sie brannten nicht zum ersten Mal.

Noch während die Qualmsäulen zu schwarzen Vorhängen auffächerten, löste sich aus der Streitmacht der Dschinne die zweite Welle von Kriegern. Diesmal wurden sie von Schwarmschrecken begleitet, in deren Gefolge eine Handvoll Sandfalter heranschwebte. Als die schwarzen Horngiganten mit surrenden Libellenflügeln in die Reihen der Verteidiger vorstießen, mit schnappenden Kieferscheren und messerscharfen Hakenkrallen, spien die Sandfalter Fontänen tödlicher Säure auf die Soldaten hinab. Ihre gewaltigen Schmetterlingsschwingen, betörend schön gezeichnet, wirbelten majestätische Luftstrudel in die Rauchschwaden. Der Säureregen aus ihren Rachen traf Gegner wie Verbündete gleichermaßen, zerkochte sie zu brodelnden Pfützen.

Ein Zittern raste durch Junis' Glieder. Der Drang, selbst in die Schlacht einzugreifen, wurde von Grauen und Wut verdrängt. Der Untergang der Sturmkönige schien sich vor seinen Augen zu wiederholen, die Erinnerungen schoben sich wie eine Schablone über die Gegenwart. Er spürte wieder, wie es sich angefühlt hatte, den Tod von Ali Saban und Mukthir mit anzusehen; durchlebte erneut seine Machtlosigkeit im Angesicht der Dschinnfürsten und Kettenmagier; schmeckte Maryams Blut auf seinen Lippen, als er sie ein letztes Mal küsste.

Ein Schrei stieg in ihm auf. Seine Finger ballten sich im Muster zur Faust. Der Teppich erbebte, verharrte aber weiterhin auf der Stelle. Das Knüpfwerk spürte die Verwirrung seines Reiters und verweigerte dem unbedachten Befehl den Gehorsam.

In Gedanken sah Junis Jibril vor sich, die Silhouette des Jungen inmitten einer Kugel aus weißem Licht. Sah ihn am Himmel über der schroffen Gebirgsschlucht schweben, während die Helligkeit tastende Tentakel auswarf und panische Dschinnschwärme aus dem Himmel brannte. Sah ihn als das, was er wahrhaftig war: die mächtigste Waffe der Menschen im Kampf gegen die Dschinne.

Der Preis dafür war das Opfer der Sturmkönige gewesen. Und vielleicht, nur vielleicht, wäre der Plan des Jungen aufgegangen, hätte er auch die Dschinnfürsten gleich mit dem ersten Schlag seiner Lichttentakel ausgelöscht. So aber war er ihnen unterlegen, ein Gefangener der Fürsten auf ihren schwebenden Knochenthronen.

All diese Bilder blitzten innerhalb eines einzigen Augenblicks vor Junis auf, durchmischt mit den Eindrücken der Schlacht an Bagdads Westwall. Und er erkannte, dass Jibril mehr war als der skrupellose Verräter, den er zuletzt in ihm gesehen hatte. Er war die Hoffnung der Menschheit, *weil* er sich ihren Emotionen verweigerte. Weil er kalkulierte, plante, abwog. Weil er eben keine Feuer entzünden ließ, die den eigenen Leuten den Atem und die Sicht raubten, selbst wenn die Flammen für eine Weile ihre Kampfmoral steigerten.

Jibril hatte Opfer gebracht, weil es ihm richtig erschienen war. *Wir können die Dschinne nicht schlagen, solange wir nicht denken wie sie*, hatte er einmal zu Junis gesagt. War das der Schlüssel? War nur Jibril kaltblütig genug, gefühllos genug, war er innerlich längst *Dschinn genug*, um die Feinde mit ihren eigenen Waffen zu schlagen?

Maryam hatte das erkannt, weil sie mehr über diesen sonderbaren Jungen gewusst hatte als irgendjemand sonst. Sie war seine Vertraute gewesen. Etwas, das er zu ihr gesagt hatte, hatte sie derart überzeugt, dass sie selbst im Sterben noch für Jibrils Rettung gekämpft hatte.

Das war die Verantwortung, die sie Junis übertragen hatte. Das war es, was er ihr schuldig war.

Inmitten des Grauens vor Bagdads Toren, im Gestank der brennenden Dschinne und des geschmolzenen Fleischs, erfasste er endlich, was sie ihm da aufgebürdet hatte. Nicht weniger als die Zukunft der Menschheit. Damit das, was sich gerade vor seinen Augen abspielte, nicht wieder und wieder geschehen würde.

Aus seiner Wut wurde Tatendrang, aus kaltem Hass Entschlossenheit. Inmitten schwarzer Trauer entflammte ein Funken neuer Hoffnung.

Er würde tun, weshalb er hergekommen war. Nicht um eines Versprechens willen, sondern weil er mit einem Mal an dessen Richtigkeit glaubte. Weil er so sehr daran glaubte, wie Maryam es getan hatte.

Und während ihn diese Erkenntnis überkam, ein Gefühl, das alles veränderte, holten die Dschinne zum nächsten Schlag aus.

Am Fuß der Mauern wölbte sich die Wüste auf. Soldaten und Dschinne strömten schreiend auseinander. Männer fielen die Schrägen hinunter, während unter ihnen der Boden immer steilere Erhebungen bildete. Aus Hügeln wurden haushohe Kegel, pulsierten, blähten sich auf – und explodierten in schwarzen Fontänen.

Kochender Schlamm strömte aus der Erde und verzehrte alles Leben.

Faruk

Es stank nach Pech und heißer Asche.

Fettiger schwarzer Rauch hing über den Zinnen der Stadt. Die Schreie der Verbrannten und Verletzten gellten aus den überfüllten Lazaretten im Inneren der Mauern. Zusätzliche Wundlager waren hastig jenseits des zweiten Walls auf den Straßen errichtet worden. In den Gassen kauerten jene, die das Schlamminferno überlebt hatten; es war nicht einmal die Hälfte jener Männer, die Stunden zuvor am Fuß der Mauer aufmarschiert waren.

Am Boden rund um die Stadt gab es keinen Verteidigungsring mehr. Nur die Teppichreiter der Falkengarde hielten ihre Positionen, um Bagdad vor weiteren Angriffen aus der Luft zu schützen. Derzeit – keine zwanzig Minuten nach dem Ausbruch der Schlammvulkane – ruhten die Kämpfe. Der Feind war vorerst zufrieden damit, die Verteidiger hinter die Mauern getrieben zu haben. Draußen vor der Stadt gab es keine lebenden Menschen mehr, nur schwarz verkrustete Leichen, manche halb aufgerichtet inmitten des Morasts, erstarrt zu flehenden Skulpturen.

Als die Dschinne die Schlammvulkane zum Ausbruch gebracht hatten, hatten Bagdads Heerführer den Rückzug hinter die Mauern angeordnet. Durch die vier großen Tore waren die Soldaten ins Innere geströmt, in Panik auf der Flucht vor der brodelnden Flut, die ihnen zähflüssig folgte und erst von den Torflügeln aufgehalten wurde. Die rauchenden Krater reihten sich in Abständen von vierzig, fünfzig Metern um die gesamte Stadt. Ihr Qualm hing als wabernde Glocke über Bagdad, dem Fluss und dem öden Umland. Im Westen waren die Fontänen mit der größten Gewalt ausgebrochen und bis zu den Zinnen emporgespritzt. Jetzt waren die einstmals hellen Mauern besudelt mit bizarren Mustern aus Schlamm, wie Schriftzeichen eines magischen Zirkels, den die Dschinne um die Hauptstadt des Kalifats gelegt hatten.

Offenbar hatten ihre Kettenmagier die exakten Orte der Eruptionen nicht beeinflussen können. Andernfalls wäre es ein Leichtes gewesen, als Erstes die Tore zu blockieren. So aber hatten viele Männer ins Innere fliehen können, während ihre Kameraden hinter ihnen in den stinkenden Strömen zerkochten.

Junis hatte die Stadt in weitem Bogen umkreist, um sich ein Bild vom Ausmaß der Katastrophe zu machen. Mehrfach war er Scharmützeln zwischen Spähern der Falkengarde und vereinzelten Dschinnpatrouillen ausgewichen. Trotz der Dunkelheit, die sich mit dem schwarzen Rauch über das Land gelegt hatte, war es nicht leicht, den Feinden zu entgehen. Über den Kratern wogte der Qualm so dicht, dass er eine passable Deckung abgab; zugleich aber machte er das Atemholen fast unmöglich. Junis spürte bereits, dass sich die scharfen Dämpfe auf seine Brust legten. Dass es ausgerechnet ein Hustenanfall sein könnte, der ihn an die Dschinne verriet, war kein besonders erhebender Gedanke.

Er musste herausfinden, wie nah die Dschinne aus den Zagrosbergen der Stadt bereits gekommen waren. Falls Jibril am Leben war, befand er sich aller Wahrscheinlichkeit nach noch immer in ihrer Gewalt.

Rufe ertönten im Rauch. Keine Dschinnsprache. Die Soldaten auf den Zinnen hatten ihn entdeckt. Blieb nur zu hoffen, dass sie ihn nicht für einen Gegner hielten. Verbissen erwartete er einen Hagel aus Pfeilen.

Stattdessen jagte mit einem Mal etwas durch den Qualm, aus dem Inneren der Stadt nach außen. Fünf, sechs dunkle Punkte, mit seltsamen Spitzen und Winkeln besetzt. Als sie auf ihn herabstießen erkannte er, dass es Abbilder von Tieren waren, anderthalb Mannslängen hoch und ebenso breit. Ein Vogel, eine Katze, sogar ein Skorpion. Stilisiert, fast abstrakt, wie aus buntem Papier gefaltet.

Weitere folgten, noch einmal sechs oder sieben. Sie kamen über die Mauer und senkten sich ein gutes Stück vor ihm herab, schwebten abwartend oberhalb des kochenden Schlamms.

Eines der Tiere entfaltete sich innerhalb eines Lidschlags zu etwas anderem – einem ungewöhnlich langen, schmalen Teppich, genau wie der des Byzantiners. Am vorderen Ende saß ein einzelner Falkengardist und hob eine Hand.

»Woher kommst du?«, fragte der Hauptmann barsch. »Was hast du hier draußen zu suchen?«

Ihre Blicke kreuzten sich. Die Worte kamen ganz von selbst. »Ich bin Junis al-Jamal«, sagte er mit erhobenem Haupt, »ich habe an der Seite der Sturmkönige gekämpft.«

~

Die Teppichreiter der Falkengarde eskortierten ihn zu einer Plattform am inneren Wall. Das viereckige Ziegelfeld ragte vom Wehrgang aus Richtung Stadt, ein klotziger Auswuchs der Mauer mit einem steinernen Geländer.

Junis weigerte sich, seinen Teppich in der Obhut der Soldaten zurückzulassen. Mit stoischer Miene rollte er ihn zusammen und legte ihn sich über die Schulter. Durch eine Öffnung am Rand der Plattform führte ihn der Hauptmann eine Treppe hinab ins Innere des Mauerwalls. Enge Korridore verbanden Wachstuben und Waffenkammern.

In einem der größeren Räume standen mehrere Männer im Fackelschein um einen Tisch und beugten sich über einen Plan aus Pergament. Bagdads Verteidigungsanlagen, vermutete Junis. Runde Markierungen aus Ton waren über die Karte verteilt wie Figuren auf einem Spielbrett. Es roch beißend nach Schweiß und versengtem Haar.

Der Hauptmann, der ihn hergeführt hatte, verbeugte sich, ohne dass einer der Männer ihn beachtete. Die Atmosphäre im Raum war angespannt. Mehrere der Heerführer redeten zornig durcheinander. Einer trug den rechten Arm in einer Schlinge; der Geruch nach verbranntem Fleisch drang unter dem Stoff hervor bis zur Tür. Auch sein Gesicht hatte Spritzer des kochenden Schlamms abbekommen; jemand hatte sie mit gelber Wundsalbe betupft. Die Verbissenheit seiner Miene verriet Schmerz, aber auch den Willen, sich davon nicht unterkriegen zu lassen.

Junis spürte die Anwesenheit mehrerer Wachsoldaten in seinem Rücken und würdigte sie keines Blickes. Dass er ein Gefangener war, wusste er, auch wenn ihm niemand seine Festnahme offiziell verkündet hatte.

Der Hauptmann näherte sich einem Mann mit grauem Bart und kurzem Haar; beides war penibel gepflegt und ließ darauf schließen, dass er seinen Haarschnitt nicht in einer der Kasernen erhalten hatte. Er trug rote Beinkleider wie die meisten hier, darüber ein silbernes Kettenhemd. Seine schwarzen Stiefel reichten bis zum Knie. An seinem Waffengurt hing eine der schmalen Sicheläxte, die zur Grundausrüstung von Bagdads Garden gehörten. Er war groß gewachsen, mit breiten Schultern und kräftigen Händen, die er zu Fäusten geballt auf den Rand des Pergaments gestemmt hatte. Die Knöchel traten weiß hervor, und er sah aus, als hätte er nur zu gern damit auf irgendetwas eingeschlagen. Erst recht, als der Hauptmann ihn ansprach und leise Bericht erstattete.

Ungehalten blickte der Mann auf. Seine dunklen Augen richteten sich auf Junis. Ein Flackern von Neugier, dann wieder Härte. »Du behauptest also, du bist ein Sturmkönig?«

Die Gespräche der anderen Befehlshaber verstummten. Alle Gesichter wandten sich dem Neuankömmling im Eingang zu.

»Mein Name ist Junis al-Jamal, und ich bin mit den Sturmkönigen in die Schlacht gegen die Dschinne geritten.«

»Der Hauptmann sagt mir, du wärst auf einem Teppich geritten, nicht auf einem Sturm.«

»Ich war erst wenige Wochen bei ihnen, als die Dschinne sie … als sie von den Dschinnen geschlagen wurden. Ich bin der einzige Überlebende.«

Ein Raunen. Erstaunte Gesichter, aber kein Mitgefühl. Nur der graubärtige Mann sah für einen Augenblick beinahe betroffen aus. Doch er hatte sich sofort wieder im Griff. »Die Sturmkönige wurden vernichtet?«

»Wir haben die Dschinnarmee angegriffen, die von Osten auf Eure Stadt zumarschiert ist. Wir glaubten, dass wir sie in den Tälern der Zagrosberge einkesseln könnten. Aber« – er zögerte – »unsere Anführer haben sie unterschätzt. Die Dschinne hatten vier Kettenmagier dabei und drei ihrer Fürsten. Die Magier haben … Wesen heraufbeschworen. Ungeheuer mit sechs Armen.«

»Kali-Assassinen«, murmelte der Mann mit dem verbrannten Arm in der Schlinge.

Junis nickte. »Die Kettenmagier wurden besiegt. Ich selbst habe einen der Dschinnfürsten getötet. Aber das alles hat nichts –«

»Junis al-Jamal, hast du gesagt?« Der Mann nahm die Fäuste vom Tisch und verschränkte die Arme vor der Brust. »Es ist nicht lange her, da tauchte jemand bei uns auf, der ebenfalls von sich behauptet hat, er hätte einen der Fürsten getötet. Und sein Name war –«

»Tarik al-Jamal«, bestätigte Junis mit knappem Nicken. »Mein Bruder.«

Die Männer am Tisch wechselten finstere Blicke. Junis war nicht sicher, ob die Erwähnung Tariks eine gute Idee gewesen war.

Der Mann mit dem grauen Bart trat an den anderen vorbei auf ihn zu. »Ich bin Faruk. Der Großwesir des Kalifen von Bagdad.«

»Ich habe gehört, was geschehen ist«, sagte Junis. »Seid Euch meiner Trauer um unseren Gebieter gewiss.« Das klang sehr förmlich, vielleicht *zu* förmlich. Aber im Augenblick war Harun al-Raschids Tod vermutlich die geringste Sorge dieser Männer.

»Wie haben die Sturmkönige davon erfahren?«, erkundigte sich der Großwesir. Sein Mienenspiel war zu beherrscht für offenen Argwohn.

»Das haben sie nicht. Aber auf dem Weg hierher bin ich meinem Bruder begegnet. Er reist nach Süden, an der Seite eines Mannes namens Khalis und dessen Leibwächter, einem Byzantiner.«

Der Mann mit der Armbinde spie aus. »Leibwächter! Ein verdammter Ifritjäger ist er, nichts sonst.«

Faruk schenkte dem Verwundeten einen strafenden Blick, wandte sich aber gleich wieder an Junis. »Das klingt, als sagest du die Wahrheit. Wir hatten gehofft, dass die Sturmkönige in die Schlacht eingreifen würden.«

»Dazu ist es zu spät«, sagte Junis.

»So bringst du uns nichts als schlechte Nachrichten.«

»Vor allem bringe ich Euch einen Plan, wie die Dschinne zu besiegen sind.« Das grenzte an eine Lüge, und so schienen es auch die Männer im Raum zu sehen. Rasch fügte er deshalb hinzu: »Zumindest eine *Chance*, sie zu besiegen.«

»Er ist ein Schwätzer«, sagte einer der Befehlshaber.

»Wir verschwenden hier unsere Zeit«, rief ein anderer.

Faruk musterte Junis mit durchdringendem Blick. »Was hatte Khalis bei sich, als du ihm und den beiden anderen begegnet bist?«

»Seine tote Tochter in einem Schrein voller Honig. Und«, fügte er hinzu, weil er die Finte des Wesirs durchschaut hatte, »es waren nicht nur Tarik und der Byzantiner bei ihm, sondern auch eine Frau und zwei -« Er suchte nach dem passenden Wort, ehe ihm klar wurde, dass er über Nachtgesicht und Ifranji nicht das Geringste wusste. Darum sagte er nur: »Geschwister.«

»Zwei Diebe und eine Mörderin«, schimpfte einer der Befehlshaber. »Weil der verfluchte Magier endgültig den Verstand verloren hat.«

Der Großwesir sah nachdenklich zu Boden. Dann hob er langsam den Kopf und deutete auf die Tür. Er hatte seine Entscheidung getroffen. Seine Stimme duldete keinen Widerspruch.

»Lasst uns allein.«

»Du bist also gekommen, um diesen Jibril zu befreien«, stellte der Großwesir fest, nachdem sich die murrenden Befehlshaber zurückgezogen und Junis seinen Bericht beendet hatte.

»Ich will es versuchen.«

»Jahrelang habe ich mich darum bemüht, mit den Sturmkönigen Gespräche zu führen«, sagte Faruk. »Sie hätten mit uns gemeinsam kämpfen sollen, statt dort draußen im Niemandsland ihren eigenen schäbigen Krieg zu führen. Es gab nicht viele, die dafür waren, ihnen ihre … Vergehen nachzusehen und sich stattdessen mit ihnen zu verbünden. Ich war einer von denen, die es ein ums andere Mal versucht haben.« Er seufzte leise. »Ich habe auch diese Frau gekannt. Maryam. Ich habe mit ihr in einem Zelt gesessen, irgendwo in dieser verdammten Wüste, und versucht, sie durch die besseren Argumente auf unsere Seite zu ziehen.«

Junis nickte wissend. »Natürlich hat sie sich nicht darauf eingelassen.« Maryam war nicht vor Samarkands Befehlshabern geflohen, um sich später, nachdem sie ihre Freiheit bei den Sturmkönigen gefunden hatte, den Herrschern von Bagdad zu unterwerfen.

Faruk runzelte die Stirn, als außerhalb der Mauer ein

Hornsignal ertönte. Offenbar kein Alarm. Er konzentrierte sich gleich wieder auf Junis.

»Sie hat mich beschimpft und verunglimpft«, sagte der Wesir mit mildem Lächeln.

Junis kämpfte gegen seine Trauer an. Er konnte noch nicht mit diesem Fremden über Maryam sprechen. Die Erinnerung an sie war so greifbar, dass ihr Verlust ihm die Kehle zuschnürte.

Faruk schien es nicht zu bemerken. »Dann hat sie mich aus dem Zelt geworfen wie einen Steuereintreiber.«

»Das war … ihre Art«, sagte Junis heiser.

»Ja.« Der Großwesir ging in der Kammer einige Schritte auf und ab. »Ich habe sie verstanden, in gewisser Weise. Ich wusste eine Menge mehr über sie und ihre Leute, als sie geahnt hat.«

»Ihr hattet Spione da draußen? In den Lagern der Sturmkönige?«

»Selbstverständlich.«

»Dann habt Ihr von Anfang an gewusst, dass ich über Jibril die Wahrheit sage.«

»Nur deshalb stehe ich noch hier und rede mit dir.«

»Wisst Ihr, was sie gemeint hat? Als sie gesagt hat, Jibril könne uns alle retten – was hatte das zu bedeuten?«

»Ich hatte gehofft, du könntest mir das sagen.«

Junis atmete enttäuscht aus. »Nein.«

»Und trotzdem bist du bereit, dafür zu sterben?« Faruk verzog einen Mundwinkel. »Da hat jemand offenbar großen Eindruck hinterlassen.«

»Ich –«, begann Junis, aber der Wesir fiel ihm ins Wort.

»Schon gut. Vergiss das.« Faruk blieb vor einer Schießscharte stehen. »Es gibt tatsächlich einen Weg in das Lager der Dschinne. In Kürze wird ein Trupp meiner Männer aufbrechen, um dort einzudringen und so viele ihrer Fürsten zu töten wie nur möglich.«

»Aber das ist –«

»Irrsinn? Natürlich. Glaube ich, dass sie Erfolg haben werden? Nicht im Geringsten. Aber es ist *etwas*, das wir versuchen können. Nützen wird es aller Wahrscheinlichkeit nach nichts. Aber diese Männer wissen, dass hier auf den Mauern nur der Tod auf sie wartet. Sie werden alle sterben, so oder so. Genau wie dieser alte Narr Khalis und dein Bruder, der Schmuggler.« Er lächelte bitter. »In einer Lage wie der unseren gewinnen solch tollkühne Unternehmungen beträchtlich an Reiz.«

»Lasst mich mit ihnen gehen!«

Der Großwesir schwieg einen Moment und musterte Junis mit forschendem Blick. »Sicher hat sie es dir nicht leicht gemacht, sich in sie zu verlieben.«

»Sie hat es niemandem leicht gemacht. In allem, was sie getan hat.«

»Ich hatte wohl Unrecht«, sagte Faruk. »Mit Heldentum hat das alles nichts zu tun. Aber auch das wird sie nicht wieder lebendig machen.«

Junis sah Maryams Leichnam im Honigschrein vor sich, Auge in Auge mit der toten Atalis.

»Du wirst sie wiedersehen«, sagte der Wesir, »so oder so.«

»Nein«, flüsterte Junis, »ich glaube nicht.«

Im Untergrund

Hitze wehte ihnen aus den unterirdischen Tempelkatakomben entgegen. Der Gestank des Schlamms und die schwefeligen Dämpfe, die aus dem Erdinneren aufgestiegen waren, raubten Junis und den anderen Männern den Atem.

Mit ihren Teppichen hatten sie sich rund um eine Öffnung im Boden versammelt. Sonderbare Laute drangen aus der Tiefe empor. Manche hätten Stimmen sein können. Aber dort unten war mit Sicherheit niemand mehr am Leben.

Sie waren zu elft. Zehn der besten Krieger der Falkengarde – und Junis, der als Letzter auf seinem Teppich durch das Loch im Boden des staubigen Moscheekellers hinab in den Abgrund schwebte.

Kurz nach dem Gespräch mit dem Großwesir hatte Junis erfahren, dass die Dschinne versucht hatten, auch im Inneren Bagdads Schlammvulkane zum Ausbruch zu bringen. Doch der Untergrund der Stadt war durchzogen von einem endlosen Labyrinth uralter Tunnel und Säle – die Keller und Fundamente einer Tempelanlage, die lange vor der Erbauung Bagdads hier am Ufer des Tigris gestanden hatte. Der Schlamm war nur an einigen wenigen Orten bis an die Oberfläche gelangt. Stattdessen hatte sich ein Großteil der kochend heißen Flut in den Katakomben verteilt.

Seit die Vulkane versiegt waren, stand der Schlamm in dem lichtlosen Irrgarten fast eine Mannslänge hoch. Über der Oberfläche blieb gerade genug Platz, dass ein Reiter auf seinem Teppich darüber hinwegschweben konnte. *Falls* er die Hitze und die fauligen Gase ertrug. Und *falls* der Schlamm andernorts nicht noch höher stand.

Das Muster gehorchte nur widerstrebend, als Junis es aufforderte, den Gardisten in die Tiefe zu folgen. Er konnte es dem Teppich schwerlich verübeln. Dies war ein altes Knüpfwerk, das viel erlebt hatte, schon vor dem Ausbruch der Wilden Magie und der Spaltung der Welt. Es besaß keinen eigenen Willen, auch wenn es manchmal so schien; im Drachenhaar jedoch, das in seinen Fasern verarbeitet war, steckte genug Instinkt, um offensichtlichen Gefahren aus dem Weg zu gehen.

Unter dem Moscheekeller, durch den sie in die Tempelkatakomben gelangten, befand sich ein weites Gewölbe. Der Schlamm kochte nicht mehr, aber noch immer ging eine ungeheure Hitze davon aus. Dampf stieg von der schwarzen Kruste empor. Die Feuchtigkeit würde den Teppichen schon bald zu schaffen machen. Viel Zeit blieb ihnen nicht, um den Ausgang zu erreichen.

Der Gardist vor Junis beugte sich über den Rand seines Teppichs und stieß mit dem Schwert durch die Oberfläche; die harte Schicht war allerhöchstens fingerdick und würde unter dem Gewicht eines Menschen sofort zerbrechen.

Sie alle hatten sich feuchte Tücher vor Mund und Nase gebunden, aber schon nach den ersten Augenblicken war klar, dass sie gegen den Gestank nichts bewirkten. Darunter wurde es nur noch heißer, und die Schwefeldämpfe drangen schon bald durch das Gewebe.

Man hatte Junis erklärt, dass das alte Tempellabyrinth unter den Stadtmauern hindurch bis weit in Bagdads Umland reichte. Einst geheime Fluchtwege, würden die Tunnel sie nun zu verborgenen Ausgängen inmitten der feindlichen Armeen führen.

Der Plan sah vor, dass die zehn Gardisten im Schutz der Nacht die Tunnel verlassen und in dem fremden Heerlager eine Reihe von Attentaten auf die Dschinnfürsten und ihre Kettenmagier ausführen sollten. Alle zehn waren geschult im lautlosen Kampf, im Töten aus dem Hinterhalt. Ob das ausreichen würde, um gegen die Zauberei eines Kettenmagiers und die Macht der Fürsten anzutreten, war zweifelhaft. Keiner rechnete damit, lebend in die Stadt zurückzukehren.

Die Moschee lag unweit der Stadtmauern, darum hatte man den Zugang in ihren Kellern ausgewählt. Laut der Karten, die bei der Erbauung Bagdads von Teilen der Tempelkatakomben angefertigt worden waren, verlief der unterirdische Weg ins Heerlager der Dschinne in gerader Linie nach Süden. Bis zum Ausgang am anderen Ende war es nicht weit, keine dreitausend Meter.

Der Tunnel empfing sie mit Hitze und Schwefelgestank. Die langen Gardeteppiche waren schmal genug, dass zwei von ihnen nebeneinander fliegen konnten. Junis, der auf seinem eigenen ritt, flog allein am Ende der Kolonne. Es war zu dunkel und der Tunnel zu rauchgeschwängert, um die vorderen Männer erkennen zu können. Nur ihre Lampenlichter schwebten vor ihm in der Finsternis. Es fiel nicht schwer, ihnen zu folgen.

Er hielt sich so hoch wie möglich über dem Schlamm, mit dem Kopf knapp unter der Tunneldecke. Die trügerische Kruste unter ihm war immer wieder von Rissen durchzogen, aus denen beißender Qualm aufstieg. Der faulige Geruch schien selbst durch seine Poren zu dringen. Schlimmer noch aber war die Benommenheit. Schon nach den ersten Metern spürte er einen diffusen Schwindel, der bald immer stärker wurde. Er war nicht mehr sicher, ob der Teppich unter ihm schwankte oder ob die Bewegungen nur in seinem Kopf stattfanden. Er sandte Befehle ins Muster, die das Knüpfwerk beruhigen sollten. Ohne Erfolg.

Warum flogen die Männer vor ihm nicht schneller? Wussten sie denn nicht, dass ihre Teppiche der Feuchtigkeit nicht ewig standhalten konnten?

Die Lichter der Soldaten irrten vor ihm durch die Dunkelheit. Geschwindigkeit war ihre einzige Chance, um der Hitze und dem giftigen Odem zu entkommen. Es drängte ihn, vorwärtszupreschen, ungeachtet der anderen. Der Abstand zwischen Schlamm und Tunneldecke war nicht groß genug, um an ihnen vorbeizuziehen. Immer heftiger brannte in ihm der Wunsch, sie beiseitezustoßen, als wäre das hier eines der verbotenen Rennen in Samarkand.

Endlich tauchte das Ende des Tunnels auf. Kein Licht, nur ein grauer Schimmer, bleich und kränklich wie sie selbst, wenn sie nicht bald hier herauskamen.

Vor ihnen öffnete sich eine Art Saal, kuppelförmig und höher als der Tunnel zuvor. Der schwache Dämmerschein fiel aus der Höhe herab und übergoss sie mit mattem Grau. Junis blinzelte Schweiß aus seinen Augen, aber ihnen blieb keine Zeit, sich an diesen Hauch von Helligkeit zu gewöhnen. Sternenlicht, dachte er. Mondschein. Aber er sah keinen Himmel hoch oben über der Öffnung, keinen Ausschnitt des Firmaments. Natürlich nicht – hätte der Zugang so offen gelegen, dann hätten ihn auch die Dschinne längst bemerkt und erforscht. Möglicherweise hätten sie etwas hier unten platziert, das Angreifer aus der Tiefe aufhalten sollte.

Ein Klatschen ertönte, zu lang gezogen, als dass es ein Aufprall auf dem Schlamm hätte sein können. Eher ein Prasseln.

Dann begannen die Schreie.

Mehrere Teppiche schossen nach oben, geradewegs Richtung Ausgang. Der Hauptmann rief Befehle, aber er konnte das gequälte Geschrei nicht übertönen. Zwei oder drei Männer brüllten gleichzeitig wie am Spieß. Erneut ertönte das Prasseln, und diesmal bekam auch Junis zu spüren, warum die Soldaten so schrien.

Sein rechter Arm schien plötzlich in Flammen zu stehen. Stinkender Rauch stieg auf, als sich Löcher in den Stoff seines schwarzen Ärmels fraßen. Nur winzige Punkte. Im nächsten Augenblick spürte er schon, wie sich die Säurespritzer in sein Fleisch brannten. Statt seinem Instinkt zu folgen und sie mit der anderen Hand wegzuwischen oder sich das Hemd vom Leib zu reißen, ließ er den linken Arm im Muster stecken. Ertrug den Schmerz, weil er wusste, dass ihn die wenigen Tropfen nicht töten oder verstümmeln würden. Zugleich sandte er den Befehl ins Knüpfwerk, aus dem Kuppelsaal ein Stück weit in den Tunnel zurückzuweichen.

Das rettete ihm das Leben.

Die Männer, die als Erste zur Öffnung im Ziegeldach aufgestiegen waren, wurden von breiten Säurefontänen erfasst. Einer wurde aus dem Dunkel von einem solchen Schwall angespien, dass ihn der Aufprall der Flüssigkeit in eine rote Wolke verwandelte, wie feiner Staub, der von einem Windstoß auseinandergeblasen wurde. Seine Partikel trafen mit dem Rest der Säure auf die übrigen fünf oder sechs Männer dort oben. Ein zweiter Strahl erwischte sie aus einer anderen Richtung, und gemeinsam verklumpten sie zu einem Knäuel aus zerfließenden Körpern, das schon im nächsten Moment in die Tiefe stürzte, auf die Schlammkruste schlug und zu einem rotweißen Fladen zerplatzte.

Licht flammte auf, als jemand eine Öllampe in hohem Bogen in die Richtung der Säurespeier schleuderte. Sie zerbrach an der Wand und übergoss etwas mit brennendem Öl. Für einen Augenblick, wie erstarrt in der Zeit, sah Junis zwei riesenhafte Schmetterlingswesen im Feuerschein. Ihre mächtigen Schwingen hafteten weit ausgebreitet an den gewölbten Ziegelwänden, reichten von der Oberfläche des Schlamms fast bis zur Decke. Ihre Fühler zuckten vor Erregung. Die Wurmenden ihrer Körper krümmten sich nach vorn, als sie Säure für den nächsten Angriff emporwürgten.

Sandfalter. Sie waren die schönsten und zugleich schrecklichsten Kreaturen, die Junis jemals gesehen hatte. Nicht einmal das Blut der toten Männer, das im Pelz ihrer Raupensegmente klebte, vermochte etwas an diesem ersten, unwirklichen Eindruck zu ändern. Ihre Schwingen waren mit wolkigen Formen gemustert, verschlungene Fresken von filigraner Eleganz.

Die riesigen Flügel erzitterten, als die Wesen versuchten, damit zu schlagen. Das lodernde Öl hatte eines von ihnen getroffen und brannte sich durch die pergamentene Haut. Der Sandfalter schüttelte sich und sah aus, als erstickte er an seiner eigenen Säure. Doch kein Laut drang aus seinem Maul, kein Schmerzensschrei, kein Kreischen. Das Wesen litt stumm und steigerte sich in noch größere Wut hinein.

Im Schein des brennenden Öls erkannte Junis, warum sich die Falter nicht von den Wänden fortbewegten. Ihre Schwingen waren dort aufgespießt worden, jeder Flügel mit zwei langen Lanzen – wie seltene Sammlerstücke hingen sie dort am Mauerwerk, angenagelt für den einen Zweck, im Dunkel auf Eindringlinge zu lauern.

Außer Junis lebten noch drei Soldaten. Der Hauptmann war nicht unter ihnen. Seine Überreste trieben mit denen der anderen Toten wie eine schillernde Milchhaut auf dem Schlamm.

Der nächste Säureschwall traf den Mann, der die Lampe geschleudert hatte. Er verschwand inmitten der Fontäne, und als sie versiegte, gab es keine Spur mehr von ihm oder seinem Teppich.

Einer der beiden überlebenden Soldaten wich im Flackerschein des brennenden Schmetterlingsflügels einem Säurestrahl aus. Zugleich faltete sich sein Teppich um ihn zu einem schützenden Gebilde, das im schwachen Licht nicht deutlich zu erkennen war. Ein stilisierter Käfer vielleicht. Junis war nicht sicher.

Im nächsten Moment spielte es keine Rolle mehr. Der brennende Sandfalter bäumte sich derart heftig auf, dass sein Körper auf ganzer Länge von der lodernden linken Schwinge abriss. Der gewaltige Wurmkörper, anderthalb Mannslängen hoch, sackte nach vorn, jetzt nur noch von dem angenagelten zweiten Flügel gehalten. In seiner Pein spie er einen Säureschwall aus, ungezielt, fast steil nach oben, der im nächsten Moment unter die Kuppeldecke klatschte. Dort prallte die Flüssigkeit ab und regnete als feiner Schauer auf den unterirdischen Saal herab. Der verschlungene Teppichkokon wurde getroffen, bevor er den Zugang zum Tunnel erreichen konnte. Sogleich ätzten sich tausende Tropfen durch das Knüpfwerk, während das bizarre Gebilde rauchend weiterflog, genau auf Junis zu, der alarmiert erkannte, dass der schreiende Mann im Inneren die Kontrolle verloren hatte. Plötzlich begann sich die Form des Teppichs in blitzschnellem Wechsel zu verändern. Im Flug und inmitten eines Schweifs aus beißendem Rauch faltete sich das Gebilde neu und neu und neu, im Takt eines rasenden Herzschlags, sechs, sieben Mal, bevor es die Tunnelöffnung erreichte. Junis konnte gerade noch ausweichen, wurde von einer Wolke des stinkenden Säurequalms gestreift und sah das zuckende Knäuel in der Finsternis verschwinden. Bald darauf hörte er aus der Schwärze einen Aufprall, dann ein scharfes Zischen.

Mit brennenden Augen blickte er zurück in den Kuppelsaal. »Hierher!«, brüllte er dem letzten Soldaten zu. Der Mann war gleichfalls von dem Säureregen gestreift worden. Offenbar hatte er die Orientierung verloren. Er flog wild umher, in zackigen Winkeln wie ein Ball, der von den Wänden zurückgeworfen wurde, in dem panischen Bemühen, weiteren Angriffen auszuweichen.

Der verstümmelte Sandfalter hing jetzt zuckend an seiner einen Schwinge, spie aber keine Säure mehr. Der andere aber tobte noch heftiger und warf sich wieder und wieder nach vorn. Seine Schwingen rutschten auf den Lanzenschaften vor und zurück, während er ungezielt einen weiteren Schwall in die Kuppel spie. Die triefenden Säurefäden von der Decke konnten ihm nichts anhaben, aber der Gestank des brennenden Flügels brachte ihn um den Verstand.

Erneut brüllte Junis dem Soldaten zu, er möge sich zu ihm in den Tunnel zurückziehen, und diesmal hörte ihn der Mann. Er raste unter dem Säurestrahl des tobenden Falters hinweg, bevor der ihn erfassen konnte. Tropfen ließen Rauch von seiner Kleidung aufsteigen und brannten sich in seine Haut. Trotzdem flog er weiter, würde es schaffen, wenn nicht -

Die Lanzen gaben nach. Der Sandfalter löste sich von der Wand, stieß sich mit den Schwingen nach vorn ab, faltete sie auf und wieder zu – und erfasste dabei den fliegenden Teppich vor ihm in der Luft. Reiter und Knüpfwerk verschwanden zwischen den riesigen Flügeln. Der Falter geriet in noch größere Panik, öffnete die Schwingen wieder und entließ den unerwünschten Gefangenen. Der aber war von der Kollision derart überrumpelt worden, dass er die Hand aus dem Muster gerissen hatte. Der Teppich wurde aus seiner Bahn geworfen und raste steil nach unten. Junis schrie auf, als er sich unmittelbar vor ihm in den Schlamm bohrte und in einer Eruption aus heißem Morast verschwand.

Der Sandfalter aber schwebte nach oben, der Öffnung im Kuppeldach entgegen. Angeschlagen von den Wunden in seinen Schwingen, panisch, in Raserei, flatterte er aufwärts, erzeugte wilde Strudel in den Säure- und Schlammdämpfen, während die Flammen am Flügel seines Artgenossen ausbrannten und die Halle erneut in Finsternis tauchten.

Wenn erst die Dschinne kamen, um nachzusehen, welchen Schaden ihr Hinterhalt angerichtet hatte, war es zu spät. Junis musste *jetzt* hier raus, entweder zurück durch den Tunnel – was sein Teppich bei der Feuchtigkeit nicht schaffen würde –, oder aber mit dem fliehenden Sandfalter ins Freie.

Während sich der Gigant taumelnd über ihm durch die Öffnung zwängte, lenkte Junis den Teppich hinter ihm her, hinauf zur Kuppeldecke. Er konnte kaum noch etwas sehen, seine Augen brannten entsetzlich. Der Rauch des halbverbrannten Sandfalters an der Wand und der Gestank der zersetzten Körper hing ätzend im oberen Teil der Kuppel. Die flüchtende Kreatur hatte mit ihren Schwingen einen verwirbelten Korridor in die Schwaden geweht, aber der schloss sich bereits wieder und drohte Junis zu verschlucken. Er sah nicht mehr, ob der Falter bereits entkommen war oder noch immer dort oben in der Öffnung steckte. Sah auch nicht, was ihn dahinter erwartete und ob draußen Dschinne auf ihn lauerten.

Er wusste nur, dass er ins Freie musste, irgendwohin, wo er wieder atmen konnte und sein zuckender, schlingernder Teppich nicht länger der Feuchtigkeit der Unterwelt ausgesetzt war. Ihm blieb kaum noch Zeit, und er hatte Mühe, klar zu denken.

Nur raus hier. Nur fort.

Überall Rauch und Gestank. Er sah keine Öffnung mehr, flog steil nach oben und hoffte, dass er nicht mit der Decke oder dem Sandfalter kollidieren würde. Mehr konnte er nicht tun. Nur dem Teppich den Steilflug in die Höhe befehlen, die Augen schließen, auf den Zusammenstoß warten.

Um ihn war eine wirbelnde Säule aus dichten Schwaden, als er im unmittelbaren Gefolge des Sandfalters aus der Deckenöffnung schoss, knapp vorbei an den Ziegelrändern, weiter hinauf inmitten des Qualms, immer höher, höher, höher, an Schwärmen wartender Dschinne vorüber, die er nur erahnen, aber nicht sehen konnte, und die *ihn* nicht sehen und bei alldem Gestank auch nicht wittern konnten.

Der Rauch trieb auseinander, öffnete sich wie eine wolkige Blüte am Nachthimmel und spie ihn aufwärts ins Firmament, ihn und den Falter, der jetzt flatternd verharrte, hoch über dem Erdboden, während Junis noch weiterflog und im nächsten Augenblick, in hundert Metern Höhe, mit dem Wurmleib des Wesens kollidierte.

Das Dschinnlager

Der Teppich hatte ihn schon einmal vor einem tödlichen Aufprall bewahrt, und er tat es auch diesmal. Wie beim Zusammentreffen mit dem Dschinnfürsten im Zagrosgebirge stellte sich das Knüpfwerk im letzten Augenblick schräg, sodass es mit der Unterseite gegen den gewaltigen Körper des Sandfalters rammte. Die Kreatur wurde zurückgestoßen, während Junis seinen Halt verlor. Er steckte noch mit der linken Hand im Muster, die Stränge saugten sich um Finger und Handgelenk, hielten ihn fest, als er auf der Schräge abwärtsrutschte.

Zwei, drei Atemzüge lang gab es kein Oben und Unten mehr, alles war ein Wirbel aus Rauch, Sternen und Tausenden Feuern am Boden. Ein grausamer Schmerz zuckte durch seinen Arm, als er beinahe aus der Schulter gerissen wurde. Im nächsten Moment aber sank der Teppich wieder in die Horizontale. Junis prallte der Länge nach auf Bauch und Kinn. Sekundenlang war er zu benommen, um zu sehen, was aus dem Sandfalter geworden war und ob die Dschinne ihn verfolgten.

Als er sich hochrappelte, auf die Knie rutschte und wieder die Macht über das Muster übernahm, war ihm noch immer zu schwindelig, um sich einen Überblick zu verschaffen. Er befand sich irgendwo am Nachthimmel über dem Dschinnlager, unter einem glasklaren Firmament aus

Sternbildern, die sich am Boden tausendfach als Lagerfeuer und Flammengruben der Dschinnarmee spiegelten. Rauchfetzen trieben unter ihm dahin, und er konnte weder die Öffnung sehen, durch die er aus dem Untergrund ins Freie gestoßen war, noch – im ersten Moment – den Sandfalter.

Dann aber blickte er hinter sich, und da war er. Zwanzig Meter entfernt, auf einer Höhe mit ihm. In den riesigen Schwingen klafften ausgefranste Risse, wo er von den Dschinnen an die Wand der Kuppel genagelt worden war; sie mussten ihn betäubt dort hinabgeschafft haben, wohl wissend, dass er sich beim Erwachen auf alles stürzen würde, was vor ihm im Dunkeln auftauchen mochte. Ein Fühler stand in einem falschen Winkel ab, gebrochen beim Zusammenstoß, und zwei seiner sechs Beine hingen schlaff von seinem Raupenleib. Er hatte Mühe, sich mit den zerfetzten Schwingen in der Luft zu halten, und machte keine Anstalten, Junis zu verfolgen. Mit trägem Flügelschlag hing er in der Nacht, während tief unter ihnen der Rauch fast kreisförmig den Boden verhüllte.

Wären die Dschinne ihnen gefolgt, dann hätten sie bereits hier sein müssen. Offenbar hatte der Schweif aus Qualm und stinkenden Gasen Junis gut genug getarnt. Aber allzu lange durfte er sich nicht am Himmel über dem Lager aufhalten, sonst würde ihn zwangsläufig eine der Patrouillen aufstöbern. Die Ränder des Heeres, vor allem nach Bagdad hin, waren lückenlos gesichert, aber hier, mitten über der brodelnden Masse aus Dschinnen, Menschensklaven und Kreaturen der Wilden Magie, blieb ihm womöglich noch etwas Zeit, bevor er in der Dunkelheit jemandem auffiel.

Seine Orientierung kehrte gemeinsam mit seinem Gleichgewichtsgefühl zurück. Sein Halt auf dem Teppich stabilisierte sich. Nach einem Moment wechselte er von den Knien wieder in den Ausfallschritt, ohne das Gefühl zu haben, nach einer Seite überzukippen. Er sandte einen Dank hinab ins Muster und erntete dafür ein wohlmeinendes Ziehen und Zittern der Stränge.

Der verletzte Falter drehte bei und flog taumelnd in die andere Richtung davon. Er hatte mehrere Männer getötet, aber Junis verspürte keinen Hass auf die Kreatur. Sie war nur eine Waffe der Dschinne, so willenlos wie ein Schwert. Er konnte kein Werkzeug hassen, auch nicht nach allem, was er mit angesehen hatte.

Der Gestank der schmelzenden Leiber hatte sich in seinen Atemwegen festgesetzt, in seiner Kleidung, in seinem langen Haar. Sein rechter Arm schmerzte noch immer, aber die Säuretropfen hatten keinen großen Schaden angerichtet. Nur oberflächliche Verbrennungen, die er erst *wirklich* spüren würde, wenn er jemals wieder zur Ruhe käme. Was, wie die Dinge lagen, nicht abzusehen war.

Jibril war irgendwo dort unten, davon war er überzeugt. Die Dschinnfürsten hätten den Jungen nach der Schlacht im Gebirge töten können, als er geschwächt über den Gipfeln schwebte, eingewoben in einen ersterbenden Zauber aus Licht. Stattdessen hatten sie ihn gefangen genommen. Sie mussten gespürt haben, dass sich hinter der unscheinbaren Fassade des Kindes etwas verbarg, das ungleich mächtiger, älter und bedeutsamer war.

Noch schützte die Dunkelheit Junis, aber das würde nicht ewig so bleiben. Er musste schleunigst irgendeinen Anhaltspunkt finden, etwas, das ihm verriet, wo Jibril sich aufhielt. Nur wie? Wenn er tiefer ging, würde man ihn entdecken. Und von hier oben aus war das Lager ein wuselnder Teppich aus Pulks bizarrer Wesen – Dschinnkrieger, schlafende Herden von Schwarmschrecken und Sandfalter mit angelegten Flügeln. Es gab keine Zelte, und er hatte auch keine erwartet. Stattdessen hatte die ungeheuerliche Masse aus Kreaturen mindestens zwei verlassene Dörfer am Ufer des Tigris vereinnahmt. Auf den Dächern kauerten Hunderte Dschinne eng beieinander wie rastende Vogelschwärme. Ein paar Dutzend Schwarmschrecken hafteten an den Turmwänden einer kleinen Moschee und rührten sich nicht. Auf ihren angelegten Libellenflügeln glitzerten Reflexionen der Feuer am Boden, ihre hässlichen Schädel hatten sie tief in die Hornpanzer gezogen.

Und dann waren da die alten Ruinen, die sich an manchen Stellen aus der Wüste erhoben. Vorzeitliche Tempelfundamente, halb zerfallene Mauern, eingestürzte Türme. Unter einer dieser Anlagen befand sich die unterirdische Kuppel, aus der Junis entkommen war. Er erkannte sie am Rauch, der noch immer aus der Tiefe aufstieg. Ein dichtes Gewimmel aus Dschinnen scharte sich um den Zugang zur Unterwelt.

Sicher lagerten die Dschinnfürsten nicht mit ihren Untergebenen im Freien. Die Dörfer kamen als Unterschlupf in Frage, aber er hielt die antiken Ruinen für wahrscheinlicher. Im Sternenschein konnte er mindestens drei solcher Anlagen erkennen, aber er vermutete, dass es noch weitere gab, vor allem entlang des Tigris.

Junis beschloss, sich als Erstes die größten und am besten erhaltenen Ruinen am Flussufer anzusehen. Er würde Ausschau nach besonders eng geballten Formationen aus

Dschinnkriegern halten. Und nach Kettenmagiern. Bei der Erinnerung an sie zog sich sein Magen zusammen. Er war gerade erst unter großem Glück mit dem Leben davongekommen; er rechnete nicht damit, dass es das Schicksal ein zweites Mal so gut mit ihm meinte. Allein der Gedanke an die Kettenmagier kostete ihn Überwindung. Er hatte mit angesehen, was sie während der Schlacht in den Zagrosbergen auf die Sturmkönige herabbeschworen hatten – Schwärme sechsarmiger Kali-Assassinen, die die Angreifer in Stücke gerissen hatten.

Er trug noch immer das Bündel auf seinem Rücken, und bei alldem Gestank unten im Tunnel hatte er völlig vergessen, welche scheußlichen Gerüche davon ausgingen. Jetzt setzte er es vor sich auf dem Teppich ab, befahl dem Knüpfwerk einen schnurgeraden Flug bei gleichbleibender Höhe, und zog die Hand aus dem Muster. Widerstrebend öffnete er den Beutel und griff hinein. Seine Finger ertasteten etwas wie Leder – abgezogene Dschinnhäute, nur oberflächlich gereinigt, schwarz bemalt und stinkend wie die Pest. Sie waren grob zu einer Art kurzer Weste zurechtgestutzt worden, die er sich angeekelt überstreifte. Außerdem waren da mehrere formlose Lappen, die er sich mit Schnüren um die Oberschenkel band. Es gab auch noch eine Art Kappe, aber er brachte es beim besten Willen nicht über sich, sie übers Haar zu ziehen. Der Rest musste reichen, um die Witterung der Dschinne oberflächlich zu täuschen. Zumindest würden sie ihn so nicht aus der Ferne an seinem Geruch als Mensch identifizieren können.

Das Bündel hätte er am liebsten fortgeworfen, doch das wagte er nicht. Gezwungenermaßen befestigte er es wieder auf dem Rücken, über der Weste aus Dschinnhaut. Übelkeit stieg in ihm auf, aber es gelang ihm, das Erbrochene hinunterzuwürgen; der Geschmack blieb trotzdem.

Er übernahm wieder die Kontrolle über den Teppich, ließ ihn hoch am Himmel eine Schleife fliegen und hielt auf eine Ruine zu, weiter südlich, höher als die anderen. Vor Sternen und Feuergruben hob sich die Silhouette eines einzelnen, gestuften Turmes ab, wie aus runden Schachteln, die jemand übereinandergestapelt hatte. Eine Zikkurat, von Wind und Wüste so weit abgeschliffen und in Teilen eingestürzt, dass von weitem der Eindruck einer schartigen Lanzenspitze entstand.

Neben der Größe der Ruine erregten vor allem zahlreiche Lichter Junis' Aufmerksamkeit. Dschinne mit Fackeln. Einige zogen Kreisbahnen um das Gemäuer, andere flogen daran auf und ab. Die Formationen erinnerten ihn an die glühenden Muster im Abgrund der Hängenden Städte. Etwas oder jemand wurde dort drüben bewacht.

Er näherte sich der Ruine und blieb dabei so hoch wie möglich über dem Boden – hundertfünfzig Meter. Höher hinauf vermochten weder Teppiche, noch Dschinne zu fliegen. Der Turm war niedriger, achtzig oder neunzig Meter. Im Schein der schwebenden Fackeln erkannte Junis, dass das obere Drittel auf einer Seite eingestürzt war; darum wirkte das Bauwerk so spitz. Die Beschädigung erstreckte sich über mehrere Stockwerke, obgleich von jedem noch immer einige Teile standen, ganz oben nur Bruchstücke der Außenmauern, weiter unten halbe Räume mit verschütteten Böden.

Die unteren acht Etagen waren nahezu unversehrt. Aus einigen Fensterschlitzen und Durchbrüchen im sechsten, siebten und achten Stock fiel matter Feuerschein; die darunterliegenden fünf Stufen der Zikkurat wirkten verlassen. Außer den kreisenden Patrouillen waren weitere Dschinnkrieger auf den Rändern der einzelnen Stufen postiert. In der Dunkelheit erkannte Junis auch sie nur an ihren Fackeln. Wahrscheinlich gab es noch eine ganze Reihe mehr, die keine Feuer bei sich trugen, verborgen in der Finsternis.

An all diesen Wächtern vorbeizukommen war unmöglich. Er spielte kurz mit dem Gedanken, es von oben zu versuchen, auf der Spitze zu landen und von dort abwärts ins Innere zu klettern. Doch abgesehen von den Dschinnen barg auch das morsche Ziegelmauerwerk Gefahren. Mochten die unteren Etagen einigermaßen stabil sein, so waren es die höheren wohl kaum. Sobald ein einziger Lehmziegel abbrach und nach unten schepperte, würden die Wächter auf ihn aufmerksam werden.

Es gab also nur einen Weg in den Turm, und der führte von unten hinauf. Die Dschinne waren nicht auf Treppen und Rampen angewiesen, darum nahm er an, dass die meisten die Höhenunterschiede an der Außenseite bewältigten. Er musste es darauf ankommen lassen: Einmal im Inneren würde er womöglich in den dunklen unteren Stockwerken kaum jemandem begegnen.

Er näherte sich der Zikkurat, so weit er es eben noch wagte. Die stinkenden Häute mochten verhindern, dass die Wächter seine Witterung aufnahmen. Kein Dschinn aber war so blind, dass er einen menschlichen Teppichreiter im Fackelschein nicht erkennen würde.

Etwa zweihundert Meter vor dem Turm ließ er das Knüpfwerk am Himmel stillstehen. Der Lärm des Lagers stieg zu ihm auf, hartes Stimmengewirr und das animalische Geschrei der Dienerkreaturen. Am Fuß des Turms erhob sich ein Gitterwerk aus Mauerresten, weitläufig wie ein großes Dorf – die ehemaligen Wirtschaftsgebäude der Zikkurat. Es gab keine Dächer mehr, viele Wände waren eingestürzt. Aber je näher sich die Mauern am Turm befanden, desto besser erhalten waren sie; vielleicht weil der Windschatten des Giganten sie vor den Gewalten der Sandstürme geschützt hatte. Jene, die unmittelbar ans Erdgeschoss der Zikkurat grenzten, waren gut doppelt mannshoch. Sanddünen waren von außen gegen die Lehmziegel gewandert und bildeten Schrägen. Auch im Inneren hatte sich der Wüstensand verfangen. Aus der Luft bot sich die Anlage als Irrgarten aus hellen Rechtecken dar.

In einige Teile dieses Ruinenlabyrinths an der Westseite des Turms hatten die Dschinne zahllose Menschensklaven getrieben. Es konnten nicht alle sein, selbst wenn Tausende beim Marsch über die Zagrosberge umgekommen waren. Anderswo, vielleicht in den Ruinen weiter nördlich und südlich, musste es noch mehr dieser Gehege geben. Trotzdem schätzte Junis, dass hier am Fuß der Zikkurat wenigstens einige Tausende eingesperrt worden waren. In großen Rudeln drängten sie sich zwischen den Mauern, Pulks aus wahnsinnigen Männern und Frauen, deren Verstand in den Pferchen der Hängenden Städte durch Dschinnmagie ausgelöscht worden war. Die Krieger hatten alle Hände voll damit zu tun, die Sklaven davon abzuhalten, übereinander herzufallen. Zahllose Aufseher schwebten kreuz und quer über den Köpfen der Gefangenen und trieben sie mit Peitschen und Stöcken auseinander. Der Gewaltmarsch aus der Kavirwüste über die Berge hatte die Kräfte der Männer und Frauen beinahe aufgezehrt. Doch ihre unmenschliche Wut richtete sich noch immer gegen alles, was lebte – gegeneinander, gegen die Dschinne und bald wohl auch gegen die Bewohner Bagdads. Der Gestank, der aus dem Menschengehege aufstieg, war entsetzlich.

Von Westen her konnte er sich dem Turm auf Bodenhöhe nicht nähern – dort hätte er die Gehege der Besessenen durchqueren müssen. Blieb einzig die Flussseite, von Osten. Dort floss der Tigris keine hundert Meter am Fuß der Zikkurat vorüber. Die Mauerreste zwischen Ufer und Turm waren alle kaum hüfthoch und als Unterbringung für die Gefangenen unbrauchbar. Viele waren nur aus der Luft als geometrische Muster im Sand zu erkennen.

Auch auf der Ostseite gab es Dschinne, aber nicht so dicht gedrängt wie auf den Stufen der Zikkurat oder rund um die Sklavengehege im Westen. Wenn es ihm gelänge, unbemerkt nahe des Flusses zu landen, dann konnte er versuchen, sich zu Fuß bis zum Turm durchzuschlagen. Vielleicht hatte er eine Chance, wenn er niedrig am Boden blieb und auf dem Bauch durch den Sand robbte. Falls er dann noch einen Eingang fand, am besten einen Riss in den Mauern, irgendeine Öffnung, die nicht bewacht wurde … wenn also all diese unerhörten Glücksfälle zusammenkämen, dann hatte er womöglich eine Chance, ungesehen ins Innere zu gelangen. Und selbst dann wusste er noch nicht, ob Jibril wirklich in der Zikkurat oder ganz woanders festgehalten wurde. Ganz abgesehen davon, dass er keinen Schimmer hatte, wie er den Jungen aus der Gewalt der Dschinnfürsten befreien sollte.

Voller Zweifel lenkte er den Teppich durch die dunkle Nacht zum Tigris. Maryam hätte nicht gezögert. Tarik erst recht nicht, solange etwas für ihn dabei heraussprang. Aber Junis besaß weder Maryams Idealismus noch Tariks Nase für ein gutes Geschäft. Wenn er ehrlich zu sich war, wusste er nicht, welche Vorzüge oder Talente er besaß. Er hatte nie darüber nachgedacht. Vielleicht musste er nur lange genug durchhalten. Dann würde er womöglich zum ersten Mal im Leben sich selbst verstehen.

Der Teppich bebte leicht, als er sich dem Fluss näherte. Dem Muster missfiel die Nähe des Wassers. Es sandte kurze, rebellische Stöße durch Junis' Finger. Er beruhigte es mit einer sanften Beschwörung. Dennoch mussten sie oberhalb des dunklen Stroms tiefer sinken. Hier gab es weniger Dschinne als an den Ufern. Das Risiko, über dem Wasser beobachtet zu werden, war viel geringer.

Das Knüpfwerk sank widerstrebend abwärts, bis es sich keine drei Schritt mehr über der Oberfläche befand. Bei Nacht wirkten die Fluten des Tigris fast schwarz. Der Schein der Fackeln am Ufer reichte nicht so weit hinaus auf das Wasser. Noch waren sie einigermaßen sicher vor Entdeckung.

Er wäre gern noch niedriger geflogen, unmittelbar über den sanften Wogen des Stroms. Aber das konnte er von dem Teppich nicht verlangen, ohne das Risiko einzugehen, doch noch die Kontrolle zu verlieren.

Langsam schwebten sie auf das Westufer zu. In ihrem Rücken, im Osten, lagerten nur wenige Dschinne, verstreute Schwärme als Absicherung gegen einen Angriff aus dem Hinterhalt. Den aber schienen die Dschinnfürsten den Menschen kaum zuzutrauen – und wo hätten die entsprechenden Armeen auch herkommen sollen? Alle Soldaten, die zur Verteidigung des Kalifats bereitstanden, waren hinter die Wälle der Stadt geflohen. Hier draußen gab es niemanden mehr. Nicht einmal die Sturmkönige.

Das Tigrisufer stieg sanft als heller Sandstrand aus dem Wasser. Nicht einmal hundert Schritt bis zum Fuß der Zikkurat. Von hier unten aus, selbst aus dieser Entfernung, wirkte die Ruine gewaltig. Ein massiver schwarzer Stachel vor dem Sternenhimmel, gepunktet mit zahllosen Fackeln.

Tief Luft holend machte Junis sich bereit, festen Boden zu betreten. Den Teppich wollte er aufrollen und mitnehmen, auch wenn ihn die sperrige Last behindern würde. Ihn hier draußen zurückzulassen, brachte er nicht über sich. Und selbst wenn es ihm gelänge, Jibril zu befreien, mochte der Junge zu geschwächt oder verletzt sein, um sie auf einem Wirbelsturm davonzutragen.

Er gab den Befehl zum Landen auf dem Sand – und riss den Kopf herum, als er aus dem Augenwinkel eine Bewegung wahrnahm.

Ein Alarmruf ertönte.

Dschinnkrieger kamen von Norden her am Ufer entlang, eine Patrouille ohne Fackelträger, ein graufleckiges Wimmeln in der Finsternis. Ein ganzer Trupp, der da heranfegte, zehn, vielleicht zwanzig Krieger, und bei ihnen war noch etwas Größeres. Eine Schwarmschrecke.

Junis widerrief den Befehl zur Landung, krallte die Finger ins Muster und ließ den Teppich nach vorne schnellen. Auf geraden Kurs zur Zikkurat. Die Dschinne folgten ihm unter wildem Geschrei. Überall im Dunkeln gerieten Lichtpunkte in Bewegung. Andere Krieger wurden aufgeschreckt. Fackeln lösten sich vom Boden und stiegen in den Nachthimmel auf, bevor Junis ihre Träger erkennen konnte. Nicht mehr lange, und sie würden von allen Seiten kommen.

Der Teppich sandte aufgeregte Hitzewellen seinen Arm herauf. Es schien dem Muster zu gefallen, dass es nun wieder gebraucht und gefordert wurde.

Die halbe Strecke bis zur Zikkurat hatten sie geschafft, keine vier Meter über dem Boden. Junis zog mit rechts sein Schwert, die Linke im Muster vergraben. Nun tauchten auch vor ihnen Dschinne auf, am Fuß des Turms, um ihnen den Weg zu verstellen. Ihm blieb nichts anderes übrig, als auszuweichen, den Teppich in einer scharfen Kurve herumzureißen. Aber auch dort waren sie. Überall.

Vor ihm kam der Irrgarten aus hohen Mauern in Sicht, zwischen denen die Besessenen eingepfercht waren. Darüber wimmelte es von Dschinnen. Unten zwischen den Lehmziegelwänden tobten die Sklaven. Sie schienen die Aufregung unter ihren Bewachern zu spüren, gingen sich gegenseitig an die Kehlen. Peitschen klatschten in die Menge.

Seine Verfolger waren bis auf wenige Meter heran. Er zog jetzt einen Schweif von zwanzig, dreißig Dschinnen hinter sich her. Seitlich näherten sich noch mehr, und nun stiegen sie auch aus dem Sklavengehege auf, abkommandierte Wächter, die den Eindringling aufhalten sollten.

Flieg so hoch du kannst, sandte er als Beschwörung ins Muster. Flieg immer geradeaus. Und später – komm zurück und such mich.

Er hatte noch nie einen so komplexen Befehl gegeben, den der Teppich eigenständig befolgen sollte. Er wusste nicht, ob es klappen würde. Ihm blieb nur der eine Versuch.

Er raste niedrig über die Mauerränder der Gehege hinweg. Unter ihm ein Gedränge aus abgemagerten Wahnsinnigen, kreischend, brüllend, in hirnlosem Kampf gegeneinander und die Wände.

Junis zog die Hand aus dem Muster. Wartete, bis er die nächste Mauer passiert hatte. Sand wurde von der Kante aufgewirbelt, wehte in sein Gesicht, in seine Augen. Dort unten war alles voller Menschen. Tausende standen unter dem Bann der Dschinne, eingepfercht in den verschachtelten Rechtecken. Keiner mehr bei Verstand.

Mit angehaltenem Atem rollte er sich über die Teppichkante und stürzte mitten unter sie.

Hundert Regenbögen

Khalis stand breitbeinig auf seinem Teppich, die Arme weit auseinandergerissen, den Kopf in den Nacken gelegt. Sein Gewand flatterte, sein langer grauer Bart wehte fadendünn im Gegenwind.

Der Magier teilte das Gewitter.

Sein Zauber schnitt eine Schneise in die Wolkenfront, in das Netzwerk aus Blitzen, in die prasselnden Regenvorhänge. Er trieb einen himmelblauen Keil in das dunkle Brodeln, das sich über die Welt gelegt hatte. Sonnenstrahlen funkelten dann und wann über die tosenden Ränder rechts und links ihres Weges hinweg, erzeugten eine Vielzahl kleiner Regenbögen, die sich wie Brücken über ihren Köpfen von einer Seite der Schneise zur anderen spannten.

Die Teppichreiter flogen in einer dreieckigen Formation nach Süden, Khalis vorn an ihrer Spitze. Tarik fiel das Atmen schwer, und er glaubte, dass der Grund dafür nicht allein die beeindruckende Darbietung des Magiers war. Es war, als hätte sich um ihn eine zweite, viel zu enge Haut zusammengezogen, die nicht nur das Luftholen erschwerte, sondern zudem entsetzlich juckte. In Anbetracht des Spektakels, das um sie tobte, mochte das lächerlich sein – aber allmählich nahm das unangenehme Kribbeln und Zwicken solche Ausmaße an, dass es einer langsamen, äußerst subtilen Folter glich. Auch die anderen kratzten sich an Haut und Kleidung, anfangs noch verstohlen, allmählich immer energischer und offensichtlicher.

Sabatea beugte sich von hinten an sein Ohr. »Ich wette, er macht das absichtlich.«

»Glaubst du nicht, dann hätte er sich etwas Bösartigeres einfallen lassen?«

Kurioserweise juckte Tariks linke Hand am stärksten, aber er wagte nicht, sie inmitten des Unwetters aus dem Muster zu ziehen. Die Gewissheit, dass er nichts dagegen tun konnte, machte es noch schlimmer. Schon seit einer Weile hatte er Mühe, an irgendetwas anderes zu denken.

Allerdings linderte ein Blick hinüber zu Almarik sein Unbehagen beträchtlich: Das Kettenhemd des Byzantiners machte jeden Versuch zunichte, etwas gegen das quälende Jucken zu unternehmen. Dem Ifritjäger lief der Schweiß in Strömen übers Gesicht. Er hatte den schwarzen Helm seit ihrer ersten Begegnung mit den Dschinnen nicht wieder aufgesetzt, und nun wischte er ihn in einem unbedachten Reflex vom Teppich. Die Eisenschale mit dem dünnen Kettenschleier verschwand in der Tiefe. Almarik fluchte lauthals, während er wie besessen seinen Nacken kratzte. Tarik grinste still in sich hinein.

Sabatea knuffte ihn in die Seite. »Schadenfreude ist ein wirklich schäbiger Charakterzug.«

»Einer meiner besten.«

Sie erwiderte etwas, das er nicht verstehen konnte, denn in diesem Augenblick krachte ein besonders heftiger Donner ganz in ihrer Nähe. Khalis wurde aus seiner Konzentration gerissen und drohte das Gleichgewicht zu verlieren. Es war, als hätte jemand den Donner gezielt gegen ihn gerichtet, als wehre sich das Unwetter gegen den Einfluss des Magiers.

Khalis' Teppich geriet ins Schwanken, und mit ihm der schwere Honigzylinder, der hinter dem Alten auf dem Knüpfwerk befestigt war. Falls der Teppich auch nur einen Lidschlag lang an Festigkeit verlor, würde das Kristallgefäß abstürzen und seinen Reiter in den Abgrund reißen. Erst jetzt, als Tarik die Auswirkung des Donners auf den Magier mit ansah, wurde ihm klar, auf was für ein gefährliches Spiel Khalis sich eingelassen hatte. Das Jucken wurde schlagartig nebensächlich, während er fürchtete, der alte Mann könne endgültig die Kontrolle verlieren. Die tobenden Ränder der Gewitterschneise bildeten Wolkenarme, die wie Enterseile über die blaue Leere schnellten, bestrebt, die Lücke rasch zu schließen. Schon rückten die Seiten aufeinander zu, die Sonnenstrahlen wurden abgeschnitten und verblassten. Verwehte Regentropfen nieselten auf Tariks Haut, während sich die prasselnden Wasservorhänge rechts und links ihres Weges zusammenzogen.

Khalis stieß zornige Beschwörungen aus. Der Flug seines Teppichs stabilisierte sich schlagartig. Der Honig im Schrein mit den beiden toten Frauen schwappte nicht mehr, das Schwanken ließ nach. Die Wolkenfronten trieben mit einem Grollen erneut auseinander, der Regen zog sich zurück. In rascher Folge bildeten sich oberhalb der Schneise mehrere neue Regenbögen, klarer und farbiger als zuvor, einer neben dem anderen, wie ein schillernder Tunnel, durch den die vier Teppiche südwärts rasten.

Aus dem Augenwinkel sah Tarik, dass Ifranji hinter Nachtgesicht staunend den Mund aufriss und zu dem atemberaubenden Schauspiel emporstarrte. Sie kam ihm mit einem Mal sehr jung vor, als wäre die harte Schale der Diebin und Messerstecherin vom Sturm davongeweht worden.

»Unser Magier hat einen Hang zum Theatralischen«, stellte Sabatea fest. Er spürte, wie sie sich hinter ihm auf dem Teppich hektisch bewegte, als sie versuchte, sich an einer ungünstigen Stelle zu kratzen. »Eine Straße aus Regenbögen… Immerhin wissen wir nun, mit welchen Augenschmeicheleien er sich all die Jahre seinen Posten als Hofmagier gesichert hat.«

»Für jemanden, der in einem Palast aufgewachsen ist, hast du keinen besonders ausgeprägten Sinn für das Schöne«, bemerkte er, während er den Magier nicht aus den Augen ließ.

»Ich war ein Leben lang nur von Schönem umgeben, aber das meiste davon war im Inneren verrottet und verfault. Schönheit hat für mich einen ziemlich scheußlichen Beigeschmack.«

»Wahrscheinlich hast du dich deshalb in einen Kerl mit Augenklappe verliebt, der zehn Jahre älter aussieht als er ist.«

»Wer hätte gedacht, dass du so was überhaupt wahrnimmst.«

»Das wäre deine Chance gewesen, mir zu widersprechen.«

Sie lachte auf. »Du bist allen Ernstes *eitel*?«

Khalis stimmte eine weitere Beschwörung an, während über ihnen weitere Regenbögen aus dem Nichts erschienen. Weit vor ihnen fraß sich der Keil aus trockenem Wetter immer tiefer in das Gewitter. Die Wüste, fünfzig Meter unter ihnen, hatte sich vom sintflutartigen Regen dunkel gefärbt, während sich glitzernde Rinnsale zwischen den Felsen verästelten. War das Unwetter erst weitergezogen, würde es keinen halben Tag dauern, ehe die Dürre ihr Reich zurückeroberte. Im Augenblick aber schien es, als wollte die Natur dem Ödland dort unten zu einer spektakulären Wiedergeburt verhelfen.

Sie durchquerten das Unwetter nun bereits seit einem halben Tag, und ihre Teppiche flogen schneller, als ein Pferd hätte reiten können. Dies war keines jener heftigen, aber kurzen Gewitter, wie sie dann und wann über Arabiens Wüsten hereinbrachen. Tarik wappnete sich gegen weitere unliebsame Überraschungen.

Sein Blick suchte das Elfenbeinpferd, das in großer Entfernung vor ihnen herflog. Wäre da nicht Khalis' pompöse Gestik gewesen und das Kauderwelsch seiner Beschwörungen, so hätte man meinen können, die Wolken wichen gar nicht vor ihm zurück. Tatsächlich machte es aus der Ferne den Eindruck, als bildete sich vor dem Zauberpferd ein unsichtbarer Rammsporn, der das Unwetter verdrängte. Als hätten sogar die Elemente Respekt vor diesem Wesen, das selbst zu einem großen Teil aus Magie bestand. Wie eine blaue Bugwelle folgte der Keil aus gutem Wetter dem Elfenbeinross über den Himmel. Scheinbar schwerelos flog es vorneweg, unberührt von dem brodelnden Chaos, das grollend vor ihm beiseiteschäumte.

Derweil verausgabte sich Khalis breitbeinig auf seinem Teppich, die Arme weit auseinandergefächert. Wäre da vorhin nicht dieser kurze Aussetzer gewesen, dieser Moment, in dem das Gewitter beinahe die Überhand gewonnen hätte … so hätte man auf die Idee kommen können, dass Khalis nichts als schönen Schein beschwor, vielleicht sogar nur diese glühenden Triumphbögen dort oben – buntes Beiwerk für eine Zauberei, die in Wahrheit ein anderer vollbrachte.

Misstrauisch sah Tarik zu Almarik hinüber, in der Hoffnung, in der Miene des Byzantiners irgendeinen Hinweis auf die Wahrheit zu erkennen. Doch der Ifritjäger wusste vermutlich kaum mehr über seinen Auftraggeber als der Rest von ihnen. Khalis blieb ein Mysterium und das tatsächliche Ausmaß seiner Macht weiterhin ungewiss.

Doch ob nun er oder das Zauberpferd dafür verantwortlich waren – jemand brachte sie unbeschadet durch dieses Gewitter. Irgendwer hielt seine schützende Hand über sie und ihre Mission. Für kurze Zeit gestattete Tarik sich einen vagen Hoffnungsschimmer.

Dann aber erreichten sie das Land aus Glas, und all seine Zuversicht verblasste.

~

Das Gewitter lichtete sich. Rechts und links von ihnen brach Sonnenlicht durch die Wolken, schnitt faserige Flecken aus Helligkeit in die dunkle Decke und sprengte die Finsternis mit lautlosen Explosionen aus Abendglut.

Es dauerte nicht lange, da blieb das Unwetter hinter ihnen zurück, und vor ihnen erstreckte sich der Himmel nahezu ungetrübt. In der Tiefe sickerte das Regenwasser zurück ins Erdreich, tränkte Sand und Felsen ein letztes Mal mit seinem trügerischen Versprechen von Nahrung und Wachstum.

Khalis sank zurück in den Schneidersitz und sprach kein Wort mehr, während sie dem Elfenbeinpferd weiter nach Süden folgten. Das weiße Ross wurde von Westen her lodernd angestrahlt und glühte vor ihnen am Himmel wie eine Sternschnuppe, die ihnen den Weg wies.

Die Dunkelheit rückte näher, ein violettes Flirren im Osten. Der Erdboden blieb düster, auch wenn es eine ganze Weile her sein musste, seit das Gewitter hier getobt hatte. Es gab keine Rinnsale mehr, keine stehenden Pfützen. Trotzdem machte das Land den Eindruck einer Wasseroberfläche, erst recht als die Sonne den Horizont berührte und fantastische Spiegelungen über dem Boden irrlichtern ließ. Nur dass sich dort unten nichts rührte. Alles war starr wie ein Meer aus Kristall.

»Das also haben sie gemeint«, flüsterte Sabatea. »Die Wilde Magie hat das Land verändert – das hat man uns doch wieder und wieder erzählt. Und das da unten hat sie daraus gemacht.«

Wie gefrorene Wogen eines Ozeans wellte sich die schimmernde Erdoberfläche nach Süden. Es gab Erhebungen und Täler, vor allem aber strähnig verzerrte Gebilde, fremdartiger als jede Felsformation. Als hätte jemand mit gewaltigen Händen in flüssiges Glas gegriffen, etwas davon emporgeschöpft und es dann so lange zwischen den Fingern zurückrinnen lassen, bis es mitten im Sturz erkaltet und ausgehärtet war. Wie verdrehte Baumstämme mit gigantischen Luftwurzeln sahen manche dieser Strukturen aus; andere ähnelten fantastischen Tieren. Aber falls die Wilde Magie tatsächlich eine solche Glut freigesetzt hatte, dass der Sand bis zum Horizont zu Glas zerschmolzen war, musste jegliches Leben dabei unweigerlich zu Asche zerfallen sein.

Trotzdem blieb der Eindruck, dass sie dann und wann

erstarrte Herden überquerten, manchmal auch menschenähnliche Titanenleiber, die sich halb aus dem Boden erhoben hatten, um mitten in der Bewegung zu bizarren Bergen aus Glas zu erstarren.

»Nachtgesicht!«, rief Tarik zum Teppich der Geschwister hinüber. »Kennst du diese Gegend?«

Der ehemalige Karawanenführer schüttelte den kahlen Schädel. »Seit wir in das Gewitter geflogen sind, ist nichts mehr so, wie es sein sollte. Nicht nur das Land unter uns. Die Sonne hat schon blutrot geschienen, als sie noch gar nicht tief genug stand. Die Winde kreuzen sich aus allen möglichen Richtungen und sind einmal sogar steil von oben gekommen – habt ihr das nicht bemerkt? Und während des ganzen Unwetters hat es kein einziges Mal nach Regen gerochen, auch nicht, als sich die Schneise fast über uns geschlossen hat.«

Tarik ließ den Teppich beschleunigen und brachte ihn auf eine Höhe mit Khalis. Almarik holte auf und zog seinen Teppich auf die andere Seite des Magiers. Seine Aufgabe als Leibwächter erfüllte er äußerst pflichtbewusst.

»Wo sind wir hier?«, fragte Tarik ohne Umschweife.

»Woher soll ich das wissen? Wenn ich Vermutungen anstellen soll, dann würde ich sagen, wir sind Skarabapur ein gutes Stück näher gekommen. Und falls dir das Sorge bereitet, Schmuggler, dann hättest du nicht mitkommen dürfen.«

»Du hast mich darum gebeten.«

»Ja, ich weiß. Und ich bin noch immer überzeugt, dass du wichtig bist für das, was uns bevorsteht.«

Der Byzantiner verzog verächtlich die Mundwinkel. Mit dem Gewitter und Khalis' Zauberei hatte schlagartig auch das teuflische Jucken nachgelassen. Der Ifritjäger war wieder so gefasst wie zuvor. Tarik glaubte tief in sich ein leises Wispern zu hören, eine Aufforderung, Almarik möglichst bald loszuwerden, bevor er zu einer Gefahr für sie alle werden konnte. Er ignorierte das feine Ziehen, das bis zu den Fingern seiner rechten Hand reichte – seiner *Schwerthand*, verdammt noch mal –, und dachte zugleich, dass sich der Narbennarr noch nie zuvor mit einer so klaren Aufforderung zu Wort gemeldet hatte. Fast einem Befehl.

Er schüttelte abrupt den Kopf, um den fremden Einfluss zu vertreiben. Fahrig unterdrückte er sein Erschrecken über dessen unerwartete Klarheit und Kraft und versuchte zugleich, die Kopfbewegung zu etwas anderem umzumünzen. »Du wolltest, dass ich so etwas wie den Anführer auf unserem Flug nach Süden spiele, Khalis. Aber das bin ich nicht. Und eigentlich hast du mich auch gar nicht deswegen gefragt, ob ich mitkomme, nicht wahr?«

Der Magier zuckte die Achseln. »Das Elfenbeinpferd hört auf die Emirstochter, und Sabatea hört auf dich. Das macht dich in der Tat zu so etwas wie einem Anführer. Findest du nicht?«

Tarik erwartete zornigen Einspruch von Sabatea, aber sie würdigte den Magier keines Widerwortes. Sie hatte Khalis nie gemocht, und der alte Mann arbeitete hart daran, dass sich daran nichts änderte. Alles, was sie für ihn übrig hatte, war ein abfälliges Schnauben. Aber vielleicht war das auch nur der Wind, der über Tariks Schulter blies.

Er ließ den Teppich fast fünfzig Meter zurückfallen, während Almarik neben dem Magier blieb. Der Honigschrein mit den beiden Körpern, die einander wie Tänzer umkreisten, verdeckte Tariks Sicht auf die Männer. Er fragte sich, ob Khalis und Almarik etwas zu besprechen hatten, das kein anderer mit anhören sollte. Und ob die beiden Frauen im Honig wirklich miteinander redeten. Die Vorstellung war immer wieder gut für eine Gänsehaut. Bei dieser Hitze gar nicht so unwillkommen.

Khalis und Almarik zur Rede zu stellen hätte kaum einen Sinn gehabt. Er hätte nur noch mehr vage Andeutungen zu hören bekommen. Die Wahrheit ganz sicher nicht.

Die Sonne lugte nur noch ein Stück weit über den westlichen Horizont und ergoss einen flammenden Katarakt in den Glasozean, ein blutroter Glutfinger, der genau in die Richtung der sechs Teppichreiter wies.

»Es geht doch nichts über ein angemessen schlechtes Vorzeichen«, bemerkte Sabatea. Sie senkte ihre Stimme und berührte mit den Lippen fast sein Ohr. Er konnte ihren warmen Atem spüren, und seltsamerweise fühlte sie sich dadurch näher, irgendwie *präsenter* an, mehr noch als durch den Druck ihres schlanken Körpers gegen seinen Rücken. »Je früher Almarik stirbt, desto besser«, flüsterte sie. Sie sagte das in diesem lockenden Tonfall, den sie immer dann benutzte, wenn sie etwas von ihm wollte und nicht sicher sein konnte, es zu bekommen. Es war eine Weile her, seit er ihn zuletzt zu hören bekommen hatte. Man hätte fast meinen können, die Ereignisse im Palast hätten sie milde gestimmt. Gut zu wissen, dass dem nicht so war; das gefiel ihm. Schlecht allerdings, dass sie in diesem Ton meist Dinge sagte, die ihm nicht gefielen. Überhaupt nicht gefielen.

»Almarik weiß, wie man mit einem Schwert umgeht«, wandte er ein. »Und noch steht er auf unserer Seite. Das ist hier draußen eine Menge wert.« Als Mitstreiter schätzte er Almarik durchaus – selbst wenn ihm dieser Mitstreiter irgendwann in den Rücken fallen mochte. *Oder fällst nicht viel mehr du ihm in den Rücken?*, raunte es in seinen Gedanken, und diesmal war es nicht der Narbennarr, sondern nur sein Gewissen. Zum Teufel, wann hatte er sich *das* eingefangen?

»Wenn du es nicht tust, dann werde ich es tun«, sagte Sabatea ernsthaft.

»Nein, das wirst du nicht.«

Sie lachte leise auf. »Weil du es mir verbietest?«

»Weil es mein Schwur war, nicht deiner. Und weil du das gefälligst respektierst.« Davon war er nicht halb so überzeugt, wie er sie glauben machen wollte. Tatsächlich war er von sehr wenig überzeugt, wenn es um Sabatea ging und um das, was sie denken oder tun mochte. Bei allem, was er für sie empfand, hatte sie ihre Rätselhaftigkeit nie eingebüßt. Geheimnisse blieben ein Teil von ihr wie das Schlangengift in ihren Adern.

»Vielleicht wäre es wirklich das Einfachste, ihm im Schlaf die Kehle durchzuschneiden«, sagte sie nachdenklich.

»Wenn du ihn ansiehst und glaubst, dass er schläft, beobachtet er dich in Wahrheit. Wenn du meinst, ihn von hinten erwischen zu können, dann dreht er sich rechtzeitig um. Und wenn du allen Ernstes denkst, du könntest ihm den Hals durchschneiden wie einem Opferlamm, dann bist du verdammt naiv.« Er verrenkte sich fast den Hals, als er über die Schulter schaute, um ihr ins Gesicht zu blicken. Stattdessen sah er nur ihr flatterndes schwarzes Haar. »Aber du *bist* nicht naiv, das warst du nie. Was also soll das?«

»Naiv wäre es nur, sich wegen ihm keine Sorgen zu machen.«

»Er tut, was Khalis ihm befiehlt. Und Khalis braucht uns beide, das hat er selbst gesagt.«

»Unsinn. Khalis wird bald merken, dass das Pferd ihn auch ohne mich nach Skarabapur führen wird. Und was er von dir will … weiß er das überhaupt selbst?«

»Er will den Narbennarren, glaube ich.« Tarik war selbst erstaunt, wie leicht ihm das über die Lippen kam. »Er weiß, dass Amaryllis in mir ist. In Bagdad hat er gesagt, dass er den Narbennarren in mir spüren kann.«

»Er hat nur sein Auge gemeint«, widersprach sie halbherzig.

»Er hat gesagt, dass die Dschinne ihren Propheten in mir wiedererkennen könnten. Nicht sein Auge, sondern ihn selbst.«

Ihre Hand legte sich fest von hinten um seine Schulter. »Hast du ihm davon erzählt? Dass du ihn in dir hören kannst?«

»Nein.«

»Da siehst du 's – ich auch nicht.«

Sie folgte seinem Seitenblick zu den Geschwistern, die ebenso wie sie selbst leise miteinander tuschelten. Ifranji war erstaunlich ruhig geworden, seit sie Bagdad verlassen hatten. »Du glaubst, einer von den beiden –«, begann Sabatea.

»Nein«, unterbrach er sie kopfschüttelnd. »Aber es gibt noch jemanden.«

Sie stieß ein erstauntes Keuchen aus. »Nicht *er*.«

»Amaryllis selbst.« Tarik forschte in sich nach der Anwesenheit des Fremden, konnte ihn aber im Augenblick nicht spüren. »Er wird stärker. Ich kann ihn jetzt deutlicher verstehen, als würde er von tief unten immer höher aufsteigen. Es ist nicht mehr nur sein Auge, sondern fast so etwas wie … sein Verstand. Ich weiß nicht, wie ich es sonst nennen soll. Seine Gedanken vermischen sich mit meinen. Jedenfalls glaube ich, dass es seine sind – sonst hätten wir *wirklich* ein Problem.« Sein Versuch, sarkastisch zu klingen, ging ziemlich daneben. »Manchmal habe ich das Gefühl, er unternimmt vorsichtig Versuche, mich Dinge tun zu lassen, die ich selbst gar nicht tun will.«

»Er kontrolliert dich?«, fragte sie erschüttert.

»Noch nicht. Keine Ahnung, ob ihm das jemals gelingen könnte. Aber … wer weiß, ob er mich nicht manchmal Dinge sagen lässt, im Schlaf, zum Beispiel …«

»Im Schlaf hast du nichts gesagt. Das wüsste ich.«

»Wann auch immer.« Er hob die Schultern, nicht mehr sicher, ob es gut war, dass er überhaupt davon angefangen hatte. Aber er hatte das Gefühl, mit ihr darüber reden zu müssen, weil es ihn sonst von innen auffressen und Amaryllis dann noch leichteres Spiel haben würde. »Ich weiß nicht, was er will oder was er kann … Aber stell dir vor, er hätte mit meiner Stimme zu Khalis gesprochen und ihm alles erzählt. Davon, wie leicht es ihm bald fallen wird, die Oberhand zu gewinnen« – er berührte seine Schläfe – »hier drinnen. Vielleicht hat er so was wie einen Handel mit ihm geschlossen. Khalis bringt ihn nach Skarabapur, und im Austausch sorgt Amaryllis dafür, dass Khalis die Stadt tatsächlich betreten darf. Womöglich hat er noch immer genügend Macht über die Dschinne, selbst wenn er … wenn er aussieht wie ich. Er hat sie in diesen Krieg getrieben, vergiss das nicht. Und wenn ihr mit euren Vermutungen Recht hattet, dann suchen sie noch immer nach ihm. Oder nach mir. Jedenfalls nach ihrem Propheten.«

»Das ist Unsinn, Tarik.«

»Ach ja? Das lässt sich leicht sagen, wenn man nicht selbst –« Er brach ab, atmete tief durch und berührte ihre Hand mit seiner. »Tut mir leid. Das alles ist nur eine Vermutung, das weiß ich. Aber wenn es doch so wäre ... Wenn Amaryllis eine Möglichkeit gefunden hätte, durch mich zu Khalis zu sprechen und ihm ein Geschäft vorzuschlagen ... Khalis sorgt dafür, dass ich ihm nach Skarabapur folge, sodass auch Amaryllis wieder dorthin gelangt. Und Amaryllis gewährt ihm dafür Zutritt zur Stadt und sogar zum Dritten Wunsch, damit er seine Tochter zurück ins Leben holen kann.«

Sie schwieg einen Moment, dann fragte sie: »Aber wann soll das gewesen sein? Seit wir aufgebrochen sind, war ich immer an deiner Seite. Und wenn du geschlafen hast, war ich wach und hab auf dich aufgepasst.«

»Im Palast«, sagte er, und erneut war es ihm unangenehm, dass sie ihn im Schlaf beobachtet hatte. Er hätte nicht einmal sagen können, warum. »Als Almarik mir die Augenklappe heruntergerissen hat, oben auf dem Turm. Ihr habt mich hinunter in diesen Raum gebracht, wo ich wieder zu mir gekommen bin.«

Sabatea schnappte nach Luft. »Ich war beim Ifrit, während du noch bewusstlos warst. Ganz kurz nur – Almarik hat mich zu ihm geführt, bevor wir dann später noch einmal zusammen bei ihm waren.«

Tarik nickte. »Du hattest ihn schon vor mir gesehen – das meine ich. Almarik hat dich also mitgenommen. Und wo war Khalis währenddessen?«

»Möglicherweise bei dir«, gestand sie zögernd.

»In dem Zustand, in dem ich war, wäre es für Amaryllis ein Leichtes gewesen, aus meinem Mund zu ihm zu sprechen.«

»Wie zum Teufel hätte ich das wissen sollen?« Hilflosigkeit machte sie stets wütend, auch jetzt. Das war ein Zug, den sie gemeinsam hatten. Beide sahen, dass Alamrik sich weiter vorn nach ihnen umschaute. Sofort senkte sie ihre Stimme wieder. »Ich hab keine Ahnung, was Amaryllis kann und was nicht. Und ob er wirklich in dir steckt, oder ob –«

»Ob ich ihn mir nur einbilde?«

»Ich weiß es nicht. Nicht mal *du* weißt das.«

»Möglich, dass sie miteinander gesprochen haben, ohne dass ich es gemerkt habe. Und dass sie eine Art Pakt geschlossen haben.«

Eine Stimme im Fauchen des Gegenwinds ließ beide aufschrecken.

»Ihr seid also auch schon darauf gekommen«, sagte Nachtgesicht, der seinen Teppich schon vor einer Weile hinter sie gelenkt haben musste und nun an ihre Seite glitt. »Wenn man darüber nachdenkt, liegt es fast auf der Hand, oder?«

Ifranji grinste Tarik an, eine Spur zu kalt. »Ich hätte dich umbringen sollen, damals, als alles noch ganz einfach war.« In einer spielerischen Geste führte sie einen Finger über ihre Kehle. »Bei Allah, ich hätte dich wirklich töten sollen.«

Glasbruch

Etwas lebte unter dem Glas.

Erst hörten sie es nur, aufgeschreckt im Dunkel der Nacht. Ein monströses Schleifen und Rauschen unter ihren Teppichen während der Ruhepausen. Erschütterungen des steinharten Bodens, die ein scheußliches Knirschen erzeugten wie von Glassplittern unter einem Wagenrad. Ein rhythmisches Pumpen in der Dunkelheit, der Schlag eines gigantischen Herzens, begleitet von einem feinen Vibrieren, das Tarik nur am Zittern des Sands in der Uhr erkannte.

Das Mondlicht funkelte auf dem Glas, floss weich über geschmolzene Buckel, millionenfach reflektiert von feinen Graten und Rissen im Untergrund. Tarik und die anderen hielten Ausschau nach Silhouetten vor dem Horizont, mächtigen Formen, die sich bewegten, womöglich näher kamen. Aber alles, was sie sahen, waren die strähnigen Auswüchse überall um sie herum. Verzweigte, turmhohe Glaskorallen wie Gerippe verendeter Riesentiere.

Das Elfenbeinpferd scheute, als sich die Laute wiederholten; wahrscheinlich hatte es die Erschütterungen bereits viel früher wahrgenommen als die Menschen. Sabatea eilte zu ihm, um es zu beruhigen. Das Zauberpferd aber stellte sich wiehernd auf die Hinterläufe, schlug heftig mit den Schwingen und stieß sich vom Glasboden ab. Mit wenigen

Flügelschlägen stieg es in den Himmel auf, während Tarik und die anderen fluchend auf die Teppiche sprangen und ihm folgten. Khalis war der Letzte, der sich vom Boden löste; je schneller und steiler er aufsteigen wollte, desto mehr behinderte ihn die schwere Last des Honigschreins.

Alle waren froh, wieder in der Luft zu sein. Aber erst am Morgen erkannten sie, woher die Laute und Erschütterungen rührten.

»Zarathustras Flamme!«, fluchte Sabatea zwischen zusammengebissenen Zähnen. Tarik sagte nichts. Starrte nur über den Rand des Teppichs in die Tiefe, wo die Strahlen der Morgensonne wie Irrlichter über die Oberfläche flirrten.

Unter dem Glas folgte ihnen ein gewaltiger Umriss. Bisher hatte Tarik sich keine Gedanken darüber gemacht, wie dick die Glasschicht sein mochte. Jetzt aber hoffte er inständig, dass sie stabil genug war, um das Ding dort unten aufzuhalten.

Dass es sie beobachtete, stand außer Zweifel. Sie stiegen noch höher hinauf, über hundert Meter, aber das Wesen verfolgte sie weiterhin, als könne es mühelos durch das Glas zu ihnen heraufsehen. Dabei war die Fläche alles andere als klar. Wie eine grünliche Eisdecke lag sie über dem Sand und war von solch groben Schlieren durchzogen, dass Tarik die Kreatur dort unten nur durch ihre schlängelnden Bewegungen wahrnahm. Einzelheiten waren keine zu erkennen. Umso erstaunlicher, dass das Wesen ihnen auch dann noch folgte, als er die anderen aufforderte, eine Reihe verwirrender Haken zu schlagen. Das Ding vollzog jede ihrer Kursänderungen nach, erstaunlich schnell für seine Größe.

»Mindestens zwanzig Mannslängen«, rief Nachtgesicht herüber. »Vielleicht dreißig.«

Tarik blinzelte in die grelle Morgensonne, als er zum Teppich der Geschwister hinüberblickte. »Weißt du, was das sein könnte?«

Der Afrikaner schüttelte den Kopf. »Wilde Magie«, erwiderte er nur, die einzige Erklärung, die jedem auf Anhieb einleuchten musste.

»Gut, dass wir einen so fähigen Führer bei uns haben«, höhnte Almarik.

Wie zu erwarten, explodierte Ifranji sofort, ungeachtet des Titanen tief unter ihnen. »Ohne die Wasserstellen, die mein Bruder ausgekundschaftet hat, wärst du längst verdurstet, Ifritjäger!«

Khalis gab seinem Leibwächter einen ungeduldigen Wink. »Nicht jetzt, Almarik. Wenn dieses Biest uns angreift, wird es –«

»Sich zuerst den Langsamsten von uns vornehmen«, stellte Sabatea fest. »Den, der das größte Gewicht auf seinem Teppich trägt.«

Khalis schenkte ihr ein böses Funkeln. »Das weiß ich, Emirstochter. Deine Sorge ist herzergreifend.«

Tarik dachte an Maryams Leiche und versuchte herauszufinden, ob und wie sehr es ihn berühren würde, wenn sie ihre letzte Ruhe im Schlund irgendeines Sandungetüms fände. Er fand keine Antwort darauf, denn er konnte seinen Blick jetzt nicht mehr von der riesigen Silhouette unter dem Glas abwenden.

»Fünfzig Mannslängen, würde ich sagen«, korrigierte Nachtgesicht seine erste Schätzung. »Wir sollten noch höher gehen.«

Sie stiegen weiter. Khalis fluchte schon nach wenigen Augenblicken. »Der Schrein ist zu schwer. Das Muster weigert sich, höher zu fliegen.«

Ifranji blickte mitleidlos auf den alten Mann hinab. Sie und Nachtgesicht schwebten gut zwanzig Schritt über ihm. Ihre zahllosen Zöpfe wirbelten im Gegenwind um ihr teerschwarzes Koboldgesicht. Sie wollte etwas erwidern, aber Tarik kam ihr zuvor.

»Noch scheint es sich damit zufriedenzugeben, uns zu beobachten«, sagte Tarik. Das war eine offensichtliche Feststellung und den Atem nicht wert, den sie ihn kostete. Aber er wollte verhindern, dass Ifranji einen erneuten Eklat provozierte.

»Oh«, entgegnete der Magier zynisch, »dann war ich wohl etwas vorschnell mit meiner Sorge.«

Sabatea deutete nach unten. »Eher nicht.«

Einen Moment lang war das Ding unter dem Glas verschwunden, und nun erkannten sie alle, weshalb: Es war hinab in die tieferen Regionen der Sandsee getaucht, um Schwung für eine steile Attacke nach oben zu holen. Wie ein Rammbock stieß der Koloss genau unter ihnen mit dem Vorderende gegen das Glas.

Die ganze Welt erbebte. Ein Klirren, das ihre Trommelfelle vibrieren und ihre Zähne schmerzen ließ, hallte über die Ebene. Im Umkreis von einigen hundert Metern gerieten die kristallinen Strukturen der Glasgebilde in Schwingung und erzeugten ein helles, nachhallendes Klingen, das wie geisterhaftes Weinen in den Himmel aufstieg. Mehrere der verästelten Glastürme barsten, sanken in sich zusammen und zerschellten am Boden in Millionen und Abermillionen funkelnder Scherben. Splitterwolken ballten sich um die Stellen, an denen die Gebilde aufschlugen. Wie Kristalldolche prallten einzelne Fragmente von der Oberfläche ab und flogen in alle Richtungen, auch himmelwärts. Aber kein Splitter schaffte mehr als die halbe Strecke bis zu Khalis, dem niedrigsten der Teppichreiter.

Unmittelbar nach dem Stoß gegen die Glasoberfläche stimmte die Kreatur einen gedehnten Wutschrei an, eine Furcht einflößende Mischung aus Stiergebrüll und dem Kampfruf einer Dschinnarmee. Wo es mit aller Macht gegen das Glas gerammt war, hatte sich ein sternförmiges Muster aus Rissen gebildet. Aber der Boden hielt stand, und das Wesen verlegte sich erneut darauf, den Menschen durch die oberen Sandschichten nach Süden zu folgen.

Sabatea schob das Kinn über Tariks Schulter. »Allzu oft wird es das nicht durchhalten, ohne sich selbst den Schädel einzuschlagen.«

»Vielleicht muss es das auch gar nicht.« Er deutete nach vorn, wo eine gezackte Klamm durch das Glas schnitt, offenbar ein Riss, der von einer noch heftigeren Erschütterung hervorgerufen worden war. Wie ein Flussdelta führten mehrere dieser Kerben immer näher aufeinander zu, ehe sie sich irgendwo weiter südlich vereinigten. Es war nicht schwer, sich auszurechnen, dass der Boden dort instabil sein musste.

»Nie im Leben ist es Zufall, dass dieses Ding ausgerechnet hier Jagd auf uns macht«, sagte Sabatea.

»Wir könnten versuchen, den Rissen auszuweichen«, überlegte er laut, erkannte aber durch das Hitzeflirren, dass das Land im Westen und Osten ebenso zerfurcht war wie im Süden.

Sabatea deutete nach vorn. »Das Pferd fliegt weiter geradeaus, über die Risse hinweg.«

Er fluchte, als er den hellen Punkt hoch über den Schrunden und Kerben entdeckte.

»Sieht nicht so aus, als hätten wir eine Wahl«, rief Nachtgesicht herüber. Im Gegenwind schien sich das Gewand an seinen gewaltigen Körpermassen festzusaugen. Seine Schwester hielt sich in Erwartung hektischer Flugmanöver von hinten an ihm fest; sie musste beide Arme weit spreizen und kam dennoch kaum um seinen breiten Rücken herum.

Tarik blickte zum Ifritjäger hinüber. »Almarik?«

Der Byzantiner nickte. »Versuchen wir 's.« Und zu dem Magier sagte er: »Wenn es angreift, werde ich versuchen, es abzulenken.«

Khalis nickte wortlos.

»Wir wär's mit einem Zauber?«, rief Ifranji ihm zu. »Wer Gewitter teilt, wird wohl mit einem Vieh wie dem da unten fertigwerden.«

Der Magier würdigte sie keiner Antwort. Sabatea lachte leise. Regenbögen würden sie nicht allzu weit bringen.

Sie erreichten die Ausläufer der verzweigten Risse im Glas: Schluchten mit grün schimmernden Steilwänden, messerscharfen Kanten und Geröll aus Scherben. Einige Bruchstücke hatten sich an den Rändern übereinandergeschoben. Sie waren zwanzig, dreißig Meter dick, schätzte Tarik, entdeckte aber auch, dass die Auswirkungen der Sandschmelze nicht überall gleich stark gewesen waren. Einige Schollen waren dünner, andere dagegen massiver.

»Was ist hier passiert?«, murmelte Sabatea.

»Ein Erdbeben?«, schlug Ifranji halbherzig vor. Sie hatte

lauter gesprochen als Sabatea, und augenblicklich hallte ihre Stimme von den Bruchkanten wider, echote durch gezackte Klüfte und wurde von spiegelglatten Oberflächen zurückgeworfen.

Das Ungetüm folgte ihnen weiterhin, obwohl das geborstene Glas den Blick nach oben auf die vier Teppiche verzerren musste. Es war genau unter ihnen und wurde von den Oberflächen und Rissen in verwinkelte Scherben zersplittert, die sich in atemberaubenden Mustern wieder und wieder zusammensetzten. Nur eine Täuschung, aber plötzlich war Tarik nicht mehr sicher, ob das da unten wirklich nur ein einziger Verfolger war oder nicht doch ein ganzes Rudel.

»Wie soll es jetzt weitergehen?«, rief Ifranji.

Wieder hallten die Worte vielstimmig aus den gläsernen Spalten zurück.

»Es lässt sich nicht abhängen«, knurrte Tarik und horchte vergeblich auf die Häme des Narbennarren. Amaryllis schwieg und wartete ab. Falls Tarik etwas zustieß, würde auch er Skarabapur nicht wiedersehen.

Tarik fragte sich gerade, warum er das dachte – *wiedersehen*, als wüsste er mit Bestimmtheit, dass Amaryllis schon dort gewesen war –, als das Biest im Boden zu einem neuerlichen Angriff ansetzte.

Die lang gestreckte Silhouette schien auf den unregelmäßigen Oberflächen der Bruchstücke in Dutzende Splitter zu zerplatzen, zog sich dann blitzschnell zu einem einzigen dunklen Fleck zusammen und rammte im nächsten Augenblick gegen die Unterseite der Glaswüste. Diesmal waren die Laute der Kollision mit der Oberfläche noch schriller und durchdringender. Die Schallwelle traf die vier Teppiche wie eine Sturmbö. Gewaltige Scherbenkanten schabten aneinander, zersplitterten an den Rändern, trugen tiefe Kratzer und Furchen davon. Von einer Glasscholle, die schräger stand als die meisten anderen, brach ein gigantisches Bruchstück ab, rutschte in die Tiefe und zerbarst auf der tiefer gelegenen Oberfläche.

Die Kreatur brüllte zornig auf, als ihr auch diesmal kein Durchbruch gelang. Aber sie schlängelte sich unverzüglich weiter unter den Teppichreitern dahin, auf der Suche nach einer Stelle, an der die Glasdecke dünner war.

»Da vorn!«, rief Sabatea und deutete an Tarik vorbei nach Süden. »Seht ihr das?«

Tarik blinzelte mit seinem einen Auge, entdeckte aber nur weitere Buckel und Grate der Glaswüste. In der Ferne zerflossen sie im Übergang zum rötlichen Morgenhimmel in einem diffusen Nebel, den womöglich nur er wahrnahm. Wurde seine Sehkraft noch immer schwächer?

»Ein See«, sagte Khalis.

»Ein Loch«, stellte Nachtgesicht fest. »Ein riesiges Loch im Glas.«

Jetzt erkannte Tarik es auch. Ein unregelmäßiger Fleck aus hellem Sand, einige hundert Meter breit. Er hob sich hell, fast weiß von der grünen Glaseinöde und den rötlichen Lichtspiegelungen ab. Die vier Teppiche rasten genau darauf zu, während der Koloss in der Tiefe noch einmal schneller wurde, um vor ihnen dort anzukommen.

Tarik schoss durch den Kopf, dass dies die Stelle sein musste, an der die Dschinne ihre fliegende Glasscholle aus dem Boden gebrochen hatten; das Stück, das hier fehlte, hatten er und die anderen erst vor kurzem über sich hinwegschweben sehen.

Das Elfenbeinpferd flog unbekümmert geradeaus, überquerte die Grube im Galopp und hatte fast die andere Seite erreicht, ehe die Teppichreiter reagieren konnten.

Ihre Flüche hallten von den Glaskanten wider, während sie alle versuchten, die Teppiche herumzureißen. Almariks Knüpfwerk ballte sich für die Dauer eines Lidschlags zu etwas Klobigem, faltete sich aber gleich wieder auseinander. Der Byzantiner riss den Teppich nach links und flog als Erster parallel zum Rand des Lochs nach Osten. Sabatea keuchte auf, als sie von dem scharfen Ruck, der durchs Knüpfwerk fuhr, noch fester gegen Tarik gepresst wurde. Auch den Geschwistern gelang die abrupte Kursänderung, während beide steinerweichend schimpften und Ifranji einmal mehr ihrem Bruder die Schuld an allem Ungemach und Elend dieser Welt gab.

Khalis schaffte es nicht. Der Teppich des Magiers geriet ins Schlenkern. Der Rand des gigantischen Lochs im Glas war keine hundert Meter mehr entfernt, als sich der Honigschrein gefährlich neigte. Schon drohte er, Teppich und Reiter herumzureißen, als Khalis einsah, dass ihm die Kurve nach links nicht gelingen würde. Im letzten Moment brachte er das Knüpfwerk zurück auf seinen alten Kurs nach vorn. Der Honigschrein kippte zurück in seine Ursprungsposition, aber die umherschwappende Flüssigkeit im Inneren zog ihn nun in die entgegengesetzte Richtung.

Almarik schlug einen waghalsigen Haken zurück zu seinem Meister. Tarik sah mit Erstaunen, wie ungeheuer wendig der Gardeteppich war, fast zu schnell für sein überreiztes Auge. Der Byzantiner sauste unter Khalis hindurch und zog gleich darauf so schnell nach oben, dass die verdrängte Luft ein Pfeifen verursachte. Zugleich gab er dem Honigschrein, der sich noch immer gefährlich neigte, einen sanften Stoß mit der Teppichkante. Das schwere Gefäß kippte zurück, erzitterte noch einmal und stabilisierte sich gemeinsam mit dem Teppich des Magiers in der Horizontalen.

Der Absturz des alten Mannes war abgewendet, aber das rasante Manöver hatte Khalis und den Byzantiner bis an den Rand des Lochs getragen. Sie befanden sich kaum fünfzig Schritt über dem Boden, als sie die scharfe Bruchkante passierten. Unter ihnen war jetzt nur noch weißer Sand.

Der Grund der Grube explodierte. Ein wolkiger Stern aus Staub spritzte himmelhoch aus dem Loch und streute Sandfontänen in alle Richtungen. In seiner Mitte schoss ein Turm aus grauer Muskelmasse aus der Wüste empor, glatt und durchscheinend wie Kristall. In seinem Inneren zeichneten sich die Organe als pulsierende Umrisse ab. Tarik sah keine Augen, dafür ein Maul, das den vorderen Teil des Wesens spaltete. Keine Zähne, sondern gelbliche Knochenkämme umschlossen eine gespaltene Zunge. Ihre Gabelspitzen peitschten durch die Luft, tasteten nach den beiden Teppichreitern und verfehlten sie nur knapp.

Tarik hatte all das mit einem Blick über die Schulter beobachtet, während er und Nachtgesicht ihre Teppiche am Rand des Sandlochs nach Osten jagten. Er brüllte Sabatea eine Warnung zu und ließ das Knüpfwerk herumwirbeln. Es raste weiter in östliche Richtung, nun jedoch rückwärts, während er und Sabatea freie Sicht auf das tobende Ungetüm hatten.

Die Schlange stand noch immer aufrecht, ragte sechzig,

siebzig Meter aus dem Sand empor wie ein vergessenes Bauwerk inmitten dieser Einöde. Ein Gutteil der Kreatur musste noch unten im Boden stecken, während sich das mächtige Maul oben öffnete und schloss, nach den beiden Flüchtenden schnappte und die Zunge in rhythmischen Stößen vor- und zurückschnellen ließ.

Khalis war das leichtere Opfer. Viel zu schwerfällig bemühte er sich, seinen Teppich mit der Last des Honigschreins in einem Bogen von dem Wesen fortzulenken. Tarik sah ihn undeutlich hinter Staubwolken, dann daraus hervorbrechen, um gleich darauf von einem weiteren Schwall aus Sand eingeholt zu werden. Abermals schwankte der Schrein, als Khalis für einen Augenblick fast die Kontrolle verlor, den Arm noch tiefer ins Muster stieß und wieder auf Kurs geriet. Etwas züngelte hinter ihm her, so breit wie ein Mensch und um ein Vielfaches länger, vorn gespalten in zwei zuckende, triefende Spitzen. Speichel sprühte aus dem Maul, als die Schlange den Kopf herumriss, ihrem Opfer nachschmeckte – in der Luft, im Sand, im Wind – und erneut dessen Fährte aufnahm.

Almarik stieß steil von oben mit dem Teppich auf die Zunge herab. Mit dem größten seiner Schwerter hieb er nach dem Muskelstrang und schlug die Klinge tief hinein. Er hätte die Waffe wohl beidhändig führen müssen, um die Zunge zu durchtrennen. So blieb der Stahl darin stecken und wurde Almarik entrissen. Der trompetende Schmerzensschrei der Kreatur hallte weit über die Glaswüste und brachte in weitem Umkreis die filigranen Kristallstrukturen zum Einsturz. Statt Sand spritzten nun Splitter umher, prasselten klirrend rund um die Grube zu Boden.

Die Schlange wand sich gepeinigt in der Luft, während

Almarik dem Magier zurief, er solle endlich verschwinden, fort von der Öffnung im Boden. Der Byzantiner hockte schwankend am Vorderende seines Teppichs und versuchte zugleich, das Ungetüm in seinem Rücken im Auge zu behalten.

»Hilf ihm!«, rief Sabatea über Tariks Schulter.

»Gestern wolltest du ihn noch umbringen.«

»Wenn es ihn erwischt, dann mit Sicherheit auch Khalis. Und ihn brauchen wir vielleicht noch.«

Tarik sandte einen Befehl ins Muster, spürte die Stränge rebellieren und wiederholte das Kommando mit Nachdruck. Fast schlagartig blieb der Teppich in der Luft stehen, hätte um ein Haar seine beiden Reiter abgeworfen und setzte sich nach kurzem Zögern wieder in Bewegung. Jetzt flogen sie zurück nach Westen, auf das Innere der Sandgrube und das tobende Ungeheuer zu.

»Macht, dass ihr wegkommt!«, rief er Nachtgesicht und Ifranji über die Schulter zu, sah aber nicht mehr, ob sie gehorchten. Gleich darauf hatte er andere Sorgen.

Khalis kam ihnen schlingernd entgegen, ein behäbiger Köder auf der Flucht vor dem rasenden, brüllenden Wurm. Der Koloss warf sich in einer schlängelnden Bewegung herum, folgte dabei mit schnappenden Kiefern Almariks Flug und schien im selben Moment zu erkennen, dass ein dritter Teppich Kurs auf ihn nahm.

Auch Almarik sah ihn kommen, rief ihm etwas zu, das im Geschrei der Kreatur unterging, und schlug einen scharfen Haken nach Süden. Der konturlose Schädel pendelte herum, fort von Khalis, Tarik und Sabatea, und folgte dem Flug des Byzantiners. Zugleich peitschte das Hinterende unten im Sand immer höhere Wolken auf und verlieh dem

Koloss nicht nur Halt, sondern trug ihn in aufrechter Haltung vorwärts. Nach Süden, hinter Almarik her. Wie eine Schlange im Korb eines Fakirs balancierte der riesenhafte Leib aufrecht in der Luft und schoss zugleich mit enormer Geschwindigkeit innerhalb der Sandgrube umher, schnell genug, um mit den Teppichreitern Schritt zu halten.

Tarik näherte sich jener Seite des augenlosen Schädels, die er für die hintere hielt. Er erkannte keinen wirklichen Unterschied und urteilte einzig nach der leichten Beugung des Muskelturms in die andere Richtung, wo die Kiefer nach dem fliehenden Byzantiner schnappten. Mit rechts zog er sein Schwert, rief Sabatea zu, sich festzuhalten, und stieß auf die glatte Oberfläche des Schlangenleibes hinab.

Er machte gar nicht erst den Versuch, die Klinge hineinzubohren – das wäre sinnlos gewesen. Stattdessen führte er einen langen, geraden Schnitt quer über die Wölbung, während der Teppich an dem Wesen vorüberjagte. Klare Flüssigkeit quoll über die Wundränder, gleich darauf durchmischt mit silbrigem Blut. Die Tropfen, die in alle Richtungen sprühten, glitzerten wie Diamanten.

Abermals schrie die Schlange auf, während sie sich vor Schmerz schüttelte und dabei Tarik und Sabatea fast aus der Luft hieb. In einem verzweifelten Ausweichmanöver umrundeten sie die Kreatur, bis sie sich auf der anderen Seite befanden, dort, wo auch Almarik vor dem Ungeheuer floh. Tarik wählte denselben Kurs wie der Ifritjäger und rief ihm zu: »Zur Kante! Wir müssen es zur Kante locken!«

Sabatea begriff, was er vorhatte. »Das Biest müsste schon verteufelt dumm sein, um darauf hereinzufallen.«

Er sah, dass Almarik vor ihnen seine Geschwindigkeit drosselte, um ihnen Gelegenheit zum Aufholen zu geben. Als sie fast heran waren, warf er ihnen über die Schulter einen wilden Blick zu. Tarik hatte ihn noch nie so gesehen. Plötzlich war er froh, dass ihre Auseinandersetzung aufgeschoben worden war.

Sabatea schaute sich suchend nach dem Magier um. »Khalis ist in Sicherheit«, stieß sie hervor. »Vorerst, jedenfalls. Er hat den Rand erreicht.«

Vor ihnen tauchte die südliche Kante der Grube auf, eine unregelmäßige Steilwand aus Glas. Im Querschnitt waren die unterschiedlichen Schattierungen zu erkennen, als wäre der Sand in mehreren Glutwellen geschmolzen worden. Die Unterseite war unregelmäßig geformt, zu Zapfen, Blasen und Höhlungen geronnen.

All das nahm er nur beiläufig wahr, als er versuchte, durch die Staubschwaden die obere Kante auszumachen. Die Glasscholle war mit unfassbarer Gewalt aus der Ebene gebrochen worden. Die verästelten Risse in der Umgebung verrieten, dass es zahlreiche fehlgeschlagene Versuche gegeben hatte, ehe schließlich einer gelungen war. Es hatte etwas merkwürdig Beruhigendes, dass auch den Dschinnen nicht alles auf Anhieb glückte.

»Sie kommt!«, rief Almarik. »*Hinter euch!*«

Tarik ließ den Teppich einen Satz nach vorn machen. Die Bestie brüllte auf. Staub wölkte bis zu ihnen empor, brannte in seinem Auge und drang ihm in den Hals. Sabateas Griff wurde fester, als sie verzweifelt versuchte, nicht den Halt zu verlieren.

Die Zunge zuckte über sie hinweg. Aus dem Augenwinkel sah er, dass Almariks Schwert noch immer in dem dunkelgrauen Fleisch steckte. Falls die Riesenschlange Schmerz verspürte, so machte er sie nur noch wütender. Tarik zwang den Teppich eine Mannslänge abwärts, um der Zunge zu entgehen, und musste sich gleich darauf eingestehen, dass das Ausweichmanöver verdammt knapp ausfiel. Lange würden sie dem Biest so nicht mehr entkommen können.

Er schwenkte den Teppich zur Seite, flog jetzt genau über der Bruchkante der Grube und folgte ihrem Verlauf nach Osten. Sie lag etwa zwanzig Meter unter ihnen. Unter dem linken Rand des Teppichs erstreckte sich weißer Sand, unter dem rechten die grün glitzernde Glasebene. Almarik flog auf dem gleichen Kurs vor ihnen, in der Hoffnung, dass ein doppelter Köder die Kreatur erst recht zur Raserei bringen würde.

Die Schlange folgte ihnen mit aufgebrachten Stößen ihres klaffenden Schlundes. Ihre Zunge verursachte ein scharfes Zischen, während sie hinter den Fliehenden durch die Luft sauste und immer wieder ins Leere peitschte. Sie hätten jetzt nach Süden abbiegen können, hinter dem Zauberpferd her, aber Tarik wollte ihren Verfolger ein für alle Mal loswerden; die Gefahr, dass es noch weitere Öffnungen im Glas oder zerbrechliche Stellen auf ihrem Weg gab, war zu groß. Zugleich stieg die alte Lust an der Gefahr in ihm auf, angezüchtet in zahllosen Teppichrennen, und er fand neuen Geschmack am Risiko. Um Sabateas willen wäre es verantwortungsvoller gewesen, die Flucht über das Glas anzutreten. Aber er spürte das heftige Pochen ihres Herzens an seinen Schulterblättern, so fest presste sie sich an ihn. Seine eigene Erregung hatte längst auch sie erfasst. Dann rief sie: »Lass uns das Vieh endlich umbringen!«, und da wusste er, dass er nie wieder jemanden so lieben würde wie sie.

Die Schlange brüllte auf, immer gereizter, immer ungeduldiger. Sie folgte der Kreisbahn der beiden Teppiche am Rand der Grube entlang, prallte immer wieder gegen das Glas und schrie dabei noch lauter. Tarik zog den Teppich ein kleines Stück nach rechts, einige Schritt weit über das Glas, und vor ihm schwenkte auch Almarik in diese Richtung. Die Schlange musste sich nun schräg aus der Sandgrube über den Rand lehnen, um sie mit ihrem schnappenden Maul zu erreichen. Dabei kollidierte sie wieder und wieder mit der gläsernen Steilwand, schlitterte mit ihrem turmhohen Leib an der messerscharfen Kante entlang, kreischte vor Schmerz, als sich tiefe Schnitte in ihrem Körper öffneten, und konnte doch nicht aufgeben, war rasend vor Gier nach ihrer Beute und dem Willen, die Teppiche doch noch zu erreichen.

Und dann ertönte ein so lautes Brüllen, dass selbst das Muster um Tariks Finger erbebte und eine Hitze durch seinen Arm lodern ließ, die ihn aufschreien ließ. Reflexartig riss er die Hand zurück. Aber Sabatea umklammerte von hinten seinen Arm und hielt ihn fest, drückte ihn unbarmherzig zurück ins Muster, wo er sofort wieder Macht über die Stränge erlangte und das Knüpfwerk unter Kontrolle bekam.

Mit verschleiertem Blick sah er nach hinten, durch flatternde Strähnen von Sabateas Haar, sah die Riesenschlange seitwärts fortziehen, tiefer zurück in die Grube. Der gewaltige Leib pendelte und schwankte. Die Kiefer bewegten sich zuckend auf und zu, bis die Knochenkämme die peitschende Zunge erfassten und durchbissen. Die Schlange kippte zur Seite. Dabei klaffte die Wunde, die sie sich auf ihrer irrwitzigen Kreisbahn entlang der Glaskante zugefügt hatte, immer weiter auf wie die Jahresringe eines gefällten Baumstammes. Silbernes Blut spritzte in Fontänen über Sand und Glas, als der Koloss auseinanderbrach. Innereien quollen aus der unteren Hälfte im Boden, während der abgeschnittene obere Teil Silberketten aus Organen mitriss und unter ohrenbetäubendem Getöse zu Boden stürzte.

Ein Wall aus Staub und Sand erhob sich rund um den gefällten Körper, rollte als mächtige Welle über den Grubenboden und erfasste die Teppiche oberhalb des Randes. Beide wurden von den Massen mitgerissen, durchgeschüttelt und weit hinaus übers Glas getragen. Sabatea klammerte sich an Tarik fest, während er die Faust um die Stränge des Musters ballte und zugleich seine verbliebene Kraft in den Befehl legte, dem Druck der Wolke standzuhalten, sich nur ja nicht zur Seite zu neigen und die beiden Reiter abzuwerfen.

Trotzdem schafften sie es nicht. Der Teppich wurde herumgeschleudert und aus der Horizontalen in eine steile Schräge gekippt. Sabatea verlor den Halt, taumelte von Tarik fort, nur noch eine Hand in seine Kleidung gekrallt, die strampelnden Beine über dem Abgrund. Sand schlug von der Seite gegen den Teppich wie eine solide Wand, rammte sie zwei, drei Mal hintereinander, und dann spürte Tarik ihren Griff nicht mehr. Sabatea war fort, nicht mehr hinter ihm, irgendwo in diesem Abgrund aus wogendem Staub verschwunden.

Ein Schatten schoss durch die Sandwolken heran, kein Teppich, sondern ein pechschwarzer Riesensperber mit ausgestreckten Klauen, der Tarik von dem tobenden Teppich riss – *das Muster schrie und schrie in seinen Gedanken* – und mit der anderen Kralle Sabatea packte, bevor sie am gläsernen Boden aufschlagen konnte. Der Sperber pflückte sie beide aus dem wirbelnden Chaos, blieb dabei verschwommen und schattenhaft, solide und zugleich wie ein Geist, nicht zu erfassen mit Tariks Auge. Selbst die Berührung seiner Klaue fühlte sich seltsam an, wie geträumt statt erlebt.

Der schwarze Sperber trug sie aus den Schwaden der Staubflut, schwebte hinaus ins Sonnenlicht und setzte sie sanft auf dem Glas ab. Als Tarik aufschaute, sah er einen Wirbel aus dunklen Bahnen, ganz kurz das stilisierte Abbild eines Vogels, dann einen fliegenden Teppich, lang gestreckt auf den Lüften, und das Gesicht des Byzantiners, der über wehende Fransen auf sie herabsah und lächelte.

Der Abgrund

Hier«, sagte Nachtgesicht und ließ Tariks eingerollten Teppich zu Boden fallen. »Ifranji hat ihn gefunden, ein Stück weiter westlich, zwischen den Glashügeln da vorn.«

Tarik massierte seinen schmerzenden Nacken, nickte Nachtgesicht dankbar zu und suchte das dunkelhäutige Mädchen. Ifranji stand ein Stück abseits, kreuzte seinen Blick mit einem Schulterzucken und versuchte zu ignorieren, dass er ihr zulächelte. Erst nach kurzem Zögern hoben sich auch ihre Mundwinkel, ganz kurz nur, als wollte sie nicht wahrhaben, dass für einen Moment so etwas wie Freundlichkeit zwischen ihnen entstehen könnte.

»Das war nichts«, rief sie ihm zu, wandte sich ab und tat, als hätte sie anderswo etwas ungeheuer Wichtiges zu tun.

Nachtgesicht kratzte sich verlegen am Hinterkopf und folgte seiner Schwester. Tarik beobachtete, wie die beiden zum Rand des Glasbruchs schlenderten, um einen Blick auf den Kadaver in der Grube zu werfen.

Sabatea saß neben Tarik auf einem Glasbuckel und tippte mit der Fußspitze gegen den Teppich. Er entrollte sich, als hätte er nur auf ihre Aufforderung gewartet. Weißer Staub hing im Knüpfwerk, durchdrang das verschlungene Muster und stob als feiner Dunst auf, als sich die Fransenränder flach an den Boden schmiegten.

Tarik stand auf und ergriff die Sanduhr. Sein Bündel war als Erstes wieder aufgetaucht, und wie durch ein Wunder waren die Kristallhälften der Uhr beim Aufschlag nicht geborsten. Nur die obere hatte einen langen feinen Riss. »Besser, wir machen uns gleich wieder auf den Weg.«

Sabatea hatte die Ärmel ihres Hemdes bis zur Schulter hochgeschoben. Breite blaurote Flecken an ihren Oberarmen verrieten, wo die Klauen des Sperbers sie gepackt hatten; sie musste noch mehr solcher Spuren am ganzen Körper davongetragen haben. Neben Tariks eigenen Prellungen waren sie die einzigen Beweise dafür, dass das Riesentier tatsächlich existiert hatte.

Sie deutete mit einem Nicken auf Almarik. »Was ist mit ihm?«

Der Byzantiner konnte sie nicht hören. Er saß ein gutes Stück entfernt auf seinem ausgerollten Gardeteppich und trank mit langsamen Schlucken aus einem Wasserschlauch. Khalis stand neben ihm und redete leise auf ihn ein. Almarik verriet durch nichts, dass er den Worten des Magiers Beachtung schenkte.

»Was soll mit ihm sein?«, fragte Tarik.

»Er hat uns gerade das Leben gerettet.«

»Ich hab mich höflich dafür bedankt.«

Sie seufzte. »Ändert das etwas?«

»Nein.« Das Wort war heraus, bevor er darüber nachdenken konnte. Es schien die richtige Antwort zu sein, ganz gleich, was geschehen war. Früher, in Samarkand, hatte er zu viele Versprechen gebrochen; das gehörte zu dem Teil seines Lebens, den er hinter sich gelassen hatte. Er würde heute nicht wieder damit anfangen, erst recht nicht, wenn es ohnehin keine Antwort auf die Frage gab, was richtig oder falsch war.

Sabatea nickte langsam. »Gut.«

»Klingt nicht sehr dankbar.«

»Er hat das ohne zu überlegen getan«, sagte sie. »Dazu hat er gar keine Zeit gehabt. Oder meinst du, es hat damit zu tun, dass er uns in den letzten Tagen so lieb gewonnen hat?« Sie wollte bissig klingen, und für gewöhnlich war sie recht gut darin. Jetzt aber kam es nur halbherzig heraus, als wäre sie selbst nicht überzeugt von dem, was sie sagte.

»Er weiß es nicht«, sagte Tarik.

»Was?«

»Der Schwur. Er weiß nichts davon.«

»Was macht dich da so sicher?«

»Er hätte uns sterben lassen, wenn er etwas ahnen würde.«

»Vielleicht ist er überzeugt davon, dass er dir überlegen ist.«

»Er ist vielleicht eitel, aber nicht dumm. Er hat Mut, aber leichtsinnig ist er bestimmt nicht.«

»Er wartet ab«, widersprach sie. »Außerdem hört er auf das, was der Magier sagt. Und Khalis will mit deiner Hilfe, mit *Amaryllis'* Hilfe nach Skarabapur – das hast du selbst gesagt.«

»Und du hast es abgestritten.«

»Manchmal ändert man seine Meinung.«

»Ja«, sagte er, schüttelte dabei aber den Kopf, als ginge es eigentlich um etwas ganz anderes. »Manchmal tun wir das wohl.«

Sie sprang auf, verzog das Gesicht, weil ihre Prellungen

schmerzten, und packte ihn am Unterarm. »Wir haben es dem Ifrit geschworen, als er starb.«

»*Ich* habe das getan, nicht du.«

Sie überging den Einwand. »Das ist der Preis dafür, dass uns das Elfenbeinpferd nach –«

»Das alles *weiß* ich«, unterbrach er sie eine Spur schärfer als zuvor. »Und ich hab dir gesagt, dass das, was eben geschehen ist, nichts ändert. Was also willst du von mir?«

Sie zögerte. »Überzeugung, vielleicht.«

»Die du selbst nicht hast?«

Sie presste die Lippen aufeinander und starrte ihn wutentbrannt an.

Aber er war noch nicht fertig. »Du willst von mir die Absolution dafür, dass es das Richtige ist. Dass sich nichts ändert, nur weil er uns geholfen hat. Dass er noch immer derselbe … Feind ist wie vor ein paar Stunden, und dass er« – Tarik senkte die Stimme – »dass er es verdient hat zu sterben.«

»Er hat den Ifrit zu Tode gefoltert.«

»Vielleicht habe ich früher Schlimmeres getan, und du weißt es nur nicht.«

»Verdammt, Tarik!« Mit einem Mal brannte ein zorniges Feuer in ihrem Blick, das er schon seit einer Weile vermisst hatte. Es war eines ihrer gemeinsamen Dilemmas, dass er sie am meisten mochte, wenn sie wütend war. Er fürchtete, dass dieses Gefühl auf Gegenseitigkeit beruhte. »Hör endlich auf, dir selbst leidzutun«, fuhr sie ihn mit gepresster Stimme an, damit die anderen sie nicht hören konnten. »Ich weiß, dass du nach Maryams Verschwinden eine Menge durchgemacht hast. Dass du Dinge getan hast, für die du dich vielleicht schämst. Und ich hab auch gar nicht vor, dir vorzurechnen, wie viel Schuld ich selbst mit mir herumtrage … all die Menschen, die bei den Experimenten mit dem Gift in meinem Körper gestorben sind, all diese Verbrechen meines Vaters, nur damit ich werden konnte, was ich bin … Aber, Tarik, du musst endlich damit aufhören, alles, was heute geschieht, immer wieder mit Maryam und dem Narbennarren in Verbindung zu bringen.« Sie legte eine Hand an seine Schläfe, sehr sanft, obwohl sie so zornig war. »*Er* ist da bei dir drin, behauptest du. Und *sie* … sie ist da drüben in Khalis' Honigschrein. Wenn ihr Verschwinden wirklich die Ursache für alles ist, was in deinem Leben schiefgegangen ist – nun, dann hab ich eine gute Nachricht für dich: Du hast sie beide endlich wiedergefunden. Und nun werd gefälligst fertig damit.«

Der Horizont kam näher, und erst nach einer Weile wurde ihnen bewusst, dass das eigentlich unmöglich war. Nicht hier draußen, wo die Weite kein Ende hatte, wo alles nur eintönig trist und öde war.

Sabatea und Tarik hatten seit ihrem Aufbruch kein Wort mehr gesprochen. Sie waren noch nicht lange in der Luft. Die Grube mit der toten Schlange lag keine Wegstunde hinter ihnen. Schweigend teilten sie sich den Teppich, aber Sabatea hielt sich nicht an Tarik fest, sondern saß einen halben Schritt hinter ihm im Schneidersitz und hatte die Hände um die Fransenränder gelegt.

»Ist das da vorn das Ende der Welt?«, rief Ifranji.

Die schimmernde Ebene war durchzogen von Rissen und geborstenen Schollen, offenbar unweit jener Löcher am Boden zerschmettert, wo die Dschinne sie aus der Glasdecke gebrochen hatten. Weitere Zeugnisse fehlgeschlagener Versuche, die Schollen zum Fliegen zu bringen.

Aber das war es nicht, was Ifranji meinte. Tarik blinzelte in die Ferne und dachte, dass das Mädchen Recht haben könnte. Dort vorn, noch ein gutes Stück entfernt – aber nah genug, dass er es mit seinem einen Auge erkennen konnte –, wurde der Horizont niedriger.

Und jenseits davon war – nichts.

Rein gar nichts.

Das Ende der Glaswüste tauchte aus dem Hitzeflimmern auf, sank noch tiefer, kam immer näher. Und dann gähnte vor ihnen der größte Abgrund, den Tarik jemals gesehen hatte.

Natürlich kannte er die Geschichten von Seefahrern, die den Rand der Welt erreicht hatten. Von tollkühnen Helden, die sich in die Tiefe abgeseilt hatten, um die *Dschahannam* zu erkunden. Doch keines der apokalyptischen Bilder, die all die Erzählungen in ihm heraufbeschworen hatten, hätte ihn auf diesen Anblick vorbereiten können.

Auf den letzten paar hundert Metern verstärkte sich der grüne Schimmer des Glases unter ihnen, wurde kräftiger und zugleich leuchtender, als fiele von unten Helligkeit durch die Oberfläche. Der Boden war hier wieder unversehrt, keine Risse und Löcher mehr, als hätten es die Dschinne nicht gewagt, sich so nah beim Abgrund am Glas zu schaffen zu machen. Das Land war makellos glatt wie eine polierte Schwertklinge.

Es endete an einer scharfen Kante, die von Westen nach Osten verlief. Weil in der Tiefe kein Boden zu sehen war, konnten sie die Teppiche nicht über den Rand hinaus lenken – bei ihrer größtmöglichen Flughöhe von einhundertfünfzig Metern wären sie dort draußen unweigerlich abgestürzt.

Nach Süden hin verschmolz der gleißend helle Himmel auf Augenhöhe mit einem weißlichen Staubdunst und dem allgegenwärtigen Hitzeflimmern. Ob dort etwas war – eine gegenüberliegende Seite oder auch nur ein Hinweis darauf, dass Skarabapur tatsächlich existierte –, blieb ungewiss. Tarik war nicht einmal sicher, ob es sich bei dem verschwommenen Dunst in der Ferne tatsächlich um eine Art Nebel handelte oder ob es nicht so aussehen *musste*, wenn sich einem ein absolutes und unendliches Nichts offenbarte.

Der Boden des Abgrunds, falls es einen gab, wurde von dem gleichen wattigen Flimmern verborgen. Sicher schien nur zu sein, dass vor ihnen mindestens ein paar hundert Meter Tiefe lagen. Ihre Reise auf den Teppichen war zu Ende.

Sie landeten ein Stück weit vom Rand entfernt. Der Honigschrein schlug hart auf dem Glas auf, als Khalis das Knüpfwerk aufsetzte. Der alte Mann war von der langen Reise und den Strapazen der Flucht weit angeschlagener, als er eingestehen wollte.

Almarik gab sich unbeeindruckt von dem atemberaubenden Ausblick jenseits der Kante. »Wir brauchen Wasser«, stellte er fest.

»Was wir haben, reicht noch für zwei Tage«, sagte Nachtgesicht. »Drei, wenn wir sparsam sind.«

»Und was dann?« Der Byzantiner deutete hinaus ins Ungewisse. »Wie sollen wir dort an Wasser kommen, wenn unser Karawanenführer schon hier keines findet?«

Ifranji wollte einmal mehr aufbrausen, aber Nachtgesicht schüttelte den Kopf. »Er hat Recht. Bislang war ich keine große Hilfe.«

»Ohne dich wären wir alle längst verdurstet!«

Er seufzte. »Ich sollte eigentlich wissen, wo wir uns hier befinden. Wir sind die ganze Zeit über nach Süden geflogen. Ich müsste diese Gegend kennen. Aber weder all das Glas, noch das da vorn hat irgendwas mit dem zu tun, was eigentlich hier sein sollte. Wüste und Berge, nicht viel mehr. Ganz bestimmt kein … na ja, nicht das da!« Er zeigte fahrig zur Kante hinüber. »Eigentlich dürfte es das alles gar nicht geben.«

»Wer sagt denn, dass wir weiter nach Süden müssen?«, fragte Ifranji. »Fliegen wir an der Kante entlang. Früher oder später werden wir irgendwo ankommen. Vielleicht in Skarabapur.«

»Schlechte Nachrichten«, bemerkte Tarik, während er seinen Oberkörper dehnte und streckte und sich fühlte, als wäre er hundert Jahre alt. »Werft mal einen Blick auf unseren geflügelten Freund.«

Alle schauten sich nach dem Elfenbeinpferd um, mit Ausnahme von Sabatea, die längst wusste, wo sie es zu suchen hatte. Sie ließ das fliegende Ross niemals aus den Augen.

Das Zauberpferd war gleich nach ihrer Landung hoch über ihren Köpfen gekreist, hatte sich nun aber wieder nach Süden in Bewegung gesetzt. Es glitt in gemächlichem Trab und mit weitem Schwingenschlag über die Glaskante hinweg und befand sich bereits ein gutes Stück über dem Abgrund. Im Gegensatz zu Teppichen und Dschinnen vermochten Elfenbeinpferde beliebig hoch aufzusteigen. Wie tief auch immer der Rand der Glaswüste abfallen mochte, für das Ross hatte das keine Bedeutung.

»Vielleicht könnte ihm jemand mitteilen, dass wir hier festsitzen«, sagte Almarik mit einem Blick in Sabateas Richtung.

»Vielleicht solltest du tief Luft holen und das selbst tun, Ifritjäger.«

Da aber stellte sich das Pferd schon auf die Hinterbeine, verharrte inmitten der Leere und drehte gleich darauf wieder Kreise. Dabei blieb es draußen über dem Abgrund, als wollte es ihnen zeigen, dass dies tatsächlich die Richtung war, in der sie ihre Reise fortsetzen mussten.

»Vielleicht täuscht es sich«, sagte Ifranji halbherzig.

»Wenn wir anfangen, uns darüber den Kopf zu zerbrechen«, sagte Sabatea, »müssten wir unseren ganzen Weg hierher in Frage stellen.«

»Du glaubst, wir müssen dort hinunter?«, fragte Tarik.

»Ich glaube«, antwortete sie leise, »dass wir dem Elfenbeinpferd vertrauen können. Möglicherweise gibt es noch eine andere Erklärung für das alles hier.«

Tarik wartete ab. Ließ ihr Zeit, sich die Worte zurechtzulegen. Seit Tagen hatte er sich nicht mehr in Samarkands schäbige Tavernen zurückgewünscht, aber jetzt war es beinahe so weit. Er vermisste nicht den Wein, nicht das laute Geprahle, erst recht nicht die maskenhaften Tänzerinnen. Nur die Gewissheit, dass morgen noch alles so sein würde wie heute. Hier draußen hatte er allmählich Zweifel daran, und ihm dämmerte, dass Sabatea auf etwas ganz Ähnliches hinauswollte.

»Könnte es daran liegen, dass wir nicht genug daran glauben?«, schlug sie vor. »Khalis, du hast gesagt, nur derjenige kann Skarabapur erreichen, der mit aller Überzeugung glaubt, dass er es auch finden kann. Alle anderen ziehen mitten hindurch, ohne es überhaupt wahrzunehmen. Richtig?«

Der Magier nickte.

»Das da vorn, diese Leere …«, fuhr sie fort, »… könnte sie demnach bedeuten, dass wir nicht überzeugt genug sind? Dass wir es nicht sehen können, es aber trotzdem da draußen existiert? Und die Magie des Pferdes eben doch nicht ausreicht, uns dorthin zu bringen?«

Der Byzantiner hob eine Augenbraue. »Du meinst, diesen Abgrund gibt es gar nicht?« Er lachte abfällig. »Mach einen Schritt über die Kante, um uns deine Theorie zu beweisen, Giftprinzessin.«

Tarik atmete scharf ein. Sabateas weißgraue Augen funkelten böse, doch Khalis ging dazwischen: »Kein dummer Gedanke, Emirstochter. Aber es gibt etwas, das dagegenspricht. Nachtgesicht, du hast gesagt, eigentlich müsstest du diese Gegend kennen, nicht wahr? Und dass es hier früher weder das Glas, noch diesen Abgrund gegeben hat.«

Der Schwarze zögerte einen Moment. »Ja«, sagte er dann, »ich bin ziemlich sicher, dass wir eigentlich ganz woanders sein müssten. Oder besser: dass es hier anders aussehen müsste.«

»Das heißt«, sagte Khalis, »Wir sind längst Zeugen einer Veränderung geworden. Wenn man hier wirklich etwas sehen kann, was für andere nicht existiert, dann stecken wir bereits mittendrin. Das alles hier ist bereits ein Teil von Skarabapur.«

»Was ist mit den Dschinnen?«, warf Almarik ein. »Sie haben Skarabapur schon lange vor uns erreicht, habt ihr gesagt. Also müssen auch sie fest an seine Existenz geglaubt haben. Sonst hätten sie es nicht finden können.«

Khalis nickte. »Wir haben gesehen, woher die Glasscholle stammt, mit der sie unterwegs nach Bagdad sind. Sie sind also hier gewesen. Und falls es wahr ist, was der Ifrit gesagt hat … falls sie den Dritten Wunsch wirklich in Skarabapur aufbewahren und auf seinen Einsatz vorbereiten … dann sind wir ihm hier so nah wie nie zuvor.«

»Was uns nicht dabei hilft, diesen Abgrund zu überqueren.« Tarik machte keinen Hehl daraus, dass ihn all diese Theorien ernüchterten. Er hatte sich damit abgefunden, dass die Welt, in der er lebte, nur in einer Flasche existierte, irgendwo am Meeresgrund einer *anderen* Welt – aber damit war sein Vorrat an Vorstellungskraft allmählich aufgebraucht. Städte, die für manche existierten und für andere nicht, gingen über das hinaus, was er akzeptieren wollte. Er hatte sich auf den Weg gemacht, weil er es für möglich gehalten hatte, Skarabapur zu erreichen. Doch je näher sie dem Ort hätten kommen müssen, desto ferner erschien er ihm. Statt wahrhaftig zu werden, eine Silhouette am Horizont, schien sich Skarabapur von Tag zu Tag mehr in ein Hirngespinst zu verwandeln. Wie eine Fata Morgana, die aus der Ferne greifbar erschien, im Näherkommen aber immer unwirklicher wurde. Und vielleicht war Skarabapur ja genau das: Eine Fata Morgana in ihren Köpfen, die sich unaufhaltsam in Luft auflöste.

Er überließ die anderen ihren Mutmaßungen und machte sich zu Fuß auf den Weg zum Rand. Er war keine dreißig Meter weit gekommen, als er jemanden in seinem Rücken spürte. Noch bevor er sich umdrehte, wusste er, dass sie es war.

Sabatea bewegte sich fast lautlos in ihren dünnen Sandalen. Sie lief gern barfuß, aber das erhitzte Glas war zu heiß. Das Hemd und die weite Pluderhose wurden vom Wind gegen ihre zierlichen Umrisse gepresst, die knappe Weste flatterte auf und zu. Im Gehen band sie ihr langes Haar am Hinterkopf zu einem Knoten.

Nicht zum ersten Mal schürte ihr Lächeln seinen Argwohn. »Es gibt vielleicht einen Weg, um die Wahrheit herauszufinden«, sagte sie, während lose schwarze Strähnen um ihre Wangen strichen.

»Warum besprichst du ihn nicht mit unserem Meister der Regenbögen?«

»Lass das«, erwiderte sie ruhig. »Ich mein's ernst.«

Er ließ zu, dass sie ihn bei der Hand nahm und näher zum Abgrund führte. Der heiße Wind wehte hier stärker, und irgendwo in seinem Hinterkopf warnte ihn etwas, dass es vielleicht keine gute Idee war, bis unmittelbar an den Rand zu treten. Er hörte das Blut in seinen Ohren rauschen, seinen Herzschlag beschleunigen, und da wusste er, dass es trotz allem genau das war, was er tun musste. Er kannte dieses Gefühl von jener Art Gefahren, die er ein Leben lang bewusst gesucht hatte. Beim Anflug auf die Palastpassage der verbotenen Teppichrennen. Bei seinen Vorstößen ins Dschinnland auf der Schmuggelroute nach Bagdad. Vor allem aber von jenem Augenblick, als er sich zum ersten Mal eingestanden hatte, dass er Sabatea nicht mehr aufgeben würde, ganz gleich, wohin sie beide das führen würde.

Sogar hierher. Oder noch weiter hinaus, ins Nirgendwo dieses Abgrunds.

»Skarabapur ist da draußen«, sagte sie, den Blick in die flirrende Leere gerichtet. Dort oben zog das Elfenbeinpferd einsame Runden. Seine weiße Mähne flatterte im Wind. Tarik meinte das mechanische Klicken und Surren zu hören, das es am Leben hielt. In Wahrheit aber war es dazu viel zu weit entfernt.

»Wenn die Teppiche uns nicht dorthin tragen können«, sagte sie, »gibt es vielleicht trotzdem eine Möglichkeit. Für einen von uns.«

Er löste seinen Blick mit einem Ruck von dem kreisenden Zauberpferd. »Kommt gar nicht in Frage.«

Sie lächelte und seufzte zugleich, was sie beinahe so schön machte wie sonst nur, wenn sie wütend war. »Ich hatte nicht vor, dich um Erlaubnis zu bitten.«

»Kein Elfenbeinpferd lässt einen Menschen auf seinem Rücken reiten.« So, wie er das sagte, klang es wie etwas, das er sich selbst einreden musste. Dabei war es die Wahrheit: Niemand war je auf einem Zauberpferd geritten. Niemand, von dem man gehört hatte. Der winzige Unterschied, den das machte, klaffte mit einem Mal so bodenlos wie der Abgrund vor ihm.

»Ich werd's versuchen«, sagte sie fest.

»Und allein nach Skarabapur fliegen? Zum Dritten Wunsch? Mitten ins Herz dieser Dschinnplage?«

»Das ist die einzige Möglichkeit.«

»Wir werden eine andere finden!« Zu schnell, zu impulsiv, mit zu wenig Überzeugungskraft. Weil sie natürlich Recht hatte. Er fragte sich, wann sie zum ersten Mal über diese Möglichkeit nachgedacht hatte. Schon viel früher, als klar geworden war, dass das Zauberpferd ihr allein vertraute? Hatte sie etwas wie das hier kommen sehen?

Und, viel wichtiger: Hatte *Khalis* es kommen sehen? Waren sie deshalb hier, alle beide? Weil Sabatea ohne Tarik nicht gegangen wäre – und keineswegs umgekehrt, wie er die ganze Zeit über angenommen hatte?

Aber was ist mit mir?, flüsterte der Narbennarr, und Tarik dachte: Bin ich das? Nur ich selbst?

Er war drauf und dran, zu den anderen zurückzukehren und dem Alten den Hals umzudrehen. So oder so schien es das Richtige zu sein, ein bewährtes Mittel gegen seine Hilflosigkeit. Jemanden zu verletzen, Khalis oder Almarik, würde ihm guttun. Zwei Fliegen auf einen Schlag: Wenn er Khalis als Ersten erwischte, konnten Almarik und er sich nicht mehr aus dem Weg gehen.

Sabatea machte noch einen Schritt nach vorn. Sie stand jetzt unmittelbar an der Kante. Sie lachte leise, als sie sich ganz seinem Griff überließ. Hob einen ihrer schmalen Füße vom Boden, lehnte sich vorwärts hinaus in die Leere.

»Hör auf damit«, bat er sie.

»Aber ich vertraue dir«, erwiderte sie und schloss die Augen. Als könnte sie Skarabapur auf der Rückseite ihrer Lider sehen, die Verheißungen, die alle ein Leben lang suchten. Das Traumgespinst in den Morgenstunden, kurz vorm Schritt in die Wirklichkeit. Vielleicht hatte sie ein wenig mehr davon hinüber ins Wachsein gerettet als er und die anderen.

»Bitte«, sagte er, »lass das sein.«

Sie lachte, ohne die Augen zu öffnen. Stand auf einem Bein über dem Abgrund, die linke Hand in seiner rechten, den Arm ausgestreckt, den ganzen Körper vorgebeugt. Wenn sie ihm jetzt entglitt, würde sie sich allein nicht mehr halten können.

»Es ist genau das Gleiche«, flüsterte sie, als dürfe der

Wind sie nicht hören. »Nur Vertrauen, das mich davor bewahrt, in die Tiefe zu stürzen. Wie auf dem Rücken des Elfenbeinpferdes.«

»Vertrauen wird dir nicht die Dschinne vom Hals halten.«

»Skarabapur ist auch ein Symbol, Tarik. Für unsere größten Wünsche und Ziele. Die Dschinne haben es gefunden, warum sollten wir das nicht auch können?« Jetzt wandte sie den Kopf um eine Winzigkeit, sah ihn mit ihren Geisteraugen an. »Sie haben ihr Ziel schon erreicht, Tarik. Verstehst du?«

Nein, er verstand kein Wort, aber er schwieg. Ihre Hand in seiner schwitzte leicht. Oder war das seine eigene?

»Was ist wohl für die Dschinne das höchste aller Ziele?«, fragte sie. »Nicht der Untergang von Bagdad, nicht das Ende der Menschheit. Skarabapur *ist* bereits der Endpunkt. Die Ziellinie beim Teppichrennen. Was kann danach noch kommen?«

Er erinnerte sich genau und dachte: nichts. Nur das Warten auf ein Vergessen, das doch niemals eintritt; hellwache Nächte ohne Träume; verborgene Ängste, die einen in den Irrsinn treiben.

»Genau dort sind sie jetzt angekommen«, wisperte Sabatea. »Hinter dem Ziel. Aber sie können nicht loslassen, stürmen einfach immer vorwärts, sind weiter auf der Suche. Das erinnert dich an jemanden, nicht wahr?«

Die Leere in seinem Kopf nach den Rennen in Samarkand. Schlägereien mit Männern, die er nicht kannte. Panik, ohne zu wissen, weshalb. Hass auf sich selbst und die Welt.

Sabatea hatte ihn von alldem geheilt.

»Ihr ganzes Volk ist da, wo du schon warst«, sagte sie. Ihre Hand rutschte jetzt fast aus seiner. »Die Zeit nach den Siegen, in der die Furcht trotz allem nicht weichen will. Das Um-sich-Schlagen und Austreten gegen andere, Wut und Zorn und Verbitterung. Du hast alle Rennen gewonnen, hast immer das Ziel als Erster erreicht, aber zufrieden hat es dich nicht gemacht. Das sind sie, Tarik. *Das* sind die Dschinne.«

Ihr Haar löste sich in einem heftigen Aufwind und wallte ihm rabenschwarz entgegen.

»Skarabapur war ihr Ziel, so, wie es das von uns allen ist«, sagte sie. »Und es hat alles nur noch schlimmer gemacht.«

Seine Stimme war rau und trocken, das fremde Auge pochte in seinem Schädel. »Und dort willst du hingehen?«

»Jemand muss dem ein Ende machen. Ich glaube, es sind gar nicht die Dschinne, die wir fürchten müssen. Es ist dieser Ort.«

Sie lächelte traurig. Ihre Hand glitt aus seiner.

»Es ist Skarabapur, Tarik. Skarabapur ist der Schlüssel zu allem.«

Er bekam sie zu packen, bevor sie fallen konnte. Sie klammerte sich an ihn, küsste ihn. Und da verstand er, dass sie versuchte, Lebewohl zu sagen.

Ritt ins Nichts

Am nächsten Morgen wartete das Pferd an der Glaskante. Stand da mit gefalteten Schwingen, die rätselhaften dunklen Augen erfüllt von uralter Weisheit.

Sabatea ging langsam darauf zu, streckte vorsichtig eine Hand aus. Ein schmales Bündel mit Vorräten war auf ihrem Rücken verschnürt. Geduldig wartete sie auf eine Reaktion des Zauberpferdes. Das Wesen verriet weder Zustimmung noch Scheu. Es machte keine Anstalten, die Flucht zu ergreifen, zeigte aber auch durch nichts, dass es eine Berührung dulden würde.

Während Sabatea vorsichtig einen Fuß vor den anderen setzte, löste Tarik seinen Blick von ihr und beobachtete die anderen. Wie er selbst standen sie ein gutes Stück von der Kante entfernt und sahen schweigend zu Sabatea hinüber.

Khalis wirkte verschlossen und düster. Aus seinen Zügen war nicht abzulesen, ob er dies alles tatsächlich geplant oder zumindest vorhergesehen hatte. Womöglich war er so erstaunt über Sabateas Entscheidung wie alle anderen. Almarik stand hinter ihm, die Arme vor der Brust verschränkt. Er hatte sich gegen die erbarmungslose Sonne ein Tuch um den Kopf gewickelt; kein formvollendeter Turban wie der von Khalis, aber ausreichend, um seinen Zweck zu erfüllen. Seine Miene verriet eine amüsierte Neugier, fast ein vages Eingeständnis von Bewunderung für das Wagnis, das Sabatea auf sich nahm. Almarik war ein tapferer Mann, das stand außer Frage, aber er war nicht lebensmüde; er hatte Sabatea davon abgeraten, allein hinaus in die Leere zu fliegen – falls sie sich nicht, wie er anmerkte, schon beim Aufsteigen auf das Elfenbeinpferd den Hals brechen würde. Doch er hatte sie auch kein zweites Mal gewarnt, dafür interessierte ihn zu sehr, wie der Versuch wohl enden mochte.

Was den beiden anderen Männern an Mitgefühl abging, stellte Nachtgesicht umso offener zur Schau. Schweißperlen glitzerten auf seinem kahlen Schädel. Er schien Sabatea folgen zu wollen, um sie festzuhalten und so lange zu schütteln, bis sie Vernunft annähme. Abgesehen von Tarik war er der Einzige in der Gruppe, den Sabatea einen Freund genannt hätte. Er hatte sie von Anfang an gemocht und selbst dann noch gegen die Schwestern der Pfauen verteidigt, als Sabateas giftiges Blut eine der Diebinnen umgebracht hatte.

Schließlich war da Ifranji, die in Bagdad mehr als einmal darauf bestanden hatte, Sabatea und Tarik zu töten. Tatsächlich war sie nicht halb so bösartig, wie sie sich gern gebärdete. Aber es wäre ein Fehler gewesen, sie zu unterschätzen. Falls es zu einem offenen Konflikt zwischen Tarik auf der einen Seite und Khalis und Almarik auf der anderen kommen würde, mochte Ifranji mit ihrer Flinkheit und ihrem Geschick mit dem Dolch zum Zünglein an der Waage werden. Sie wusste, dass sie für den Magier und seinen Leibwächter entbehrlich war, ein unerwünschtes Anhängsel ihres Bruders, auf dessen Begleitung wiederum nur Tarik beharrt hatte. Ganz sicher wog sie ihre Haltung zu Sabateas Vorhaben nach reinem Kalkül ab. Falls Sabatea etwas zustieß, dann bedeutete das für Ifranji eine Person weniger, die im Zweifelsfall ihre Partei ergreifen würde. *Das* machte ihr zu schaffen und nicht etwa die Sorge um Sabateas Wohlergehen. Dass die beiden sich nicht mochten, hatte nie außer Frage gestanden. Aber jetzt standen sie auf derselben Seite, ob es ihnen gefiel oder nicht.

Sabatea war noch fünf Schritt von dem Zauberpferd entfernt, als es mit einem Mal seine Schwingen spreizte. Die weißen Federn sträubten sich gegen die Winde aus dem Abgrund, das Rascheln wehte bis zu Tarik und den anderen herüber. Doch statt sich vom Boden abzustoßen und die Flucht zu ergreifen, deutete das Pferd mit der Flügelspitze in Sabateas Richtung.

Tarik hatte selbst schon einmal versucht, sich dem Elfenbeinpferd zu nähern, auf dem Dach von Kabirs Knüpferwerkstatt. Es hatte ihn einige Schritte herankommen lassen und sich dann verängstigt zurückgezogen. Jetzt aber gab es kein nervöses Scharren mit den Hufen, kein aufgeregtes Klicken und Rasseln der Mechanismen im Inneren des Wesens. Zum ersten Mal hatte er das Gefühl, dass Sabatea es schaffen könnte.

Das Pferd stand mit der Flanke zu ihr, parallel zur Glaskante, keine drei Schritt vom Abgrund entfernt. Es hielt die Flügel jetzt weit geöffnet, waagerecht vom Körper abgespreizt. Sabatea streckte eine Hand aus und berührte sanft den Rand des Gefieders.

Das Pferd stieß ein leises Schnarren aus. Als ein Magier die Elfenbeinrösser vor langer Zeit im Auftrag des Sultans von Basra erschaffen hatte, hatte er ihr Äußeres einem prächtigen Schimmel nachempfunden – allein die

Schwingen und klobigen Beingelenke verrieten äußerlich, dass dies kein gewöhnliches Pferd war. Die Laute aber, die es von sich gab, ähnelten einem Vogelgurren, durchmischt mit mechanischem Rasseln. Nur selten klang die Spur eines Wieherns durch.

Sabatea lächelte. Tarik konnte von hinten ihr Gesicht nicht sehen, aber er bemerkte es an ihrer Haltung. Schmerzlich wurde ihm bewusst, wie gut er sie mittlerweile kannte. Ihre Bewegungen wurden fließender, ihr Gebaren weniger angespannt, wenn sich ein Lächeln auf ihre Züge legte. Es versetzte ihm einen Stich, dass er sie in diesem Augenblick nicht anschauen konnte – als würde er sie niemals wieder so sehen können.

Sehr langsam ging sie an der Vorderseite der gespreizten Schwinge entlang, ließ die Fingerspitzen über das Gefieder gleiten. Das Pferd beobachtete sie dabei. Wind spielte in seiner langen weißen Mähne. Nun hob es doch noch einen Vorderhuf, nur um eine Winzigkeit, und rieb damit einmal kurz über das Glas.

Niemand war einem Elfenbeinpferd je so nahe gekommen. Was dort vorn geschah war der größte Vertrauensbeweis, den eines der scheuen Wesen jemals einem Menschen entgegengebracht hatte.

Sabatea trat unmittelbar an das Pferd heran, strich mit der Hand über seine Mähne. Berührte seine Flanke, zog die Hand dann ganz langsam wieder zurück. Vielleicht wurde ihr gerade bewusst, dass sie es nicht mit einem Tier zu tun hatte. Zutraulichkeiten, die einem gewöhnlichen Schimmel gefallen hätten, mochten das Zauberpferd nur irritieren.

Mit zwei Schritten stellte sie sich vor das Wesen. Hielt

dem Blick seiner dunklen Augen stand und wartete ab. Das Elfenbeinpferd beugte sein Haupt, schob es sanft nach vorn und stupste zaghaft gegen ihre Schulter.

Sabatea hob eine Hand und berührte das Ross zwischen den Augen, streichelte nun doch noch seine Nüstern. Das Zauberpferd ließ es geschehen, rieb ganz langsam den Huf am Boden.

Noch immer sprach niemand ein Wort. Nicht einmal Ifranji brachte eine Bemerkung zustande, so verzaubert waren sie alle vom Anblick der beiden dort drüben am Abgrund.

Sabateas Lippen bewegten sich. Das Zauberpferd legte die Schwingen an und drehte sich um eine Winzigkeit. Sie nickte ihm zu und zog sich mit einer gleitenden Bewegung auf seinen Rücken. Es gab weder Sattel noch Zaumzeug, aber ihr schien das nichts auszumachen. Sie beugte sich vor, grub die Hände tief in die Mähne und winkelte die Beine an, damit es ungehindert die Schwingen spreizen konnte.

Abermals gab das Zauberpferd gurrende Laute von sich. Als es erneut seine Flügel ausbreitete, wehte ein zimtartiges Aroma herüber. Es kam Tarik angenehmer vor als bei den Malen zuvor; auch jetzt war es durchmischt mit dem Geruch von Schmierfett und Stall, aber das süßliche Zimt überlagerte beides, als wollte das Pferd den Menschen auch damit ein Signal geben.

Sabatea hob eine Hand und winkte Tarik zu, als sich das Pferd in Bewegung setzte. Es verfiel in einen schnellen Trab, dann in Galopp, preschte am Abgrund entlang nach Osten. Glas knirschte unter den Hufen. Wind verfing sich in raschelndem Gefieder. Sabateas schwarzes Haar löste sich einmal mehr aus dem Knoten im Nacken, flatterte wild hinter ihr her. Sie stieß ein erleichtertes Lachen aus, als das Pferd nach rechts ausbrach und die Distanz zum Abgrund überwand.

Tarik ballte die Fäuste. Almarik murmelte einen Fluch, anerkennend und staunend zugleich.

Das Zauberpferd verließ den festen Boden, löste sich mit allen vier Hufen vom Glas und sprang von der Kante hinaus in die Leere. Es gab keinen sichtbaren Ruck, kein noch so winziges Absacken. Es galoppierte mühelos über die Luft, während sich seine Schwingen gemächlich hoben und senkten und das Klicken und Klacken der künstlichen Gelenke im Fauchen der Winde verklang.

Sabatea sah über die Schulter. Ihre weißgrauen Geisteraugen reflektierten das Smaragdgrün der Glaswüste, als sie ein letztes Mal aufblitzten. Dann wandte sie sich nach vorn, dem Nichts dort draußen entgegen, wo statt eines Horizonts nur grellweißes Flirren die Weite beherrschte.

Nachtgesicht öffnete den Mund und machte zwei, drei Schritte nach vorn. Ifranji murmelte etwas, das eine Anrufung ihrer Götter sein mochte. Almarik schüttelte nur den Kopf, während Khalis die Stirn in tiefe Falten legte und nachdenklich seinen Bart zwischen den Fingern drehte.

Tarik stand lange ohne irgendeine Regung da. Er blickte Sabatea schweigend nach, bis sie und das Pferd nur noch ein Punkt inmitten der Helligkeit waren. Erst dann ging er allein zur Kante, setzte sich im Schneidersitz an den Rand und starrte nachdenklich hinab in die Tiefe.

Sieh nur, flüsterte der Narbennarr.

Etwas bewegte sich dort unten.

Die Besessenen

Junis kam am Boden auf, inmitten der heulenden, tobenden Menge.

Rot unterlaufene Augen richteten sich auf ihn. Aufgerissene Münder spuckten Speichel und Blut. Hände reckten sich in seine Richtung. Einen Moment lang wurde das Kreischen innerhalb des Sklavengeheges ohrenbetäubend.

Er landete in der Hocke, glitt unter zupackenden Klauen hindurch, stieß grob zwei unterernährte Männer beiseite und erreichte eine Mauer aus Lehmziegeln. Er presste sich mit dem Rücken dagegen, während er sich darauf gefasst machte, unter Dutzenden Angreifern begraben zu werden.

Doch diejenigen, die ihn hatten herabstürzen sehen, vergaßen ihn noch im selben Augenblick. Die beiden, die er angerempelt hatte, wirbelten herum und suchten ihn, schienen aber schon nicht mehr zu wissen, wie er aussah. Statt sich auf ihn zu stürzen, griffen sie zwei andere Gestalten an, abgemagert wie sie selbst, sodass Junis auf den ersten Blick nicht zu sagen vermochte, ob es sich um Männer oder Frauen handelte.

Ein hastiger Blick nach oben in den Nachthimmel. Sein Teppich schoss reiterlos über das Gehege am Fuß der Zikkuratruine hinweg, brach durch die schwarzen Rauchsäulen der Feuerbecken außerhalb der Mauern und raste in westlicher Richtung aus seinem Blickfeld. Junis kam nicht mehr dazu, ihm in Gedanken Glück zu wünschen. Seine Aufmerksamkeit wurde von dem Schwarm Dschinnkrieger abgelenkt, der am Flussufer seine Verfolgung aufgenommen hatte und jetzt unmittelbar hinter dem Teppich heranschwirrte. Die meisten der Krieger hatten gesehen, dass er abgesprungen war. Sie wussten, dass er hier unten war, irgendwo zwischen den tobenden Gefangenen. Einige verfolgten weiterhin den leeren Teppich; die anderen aber schwärmten über dem Gehege aus und suchten ihn von oben aus unter den abgerissenen Gestalten am Boden.

Er machte sich nichts vor. Wenn ihn die Besessenen nicht in Stücke rissen, würden es die Dschinne tun. Er blieb eng an der Ziegelmauer stehen, zerrte das Schwert aus der Scheide, hielt es aber noch gesenkt und verbarg es zwischen seinem Bein und der Wand, damit die Klinge nicht alle Aufmerksamkeit auf ihn lenkte. Die Frauen und Männer innerhalb des Geheges – eines von vielen, die er aus der Luft am Fuß der Zikkurat gesehen hatte, und nicht einmal das größte – waren außer sich, kämpften miteinander, rissen sich in Raserei die letzten Stofffetzen vom Leib, kratzten und bissen sich selbst. Was immer die Dschinne ihnen in den Pferchen der Hängenden Städte und den anderen Lagern angetan hatten, hatte die Lust an der Gewalt zu ihrem bestimmenden Wesenszug gemacht. Die Sturmkönige hatten Versuche angestellt, einige der Wahnsinnigen zu heilen; zuletzt aber waren sie zu dem Schluss gekommen, dass ihr Verstand verloren war, der Bann der Dschinnmagie zu machtvoll. Sie waren zum Bersten erfüllt mit Aggression, die sich gegen alles und jeden richtete.

Nur nicht gegen die Dschinne. Die Gefangenen griffen weder die Krieger an den Durchgängen der Mauern an, noch machten sie mehr als halbherzige Versuche, nach einem der fliegenden Dschinne über ihren Köpfen zu greifen. Stattdessen gingen sie aufeinander los, jetzt erst recht, da sie die Aufregung spürten, die Junis' Auftauchen verursacht hatte. Die wenigsten von ihnen waren kräftig genug, um ihm gefährlich zu werden. In der Masse aber waren sie mörderisch. Drei oder vier von ihnen, die sich gleichzeitig auf ihn stürzten, wären sein sicherer Tod gewesen.

Junis hatte die Faust so fest um den Schwertgriff geklammert, dass er Hand und Waffe kaum noch spürte. Beides wurde zu einem diffusen Druck an seinem rechten Arm. Sein Atem war kurz und rasend schnell, sein Herz hämmerte im Stakkato. Überall um ihn rangen besessene Menschen miteinander, manche keine zwei Schritt entfernt. Er roch ihren grauenvollen Gestank, den Schmutz, die offenen Wunden und Entzündungen. Er hörte die unartikulierten Laute wie von Tieren, das schmerzerfüllte Heulen, wenn eine Verletzung zu stark war und ihre Pein durch den Schild aus Irrsinn drang.

Aber niemand griff ihn an. Manch einer warf ihm einen Blick aus feuerroten oder geschwollenen Augen zu, zwei-, dreimal machte auch jemand Anstalten, auf ihn loszugehen. Doch bevor sich die Rasenden auf ihn werfen konnten, hielt etwas sie auf, als würden sie an einer unsichtbaren Leine zurückgerissen, um sich statt seiner auf einen anderen Gefangenen zu stürzen.

Es war der Gestank, der ihn umgab, auf seine Weise ebenso entsetzlich wie ihr eigener. Er trug noch immer die Dschinnhäute am Körper, mehrere Lappen verschnürt um die Oberschenkel, den dritten wie eine grob geschneiderte Weste um Schultern und Brust. Die Frauen und Männer, die seit Jahren von den Dschinnen gequält wurden, fürchteten diesen Gestank. Sie besaßen nicht mehr genug Verstand, um unterscheiden zu können zwischen einem Dschinn und einem Menschen, der *roch* wie ein Dschinn. Der Gestank ließ sie zurückweichen, so wie er sie von ihren Peinigern an den Ausgängen fernhielt.

Je größer aber der Abstand zwischen ihm und den Besessenen wurde, desto schneller würden die Dschinne in der Luft auf ihn aufmerksam werden. Sie kreisten noch immer dort oben in der Nacht und leuchteten mit Fackeln auf die tobende Meute im Gehege herab. Im spärlichen Feuerschein musste ein Gesicht aussehen wie das andere. Viele Menschen waren nackt, einige in Lumpen gekleidet. Alle trugen Krusten aus Dreck und Schorf am Leib. Falls sie nicht begannen, jeden Gefangenen im Gehege einzeln zu untersuchen, würden sie ihn inmitten dieser von Schmutz starrenden, stinkenden, randalierenden Menge kaum ausfindig machen können.

Angestrengt schaute er sich um und versuchte, Einzelheiten seiner Umgebung zu erkennen. Überall wurde gekämpft, getobt und geschrien. Das Fackellicht von oben erhellte nur Köpfe, reichte aber durch all das Gewimmel kaum bis zum Boden. An manchen Stellen lagen Körper im Sand, schwarze Umrisse, bewusstlos oder tot, die von den anderen achtlos getreten und zertrampelt wurden.

Er versuchte, sich an den Anblick aus dem Himmel zu erinnern: ein Labyrinth aus Mauerresten, das sich in einem Halbkreis um den Fuß der Zikkuratruine zog, verschachtelt, teils eingestürzt. Unmöglich zu sagen, wo genau er sich befand und ob hinter der Wand oder dem nächsten Ausgang die offene Wüste mit dem Dschinnlager oder nur ein weiterer überfüllter Pferch lag. Vor seinem Absprung vom Teppich war ihm keine Zeit geblieben, sein Vorgehen zu planen. Er wusste nur, dass er ins Innere der Zikkurat gelangen musste, hinauf in eines der oberen Stockwerke, wo er die Dschinnfürsten und den gefangenen Jibril vermutete.

Seine Augen bekamen keine Möglichkeit, sich an die Dunkelheit zu gewöhnen, weil der umherhuschende Fackelschein an immer neuen Stellen Lichtinseln schuf oder ganze Armeen von Schatten an Mauern und Boden aufmarschieren ließ. Hin und wieder aber sah er durch Lücken zwischen den taumelnden, raufenden, wirbelnden Umrissen einzelne Menschen an den Mauern sitzen, die Knie angezogen, die Arme über den Köpfen verschränkt, als besäßen sie noch genug Vernunft, oder auch nur Verzweiflung, sich nicht von dem wahnhaften Treiben der anderen anstecken zu lassen.

Gab es hier noch weitere wie ihn? Menschen, deren Verstand in den Pferchen nicht vollständig ausgelöscht worden war? Die sich wie er zwischen all den Besessenen verbargen, weil dies weit und breit der einzige Ort war, an dem ein Mensch keine Aufmerksamkeit auf sich zog?

Er wagte nicht, das Schwert des Byzantiners in der Scheide verschwinden zu lassen, obwohl es weiterhin die Gefahr einer Entdeckung barg. Stattdessen presste er es eng an seinen Körper und schob sich mit dem Rücken zur Wand an der Lehmziegelmauer entlang, ganz langsam auf eine der sitzenden Gestalten zu.

Er suchte in sich nach Mitleid für diese Menschen, die von den Dschinnen hunderte Kilometer weit durch die Salzwüste Kavir und über die Zagrosberge nach Bagdad getrieben worden waren. Tausende waren tot auf dem Weg zurückgeblieben. Er hatte mit eigenen Augen die Spur aus Leichen erblickt, die sie auf dem Weg durchs Gebirge hinterlassen hatten. Und dennoch sah er sie im Augenblick nur als Gefahr, als Gegner. Es schmerzte ihn zu erkennen, dass Jibril bei ihrem Streit um das Schicksal der Sklaven Recht behalten hatte: Das waren keine Menschen mehr, nicht einmal Tiere. Sie waren hirnlose Waffen der Dschinne geworden, nur mit Gewalt und Schmerz unter Kontrolle zu halten.

Vorsichtig näherte er sich einer der sitzenden Gestalten am Fuß der Mauer. Über dem Gehege kreisten noch immer Dschinne, aber sie waren weniger geworden. Wahrscheinlich hielten sie ihn bereits für tot.

Noch einen Schritt bis zu dem Mann, der vor ihm an der Wand kauerte. Er war so mager wie alle anderen, aber er trug noch Kleidung am Leib, als hätte er sorgfältiger darauf Acht gegeben. Dort aber, wo seine Haut unbedeckt war, hatte die Wüstensonne sie mit blasigen Verbrennungen entstellt. Viele mussten an der erbarmungslosen Sonne zugrunde gegangen sein. Dazu noch der Durst, die karge Nahrung. Dann die Tobsuchtsanfälle der anderen Gefangenen, die Schläge der Dschinne. Es war ein Wunder, dass es überhaupt jemand lebend bis hierher geschafft hatte, erst recht so viele.

Junis ließ sich langsam mit dem Rücken zur Wand nach unten sinken. Er setzte sich nicht, sondern kauerte sich in die Hocke, um rasch aufspringen zu können. Er war jetzt genau neben dem sitzenden Mann, der durch nichts verriet, dass er seine Nähe wahrgenommen hatte. Der Gefangene hielt das Gesicht zwischen den angezogenen Knien verborgen, die Hände über dem Kopf verschränkt, als wollte er alles ausblenden, das um ihn herum geschah.

»Allah ist groß«, flüsterte Junis, »und wir sind seine Diener.«

Der Mann bewegte sich nicht.

Junis erwog, eine Hand nach ihm auszustrecken. Aber dazu hätte er das Schwert loslassen müssen. Das Risiko wollte er nicht eingehen.

Noch einmal versuchte er, den anderen anzusprechen. Vergebens. Schließlich sagte er sich, dass es ohnedies klüger war, sich allein durchzuschlagen. Er brauchte keine Hilfe, schon gar keinen Begleiter. Ein paar Hinweise auf Wege in die Zikkurat wären ihm willkommen gewesen, vielleicht eine Bestätigung seiner Hoffnung, dass sich Jibril in der Ruine befand. Aber wie es aussah, würde er die Wahrheit allein herausfinden müssen.

Nach einem sichernden Blick auf die Dschinne vor dem Nachthimmel und das unverminderte Toben der Gefangenen richtete er sich vorsichtig wieder auf. Er wollte sich weiter an der Mauer entlangtasten, um die nächste Ecke herum. Dort gab es einen Durchgang. Unter dem halb zerfallenen Bogen schwebte ein Dschinn, pendelte langsam auf und ab und hielt alle Sklaven, die ihm zu nahe kamen, mit brutalen Schlägen seines Streitkolbens auf Distanz.

Junis musste sich von der Mauer lösen, um den Sitzenden zu umrunden. Erst als er mit ihm auf einer Höhe war, keine halbe Armlänge entfernt, wurde ihm bewusst, dass der Mann nun das Schwert neben seinem Bein sehen konnte.

Eine magere Hand schoss vor, packte seine blutbefleckte Hose. Instinktiv wollte er sich losreißen, den anderen mit einem Tritt beiseitestoßen – als der Mann das Gesicht hob und ihn von unten ansah.

Er sagte kein Wort, starrte nur zu Junis herauf, aus dunklen, Schmutz geränderten Augen. Darin stand kein Irrsinn wie bei den anderen. Nur Misstrauen, Furcht – und die Entschlossenheit, Junis mit einem Stoß zwischen die Kämpfenden zu befördern, falls er versuchen sollte, ihn abzuschütteln.

Junis stand da, die Hand des Mannes am Bein, nur wenige Fingerbreit von der versteckten Schwertklinge entfernt.

»Du bist keiner von denen«, sagte er zu dem Mann.

Der starrte ihn weiterhin wortlos an, mit verkniffenen Augen, als könnte er Junis nicht genau sehen. Oder als versuchte er, geradewegs in seine Gedanken zu blicken.

»Sind alle, die sich am Fuß der Mauern verkrochen haben, wie du?«, versuchte Junis es noch einmal. Aus dem Augenwinkel behielt er zwei Dschinne mit Fackeln im Blick, die sich über die tobende Menge hinweg näherten.

Wieder keine Antwort. Gab es Spione unter den Gefangenen? Würde der Kerl die Dschinne alarmieren und mit dem Finger auf Junis zeigen? Noch konnte er ihn mit der Klinge fortstoßen, notfalls töten. Vielleicht war es das, was er tun sollte.

Die beiden Fackelträger schwebten heran. Betrachteten sorgfältig jeden Kopf, den die Flammen beschienen. Verzerrte, geifernde, schreiende Fratzen, kaum menschlicher als die Dschinne selbst.

Der schweigende Mann betrachtete ihn noch immer. Aus der Nähe musste er erkennen, aus was die stinkenden Fetzen über Junis' Kleidung bestanden. Das geschwärzte Purpur, die Spuren geflammter Hautmuster.

»Loslassen«, sagte Junis leise.

Er hatte nicht erwartet, dass der andere gehorchen würde, doch die knochigen Finger zogen sich zurück. Nur der prüfende Blick haftete weiter an ihm. Er war nicht mehr sicher, was ihm unangenehmer war.

Einer der Dschinne bog ab, hatte etwas auf der anderen Seite des Geheges entdeckt. Der andere aber kam unverändert näher.

Junis ging weiter. Er spürte, dass ihm der Blick des sitzenden Mannes folgte. Mit einem Dschinn im Nacken hätte er nichts aus ihm herausbekommen. Besser, er vergaß den Kerl.

Trotzdem beobachtete er auch die anderen Sitzenden, die weit verstreut vor den Mauern kauerten. Einer schien herüberzuschauen, aber das mochte eine Täuschung sein. Ehe Junis sich vergewissern konnte, hatte sich die Lücke zwischen den Besessenen bereits geschlossen, der Mann war verschwunden.

Der Dschinn mit der Fackel schwebte auf die Mauer zu, drehte sich genau über dem stummen Fremden. Aber er schaute nicht auf ihn hinab, auch nicht zu Junis herüber, sondern sah erneut über die rasende Menge.

Junis ging langsam weiter. An der Mauer entlang, auf den Durchgang zu.

Noch einmal blickte er zurück und sah, dass der Mann wieder den Kopf gesenkt und die Hände darüber verschränkt hatte. Aber Junis schien es, als beobachtete er ihn weiterhin verstohlen aus dem Schatten unter seinen Armen.

Egal. Er wandte sich nach vorn. Nur keine überhasteten Bewegungen. Seine Hand am Schwertgriff war feucht von seinem Schweiß. Nicht gut, aber das war zu erwarten gewesen.

Vor ihm, nur noch wenige Meter entfernt, schlug der Dschinn im Durchgang nach einer Besessenen. Die Klingen am Ende des Streitkolbens schnitten den Rücken der Frau in blutige Streifen. Kreischend stürzte sie zurück in die Menge.

Junis blieb stehen. Wartete, bis ein anderer dem Dschinn zu nahe kam. Bis er abgelenkt war.

Dann glitt er vorwärts und trieb dem Wächter seine Klinge in den purpurnen Leib.

Die Zikkurat

Der Dschinn starb schnell und fast lautlos. Junis stieß ihn mit der Klinge vorwärts, durch den verfallenen Mauerbogen ins Dunkel auf der anderen Seite. Was dort war, konnte er nicht sehen. Vielleicht noch mehr Dschinne, noch mehr Menschensklaven. Aber er musste fort von den schwebenden Kriegern in seinem Rücken, hinein in den Schatten.

Hinter dem Durchgang lag ein schmaler Weg. Die gegenüberliegende Mauer reichte ihm kaum bis zur Hüfte. Nicht hoch genug, um Sklaven einzupferchen. Oder um dahinter Deckung zu suchen. Er wusste nicht, ob irgendwer mit angesehen hatte, dass er den Dschinn getötete hatte, ganz gleich ob Mensch oder Krieger, und er wartete nicht ab, bis ihm jemand eine Antwort auf diese Frage gab. Mit der Klinge rammte er den Leichnam zu Boden, presste ihn mit einem Fuß in den Sand und riss das Schwert heraus. Dann wandte er sich nach links, rannte außen an der Mauer des Geheges entlang. Im Gegensatz zu der Wand auf der anderen Seite des Weges war sie hoch genug, um ihn vor den Augen der Dschinne zu schützen. Noch hörte er keine Alarmrufe. Aber das Geschrei der Besessenen war so laut, dass er nicht sicher sein konnte. Möglich, dass in diesem Augenblick schon Krieger über ihn hinwegflogen, sogar auf ihn herabstießen.

In einem Anflug von Panik suchte er über sich den Nachthimmel ab. Nichts, jedenfalls nicht in seiner Nähe. Rechts von ihm, jenseits der niedrigen Mauer, lagen weitere Sandrechtecke der Ruinen am Fuß der Zikkurat. Der pyramidenförmige Turm mit seinen acht intakten Stufen erhob sich gleich dahinter, keine zwanzig Meter entfernt. Die Außenwand des unteren Stockwerks war ein schwarzer Schattenwall. Fünf Mannslängen hoch, schätzte er. Nur auf ihrer Oberkante brannten Fackeln. Dschinnwächter schwebten unterhalb der tanzenden Flammen, aber sie schienen Junis nicht bemerkt zu haben. Alle starrten herab auf das Getümmel in den Gehegen, auf die rastlosen Bemühungen der fliegenden Wächter, die Menge unter Kontrolle zu halten. Einen einzelnen Übergriff wie den von Junis auf den Dschinn im Durchgang hatten die Krieger auf den Zikkuratstufen nicht erkennen können, schon gar nicht bei dieser Dunkelheit. Auch von den höher gelegenen Stufen des spitzen Turms blickten Dschinne herab. Keiner schien Junis wahrzunehmen. Trotzdem fühlte er sich ihnen ausgeliefert, rannte vor ihren Augen an der Mauer entlang, geschützt nur durch Finsternis und Entfernung.

Er wagte noch nicht, den Weg zu überqueren und über die niedrigen Mauerreste zur Zikkurat zu klettern. Dazu hätte er die weißen Sandrechtecke überqueren müssen, die offen unterm Sternenhimmel lagen. Aber auch hier, an seinem jetzigen Standort, würde er nicht mehr lange unentdeckt bleiben.

Er hatte das Gehege, aus dem er entkommen war, mittlerweile hinter sich gelassen. Mehrfach huschte er an offenen Mauereinbrüchen vorüber. Immerhin überflogen ihn hier keine Dschinne mehr. Offenbar konzentrierten sie ihre Suche auf jenen Teil des Ruinenlabyrinths, in dem sie ihn vom Teppich springen sehen hatten.

Ihm blieb keine Wahl. Er musste es jetzt wagen, musste hinüber zur Zikkurat. Ihre Wand war in zu tiefe Dunkelheit gehüllt, als dass er von hier aus Eingänge oder Spalten hätte erkennen können. Bei so schlechtem Licht hätte er einmal im Kreis um den gesamten Turm laufen können, ohne über einen Zugang ins Innere zu stolpern. Nur aus der Nähe konnte er sicher sein, nichts zu übersehen.

Hinter ihm brandete eine neue Woge von Lärm über die Gehegemauern hinweg. Offenbar hatten die Gefangenen den unbewachten Durchgang entdeckt. Junis fluchte leise. Wenn die Meute denselben Fluchtweg nahm wie er, würde es hier bald von Kriegern nur so wimmeln.

Schweiß lief ihm aus dem schwarzen Haar in die Augen. Er atmete tief durch. Zählte in Gedanken bis drei – und sprintete los, quer über den Sandweg, hechtete über die niedrige Mauer, warf sich dahinter flach zu Boden. Verharrte nur einen Moment, um sicherzugehen, dass er nicht angegriffen wurde. Sprang auf und rannte geduckt weiter. Noch ein Mauerrest, kaum ein paar Lehmziegel übereinander. Dann ein letztes freies Stück Sand, eine niedrige Wehe hinauf. Zuletzt der tiefschwarze Schatten am Fuß der Zikkuratwand.

Mit klopfendem Herzen presste er sich gegen die Mauer der untersten Stufe. Fackeln zogen fauchende Flammenschleifen in die Finsternis. Die Nacht schien erfüllt zu sein von Dschinnen, überall schwirrten sie über den Gehegen, stießen wie Greifvögel herab, um einzelne Sklaven zur Räson zu bringen, tauchten wieder hinter den Mauern auf.

Keiner hatte ihn bemerkt.

Und die Krieger über ihm? Er blickte steil nach oben, geradewegs an der Wand hinauf. Flammenschein zuckte oberhalb der Kante, gute acht Meter über seinem Kopf. Aber niemand beugte sich über den Rand und sah zu ihm herunter. Alle Wächter dort oben waren abgelenkt vom Aufruhr der Sklaven in den Ruinengehegen, sahen neugierig zu, wie sich die übrigen Dschinne abmühten, das Chaos einzudämmen.

Einige Menschen waren tatsächlich auf demselben Weg entkommen wie Junis, bevor die Dschinne den Durchgang wieder geschlossen hatten. Schreiend und mit wirbelnden Armen liefen die Männer und Frauen umher. Die Dschinne pflückten sie mühelos vom Boden. Immer zwei packten einen der Flüchtlinge, zerrten ihn zappelnd in die Höhe und trugen ihn zurück über die Gehegemauern. Dahinter ließen sie die Menschen achtlos fallen, zurück in den brodelnden Pulk. Sie wirkten dabei fast gelangweilt. Einen Sklaven einzufangen war keine Herausforderung. Junis hoffte nur, dass sie darüber vergaßen, dass da noch jemand gewesen war. Ihm fiel beim besten Willen nicht ein, wie sie hätten feststellen können, ob er noch unter den Gefangenen oder ebenfalls entflohen war. Nach seinem Sturz mitten in die Menge trauten ihm die Dschinne wahrscheinlich keine Flucht mehr zu, darum suchten sie nicht sorgfältiger nach ihm.

Er blieb im Schatten der Wand, eng an das Mauerwerk gepresst. Wüstenstürme hatten die Lehmziegeln glatt geschliffen. Immer wieder stieß er auf Löcher und breite Risse, die aber nie bis ins Innere führten. Die Außenmauer war ungeheuer dick, aus mehreren Schichten zusammengesetzt. Schon sank seine Hoffnung, jemals einen Weg hinein zu finden. Er hatte sich jetzt immer weiter vom Herd des Aufruhrs entfernt, musste bald ein Viertel der Zikkurat umrundet haben. Auch hier gab es in einiger Entfernung Sklavengehege, aber in ihnen schien die Lage unter Kontrolle zu sein. Keine Ausbrüche, nur das übliche Geschrei und Getobe unter den Besessenen.

Den Mauereinbruch in seinem Rücken hätte er beinahe übersehen, während sein Blick wachsam nach außen gerichtet war. Mit einem Mal ertasteten seine Hände keine Lehmwand mehr. Er wirbelte herum – und stand vor einem unregelmäßigen Loch, an dessen unterem Rand sich eine Rampe aus Ziegelresten und Sand angesammelt hatte. Hastig kletterte er darüber hinweg, an der anderen Seite wieder hinunter – und befand sich im Inneren der Zikkurat.

Hier drinnen roch es nach Wüste, nur zehnfach verstärkt, nach Sand und Lehm und Trockenheit. Er stand in einem gebogenen Gang, vier Meter breit, wahrscheinlich ein Ring, der an der Mauer entlang rund um das ganze Erdgeschoss führte. Noch während er dies dachte, dämmerte ihm, dass es womöglich noch tiefer gelegene Stockwerke gab, wie so oft bei uralten Ruinen in der Wüste. Sicher war dies hier nicht immer die unterste Stufe gewesen; die Wüste hatte die Angewohnheit, Bauwerke einfach zu verschlucken, Jahr für Jahr ein wenig mehr. Diese Zikkurat mochte Jahrtausende alt sein, ihre Fundamente tief unten im Sand begraben.

Er packte das Schwert, lief zur inneren Wand des Gangs hinüber und bewegte sich daran entlang nach rechts. Irgendwann würde er einen Aufstieg nach oben finden. Die unteren fünf Stufen hatten von außen verlassen gewirkt, alle Öffnungen waren dunkel. Im sechsten, siebten und achten Stockwerk aber hatten hinter Spalten und Bögen Feuer gebrannt. Dort musste er hinauf.

Ein Scharren ertönte hinter ihm. Er fuhr herum, riss das Schwert hoch. Aber da war nichts. Der Mauereinbruch, durch den er die Zikkurat betreten hatte, lag bereits hinter der Biegung. Falls ihm ein Dschinn gefolgt war ... Nein, entschied er, kein Dschinn. Der wäre lautlos über das Geröll hinweggeschwebt.

Das hatte ihm noch gefehlt: ein paar Wahnsinnige, die denselben Weg ins Innere entdeckt hatten wie er. Bald würden die Dschinne das ganze Gemäuer nach Flüchtlingen durchkämmen.

Er blieb stehen und erwog einen Moment lang, umzukehren und den anderen selbst den Garaus zu machen. Sie hatten nichts mehr zu verlieren. Er tat ihnen einen Gefallen, wenn er sie tötete. Tarik an seiner Stelle hätte keine Sekunde gezögert.

Aber er war nicht Tarik. Er brachte es nicht über sich, Unschuldige zu erschlagen, um die eigene Haut zu retten.

Während er noch dastand und abwog, was er tun sollte, entdeckte er sie. Eine Gestalt huschte hinter ihm um die Biegung des Ringkorridors.

Der Umriss, der ihm da im Dunkeln nachstolperte, keuchte leise, ein helles Hecheln wie von einem Hund. Ganz kurz war er auf den Gedanken gekommen, es könnte der Mann aus dem Gehege sein, der dagesessen und ihn angestarrt hatte. Aber die Geräusche passten nicht zu ihm. Zu hell, zu jung. Zu weiblich.

Sie blieb stehen, als er aus dem Schatten trat und ihr mit dem Schwert in der Hand den Weg versperrte. Sie lief nicht davon – sie hatte schon Schlimmeres gesehen als einen schmutzigen Kerl in Dschinnhäuten. Sie sprang nur in eine Art Abwehrstellung und ballte die kleinen Fäuste, während ihr rasender Atem noch ein wenig schneller wurde – und abbrach.

»Wer bist du?«, flüsterte sie mit Kinderstimme.

Im Dunkeln konnte er ihr Gesicht nicht sehen. Nur die verklebten Haarsträhnen, die teils an ihren Schultern hafteten, teils dreckverkrustet vom Kopf abstanden. Sie war schmal, abgemagert wie alle Gefangenen der Dschinne.

»Verschwinde«, sagte er leise.

»Was tust du hier?«

»Geh zurück ins Freie.«

Sie versteifte sich noch ein wenig mehr. Irgendein Akzent lag in ihrer Stimme, vielleicht ein Nomadendialekt aus der Lut-Wüste im Südosten, südlicher noch als die Salzhölle der Kavir. Früher hatte dort ein zähes Volk gelebt. Früher – vor dem Ausbruch der Wilden Magie, vor dem Dschinnkrieg. Falls die Kleine wirklich eine dieser Nomadinnen war, dann war ihr Stamm seit Jahrzehnten so gut wie ausgerottet.

»Ich geh da nicht raus«, flüsterte sie entschieden. »Ganz bestimmt nicht. Ich nicht.«

»Wie du willst. Aber halt dich von mir fern.« Er drehte sich um und wollte weitergehen, als er erneut ihre Schritte hinter sich hörte. Nur ein ganz leises Scharren ihrer nackten Füße auf Sand und Geröll.

Erneut blieb er stehen. »Du verstehst doch meine Sprache? Hau ab!«

»Bin keine von denen. Ich bin nicht leer wie die.« Sie musste eine der anderen sitzenden Gestalten gewesen sein, zusammengekauert am Fuß der Gehegemauern. »Ich hab dich gesehen«, sagte sie. »Du hast den Dschinn getötet.«

»Und?«

»Du hast mit Hamidala gesprochen.«

»Wer ist das?«

»Hamidala. Der dich festgehalten hat. Er ist einer von uns. So was wie unser Ältester.«

Er musste weiter, musste Jibril finden. Ein Kind als Klotz am Bein war das Letzte, was er gebrauchen konnte. Trotzdem machte er neugierig zwei Schritte zurück in ihre Richtung und bedeutete ihr mit einem Wink, enger an die Innenwand des Ringkorridors zu treten. »Wie habt ihr überlebt?«, flüsterte er.

»Den Kopf einziehen. Wie die anderen sein, wenn es drauf ankommt. Aber die meiste Zeit über den Mund halten, marschieren, so tun, als sei da nichts sonst um einen rum. Einfach immer weitergehen, über das Salz und die Berge. Trinken, wenn was da ist. Essen, was immer man vor sich am Boden findet.«

Er konnte sie noch immer nicht deutlich sehen, nur ihren Umriss und ein Schimmern, wo ihre Augen sein mussten. »Wie alt bist du?«

»Weiß nicht.«

»Wie lange warst du bei ihnen?«

»Bei den Dschinnen? Immer. Bin im Lager geboren.«

Er schwieg und versuchte nachzudenken, aber es kam nicht viel dabei heraus, weil er es so verflucht eilig hatte und sie ihn nur aufhielt und das alles hier eigentlich zu gar nichts führte. Aber seine Neugier wurde nur noch größer. Das war schon immer eine seiner Schwächen gewesen. Damals, als er die Kiste in Tariks Quartier geöffnet und das Geld und die Landkarten ihres Vaters gefunden hatte. Und später, als Sabatea bei ihm aufgetaucht und sich ihm angeboten hatte.

»Wie ist dein Name?«

»Kind.« Das klang sehr selbstverständlich.

»So hat deine Mutter dich genannt?«

»Die ist tot. Kenn sie gar nicht. Die anderen haben mich so genannt. Kind, haben sie gesagt, sei still und rühr dich nicht, wenn die Dschinne kommen. Mehr muss man nicht lernen im Lager. Still sein und stillhalten.«

»Warum seid ihr nicht wie der Rest, du und dieser Hamidala?«

»Bei uns hat er nicht gewirkt. Der Dschinnzauber, der die anderen leer macht.« Sie deutete an ihre Schläfen. »Leer im Kopf, weißt du? Bei uns ist gar nichts passiert. Aber die Dschinne haben's nicht gemerkt. Dachten, wir sind leer.«

Er musste sie loswerden, bevor sie ihm ernsthaften Ärger machte. »Du kannst nicht bei mir bleiben.«

»Warum nicht?«

»Weil du ... ein Kind bist.«

»Wie heißt du?«

Er seufzte. »Junis.«

»Ich will ja auch nicht bei dir bleiben, weil du ein Junis bist.« Das klang fast wie eine Rüge. »Was soll *das* damit zu tun haben, ob Junis oder Kind oder Hamidala oder –«

»Vergiss es.« Er deutete mit dem Schwert zurück zum Mauereinbruch, durch den sie gekommen waren. »Ich hab eine Aufgabe für dich. Eine sehr wichtige. Du musst hier bleiben und das Loch in der Wand bewachen.«

Sie sah zu der Öffnung, dann im Dunkeln zurück zu ihm. »Ein Loch kann nicht weglaufen.«

»Nein.«

»Ich bin nicht *leer*, Junis«, sagte sie vorwurfsvoll.

»Nein. Wohl nicht.«

»Ich geh mit dir.«

»Auf gar keinen Fall.«

Sie schnaubte leise. »Hamidala hat gesagt, ich soll rennen. Und gerannt bin ich. Bis hierher. Ich kann schnell rennen. Viel schneller als du.« Plötzlich schnupperte sie in seine Richtung wie ein wildes Tier. »Warum stinkst du nach Dschinn?«

»Hat Hamidala davon nichts gesagt?«

»Lauf, hat er gesagt. Dann haben sie ihn gefangen. Für mehr war nicht Zeit. Und dann bin ich gelaufen, ganz schnell gelaufen, und ich –«

»Schon gut.« Er klopfte mit der freien Hand auf die Dschinnhaut, die er sich umgehängt hatte. Sie war stocksteif geworden. »Das war mal einer von ihnen. Jetzt beschützt er mich. Sie können mich nicht wittern. Aber *dich* können sie wittern. Deshalb kannst du nicht bei mir bleiben.«

Sie überlegte. Den Gesetzen einfacher Logik gegenüber war sie durchaus aufgeschlossen. Vielleicht, weil ihr ganzes Leben nach simplen Gesetzmäßigkeiten abgelaufen war. Still sein. Stillhalten. Überleben, irgendwie.

»Rausgehen kann ich auch nicht«, sagte sie nach einem Moment. »Da fangen sie mich.«

»Falls sie dich draußen fangen, stecken sie dich zurück zu den anderen und du bleibst am Leben. Falls sie dich mit mir erwischen, töten sie dich.«

»Aber du bist auch hier. Obwohl sie dich töten, wenn sie dich fangen.«

Wahrscheinlich würden sie noch morgen früh hier stehen, wenn er diesem Gerede kein Ende machte. Sie würde so oder so sterben, spätestens, wenn die Dschinne ihre Sklaven gegen Bagdads Mauern hetzten. Plötzlich tat sie ihm leid, und das war nun wirklich das Schlimmste, das hätte passieren können.

Er war hier, um ein Kind zu retten, das eigentlich gar kein Kind war – Jibril war etwas Anderes, Älteres, gefangen im Körper eines Jungen. Sie aber war tatsächlich ein Mädchen, und sie hatte es weit mehr verdient zu überleben als Jibril.

Er sah sie finster an. »Wenn du verletzt wirst, lasse ich dich zurück. Und wenn du dich dumm anstellst, werfe ich dich vom Turm. Verstanden?«

Aus ihrer Stimme klang ein Lächeln, als sie nickte. »Bin ja nicht leer.«

Er war drauf und dran zu ergänzen, dass er ihr zudem die Zunge herausschneiden würde, wenn sie noch einmal dieses Wort benutzte. Sie ging ihm schon jetzt auf die Nerven.

»Bleib hinter mir«, kommandierte er und huschte los. »Und sag kein Wort mehr, sonst –«

»Wirfst du mich vom Turm?«

»Genau.«

»Da würde ich nicht sehr tief fallen. Also, nicht hier unten.«

Altklug noch dazu. Wunderbar.

Er bemühte sich, nicht mehr hinzuhören und lief voraus. Der breite Ringkorridor rund um die unterste Stufe der Zikkurat war voller Schutt und Sand, der durch feine Spalten und Einsturzlöcher in den Wänden hereingeweht war.

»Was ist mit unseren Spuren?«, flüsterte sie.

Er biss die Zähne aufeinander. Sie hatte Recht. Er hatte keinen Gedanken daran verschwendet, dass sie beide tatsächlich die Einzigen waren, die Fußspuren hinterließen. Falls sich ein Dschinn hierher verirrte, würde er sofort erkennen, dass sich Eindringlinge in der Ruine befanden. Und ganz sicher würden ihm eher die Spuren von *zwei* Menschen auffallen als die eines einzelnen.

»Wir müssen eben schnell sein«, sagte er ungehalten.

»Ist das dein Plan?«

»Ja.«

»Aha.«

Machte sie sich über ihn lustig? So verhielt sich kein Kind in einer Lage wie dieser. Aber er konnte sich nicht einmal im Ansatz ausmalen, welche Gräuel sie bereits mit angesehen hatte. Sie war mit dem Anblick von tausendfachem Tod, Verstümmelung, wahrscheinlich sogar Kannibalismus aufgewachsen. Vermutlich gab es nicht viel, das ihr noch Angst machen konnte.

»Mein *Plan*«, sagte er scharf, »War es, allein hier einzudringen und zu tun, weshalb ich hergekommen bin. Ohne dabei reden zu müssen und mit all diesem Lärm wahrscheinlich das halbe Lager zu alarmieren.«

»Die haben noch genug draußen in den Pferchen zu tun«, sagte sie schulterzuckend. »So schnell suchen die hier nicht nach uns.«

»Bist du schon öfter weggelaufen?«

Sie schüttelte den Kopf.

Er seufzte leise und eilte weiter. Es war zu düster, um Einzelheiten der Umgebung auszumachen. Ihr Gesicht lag ebenso im Finsteren wie die Wände rechts und links. Nur wenn von außen der Schein der Fackeln durch einen Spalt fiel, sah er die Oberfläche der uralten Lehmmauern und die Fußspuren, die er im weichen Sand hinterließ. Die Decke musste früher einmal höher gewesen sein. Wahrscheinlich war mindestens ein Viertel des Stockwerks in der Wüste versunken.

Abrupt blieb er stehen. »Still!«

»Ich hab gar nichts gesagt.«

Er warf einen zornigen Blick über die Schulter auf ihre schwarze Silhouette, ehe ihm klar wurde, dass er sich das auch hätte sparen können – sie vermochte sein Gesicht ebenso wenig zu sehen wie er das ihre.

Sie standen beide reglos da und horchten. Weit entfernt und stark gedämpft drang noch immer das Geschrei aus den Sklavengehegen an ihre Ohren, eine verwischte Lärmkulisse, in der die Stimmen von Menschen und Dschinnen ununterscheidbar ineinanderflossen. Junis und das Mädchen mussten die Zikkurat bereits so weit umrundet haben, dass sie sich nun auf jener Seite befanden, an die keine Pferche grenzten. Seltsam, er hatte angenommen, dass sie bereits viel weiter gekommen waren. Hatten sie den Aufgang verpasst und waren im Kreis gelaufen?

Er konzentrierte sich wieder auf die Geräusche. Was er gerade eben gehört hatte, war nicht der Lärm aus den Pferchen gewesen. Ein hohes Kreischen oder ein scheußliches Lachen, womöglich etwas ganz und gar anderes – es klang nicht menschlich und erinnerte ihn einmal mehr an die Hölle der Hängenden Städte.

Die Laute kamen von oben. Unmittelbar vor ihnen musste es einen Aufstieg in die höheren Stufen der Ruine geben.

Aber als sie weiterhuschten, jetzt noch vorsichtiger und leiser, tat sich vor ihnen in der Wand weder ein Durchgang, noch ein Treppenschacht auf.

»*Jetzt* könntest du mich runterwerfen«, flüsterte das Mädchen in seinem Rücken.

»Was?«

»Wir sind jetzt hoch genug«, sagte sie mit einem Achselzucken.

Endlich begriff er. Tatsächlich waren sie bereits die ganze Zeit über auf dem Weg nach oben. Was er für einen Ringkorridor rund um das vermeintliche Erdgeschoss gehalten hatte, war in Wirklichkeit eine schneckenhausförmige Rampe, die sich wie eine Spirale um eine breite Kernspindel nach oben schraubte. Darum wurde der Lärm aus den Gehegen leiser – sie befanden sich bereits hoch über den Köpfen der Gefangenen. Die Steigung des Bodens war aufgrund der weiten Rundung nur gering und wurde zudem vom Sand ausgeglichen, der jahrhundertelang hier hereingetrieben worden war. Kein Wunder, dass ihm vorher nichts aufgefallen war. Die gesamte Zikkurat bestand aus einer einzigen gewaltigen Korridorspirale.

Zugleich bedeutete dies, dass sich außerhalb der Mauern Dschinne befanden, jene Wächter, die er außen auf den Stufen gesehen hatte. Alles, was sie von den feindlichen Kriegern trennte, war die marode Ziegelmauer zu ihrer Linken.

Behutsam setzte er sich wieder in Bewegung. Das Mädchen folgte ihm wie sein Schatten. Er durfte sich jetzt keine Gedanken mehr über sie machen, musste sich auf seine Aufgabe konzentrieren. Wenn er Jibril nicht fand, musste er alles daransetzen, hinauf zu der zerstörten Spitze der

Zikkurat zu gelangen, um – ja, was? Zu hoffen, dass der Teppich wieder auftauchte? Dass er seinen Befehl ausführen konnte? Und ihn die Dschinne nicht eingeholt und zerstört hatten?

Für einen Moment überkam ihn tiefe Hoffnungslosigkeit. Aber er hatte nicht den höllischen Flug durch den Tunnel überlebt, den Säureregen der Sandfalter, um jetzt einfach aufzugeben. Nicht allein wegen des Schwurs, wegen Maryam, sondern, ja: um seiner selbst willen. Seit seinem selbstmörderischen Flug nach Bagdad war dies das erste Mal, dass er wieder so etwas wie Lebenswillen in sich spürte, und wenn auch nur aus Trotz: Jetzt erst recht!

Er packte das Schwert fester und setzte seine Schritte entschlossener. Das Kreischen und Lachen – oder eine grauenvolle Mischung aus beidem – wurde allmählich lauter, kam näher. Er hörte Eisen klirren und dachte unwillkürlich an die gerüstete Leibgarde der Dschinnfürsten, die er in den Zagrosbergen gesehen hatte. Er musste einen Blick auf das werfen, was sie bewachten, um dann zu entscheiden, wie er weiter vorgehen wollte.

»Warte«, flüsterte er und blieb stehen.

Das Mädchen erstarrte. Einen Moment lang sah sie aus, als wollte sie wieder diese linkische Abwehrhaltung mit geballten Fäusten einnehmen. Dann aber entspannte sie sich ein wenig und stand einfach nur da, abwartend.

Durch einen Riss in der Außenwand fiel ein diffuser Lichtstreifen auf Junis. Dort draußen mochten Dschinne mit Fackeln schweben.

»Komm näher«, sagte er leise und winkte sie heran.

»Warum?«

»Ich will dein Gesicht sehen.«

Sie blieb noch einen Moment stehen, dann trat sie lautlos heran. Der vage Flammenschimmer floss über ihre Konturen, hob ihre Züge aus der Finsternis.

»*Was?*«, wollte sie wissen, gereizt und fast ein wenig eitel.

»Du bist *wirklich* noch ein Kind.«

»Das hab ich doch gesagt.«

Nicht einmal mehrere Lagen aus Schmutz konnten verbergen, dass das Mädchen darunter nicht älter war als vierzehn. Sie war abgemagert wie all die Sklaven in den Gehegen, ihre Miene ausgezehrt, die Wangen tief eingefallen. Unter ihren Augen lagen Ringe. Ihr Haar war dünn, und er sah kahle Stellen schimmern, wo ganze Büschel ausgefallen waren. Ihre Lippen waren aufgebissen und hässlich verkrustet. Sie hatte irgendwann aus der Nase geblutet und das Rinnsal achtlos trocknen lassen. Außerdem fehlte ihr ein Ohr, und als er den Kopf leicht neigte und genauer hinsah, bemerkte er, dass dort eine scheußliche Narbe prangte.

Er holte tief Luft, vergaß alles, was er bislang über sie gedacht hatte, und flüsterte: »Ich kann dich da oben nicht beschützen.«

»Ich kann selbst auf mich aufpassen.«

»Nein. Nicht hier.«

Sie wollte etwas erwidern, offenbar sehr heftig, aber er brachte sie mit einem Wink zum Schweigen. Der Lichtschein, in dem sie standen, bewegte sich, wanderte von ihnen fort an der Innenwand entlang. Der Dschinn, der draußen auf der Zikkuratstufe eine Fackel hielt, hatte seinen Posten verlassen und entfernte sich von dem Riss in der Wand.

Einen Augenblick später wurde die Helligkeit von den Schatten verschluckt.

Das Mädchen kam näher an Junis heran, aber er hielt sie mit einer Hand auf Distanz. Er konnte sich jetzt nur noch auf sein Gehör verlassen. Jedes noch so leise Scharren ihrer Füße im Sand hätte ihn abgelenkt. Er hielt den Atem an. Horchte erneut.

Das Kreischen und Lachen über ihnen im Spiralgang war verstummt. Da waren noch Stimmen, jetzt viel gedämpfter, und noch etwas -

Atemzüge.

Ganz in der Nähe.

Nicht die des Mädchens. Zugleich hörte er das Fauchen einer Fackel. Der Dschinn von draußen musste weiter oben ins Innere der Ruine geschwebt sein. Jetzt kam er ihnen von dort entgegen.

Zuckender Flammenschein schob sich hinter der Biegung heran.

Junis presste das Mädchen an die Innenwand, drückte sich flach daneben. Hob die Hand mit dem Schwert und presste die Klinge in den Spalt zwischen ihnen, damit der Stahl das Licht nicht reflektierte.

Stumm standen sie da. Warteten ab.

Die Helligkeit breitete sich über die Wölbung der gegenüberliegenden Wand. Das Schnaufen des Dschinns wurde lauter. Nur noch ein paar Meter, dann würde er um die Biegung kommen.

»Warte hier!«, flüsterte Junis.

Ihre Hand legte sich um seinen Unterarm, wollte ihn zurückhalten. Er streifte sie ab. Der Kampf mit dem Dschinn war unausweichlich. Aber es war nicht nötig, dass der Krieger auch das Mädchen bemerkte. Falls er Junis besiegte, blieb ihr vielleicht noch eine Chance zu entkommen.

Aber wohin? Nur zurück ins Gehege, zum langen Warten auf den Sturm auf Bagdad. Auf ihren unvermeidlichen Tod zwischen all den Besessenen. Das wusste sie so gut wie er. Wahrscheinlich war das der Grund, weshalb sie nicht daran dachte, allein zurückzubleiben.

Stattdessen löste sie sich plötzlich von der Wand, lief in die Mitte des Gangs, öffnete den Mund, um den Dschinn auf sich aufmerksam zu machen und Junis vielleicht eine Chance zu geben, ihn zu überrumpeln.

Der Dschinn raste heran, noch bevor sie einen Ton von sich geben konnte.

Er musste ihre Anwesenheit gewittert haben, bevor er sie hatte sehen können. Grimmig schoss er um die Biegung und fegte auf das Mädchen zu. Die Fackel trug er mit links. Mit der Rechten hielt er eine Lanze im Anschlag, waagerecht vorgestreckt, die sie im nächsten Augenblick aufspießen würde.

In Flammen

Junis sprang vor. Noch während das Mädchen etwas in einer Sprache rief, die er nicht verstand – wieder dieses Nomadenkauderwelsch –, hechtete er von der Seite auf den Dschinn zu und traf im rechten Winkel auf dessen Flugbahn.

Sein Schwert hieb in den Nacken des Kriegers, schnitt durch die Wirbelsäule, verkantete sich in den Schulterblättern und wurde Junis aus der Hand gerissen. Der Dschinn stieß ein Röcheln aus, scharrte in trudelndem Flug über den Boden, prallte gegen die Außenwand und blieb dann zwischen bröckelndem Lehm und Staub auf dem Bauch liegen. Er lebte noch, als Junis nachsetzte, die Klinge aus seinem Körper riss und sie mit beiden Händen gerade nach unten stieß. Diesmal durchbohrte das Schwert den Dschinn auf Höhe des Herzens und ließ ihn noch einmal aufstöhnen, eher er schließlich erschlaffte.

Junis zog die Waffe aus dem Kadaver und fuhr herum. Die Fackel war davongeschleudert worden und lag ein paar Schritt entfernt am Boden, unmittelbar vor dem Mädchen, das erstarrt in der Mitte der Spiralrampe stand und ihn aus großen Augen anstarrte. Der Feuerschein fiel von unten auf ihr Gesicht und machte ihre vorstehenden Wangenknochen, das spitze Kinn und ihre tief liegenden Augen noch mumienhafter. Sie sah jung und verletzlich und zugleich alt aus – das machten die Kinderaugen in diesem eingefallenen, abgemagerten Gesicht.

»Tu das nicht noch mal«, flüsterte er grimmig, als sich keine weiteren Dschinne hinter der Biegung zeigten.

»Ich wollte ihn doch nur -«

»Ja, ich weiß.« Er deutete auf den Leichnam. »Aber er hatte deine Witterung schon aufgenommen, sonst wäre er nicht so zielsicher auf dich zugerast.« Junis selbst war von den stinkenden Häuten gerettet worden. Ein wenig erschrocken stellte er fest, dass er sich kaum mehr davor ekelte.

Er trat auf das Mädchen zu, das noch immer reglos in der Mitte des Spiralgangs stand. »Das war's«, sagte er. »Geh zurück nach unten. Das hier ist nichts für dich.«

»Als wüsstest du, was gut für mich ist!«

»Du tust nicht das, was ich dir sage. Deshalb schicke ich dich fort. Was *gut für dich* wäre, ist mir gleichgültig. Verstehst du? Du bist mir vollkommen egal.« Das schien ihm der einzige Weg zu sein, sie loszuwerden.

Aber sie hatte in ihrem Leben wahrscheinlich mehr Ablehnung erfahren, als er sich vorstellen konnte. Seine Worte, die sie hatten verletzen und einschüchtern sollen, berührten sie nicht.

»Dann musst du mich umbringen«, gab sie starrköpfig zurück.

»Red keinen Unsinn.«

»Ich geh nicht zurück. Ich will mit dir da hoch.«

»Warum zum Teufel?«

Sie verzog die aufgesprungenen Lippen zu einem schiefen Lächeln. »Ich hab dich gesehen, auf dem Teppich ... das bist doch du gewesen, oder? Ich will, dass du mich mitnimmst, wenn du von hier fliehst.«

Das also war es. Gegen seine Vernunft, gegen sein besseres Wissen, brachte er es nicht über sich, einfach nein zu sagen.

»Der Teppich wird mich nicht finden. Es wird keine Flucht von hier geben.« Noch einmal schaute er sich prüfend nach weiteren Wächtern um. »Wenn dort oben wirklich Dschinnfürsten und Kettenmagier sind, dann –«

»Warum fragst du mich nicht einfach?«

Er blickte sie ungeduldig an. »Was?«

»Na, ob sie da oben sind.«

»Und du *weißt* das?«

Sie nickte. »Wir alle haben sie gesehen, als sie auf ihren Thronen in die Ruine geflogen sind.«

Er ballte die linke Hand zur Faust. »Hatten sie einen Gefangenen dabei?«

»Den weißen Jungen?«

Junis nickte.

»Er war bei Karybtis und Lytratis«, bestätigte sie. »Das sind zwei der Fürsten. In der Salzwüste war noch ein dritter bei uns …«

»Manotis«, flüsterte er heiser. Die Erinnerung an das Gefühl, als der Schädel des Dschinnfürsten unter seinem Fuß zerplatzt war, kroch wie ein Brennen an seinem Bein herauf. »Und die anderen beiden haben Jibril hierhergebracht?«

»Heißt er so? Der Junge?«

Abermals nickte er, ohne dabei die beiden Gangbiegungen nach oben und unten aus den Augen zu lassen. Aus den höheren Bereichen wehte wieder das fremdartige Kreischen und Heulen zu ihnen herab.

Auch das Mädchen wandte nun den Blick von ihm ab

und schaute nach vorn, die Rampe hinauf. Der Lichtschein reichte weiter, als Junis lieb war. Während er auf ihre Antwort wartete, scharrte er Sand über die Fackel am Boden. Die Flammen erloschen. Dunkelheit legte sich wieder über die ausgezehrten Züge des Mädchens, verbarg die vernarbten Reste ihres Ohrs.

»Er war bei ihnen«, sagte sie noch leiser, als hätte sich die Finsternis auch auf ihre Stimmbänder gelegt. »Ich hab ihn gesehen. Alle haben ihn gesehen. Sie haben ihn den Dschinnen vorgeführt. Das ist die mächtigste Waffe des Feindes, haben sie gesagt, und jetzt ist er unser.«

»Du konntest das verstehen?«

Sie zögerte. »Sie haben es in unserer Sprache gesagt. Vielleicht, damit der Junge sie verstehen konnte. Es hat ausgesehen, als könnten sie es gar nicht erwarten, ihm weh zu tun.«

Sie mussten weiter. *Er* musste weiter. Aber er war jetzt vollkommen sicher, dass sie bei ihm bleiben würde, ganz gleich, wie schlecht er sie auch behandeln mochte. Wie lange konnte es dauern, bis das Verschwinden des Dschinns einem der anderen auffallen würde? Ihm blieb keine Zeit mehr, mit ihr zu streiten oder sich mit ihrem kindischen Trotz auseinanderzusetzen.

Er lief los. Sie folgte ihm ohne ein weiteres Wort, wieder so schattenhaft wie zuvor. Wenn sie eines gelernt hatte, dann war es, völlig mit der Umgebung zu verschmelzen, keinerlei Aufmerksamkeit auf sich zu ziehen. Nur so hatte sie in den Pferchen überleben können.

Der Spiralgang mündete seitlich in eine runde Halle, in deren Mitte ein großes Feuer in einer Grube loderte. Der Raum musste eine ganze Stufe der Zikkurat ausfüllen. Auf der anderen Seite, hinter den Flammen, führte eine schmalere Rampe höher hinauf ins nächste Stockwerk. Von dort drang das Kreischen und Lachen herab. Der untere Saal aber, der sich vor Junis und dem Mädchen öffnete, war verlassen.

Über dem Feuer klaffte ein rundes Loch in der Decke. Die Luft über den Flammen flirrte vor Hitze. Verschwommen erkannte er, dass sich dort oben, ein Stockwerk höher, Gestalten bewegten. Mehrere Umrisse flimmerten im Feuerschein, bewegten sich am Rand der Öffnung umher. Harte, gutturale Silben erklangen zwischen den übrigen Lauten und dem Prasseln der Flammen. Falls das Mädchen Recht hatte und Jibril in diesen Turm gebracht worden war, dann wurde er dort oben festgehalten.

Sie standen noch auf der Rampe, auf halber Höhe des Hallenbodens, als er ihr bedeutete, hinter der Kante in Deckung zu gehen. Sie kauerte sich neben ihn. Jetzt befand sich der Boden auf ihrer Augenhöhe.

»Außer den beiden Dschinnfürsten«, flüsterte er, »Wer ist noch bei ihm?«

»Woher soll ich das wissen?«

»Kettenmagier?«

Sie schüttelte den Kopf. »Es waren welche bei uns, als wir aufgebrochen sind, aber nach dem Angriff in den Bergen …« Schrecken zeigte sich bei der Erinnerung auf ihren Zügen, vermischt mit unterdrückter Wut. »Danach waren sie fort.«

Junis hatte mit angesehen, wie die Kettenmagier während der Schlacht ihrem eigenen Zauber zum Opfer gefallen und von den neugeborenen Kali-Assassinen fortgerissen worden waren. Es gab mit Sicherheit noch weitere

Magier in den beiden Dschinnheeren aus dem Westen und Süden, aber womöglich keine mehr hier in diesem Lager.

Die Wangenmuskeln des Mädchens bebten. Er verstand ihren Zorn. Die Attacke der Sturmkönige in den Zagrosbergen musste zahllosen Sklaven das Leben gekostet haben. Wie viele von diesen Toten waren wie sie gewesen? Keine Besessenen, sondern Unschuldige, die jahrelang das Grauen der Lager erduldet hatten, nur um dann ausgerechnet jenen zum Opfer zu fallen, die eigentlich auf ihrer Seite kämpfen sollten.

Junis war gegen diesen Angriff gewesen und gegen die Kaltblütigkeit, mit der Jibril, Maryam und die anderen Sturmkönige Opfer unter den Gefangenen einkalkuliert hatten. Zuletzt aber hatte er seine Bedenken aufgegeben, berauscht von Kampflust, von der Hoffnung auf einen Sieg, der von vorneherein nichts als eine Illusion gewesen war. Jibrils Illusion. Die Sklaven seien nur eine hirnlose Masse, hatte der Junge versichert, ein endloser Strom von Kreaturen ohne Verstand. Am Ende hatte sich Junis von diesem Eindruck ebenso täuschen lassen wie die anderen. Sie seien keine Menschen mehr, hatte Jibril gesagt. Und dass es besser für sie sei, zu sterben, als in diesem Zustand weiterzuleben. Junis hatte daran nicht glauben wollen, aber dann hatte er es dennoch getan. Weil es einfacher war, als sich den moralischen Konsequenzen zu stellen. Weil es bequem gewesen war, all diese Menschen einfach aufzugeben, obgleich er es doch besser gewusst hatte.

Und jetzt kauerte eine dieser Sklavinnen neben ihm, ein Kind, das durch die Hölle gegangen war und trotz allem nicht aufgegeben hatte. Jibrils Argument, dass alle

Gefangenen zu verwilderten Bestien geworden waren, war hinfällig geworden. Nur eine Fehlentscheidung mehr. Vielleicht eine Lüge, um seine Pläne durchzusetzen und sich die Unterstützung der Sturmkönige zu sichern.

»Warum willst du ihn befreien?«, fragte sie unvermittelt. »Du setzt dein Leben aufs Spiel, um ihm zu helfen. Du bist bereit, für ihn zu sterben. Dabei war doch er es, der die Stürme geschickt hat, nicht wahr?«

Was sollte er darauf erwidern? »Ja, das hat er wohl«, gestand er mit einigem Unbehagen.

»Dann hat er sehr viele von uns getötet. Nicht nur Dschinne. Die meisten, die in den Bergen umgekommen sind, waren Gefangene. Sklaven wie ich.« Sie legte den Finger so tief in die Wunde, dass er einmal mehr bereute, sie mitgenommen zu haben. Aber sie war natürlich im Recht. Das machte es nur noch schlimmer.

»Wir wussten nicht, dass –«

»Du warst auch dabei? Du warst einer von den Männern in den Stürmen?«

»Ja … nein, ich bin auf einem Teppich geritten. Aber ich war bei ihnen.«

»Dann waren das deine Freunde?«

»Ich weiß nicht, ob sie das waren.« Er wusste nicht einmal, was Maryam gewesen war. Und die anderen? Genau genommen hatte er sie alle kaum gekannt und die wenigsten von ihnen gemocht. Mit Ausnahme von Ali Saban, ausgerechnet demjenigen unter den Sturmkönigen, der am vehementesten gegen den Angriff auf den Heerzug protestiert hatte. Junis war seiner Meinung gewesen – bis Maryam und Jibril ihn umgestimmt hatten. Bis ihm die Menschen unten im Tal so gleichgültig gewesen waren wie ihnen.

Plötzlich schämte er sich. Schämte sich vor diesem Kind und vor den Toten. Allmählich verlor er jegliche Achtung vor sich selbst.

Der bittere Vorwurf in ihren Augen war nicht zu übersehen. »Sie waren nicht alle so. Es gab noch mehr wie mich und Hamidala, viele, viele mehr. Manche haben nur so getan, als wären sie leer.«

Er hielt ihrem anklagenden Blick nicht mehr stand und sah an ihr vorbei zum Feuer.

Aber sie war noch nicht fertig. Ihre Stimme klang rau und erstickt. »Die Stürme sind aus dem Nichts gekommen. In der kurzen Zeit haben sie mehr Menschen getötet, als die Dschinne in vielen Monaten. Haben sie einfach fortgerissen, durch die Luft gewirbelt, an den Felsen zerschmettert und zerfetzt.« Tränen traten ihr in die Augen. »*Warum* habt ihr das getan?«

Er hatte die Frage kommen sehen. Dies war nicht die Zeit und nicht der Ort dafür, und er war ihr nichts schuldig, jedenfalls wollte er sich das einreden. Aber die Wahrheit war: Die Sturmkönige schuldeten ihr eine Menge, und Antworten waren das Mindeste, das er ihr geben konnte.

»Der Plan war, die Dschinne aufzuhalten, bevor sie die andere Seite der Berge erreichen«, sagte er. »Wir wollten sie von Bagdad fernhalten.«

»Aber ihr habt all diese Menschen getötet, und jetzt sind die Dschinne trotzdem hier –«

»Und Bagdad wird untergehen.«

»Sie sind für nichts und wieder nichts gestorben.« Ihre Stimme gewann noch immer an Schärfe. »Und nun willst du ausgerechnet den befreien, der die Schuld daran trägt?«

»Ich habe einen Schwur geleistet.«

»Aber er hat es nicht *verdient*, dass du ihm hilfst!«, widersprach sie hart. »Was immer sie ihm antun – es ist richtig so.«

»Vielleicht. Aber das habe nicht ich zu entscheiden und du auch nicht.«

»Wer dann?«

Ihm gingen die Antworten aus. Seine Überzeugung war ins Wanken geraten, weil sie aussprach, was er selbst oft genug gedacht, aber immer wieder verdrängt hatte. Sie kauerte vor ihm wie sein Fleisch gewordenes schlechtes Gewissen, sagte all die Dinge, die er wusste, aber nicht wahrhaben wollte.

»Das hier ist nicht der Ort für so was«, sagte er leise. »Ich versteh dich ja, aber wir sind schon zu weit gegangen, um –«

»Wieso zu weit?« Sie sah ihn mit glänzenden Augen an. »Lass ihn hier. Sollen sie ihn töten oder foltern oder was immer sie mit ihm anstellen wollen. Wir nehmen einfach deinen Teppich und verschwinden.«

»Nein.« Das hier musste auf der Stelle aufhören. »Ich bin gekommen, um Jibril zu befreien, und genau das werde ich tun.«

Sie schüttelte den Kopf, als könnte sie nicht begreifen, dass er nicht genauso empfand wie sie. Als er aufsprang, das Versteck hinter der Kante verließ und geduckt an der Wand entlang zur Rampe auf der anderen Seite der Halle lief, blieb sie sitzen, klein und niedergeschlagen und sehr verletzlich.

Es kam ihm vor, als liefe er vor ihr davon, und dafür fühlte er sich noch elender. Als trüge tatsächlich er die

Verantwortung für die Schlacht in den Zagrosbergen. Aber das war ein Dilemma, aus dem er nicht herauskam. Er musste sich zwischen Maryam und dem Mädchen entscheiden, und zu seiner eigenen Überraschung fiel es ihm nicht leicht.

Und Jibril? Der Junge bedeutete ihm nichts. Junis teilte die Vorbehalte des Mädchens, verstand jeden ihrer Vorwürfe. Aber stand es ihm zu, Maryams letzten Willen in Frage zu stellen?

Er erreichte den Fuß der Rampe, eng an die Wand gepresst, halb verborgen an der Grenze zwischen Schatten und zuckendem Feuerschein. Noch einmal zögerte er.

Maryam hatte den Tod der Sklaven hingenommen – das war ein verhängnisvoller Fehler gewesen. Hatte sie sich erneut geirrt, als sie Jibrils Befreiung gefordert hatte? Konnte er, *wollte* er seine Verantwortung außen vor lassen? Nur gehorchen, ohne seine eigenen Überzeugungen zu hinterfragen?

Widerwillig blickte er zurück. Das Feuer befand sich jetzt zwischen ihm und dem Abstieg in die tieferen Stockwerke. Er kniff die Augen zusammen, um dort drüben etwas zu erkennen. Zwischen lodernden Flammenzungen sah er diffus die Kante, hinter der sie Deckung gesucht hatten.

Das Mädchen war fort.

Er schaute sich in der Halle um. Sie war ihm nicht gefolgt, in dem riesigen leeren Raum hätte er sie nicht übersehen können. Es gab ein paar Risse und Einbuchtungen im morschen Mauerwerk, in denen sie sich hätte verbergen können, aber daran glaubte er nicht. Sie musste zurück nach unten gelaufen sein.

In den Wänden klafften Risse, an einer Stelle öffnete sich ein schmaler Torbogen zur Außenseite der Zikkurat. Fackeln wanderten dort draußen als Lichtflecken durch die Nacht, Dschinnwächter auf Patrouille. Keiner blickte ins Innere, sonst hätten sie ihn schon bemerkt. Womöglich verließen sie sich auf ihre Witterung, hielten nur Ausschau nach Angreifern aus der Luft. Wahrscheinlich gingen sie davon aus, dass der einzelne Teppichreiter, der es durch den Hinterhalt der Sandfalter geschafft hatte, den Besessenen zum Opfer gefallen war.

Widerwillig löste er sich vom Anblick der verlassenen Halle und bewegte sich vorsichtig die Rampe hinauf. Auf dem Weg nach oben schlug sie einen weiten Bogen. Ehe das Ende in der Decke verschwand, hatte er fast ein Viertel des Saals umrundet.

Auch hier gab es Spalten, in die er sich notfalls hätte zurückziehen können. Aber er wollte keine weitere Zeit verschwenden, indem er von einem Versteck zum nächsten schlich. Stattdessen huschte er geduckt, das Schwert fest in der Hand, die Rampe hinauf, eng an der Mauer, den Blick nach oben gerichtet. Bevor er den Boden der nächsten Ebene auf Augenhöhe hatte, wechselte er zur Innenseite der Rampe und blieb hinter der Kante in Deckung.

Die Flammen der Feuergrube leckten durch die Öffnung in das obere Stockwerk. Selbst hier loderte das Feuer noch mannshoch, genau im Zentrum des Raumes. Darüber hing in einem Geschirr aus Ketten eine schmale, blasshäutige Gestalt.

Schon bevor sie Jibril dem Feuer ausgesetzt hatten, hatte er kein Haar am Körper gehabt. Der Junge war kahlköpfig, besaß keine Augenbrauen, keine Schambehaarung. Wie er dort hing, von den Flammen umtanzt, wirkte er derart fremdartig, dass es Junis schien, als hätte das Feuer eine unsichtbare Maske fortgebrannt. Jibrils Kleidung war zu Aschestreifen verkohlt, die sich wie dunkle Bemalungen über seine Haut zogen. Sein Körper aber war vollkommen unversehrt. Die Flammen und die Hitze konnten ihm nichts anhaben.

Das Geschirr wurde von vier Ketten gehalten, die schräg hinauf zur Hallendecke führten. Dort oben, auf halbem Weg zwischen dem Feuer und den runden Wänden, schwebten vier Dschinne und hielten die Ketten straff gespannt. Es sah aus wie eine Umkehrung jener Aufhängungen, in denen sonst die Kettenmagier festgehalten wurden. Die Blicke aller vier Dschinnkrieger waren ins Innere der Halle gerichtet, zum Feuer und dem schmächtigen Gefangenen, der leblos über den Flammen baumelte.

Die beiden Dschinnfürsten Karybtis und Lytratis trieben auf ihren fliegenden Knochenthronen mehrere Meter über dem Boden, bizarren Sitzen aus Gebeinen, Ketten und Eisenringen, ummantelt mit Streifen aus Menschenhaut. Die hohen Rückenlehnen überragten die beiden purpurnen Gestalten fast um das Doppelte. Die gebleichten Knochen waren auf makabere Weise kunstvoll miteinander verwoben, eine symmetrische Konstruktion, aus der halbierte Rippenkäfige und Schulterblätter wie groteske Geweihe und Kronen stachen. Nicht alle Skelette, die man einst zu diesen Thronen verarbeitet hatte, waren menschlich gewesen, die wenigsten tierisch. Vielmehr waren da noch andere Gebeine, fremdartiger, wie verzogen und verdreht.

Die meisten dieser Wesen waren größer und kräftiger

gewesen als Junis, und nicht einmal sie hatten den Dschinnen widerstehen können. Dass er es allein mit den beiden Fürsten, den vier Kriegern und zahllosen Dschinnen draußen im Lager aufnehmen wollte, war so absurd, dass der Gedanke ein grimmiges Lächeln auf seine Züge brachte. Fatalismus war eigentlich ein Wesenszug seines Bruders. Sabatea hatte Recht: Vielleicht waren sie sich wirklich ähnlicher, als sie wahrhaben wollten.

Jibril regte sich nicht in seiner Aufhängung. Die Ketten rund um seinen Körper schienen zu glühen; vielleicht waren es auch nur Spiegelungen der Flammen auf den Eisengliedern. So oder so hätte die Hitze den Jungen längst töten müssen. Stattdessen hatte sie nicht einmal seine Haut gerötet.

Trotzdem stand es nicht gut um ihn. Sein Kopf hing zur Seite, die Lippen waren einen Spalt weit geöffnet. Auch seine Augen standen offen, blickten wie blind ins Leere auf einen Punkt irgendwo zwischen Karybtis und Lytratis. Als sähe er dort noch immer den dritten Dschinnfürsten schweben, Manotis, den Junis im Zagrosgebirge getötet hatte.

Die Fürsten unterschieden sich auf den ersten Blick kaum von gewöhnlichen Dschinnen. Ihre Purpurhaut war mit den gleichen geflammten Mustern bedeckt, schimmernd in den Farben des Regenbogens. Anders als die Hauptleute und einfachen Krieger schmückten sie sich nicht mit Menschenskalps oder anderen Trophäen, die sich ihre Artgenossen in die Kopfhäute einnähten. Die schwebenden Throne waren die einzigen sichtbaren Zeichen ihres Rangs. Es gab weder prachtvolle Mäntel noch Kronen oder Zepter. Die Halle war alles andere als ein Thronsaal. Wie eine

Räuberbande hatten die Dschinne die verfallene Zikkurat für sich beansprucht, eine vergessene Ruine in der Wüste, selbst kaum mehr als ein Gerippe aus Stein. Die karge Umgebung unterstrich den Eindruck, dass die Dschinne zwar Macht aufgrund ihrer Masse besaßen, einzeln aber kaum mehr waren als Kreaturen ohne Verständnis für Schönheit, Behaglichkeit oder auch nur geschmacklosen Prunk. Hier gab es nichts als blanke Mauern, Sand und Staub. Der Scheiterhaufen aus dem unteren Stockwerk war die einzige Lichtquelle.

Junis mochte sich täuschen – er wusste einfach zu wenig über die Dschinne, selbst nach all den Jahren des Krieges –, aber es schien ihm, als wären die beiden Fürsten geschwächt. Schlaff und eingesunken saßen sie auf ihren Thronen. Der Zauber, mit dem sie Jibril in den Bergen eingefangen hatten, musste sie große Kraft gekostet haben.

Er wünschte, er hätte Pfeil und Bogen gehabt, wie er sie draußen bei einigen Kriegern gesehen hatte, irgendetwas, um einen, vielleicht zwei seiner Gegner auszuschalten, bevor sie auf ihn aufmerksam werden konnten. Aber er besaß nur ein Schwert, sonst nichts. Damit würde er nicht einmal Jibrils Ketten durchtrennen können, geschweige denn seine Peiniger besiegen.

Er kauerte noch immer am Rand der Rampe, niedriger als der Boden der Halle, gerade so weit hinter der Kante aufgerichtet, dass er darüber hinweg in den Saal blicken konnte. Auch hier gab es in den runden Wänden Einbrüche und Spalten, aber er entdeckte jenseits davon im Dunkeln keine Fackeln. Trotzdem war er sicher, dass auch auf dieser Stufe der Zikkurat Dschinnwächter patrouillierten.

Mit einem Mal wandte Jibril langsam den Kopf, hielt ihn noch immer leicht zur Seite geneigt. Seine Augen sahen in Junis' Richtung. Sein Mund bewegte sich, aber das mochte eine Täuschung des Hitzeflirrens sein, das ihn wie ein wabernder Kokon umgab. Die Flammen konnten ihn nicht verbrennen, aber sie schienen ihm Schmerzen zuzufügen. Seine Hände waren zu Fäusten geballt, die Sehnen und Muskeln unter seiner Albinohaut angespannt.

Junis schauderte, als Jibril ihn ansah. Er glaubte nicht an einen Zufall. Der Junge musste wissen, dass er hier war. Rasch tauchte er hinter der Bodenkante ab, aus Sorge, die Dschinnfürsten oder einer der Wächter könnten dem Blick des Gefangenen folgen. Es dauerte einen Moment, ehe er es wagte, erneut den Kopf zu heben.

Jibril starrte ihn unverwandt an. Durch das Flimmern, die Flammen, die qualvolle Hitze hindurch. Sah ihn immer noch an, als hätte er nur darauf gewartet, dass er endlich hier auftauchte.

Die vier Wächter waren ganz auf die Ketten in ihren Händen konzentriert. Allmählich erhitzten sich auch die äußeren Enden. Die Fratzen der Dschinne verzogen sich vor Schmerz, ihre langen Unterkiefer bebten. Speichel troff von den Fangzähnen, wenn einer den Mund aufriss, um ein peinvolles Stöhnen auszustoßen. Dennoch ließ keiner los. Sie würden eher lebendig verbrennen, als den Befehl ihrer Meister zu missachten.

Derweil saßen die beiden Fürsten nur da, die unteren ihrer vier Ellbogen auf die knöchernen Armlehnen gestützt. Die Hände eines jeden waren vor der muskulösen Brust verschränkt, um Kopf und Kinn darauf abzulegen. Eindringlich beobachteten sie ihren Gefangenen.

Sie warten darauf, dass der Schmerz ihn umbringt, durchzuckte es Junis. Vielleicht konnten sie ihn anders nicht töten, kamen nicht an das heran, was ihn am Leben hielt. Kein Dolchstoß, kein Schwerthieb vermochte zu vernichten, was da in Gestalt eines kränklichen Kindes vor ihnen hing. Jibril, der den Rebellen allein durch seine Nähe die Macht über die Stürme verliehen hatte, war kein Junge, auch wenn es auf den ersten Blick so erscheinen mochte. Da war mehr als das schwächliche Äußere, diese bleiche, blutleere Hülle. Wer ihn eine Weile lang ansah, konnte es spüren: die Anwesenheit eines anderen, größeren, unsichtbaren Jibril, der wie ein Gespenst über dem vermeintlichen Kind schwebte.

Abermals kreuzte Junis den Blick des Jungen, hoch über der Feuergrube. Jibrils Augen reflektierten den Flammenschein, als wären sie als einzige Teile seines Körpers in Brand geraten. Wie Windlichter loderten sie in den Höhlen.

Etwas hielt Einzug in Junis' Gedanken. Ganz plötzlich war es in ihm, erst Wärme, dann eine verzehrende Glut, die ihn um ein Haar hätte aufschreien lassen. Es dauerte einen Moment, ehe ihm klar wurde, dass es nicht Schmerz war, den Jibril auf ihn übertrug. Etwas anderes. Eine Stärke, die nichts mit Muskelkraft zu tun hatte.

Junis' geschundener Leib war übersät mit Prellungen und Schürfwunden, aber nun spürte er sie nicht mehr. Die Erschöpfung, die ihn erst unmerklich, zuletzt immer deutlicher geschwächt hatte, dampfte wie Wasser von seiner erhitzten Haut.

Und dann hörte er in sich eine Stimme, und er fragte sich, ob es so für Tarik war, wenn er den Narbennarren spürte, Amaryllis' geisterhaftes Flüstern.

Erschlag sie, raunte es in ihm. *Zerfetze sie alle!*

Junis badete im Schein der fremden Feueraugen und lächelte. Dann erhob er sich langsam und trat mit dem Schwert in der Hand vor seine Feinde.

Jemand kam ihm zuvor.

Ehe sich alle Blicke auf Junis richten konnten, betrat eine zweite Gestalt die feuerdurchflammte Ruinenhalle. Nicht über die Rampe wie er, sondern durch eine Öffnung in der Wand, einen halb zerfallenen Torbogen. Sie kam nicht zu Fuß, sondern wurde getragen, von einem Dschinn, der sie zärtlich in den Armen hielt und vorsichtig am Boden absetzte, als fürchtete er, sie zu zerbrechen wie eine kostbare Tonfigur.

»Da ist er«, sagte sie und zeigte auf Junis.

Die fremde Macht in seinem Inneren stärkte ihn, erfrischte ihn, machte ihn zu einem anderen. Aber sie bewahrte ihn nicht vor dem eiskalten Grauen, das ihn packte, als er das Sklavenmädchen erkannte.

Ihre tief liegenden Augen waren voller Schatten, trotz des nahen Feuers. Ihre Miene verriet nicht, was in ihr vorging. Nur ihre Hände waren zu Fäusten geballt.

Die vier Dschinne unter der Decke stießen ein wutentbranntes Heulen aus. Wäre es ihnen erlaubt gewesen, die Ketten des Gefangenen loszulassen, sie hätten sich sofort auf Junis gestürzt. So aber starrten sie ihn nur hasserfüllt an, während die Hitze des Eisens stinkenden Rauch zwischen ihren Fingern aufsteigen ließ.

Die Knochenthrone drehten sich in der Luft, wandten

sich Junis zu. Die beiden Dschinnfürsten hoben gleichzeitig die Köpfe von den verschränkten Händen und öffneten die Finger zu blitzschnellen Abfolgen verschlungener Gesten. Sie woben Zeichen ins Leere, Beschwörungen, und zugleich schoss der Dschinnkrieger, der das Mädchen getragen hatte, auf Junis zu. Es war einer der Leibgardisten, im Gegensatz zu den übrigen Dschinnen in Rüstzeug gehüllt und mit einem Schwert bewaffnet, das doppelt so lang war wie Junis' eigenes.

Das Mädchen sackte auf die Knie, als hätten es im selben Augenblick all seine Kräfte verlassen.

Junis konnte nicht länger auf sie achten. Die heilende Macht, die Jibril auf ihn übertragen hatte, erfüllte ihn bis zum Bersten. Sie brodelte durch seine Glieder, die Arme hinab in beide Hände. In das Schwert, das sie hielten.

Er wehrte den Hieb des Dschinns ab, als hätte der mit einer Weidenrute zugeschlagen. Die große Klinge prallte von Junis' Schwert, die Kraft des Angriffs ließ die dreigliedrigen Arme des Kriegers erzittern. Das zornige Heulen aus seinem Maul wurde noch lauter. Seine Augen verengten sich, als er abermals auf seinen menschlichen Gegner eindrang.

Junis war kleiner als er, und der Dschinn konnte über ihn hinwegschweben und ihn von oben attackieren. Aber er parierte auch den zweiten Angriff, wirbelte in derselben Bewegung herum, hinter dem Krieger her und stieß sich zugleich vom Boden ab. Der Sprung trug ihn höher, als er erwartet hatte, und seine Klinge schlitzte die Unterseite des Dschinns der Länge nach auf. Einen Moment lang geriet der Koloss ins Taumeln.

Junis versuchte, die beiden Dschinnfürsten und ihre

Beschwörungen im Auge zu behalten. Ihre Finger schrieben weiterhin Symbole in die Luft, verschlungene Zeichen, die einen Atemzug lang nachglühten und sich auflösten. Dschinnfürsten konnten keine so mächtigen Zauber wirken wie die Kettenmagier, aber sie waren keineswegs wehrlos. Etwas würde geschehen, stand kurz bevor, und es war nicht gut, dass er sich mit dem Krieger aufhalten musste, während die Fürsten ungestört ihren magischen Angriff vollzogen.

Das Brüllen seines Gegners wurde wieder lauter, als der Dschinn im Flug herumfuhr und erneut auf ihn zuschoss. Notgedrungen wandte Junis den Blick von den schwebenden Knochenthronen ab und wich der Attacke des Leibgardisten mit einem katzenhaften Sprung zur Seite aus. Obwohl er keine Stimme mehr in sich hörte, spürte er die fremde Macht wie Lava in seinen Blutbahnen. Da war ein zweites Pulsieren in seiner Brust, schneller und kräftiger als sein eigenes Herz, wie ein Trommler am Bug einer Galeere, der den Sklaven den Rhythmus vorgibt. Als wäre da ein anderer, der ihm sagte, was zu tun war und, schlimmer noch, *wie* er es tun sollte.

Die Klingen prallten abermals aufeinander. Ein silbriges Funkeln wehte von den Dschinnfürsten auf ihn zu, ein feiner Nebel wie aus glitzerndem Staub. Bevor ihn die Schwaden erreichen konnten, prallten sie von einer unsichtbaren Wand ab, zogen sich zusammen, dehnten sich wieder aus und verwirbelten zu nichts. Die Fürsten stießen ein wütendes Knurren aus, als eine Macht, die sie für gebannt gehalten hatten, ihre eigene abwehrte.

Junis ließ sich nicht mehr beirren. Unter dem Zorngeschrei der vier Dschinne an den Ketten trieb er den fünften mehrere Meter zurück in Richtung des Feuers. Die Flammen leckten nach dem gewaltigen Krieger, aber er kam ihnen nicht nahe genug, dass sie ihn ernsthaft hätten gefährden können. Stattdessen trieb ihn die Hitze in seinem Rücken zu einem heftigen Gegenangriff, und nun war es Junis, der Schritt um Schritt zur Rampe zurückweichen musste. Aus dem Augenwinkel sah er das Sklavenmädchen zwischen den Knochenthronen am Boden knien; ihr Oberkörper war kraftlos nach vorn gesackt, das Kinn auf die Brust gesunken, aber den Arm hatte sie noch immer anklagend ausgestreckt.

Mit einer Parade, die dem Dschinn fast das Schwert aus der Hand prellte, machte er seinem Rückzug ein Ende. Er erwiderte den Angriff mit einer Serie so kräftiger Schläge, dass der Dschinn einmal mehr zurückwich und unvorsichtig wurde. Junis sah eine Lücke im Geflecht seiner Abwehrschläge und rammte die Klinge des Byzantiners kaltblütig nach vorn. Der Stahl stieß durch einen Spalt zwischen Harnisch und Kettengewebe, bohrte sich in den Leib des Dschinns – und wurde Junis aus den Händen gerissen.

Der sterbende Krieger polterte zu Boden und begrub das Schwert seines Gegners unter sich. Sein eigenes aber rutschte klirrend über den Boden, wurde aufgehalten vom Sand, den die Winde vieler Jahrhunderte in die Zikkurat getrieben hatten, und blieb unmittelbar vor Junis' Füßen liegen. Der zögerte nicht, ergriff die riesige Klinge mit der Kraft, die Jibril ihm verlieh, und stürzte damit auf einen der Dschinnfürsten zu.

Die Kreatur auf dem Knochenthron kauerte da wie ein müder, alter Mann – das sah Junis jetzt noch deutlicher.

Ihre Zaubermacht war in zwei Richtungen gewandt: einmal auf Jibril, der davon noch immer so geschwächt wurde, dass er sich nicht aus den Ketten befreien konnte, und auf Junis, den wiederum nur die Schutzmacht Jibrils vor den Todeszaubern der Fürsten bewahrte. Aber er machte sich nichts vor: Jeden Augenblick musste ihnen klar werden, dass sie ihm zwar mit reiner Kriegsmagie nichts anhaben konnten, ihn aber womöglich auf dieselbe Weise binden konnten wie Jibril. Ihm blieben nur noch Sekunden, schätzte er, um einen von ihnen zu erwischen.

Hinter dem verfallenen Torbogen, der ins Freie führte, erschienen mehrere Dschinnwächter, gerüstete Leibgardisten wie der Tote, alarmiert vom Lärm und Geschrei im Inneren des Turms. Schon drängten die Ersten herein und rasten auf Junis zu.

Der aber erreichte einen Moment vorher den ersten der schwebenden Knochenthrone. Der Fürst darauf war zu tief in seine Konzentration versunken, um schnell genug zu reagieren. Benommen versuchte er, höher aufzusteigen, außer Reichweite des Menschen.

Junis sprang unter den Thron und rammte das lange Dschinnschwert gerade nach oben. Die Klinge brach durch das Knochengeäst, traf auf einen weicheren Widerstand, glitt höher hinauf in Fleisch und Eingeweide. Junis spießte den Fürsten von unten auf, packte statt des Griffs beide Enden der Parierstange und stieß die Waffe mit aller Kraft noch ein Stück höher hinauf. Blut sprühte auf ihn herab, ein feiner roter Regen, der ihn von oben bis unten besudelte.

Sechs Dschinnkrieger schossen durch die Halle auf ihn zu, passierten das zusammengesunkene Mädchen, holten mit Streitkolben, Sicheläxten und Schwertern aus. Flammenschein brach sich auf Stahl, wurde an die staubigen, schartigen Wände geworfen, flackerte durch den Raum wie ein Reigen feuriger Geisterschemen.

Der Dschinnfürst gab keinen Laut von sich. Sein Unterkiefer sank nach unten, entblößte das scheußliche Raubtiergebiss. Zahlreiche Zähne fehlten, der Rest war alt und faulig wie sein ganzer Körper. Kein Wunder, dass Amaryllis sich einen neuen Leib aus Menschenteilen geschaffen hatte: Die Fürsten waren ausgezehrt und verbraucht. Mochten auch ihr Hass und ihre Entschlossenheit lodern wie am Tag ihrer Geburt aus der Wilden Magie, so waren ihre Körper doch längst zu Opfern ihrer eigenen Maßlosigkeit geworden. Die Throne waren mehr als ein Symbol ihrer Macht – sie waren Stützen, ohne die sie nicht regieren, Krücken, ohne die sie nicht überleben konnten.

Alles geschah innerhalb eines Augenblicks: Junis' Erkenntnis der wahren Schwäche dieser Wesen; der Ansturm der Leibgarde; der Tod des aufgespießten Dschinnfürsten; und schließlich das Scheitern der vereinten Zauber, die Jibrils Körper gefangen hielten.

Die Magie des überlebenden Dschinnfürsten reichte allein nicht aus, den Jungen weiterhin festzusetzen. Die Ketten glühten auf und zerflossen zu silbriger Schlacke. Zischend trafen die Tropfen auf den Boden, während sich das flüssige Eisen in die Klauen der Wächter brannte. Alle vier stießen gequälte Schreie aus. Ihre Formation unter der Decke zerbrach, als sie unter irrem Geschrei davontrudelten, gegen Mauern stießen und auf ihre verstümmelten Hände starrten, von denen sich die Purpurhaut in Ascheschuppen schälte.

Junis zerrte das Schwert aus der Unterseite des Throns, als ihn die beiden vorderen Dschinnkrieger erreichten.

Das Mädchen hob den Kopf, die Schattenaugen weit aufgerissen.

Und Jibril flammte auf, ein gleißender weißer Stern, der sich schlagartig ausdehnte, Lichtspitzen wie Schwertklingen in alle Richtungen schleuderte und mit einer Welle aus purer Macht Dschinne und Menschen gleichermaßen davonfegte.

Die fremde Präsenz in Junis' Innerem schwand im selben Augenblick, als Jibril seine Ketten abwarf. Die Fürsten hatten seinen Körper in Ketten gelegt und mit ihm einen Teil seiner Zaubermacht, aber sie hatten nicht verhindern können, dass der Junge einen Hauch davon auf Junis projizierte. Und ebendieser fremde Funke, der in Junis gebrannt und seine Wunden geheilt hatte, kehrte nun zurück zu seinem wahren Meister, entflammte den Rest seiner Kräfte von Neuem und schuf etwas, das Junis zuletzt über den Gipfeln der Zagrosberge gesehen hatte: jenes gleißende, glühende Inferno, das wie ein Krake aus Licht unter den Dschinnen gewütet und die Kettenmagier vernichtet hatte.

Aus dem blendenden Stern unter der Hallendecke wurde etwas anderes, reine weiße Helligkeit, aber von Leben erfüllt, wirbelnd wie eine Unterwasserpflanze in wilden Strömungen. Glühende Tentakel streiften die Dschinnkrieger der Leibwache, sie zerfielen zu Asche. Der Knochenthron des überlebenden Dschinnfürsten zerbarst in einer Explosion aus sprödem, staubigem Gebein, Eisensplittern und noch etwas anderem, schwarz und organisch, das wie ein Herz im Inneren des Throns pulsiert und die Kreatur darauf am Leben erhalten hatte.

Junis wurde zurück zum Rand der Rampe geschleudert, kam auf Schulter und Rücken auf und verlor das fremde Schwert. Die Klinge rutschte über die Kante und schlitterte die Schräge hinab, ehe es außerhalb seiner Reichweite liegen blieb. Der Aufprall jagte Schmerzen durch seinen Körper, aber er nahm sie kaum wahr. Sein Blick haftete an dem wogenden Tentakelnest aus weißem Licht, das noch immer unter der Decke hing, und darin, in seinem Zentrum, der aufrecht schwebende Junge.

Jibril hatte die Arme vor der Brust verschränkt wie ein teilnahmsloser Beobachter, der das Geschehen von hoch oben verfolgte. Sein Kopf war nach vorn gesunken. Junis nahm an, dass seine Augen geschlossen waren. Dann aber fing er einen Blick des Jungen auf und schauderte. Einige Herzschläge lang war er nicht sicher, was er mehr fürchten sollte: die heulende Dschinnarmee draußen vor dem Turm oder Jibril inmitten der Helligkeit.

Eine Gestalt raste aus dem Lichtorkan auf Junis zu. Ein Dschinn, dachte er noch – dann erkannte er das Sklavenmädchen. Ascheflocken bedeckten ihren Körper, die sehnigen Arme und Beine, die viel zu knochigen Schultern. Ihre Augen waren in Panik weit aufgerissen, aber sie war noch weit genug bei Sinnen, um den Lichttentakeln auszuweichen, deren Enden nun scheinbar unkontrolliert durch die Halle wirbelten. Hatte Jibril seine Macht nicht mehr unter Kontrolle? Oder *noch* nicht?

Das Mädchen rannte zur Rampe, genau auf Junis zu. Er stemmte sich hoch, erkannte, dass all die Prellungen und Schürfwunden nun doch ihren Tribut forderten, und kam schwankend zum Stehen. Was Jibril ihm eben an Kraft geschenkt hatte, schien er doppelt wieder einzufordern.

Er fühlte sich noch geräderter als zuvor, die Umgebung drehte sich vor seinen Augen.

»Warte!«, rief er ihr zu, als sie einen Atemzug lang aussah, als wollte sie sich auf ihn stürzen. Er hob schwankend die Arme, um sie abzuwehren, suchte in sich nach Zorn, fand aber nicht einmal Vorwürfe. Er verstand, warum sie ihn verraten hatte. Die Sturmkönige hatten so viele ihrer Leidensgenossen auf dem Gewissen, hatten so viele achtlos getötet, die jahrelang um ihr Überleben in den Dschinnlagern gekämpft hatten, dass es schwerfiel, irgendetwas anderes als Scham zu empfinden.

Aber sie griff ihn nicht an. Im letzten Moment wich sie ihm aus, warf ihm einen hasserfüllten Blick zu und stürmte die Rampe hinunter.

»Nicht!«, rief er hinter ihr her. »Du läufst ihnen genau in die Arme!« Nach allem, was hier geschehen war, spielte es keine Rolle, auf wessen Seite sie stand. Die Dschinne würden jeden Menschen töten, der ihnen von oben entgegenkam.

Er fluchte, als sie nicht auf ihn hörte, und wollte ihr folgen, als hinter ihm ein neuerliches Zischen und Lodern erklang. Über die Schulter sah er, dass weitere Dschinne versuchten, durch Spalten und Bögen ins Innere der Zikkurathalle einzudringen. Die Lichttentakel fingen sie ab, bevor sie das Gemäuer betreten konnten. Die Krieger gingen in Flammen auf, sobald die glühenden Arme sie streiften, taumelten brennend durch die Luft, prallten gegen die Wände und hinterließen Fresken aus lodernden Hautfetzen.

Junis wollte sich auf den Weg machen, um das Mädchen aufzuhalten, als er eine Stimme vernahm, die das Kreischen und Knistern der brennenden Dschinne übertönte

»Junis! Komm zu mir!«

Er starrte den Jungen an, dort oben in der gleißenden Mitte des Lichterspektakels, und dachte, dass dies alles falsch war, so wie der Angriff auf das Heer in den Zagrosbergen, so wie die Tatsache, dass er schon einmal auf Jibril gehört hatte.

»Ich muss dem Mädchen helfen«, gab er zurück.

»Sie hat dich verraten.«

»*Du* hast uns verraten, Jibril!« Überall um ihn vermischte sich das Feuer der flammenden Kadaver mit den weißen Lichttentakeln, wob Netze aus Helligkeit und Hitze. »Maryam und die anderen … Sie haben dir geglaubt, Jibril! Sogar ich habe dir geglaubt. Als du gesagt hast, dieser Krieg könnte gewonnen werden, wenn wir so werden wie die Dschinne … genauso grausam und skrupellos … da haben wir dir *vertraut*! Und als die Sturmkönige alles getan haben, was du ihnen geraten hast, da haben sie schreckliche Schuld auf sich geladen und sind trotzdem untergegangen.« Er ballte die Fäuste und wäre am liebsten mit bloßen Händen auf den Jungen losgegangen. »Verdammt, Jibril, du hast mich in den sicheren Tod geschickt, nur damit du genug Zeit hast um« – ihm blieb für einen Moment die Stimme weg – »um zu versagen. Wenn Maryam mir nicht geholfen hätte …« Er schüttelte den Kopf.

»Ich bringe dich von hier fort«, sagte Jibril und fing einen weiteren Schwarm Dschinne an einem der Eingänge ab. Die Feuer, die er dabei entfachte, waren von solcher Gewalt, dass sie die Krieger zerstäubten und als glühende Funkenwolken durch die Halle treiben ließen.

»Ich gehe nirgends mit dir hin, Jibril!«

»Begleite mich nach Skarabapur«, forderte der Junge ihn auf. »Suchen wir gemeinsam nach dem Dritten Wunsch!«

Es war verlockend, all das hier hinter sich zu lassen und Tarik und Sabatea zu folgen. Falls sie überhaupt noch am Leben waren. Aber was dann? Ihre Mission war zum Scheitern verurteilt – sie wussten so gut wie *nichts* über den Dritten Wunsch –, und etwas sagte Junis, dass Jibrils Anwesenheit in Skarabapur die Dinge nicht einfacher machen würde. Und seine eigene? Dort gab es nichts für ihn zu tun, es gab kein Ziel, nur die vage Aussicht, seinen Bruder und Sabatea wiederzusehen.

Hier aber konnte er versuchen, etwas wiedergutzumachen. Vergebung würde er keine finden, aber vielleicht die Hoffnung, doch noch etwas zu bewirken, das richtig war. Das mehr Sinn hatte als diese Befreiungsaktion, die Erfüllung eines Schwurs, den er nicht verstand und nicht mehr gutheißen konnte. Er hatte seinen Eid erfüllt. Er war fertig hier. Fertig mit Jibril.

Ohne dem Jungen zu antworten, drehte er sich um und folgte dem Mädchen die Rampe hinunter. Er sah sie nicht mehr, hörte sie nicht. Ihr Vorsprung war kaum einzuholen.

»Sei doch kein Narr, Junis!«, rief Jibril ihm hinterher, während sich die Tentakel um ihn zusammenzogen und zu einer anderen Bewegung verschmolzen, einer wirbelnden, tobenden Säule, unten am Boden sehr schmal, zur Decke hin immer breiter. Ein rotierender Trichter, erst aus Helligkeit, dann aus fauchenden Luftmassen. Ein Wirbelsturm im Zentrum der Halle, und in seinem Herzen der schwebende Jibril.

»Ich kann dich retten!«, hörte Junis ihn noch einmal rufen, als er endgültig den Blick abwandte und die geschwungene Rampe hinab in das untere Stockwerk rannte. Im Laufen riss er das Dschinnschwert vom Boden, besudelt wie er selbst. Schwarze Fragmente klebten am Stahl, Spuren des pumpenden Organs im Inneren des Knochenthrons.

Sein Versprechen an Maryam war eingelöst. Vielleicht war es richtig so, vielleicht nicht. Moral, Gerechtigkeit – das alles war ihm einerlei. Das Einzige, das er jetzt noch spürte, war Verantwortung. Für das, was die Sturmkönige den Sklaven der Dschinne angetan hatten. Und für das Kind, das hinter Rauschwaden und Ascheflug davonlief und gerade die nächste Rampe erreichte, den langen Spiralweg, der hinab ins Erdgeschoss führte.

Er rief hinter ihm her, es möge stehen bleiben, auf ihn warten, gar nicht so unähnlich wie Jibril es gerade eben getan hatte – und ebenso vergeblich. Es hörte nicht auf ihn, und nicht einmal dafür konnte er ihm einen Vorwurf machen.

Er meinte, aus den Tiefen der Zikkurat das Geschrei nahender Dschinne zu hören. Sie mussten jeden Moment auf das Mädchen treffen, dann auf ihn.

Er stürmte quer durch den unteren Saal, sprang über die Kante fast zwei Meter tief auf die Spiralrampe und folgte ihr weiter abwärts. Er schwankte beim Laufen, die schwere Dschinnklinge zog ihn vornüber. Schutt und Sandwellen bildeten Stolperfallen auf dem Boden, der ihm nun viel abschüssiger erschien als beim Aufstieg. Er schlitterte, stürzte, sprang wieder auf und rannte weiter. Das Gebrüll der Dschinne wurde lauter, kam immer näher.

Einmal passierte er einen Durchbruch in der Außenmauer und sah verwischt dort draußen etwas vorüberziehen, einen mächtigen Wirbelsturm wie ein himmelhohes Gespenst, heulend und schemenhaft. Sah, wie er sich von der Zikkurat entfernte und dabei eine breite Spur ins Lager der Dschinne fräste. Noch mehr Tote, auch unter den Sklaven in den Gehegen.

Dann war er an der Öffnung vorüber, vergaß Jibril und die Freiheit dort draußen, entdeckte das Mädchen vor sich und riss das Schwert hoch, um es zu verteidigen.

Sie war stehen geblieben und hatte sich umgewandt. Ihre ausgemergelte Brust hob und senkte sich, aber sie stand aufrecht, fast stolz, und blickte ihm entgegen.

In ihrem Rücken fegte eine Masse aus Dschinnkriegern heran, spaltete sich und strömte rechts und links an ihr vorüber. Junis konnte dabei nur in ihr Gesicht blicken, las diese maßlose Wut darin, die Verachtung. Dann schloss sich die Phalanx der Dschinne wieder, ließ das Mädchen unbeschadet zurück und raste brüllend auf Junis zu.

Fliegende Pferde

Majestätisch glitt das Elfenbeinpferd über die oberen Schichten des Nebels. Manchmal berührten seine Hufe im Galopp auf den Lüften die wolkige Oberfläche; dann teilten sich die Schwaden, bildeten glühende Gischt und trieben in lautlosen Fächern auseinander.

Sabatea war sich der Illusion dieses flirrenden Ozeans aus Dunst und Helligkeit durchaus bewusst. Das Zauberpferd trug sie über den Abgrund, und nur Zarathustra mochte wissen, was unter ihnen lag. Der Nebel schien von innen heraus zu leuchten, aber auch das war eine Täuschung. Woraus auch immer er bestehen mochte – er reflektierte das Sonnenlicht vom Himmel und erweckte den Eindruck, dass dort unten schemenhaftes Licht glomm und bis zu ihr heraufstrahlte.

Sogar die wallende Oberfläche war nichts als ein Trugbild. Der Nebel erfüllte auch weiter oben die Luft, nur nicht so dicht wie unter den Hufen des Elfenbeinpferdes und ohne die wundersamen Lichterscheinungen in der Tiefe. Dort unten zogen sich fantastische Schlieren durch den Abgrund wie goldene Seidenbänder auf trägen, zähflüssigen Wogen. Flammenringe stiegen wie Luftblasen aus den Untiefen einer rätselhaften See, vereinigten sich, einer größer als der andere, und trieben schließlich auseinander wie Kreise von Regentropfen auf einem stillen Teich.

Sabatea konnte noch immer nicht glauben, dass sie auf einem leibhaftigen Elfenbeinpferd ritt. Sie war mit dem Wissen über diese wunderbaren Wesen aufgewachsen, mit der Gewissheit, dass kein Mensch je eines dieser Pferde zähmen konnte. Alle Versuche, eines zu fangen, waren stets fehlgeschlagen. Ihr Vater, der Emir Kahraman Ibn Ahmad, der Despot von Samarkand, hatte ein Dutzend Pferdebändiger hinrichten lassen, die von sich behauptet hatten, ihm eines der ängstlichen Geschöpfe bringen zu können. Es war keinem jemals gelungen.

Und nun saß sie selbst auf dem Rücken eines Zauberpferdes. Der Geruch – nach Zimt, nach Stall, nach Schmierfett – war ihr bereits so vertraut, dass sie ihn kaum noch wahrnahm. Die knirschenden, ein wenig mechanischen Laute, die manche seiner Bewegungen begleiteten, erschienen ihr ganz selbstverständlich. Und wenn sie sich ein wenig vorbeugte und hinab zu den Läufen blickte, dann sah sie die Gelenke aus Schrauben und Scharnieren schimmern und fand nichts Unnatürliches daran.

Dann und wann stieß das Elfenbeinpferd ein Schnarren aus, das nur entfernt an ein Wiehern erinnerte. Sie glaubte zu verstehen, was es ihr damit sagen wollte. Keine Worte, natürlich nicht; aber sie spürte ein Kribbeln wie es einen überkommt, wenn man die Gefühle eines anderen für sich selbst entdeckt und ihnen vertraut. Wenn man sich ganz und gar öffnet. Das war es, was sie und das Zauberpferd verband, vielleicht schon von Anfang an.

Sie war nun so gut wie sicher, dass es dasselbe Pferd war wie jenes, dem Junis und sie auf der Alten Bastion begegnet waren, kurz nach ihrem Aufbruch aus Samarkand. Vollkommene Gewissheit würde sie wohl niemals haben, aber ihr gefiel der Gedanke, dass sie einander schon damals erkannt hatten. Dass es ihnen bestimmt war, gemeinsam diese eine letzte Reise anzutreten.

Ein paar Mal hatte sie über die Schulter gesehen, zum grüngrauen Horizont der Glaskante. Schon bald aber war er von den Schwaden verhüllt worden, erst noch ein Umriss, dann ganz verschwunden. Es kostete sie einige Anstrengung, Tarik aus ihren Gedanken zu vertreiben, sein Gesicht zu ignorieren, das immer wieder vor ihre Augen trat. Wenn sie die Lider schloss, sah sie ihn noch deutlicher, dann stieg er aus der Dunkelheit auf wie die Flammendiademe aus den Tiefen der Nebelsee unter ihr. Darum bemühte sie sich, den Blick immer auf etwas Gegenständliches zu richten, selbst wenn in Wahrheit nichts da war. Formen, die der Dunst erzeugte, Abbilder von Menschen oder Tieren oder Wesen der Wilden Magie, nur Luft und willkürlich wabernde Schwaden, aber vor ihren Augen solide genug, um all das andere zu vertreiben, das ebenso fern war und dennoch schmerzlich auf sie eindrängte: Tarik und Almarik und ihr gemeinsames Schicksal. Junis allein auf dem Weg nach Bagdad, in der Hölle des Angriffs, der womöglich längst über die Stadt hereingebrochen war. Und zuletzt und seltsam verschwommen: ihre Mutter Alabasda, gefangen in den Kerkern Samarkands.

Harun al-Raschid hatte vor seinem Tod Befehl gegeben, den Emir zu ermorden und Alabasda zu befreien. Sabatea vertraute ihm, auch jetzt noch, aber gegen die Ungewissheit kam sie nicht an. Ihre Mutter war eine der Mätressen des Emirs gewesen, Sabatea ihr einziges Kind. Alabasda hatte zugelassen, dass Kahramans Alchimisten ihr das Mädchen raubten und es für ihre Experimente missbrauchten; hatte es zugelassen, um sich selbst damit ein sorgenfreies Leben im Palast zu erkaufen. Sabatea hatte schon vor langer Zeit aufgehört, Liebe für ihre Mutter zu empfinden. Aber dann hatte Kahraman Alabasda eingesperrt und gedroht, sie zu töten, falls Sabatea nicht nach Bagdad aufbräche und ein Attentat auf den Kalifen verübte. Ob es die Morddrohung war, die Aussicht, ihre Mutter niemals wiederzusehen – so ganz genau verstand sie es selbst nicht. Aber seither lebte sie in Angst um Alabasda, auch jetzt noch. Sie konnte nur hoffen, dass Haruns Plan gelungen und Kahraman gestürzt war. Vielleicht würde sie die Wahrheit nicht mehr erfahren. Ein Grund mehr, mit aller Macht daran zu glauben.

Ihre Blicke glitten über den Nebel, suchten erneut nach Abbildern von Vertrautem. Einmal meinte sie, die Silhouette einer fernen Stadt zu erkennen, aber als ihr Herz schon schneller schlug und sie glaubte, ihrem Ziel greifbar nahe zu sein, lösten sich die Schwaden auf und wurden wieder zu Luft und Wind und Wüstenhitze.

Ein andermal meinte sie eine Herde wilder weißer Pferde aus dem Abgrund auftauchen zu sehen, eine endlose Reihe edler Rösser mit wehenden Mähnen und dampfenden Nüstern. Aber auch sie zerschmolzen im diffusen Licht, das durch den Nebel drang, flossen wabernd auseinander und wurden wieder eins mit der aufgewühlten Oberfläche des Dunstozeans.

Das Pferd galoppierte weiter, auf schnurgeradem Kurs nach Süden. Sie blickte angestrengt voraus, immer in der Hoffnung, endlich Skarabapur vor sich zu sehen oder irgendeinen Anhaltspunkt, dass die Stadt tatsächlich existierte und nicht nur eine Illusion war wie die Nebelrösser und Paläste aus feurigen Schwaden.

Nichts. Nur das endlose Wabern in allen Richtungen.

Und dann zog etwas ihre Aufmerksamkeit auf sich, das auf den ersten Blick nur ein weiteres Trugbild zu sein schien. Bewegungen im Nebel, rechts von ihr. Eine Reihe fester Formen, die wie auf einer sanften Schräge aus der Tiefe aufstiegen. Wesen mit weiten Schwingen. Vier Läufe, auf denen sie über Dunstschlieren galoppierten. Und auf ihren Rücken Reiter, menschliche Gestalten, aber seltsam klobig um die Schultern, so, als trügen sie etwas auf dem Rücken.

Elfenbeinpferde. Und Menschen, die auf ihnen ritten.

Einen Augenblick lang war sie sicher, dass ihre Einbildungskraft ihr den größten aller Streiche spielte: Spiegelungen ihrer selbst, vervielfacht, verzerrt, aber ganz sicher nur ihr eigenes Abbild, das auf irgendeine unfassbare Weise zurückgeworfen wurde.

Aber es waren zu viele. Fünf auf ihrer rechten Seite und noch mal fünf zu ihrer Linken. Sie ritten in zwei Reihen, wie an Ketten aufgezogen, parallel zu ihrem eigenen Weg nach Süden. Noch befanden sie sich tiefer im Dunst als Sabatea, waren undeutlich, ohne Einzelheiten. Sie schienen es nicht eilig zu haben und zeigten kein Interesse an der einsamen Reiterin oberhalb der Nebelsee. Wie eine Eskorte großer Fische, die zu beiden Seiten eines Schiffsrumpfs durch den Ozean gleitet, blieben auch sie unter der Oberfläche. Gelegentlich wurden sie unsichtbar, wenn allzu dichte Schwaden vorüberzogen. Aber immer wenn Sabatea glaubte, sie hätten sich aufgelöst wie all die anderen Phantome dieses Abgrunds, erschienen sie von Neuem, höher und näher als zuvor, aber ohne Anzeichen von Feindseligkeit.

Sabatea versuchte, sich auf ihr Pferd zu konzentrieren. Es erschien ihr nervöser als zuvor und behielt die anderen fliegenden Rösser im Blick. Elfenbeinpferde waren Herdentiere, zumindest draußen im Dschinnland. Die Anwesenheit seiner Artgenossen war eigentlich kein Grund zur Sorge. Doch die Reiter auf ihren Rücken mussten das Zauberpferd ebenso stutzig machen wie Sabatea. Gut möglich, dass es mit seiner feinen Witterung unsichtbare Gefahren aufgespürt hatte. Es stieß ein aufgeregtes Schnauben aus und schüttelte die Mähne. Sabatea rief ihm ein paar beruhigende Worte zu, aber sie hatte alle Hände voll damit zu tun, sich festzuhalten. Zum ersten Mal überkam sie die Angst, das Pferd könnte sie in seiner Erregung versehentlich abwerfen.

Die anderen brachen aus dem Nebelmeer hervor. Erst schnitten Köpfe und Schultern der Reiter durch die wattige Oberfläche und zogen wabernde Spuren. Dann folgten die merkwürdig geformten Oberkörper, schließlich die Rösser selbst.

Die Elfenbeinpferde – und zwar alle zehn, ohne Ausnahme – waren entstellt. Einige schienen verwachsen. Aber Zauberpferde waren künstliche Geschöpfe, und jede Veränderung musste von fremder Hand herbeigeführt worden sein. Einige von ihnen humpelten trotz ihres schnellen Laufs auf den Lüften, andere schienen Mühe zu haben, ihren Schwingenschlag in gleichmäßigem Rhythmus zu halten. Sabatea sah ein Pferd ohne Augen, ein anderes mit einem dritten Beinpaar. Eines besaß statt eines Schweifs einen Rattenschwanz, an dessen Spitze ein dolchlanger Dorn saß wie der Stachel eines Skorpions. Gleich mehrere hatten kein Fell, sahen aus wie aus weißem Holz geschnitzt, und mindestens drei oder vier wiesen tiefe Kerben und Schnitte auf, unverheilte Wunden, weil ein Elfenbeinpferd zwar zerstört werden, aber nicht bluten konnte.

Die Reiter waren hochgewachsen, mindestens zwei Köpfe größer als Sabatea, was sie auf den Rücken der Pferde grotesk erscheinen ließ – als hätte man einen hageren Riesen auf ein zartes Fohlen gesetzt. Den Elfenbeinpferden schien es nichts auszumachen, aber auf Sabatea verstärkte es den Eindruck einer aberwitzigen Überzeichnung, als wären diese Gestalten aus einem ihrer Alpträume ans Tageslicht geprescht. Nah an der Wirklichkeit und doch nicht ganz real.

Die Reiter waren knochig, aber nicht ausgehungert. Vielmehr schienen ihre Körper von Natur aus so beschaffen zu sein, kantiger als gewöhnliche Menschen, ungeheuer breitschultrig, als besäßen sie einen anderen Knochenbau. Ihre Oberkörper waren nackt, auch die der wenigen Frauen unter ihnen. Um ihre schmalen Hüften hatten sie Tücher gebunden, farblos und ohne jede Zier.

Jeweils zwei zogen zu beiden Seiten an Sabatea vorüber, noch immer gut zwanzig Meter von ihr entfernt. Dann schwenkten sie aufeinander zu, setzten sich vor sie und vereinten sich zu einer Reihe. Aber noch immer machte niemand Anstalten, sie aufzuhalten oder anzugreifen.

Nun sah sie, was die Männer auf ihren Rücken trugen.

Die verkümmerten Überreste von Flügeln.

Erst glaubte sie, die merkwürdigen Gebilde seien umgeschnallt, doch schon einen Augenblick später erkannte sie die Wahrheit. Stümpfe von Schwingen wölbten sich auf Höhe der Schulterblätter aus ihren Rücken, dürre, knochige Strukturen, mit Haut überzogen wie die Überreste amputierter Gliedmaßen. Aber die Flügel der Reiter waren nicht abgeschnitten worden. Es gab keine Anzeichen von Wunden, keine Narbenbildung. Sie alle mussten mit dieser Verstümmelung geboren worden sein.

Und da endlich begriff sie, wen sie vor sich hatte.

Dies waren die Roch. Die Nachfahren jener Kreaturen, die einst die Hängenden Städte erbaut hatten. Seit vielen Zeitaltern galten sie als ausgestorben, als Legenden. Schreckgespenster, um ungezogene Kinder einzuschüchtern. Nachtmahre, die heraufbeschworen wurden, wenn von Zeiten erzählt wurde, in denen es keine Dschinne und Wilde Magie gegeben hatte. Die Roch, geflügelte Männer und Frauen – oder Raubvögel in Menschengestalt? Darüber stritten sich die Märchenerzähler im Gewürzdunst der Basare ebenso wie die Weisen in ihren Bibliotheken voller Papyrusrollen und Steintafeln.

Die Roch, die es eigentlich gar nicht geben durfte.

Sie hatte selbst nicht daran geglaubt, bis sie die Hängenden Städte mit eigenen Augen gesehen hatte – und die Pferche am Grund der Rochgrotte, die von den Dschinnen zu Gefängnissen ihrer Sklaven gemacht worden waren.

Einst, lange bevor die Wilde Magie die Dschinne in die Welt geboren hatte, waren die Roch die Plage der frühen Menschheit gewesen. Sie hatten ihre Kriege untereinander von menschlichen Gefangenen austragen lassen, hatten sich einen Spaß daraus gemacht, Männer, Frauen und Kinder in ihren Felsenarenen aufeinanderzuhetzen wie Kampfhunde. Doch dann waren sie verschwunden und mit ihnen das Grauen, das sie einstmals verbreitet hatten.

Sabatea überlegte fieberhaft. Hatte sie noch eine Chance zu entkommen? Die Elfenbeinpferde der Roch mochten missgebildet sein, aber sie waren nicht langsam. Sie trugen Zaumzeug und Sattel, was an sich schon unerhört war – und bedeutete, dass sie gezähmt waren und ihren Meistern gehorchten. Mit ihren Körpern war auch ihr Wille gebrochen worden. Sabatea hatte davon gehört, dass Dschinne derartige Experimente an gefangenen Zauberpferden durchgeführt hatten. Bedeutete das, dass die Roch – oder was von ihnen übrig war – auf der Seite des Feindes standen? Dass die Dschinne und sie sich verbündet hatten?

Aber warum griffen sie dann nicht an?

Sie hatte den Gedanken kaum gefasst, da wurden die fliegenden Pferde vor ihr langsamer. Die übrigen rückten von beiden Seiten näher. Einer der Reiter verließ die Formation, kam bis auf wenige Meter heran und deutete mit einem Wink in die Tiefe.

»Komm mit uns«, sagte er mit rauer Stimme, krächzend, als hätte er die Sprache der Menschen seit langer Zeit nicht mehr benutzt.

»Wohin?« Seltsamerweise spürte sie keine Panik, nur eine Art Lähmung, als seien die Schrecken dessen, was sie von den Roch zu erwarten hatte, zu groß, um mit Angst oder Flucht darauf zu reagieren.

Die Züge des Reiters waren so lang gestreckt wie sein Körper; aus der Nähe betrachtet wirkten sie menschlicher, als sie erwartet hatte. Nur seine Mundpartie war vorgewölbt, als wäre die Gesichtshaut über einen Schnabel gespannt. Seine Augen glänzten groß und dunkel, und es gab kaum Weiß rund um die Iris; sie wirkten entzündet und wässrig. Auf seinem Kopf wuchs dünner Haarflaum, nicht die Federn, von denen in den Mythen die Rede war, und die schmalen, eigentümlich schönen Hände, mit denen er die Zügel seines Zauberpferdes hielt, hatten keine Ähnlichkeit mit Vogelkrallen.

Er deutete auf ihr makelloses Elfenbeinpferd. »Hast du es gezähmt?«

Sie grub ihre Hände noch tiefer in die weiße Mähne. »Niemand hat es gezähmt. Es trägt mich, weil es das will.«

Der lange Kopf des Roch ruckte herum. Er riss den Mund auf und stieß ein Raubvogelkreischen in die Richtung der anderen aus. Ihr kroch eine Gänsehaut über den Rücken, als sie sah, wie seine Zunge dabei zwischen den Lippen hervorstieß – sie war spitz und schwefelig gelb.

Er wandte ihr wieder das Gesicht zu, blinzelte mehrmals, während er sie musterte. Der Anschein des Menschlichen fiel mehr und mehr von ihm ab, auch wenn er sich äußerlich nicht veränderte.

»Folge uns«, befahl er knapp.

»Ich bin auf dem Weg nach Skarabapur.«

Er reagierte nicht darauf, deutete nur abermals in die Tiefe, geradewegs in das diffuse Glühen unter dem Nebel. »Dort hinunter.«

»Ist da … Skarabapur?«, flüsterte sie – und sah im selben Augenblick etwas anderes, das sich weit voraus aus den Nebeln schälte. Der Umriss einer enormen Masse, die ein Berg sein mochte – oder die verschwommene Silhouette einer Stadt. Es war, anders als vorhin, kein Streich, den ihr die Dunstphantome spielten. Das dort vorn war die Wirklichkeit und ebenso massiv wie die steinernen Labyrinthe von Bagdad und Samarkand.

Nur größer. Unfassbar größer.

Ihr Elfenbeinpferd wieherte erschrocken auf, als die anderen von beiden Seiten heranpreschten und sie enger in ihre Mitte nahmen. Noch hatten die Roch ihr keinen Grund gegeben, sie zu fürchten. Niemand bedrohte sie. Sie versuchten, sie einzuschüchtern – *Versuchen?*, dachte sie. *Ach, komm schon!* –, aber sie richteten keine Waffen auf sie, obwohl doch Lanzen in Lederköchern an ihren Sätteln hingen und mindestens zwei von ihnen Pfeil und Bogen trugen.

Ihr Leben lang war sie gut darin gewesen, sich aus den schlimmsten Situationen herauszureden. Sie verstand sich aufs Lügen und Schmeicheln, und sie hatte einen starken Willen. Nun aber fürchtete sie, dass nichts von alldem ihr helfen würde, wenn sie erst mit den Roch in die Tiefen dieses Abgrunds vorstieß. Andererseits: Sie wusste nichts über Skarabapur und den Dritten Wunsch. Die Roch hingegen … Nun, was blieb ihr übrig?

Sie nickte dem Anführer zu.

Erneut stieß er ein markerschütterndes Krächzen aus. Die anderen nahmen den Ruf auf. Die vier Reiter vor ihr lenkten ihre Rösser abwärts. Und dann, als hätte es jedes Wort verstanden, senkte auch ihr eigenes Elfenbeinpferd das Haupt und trug sie durch das wabernde Gold in die Tiefe.

Die Entdeckung

»Eine Brücke!«, rief Nachtgesicht, noch ehe sich sein Teppich auf dem heißen Glas ausbreitete. »Keine vier Stunden westlich von hier!«

Es war spät am Nachmittag, als die Geschwister von ihrem Erkundungsflug zurückkehrten. Sie waren am Morgen gleich nach Sabatea aufgebrochen. Tarik hatte nur kurz aufgesehen, als sie davongeflogen waren, und seine Aufmerksamkeit wieder auf den Abgrund gerichtet, auf das Nebelwogen in der Tiefe und die Bewegungen, die er manchmal darin sah.

»Was für eine Brücke?«, knurrte Almarik. Seit Stunden schärfte er mit stoischer Ruhe seine Klingen. Das Geräusch von Stein auf Stahl brach ab, als er den Kopf hob und den riesigen Afrikaner ansah.

»Über den Abgrund!«, rief Nachtgesicht und klopfte sich Staub vom Gewand. Hinter ihm erhob sich Ifranji und streckte sich. Als sie ihre Zöpfe schüttelte, stoben graue Wolken auf.

»Wohin führt sie?«, fragte Khalis. Der Magier hatte sich nach anfänglichen Reden über die mögliche Natur Skarabapurs, die bodenlose Tiefe jenseits der Kante und den Dritten Wunsch darauf verlegt, schweigend auf und ab zu wandern. Tariks Meinung über die Zauberkräfte des alten Mannes war am Tiefpunkt angelangt. Weder reichte seine

Macht, sie über den Abgrund zu tragen, noch brachte er es fertig, Sabatea dort draußen aufzuspüren. Durch Zauberei oder Gedankenkraft oder weiß der Teufel was – Tarik war es einerlei. Er hätte der *Dschahannam* selbst einen Besuch abgestattet, hätte man ihm als Lohn dafür ein Lebenszeichen von Sabatea in Aussicht gestellt.

»*Wohin?*« Nachtgesicht riss die Hände in die Höhe. »Was, bitte, hätten wir in den paar Stunden denn *noch* herausfinden sollen?«

Tarik beobachtete einen dunklen Schemen in der Tiefe, der sich gemächlich auf die Glaskante zuschob und dann in weitem Bogen umkehrte. Es hätte ein Wolkenschatten sein können, der auf die Oberfläche des Nebels fiel – wären am Himmel irgendwelche Wolken zu sehen gewesen.

Ifranji packte die Enden des Teppichs, zerrte ihn vom Glasboden und schüttelte ihn aus. Noch mehr Wüstenstaub, der von den Winden über die Glasebene getragen wurde. Sie sah wütend aus; das war nichts Neues. Dass sie jedoch ihre Laune an dem Teppich ausließ war für ihre Verhältnisse fast schon ein Akt der Diplomatie.

Khalis seufzte leise. »Das habt ihr gut gemacht«, sagte er, um die Wogen des aufkommenden Streits zu glätten. »Diese Brücke – wie sieht sie aus?«

»Sie ist aus Glas«, entgegnete Nachtgesicht. »Keine große Überraschung, was? Eine Kette aus riesigen Glasscherben, die irgendwie … na ja, aneinanderkleben.«

Almarik rieb gelassen den Schleifstein über das Schwert und verzog das Gesicht. »Klingt wirklich wie etwas, auf das ich gern meinen Fuß setzen würde.«

»Nicht, dass wir dich aufhalten würden«, sagte Ifranji, »aber davon war gar keine Rede. Wir haben es ausprobiert:

Der Teppich fliegt über die Brücke hinweg. Das Muster akzeptiert ihn als festen Untergrund.«

Khalis' Miene hellte sich auf. »Das ist in der Tat eine gute Neuigkeit!«

Tarik starrte über den Nebel. Kein Anzeichen von dem Elfenbeinpferd. Nicht der winzigste dunkle Punkt in der Ferne. »Im Augenblick hilft uns das nicht weiter.«

»Vielleicht führt die Brücke nach Skarabapur«, sagte Khalis.

Tarik schüttelte den Kopf. »Ihr habt gesehen, was die Dschinne aus Glas zustande bringen. Wenn wir dieser Brücke folgen, werden wir mitten in ihrem verfluchten Nest landen.«

»Wo sonst«, fragte Khalis mit großer Gebärde, »Werden sie wohl den Dritten Wunsch aufbewahren?«

»Wir bleiben hier«, sagte Tarik ruhig, »bis Sabatea zurückgekehrt ist.« Aus dem Augenwinkel sah er, dass die anderen sich ihm zuwandten.

»Da hat er Recht«, stimmte Nachtgesicht zu. »Warten wir ab, bis sie wieder da ist, und dann –«

»Was, wenn sie nicht zurückkehrt?«, unterbrach ihn Almarik. Auch er sprach leise, ohne eine Spur von Erregung in der Stimme.

Tarik gab keine Antwort.

Khalis wanderte hinüber zum Schrein mit den beiden leblosen Körpern. Einer seiner Zauber schien die größte Hitze von ihnen fernzuhalten, und doch trieben flockige Punkte durch den Honig. Die Gesichter der Frauen sahen noch wächserner aus als zuvor. Tarik glaubte längst nicht mehr daran, dass er Maryam einen Gefallen tat, wenn er sie zurück ins Leben holte.

»Wir warten schon seit Stunden«, sagte Khalis und gab sich kaum Mühe, seine Ungeduld zu verbergen.

»Du wartest seit Jahren«, erwiderte Tarik. »Du solltest allmählich genug Erfahrung damit haben.«

Ifranji stand neben Nachtgesicht. Ihre Haltung hatte etwas Lauerndes. Sie besaß ein ausgeprägtes Gespür für Gefahr, und womöglich hatte sie die Spannung in der Luft als Erste gespürt. Als ihr Bruder sie hinter sich schieben wollte, schüttelte sie schroff seine Hand ab. Ihr Blick strich katzenhaft zwischen den Männern umher. Sie blieb stumm, aber ihre Krallen waren ausgefahren.

»Wie lange ist sie jetzt weg?«, fragte Khalis. »Wie oft hast du die Sanduhr umgedreht?«

»Vier Mal«, sagte Tarik. Kreaturen des Dschinnlands hatten sich nicht blicken lassen, und er vermutete längst, dass hier andere Regeln galten als in den Wüsten zwischen Bagdad und Samarkand. Im Grunde war es gleichgültig. Sabatea hatte die Sanduhr von Anfang an für unnötig gehalten, und zum ersten Mal dachte er, dass sie womöglich Recht gehabt hatte. Wie mit so vielem, das sie gesagt hatte.

»Über acht Stunden.« Der Magier holte tief Luft. »Wenn diese Brücke über den Abgrund nach Skarabapur führt –«

»Was wir nicht wissen«, warf Ifranji ein.

Khalis nickte beiläufig. »Wenn sie nach Skarabapur führt, wie lang kann sie dann wohl sein, ohne zusammenzubrechen? Lang genug, dass ein Elfenbeinpferd mehr als *vier Stunden* brauchen würde, um das andere Ende zu erreichen?« Der Magier schüttelte nachdenklich den Kopf. »Schwer vorzustellen.«

»Was genau willst du damit sagen?«, fragte Tarik gereizt.

»Du weißt, was ich sagen will.«

»Sie wird zurückkommen.«

»Vielleicht.« Khalis zuckte die Achseln. »Vielleicht auch nicht.«

Tarik zwang seine Aufmerksamkeit zurück in die nebelige Weite jenseits der Kante. Er hätte Sabatea niemals gehen lassen dürfen.

»Wenn wir jetzt aufbrechen, könnten wir an der Brücke sein, bevor es dunkel ist«, sagte Khalis.

Nachtgesicht verschränkte die Arme vor der Brust. »Wir gehen nicht ohne Sabatea!«

Der Alte winkte ab. »Was du tust, kümmert mich nicht. Ich bezweifle, dass wir deine Dienste dort draußen noch nötig haben.«

Ifranji machte einige drohende Schritte auf den Magier zu. »Die Brücke haben *wir* entdeckt, alter Mann. Nicht du, nicht dein Ifritjäger, und auch sonst keiner.«

Almariks Stimme klang eine Spur schärfer als zuvor, als er sie mit einer Handbewegung von dem Magier fortwinkte. »Nicht so nah.« Er blieb sitzen, aber seine Augen folgten aufmerksam jeder ihrer Bewegungen.

Sie wich nicht zurück, kam dem Alten aber auch nicht näher. Ihre großen Augen verengten sich vor Wut.

Tarik mischte sich nicht ein. Es gerade jetzt auf einen offenen Konflikt ankommen zu lassen, war sinnlos. Ihnen allen musste klar sein, dass er sich hier nicht fortbewegen würde, ganz gleich welche Argumente der Magier sich einfallen ließ.

»Wer gehen will, kann das tun«, sagte er nur. »Ich bleibe.«

Khalis schüttelte den Kopf. »Kommt nicht in Frage.«

Etwas war anders als noch vor wenigen Augenblicken.

Tarik bemerkte es einen Augenblick zu spät: Das Schrammen des Schleifsteins war verstummt. Als er den Kopf wandte, war die Stelle, an der Almarik gesessen hatte, leer.

Im selben Moment brüllte Nachtgesicht eine Warnung. Zugleich setzte sich Ifranji in Bewegung, glitt an Khalis vorüber und rannte auf Tarik zu.

Almarik war lautlos hinter ihn getreten. Die Rufe der anderen lenkten Tarik einen Moment lang ab. Dann aber sah er die Bewegung am Rande seines Sichtfelds, die schwarze Gestalt des Byzantiners. Wollte ausweichen, sich zugleich noch ducken.

Almariks Schlag traf ihn im Nacken, riss ihn zu Boden und schleuderte ihn gefährlich nah an den Rand des Abgrunds. Er prallte auf Glas, rollte sich von der Kante fort und stieß sich wieder ab. Er hatte nicht vergessen, wie schnell der Byzantiner war. Schon einmal hatten sie gekämpft, in Almariks Haus in Bagdad. Der Ifritjäger sagte nichts, aber in seinen Augen stand blanker Hohn. *Hier draußen gibt es keine Silberschlangen, die dich retten, Schmuggler.*

Der Tritt traf Tarik in den Magen, bevor er sich vollständig aufrichten konnte. Er versuchte, den Schmerz und die Atemnot zu ignorieren, sich nach vorn zu werfen, gegen Almarik, ihn nach hinten zu reißen – aber da raste schon Ifranji an ihm vorbei, prallte gegen den Byzantiner und zog zugleich den Dolch aus dem Gurt an ihrem Bein.

Almarik fegte die Klinge mit einem Schlag beiseite. Die Waffe flog davon, während Ifranji sich an ihn krallte, ihn herumtaumeln ließ und unabsichtlich immer näher an den Abgrund manövrierte. Sie hing vor seiner Brust, den Oberkörper an sein Gesicht gepresst, die Beine hinter seinem Rücken gekreuzt. Er bekam ihre Zöpfe zu fassen und riss brutal ihren Kopf nach hinten. Gellend schrie sie auf und grub zugleich ihre Hände in sein Gesicht, tastete mit den Fingern nach seinen Augen.

Tarik stand schwankend und vornübergebeugt da und schnappte nach Luft. Er konnte wieder atmen, schleppend, aber in seinem Hals stand Erbrochenes, und der Rand des Abgrunds flimmerte vor seinen Augen, als wäre er nicht wirklich da, nur eine Luftspiegelung. Er rang um sein Gleichgewicht. Über die Tatsache, dass ihm ausgerechnet Ifranji zu Hilfe gekommen war, würde er sich später wundern können – jetzt musste er ihr helfen. Sie hing noch immer an Almarik, Kopf und Schultern zurückgebogen, während ihre Daumen endlich seine Augen fanden und hineinstießen. Der Ifritjäger schrie auf, rammte ihr die Faust mit aller Kraft in den Unterleib und stieß sie von sich, als ihr Klammergriff schlagartig nachließ. Sie hatte Glück, dass der Abgrund nicht genau hinter ihr war; so kam sie röchelnd auf festem Boden auf, einen guten Schritt von der Kante entfernt.

Almarik suchte mit feuerroten Augen nach seinem eigentlichen Gegner – und entdeckte ihn zu spät. Tariks Faust traf ihn ins Gesicht. Nur eine intuitive Bewegung verhinderte, dass sie ihm den Kiefer brach. Schmerz loderte Tariks Arm herauf, während tief in ihm eine Stimme verlangte, dem Ganzen hier endlich ein Ende zu setzen und Almarik zu töten. Nicht der Narbennarr – es war Sabateas Stimme, ein Echo in seiner Erinnerung. Er hätte gleich auf sie hören sollen.

Almarik aber hatte nicht vor, ihn umzubringen. Er führte den Befehl des Magiers aus, und der lautete zweifellos, Tarik lebend in seine Gewalt zu bringen, um ihn nach Skarabapur zu schaffen, ihn und das Wesen in seinem Inneren.

Tarik lächelte grimmig. Umso leichter würde es sein, den Byzantiner zu töten.

Während Ifranji am Boden lag und nach Luft schnappte, standen sich die beiden Männer keuchend gegenüber, leicht vorgebeugt, keine zwei Schritt voneinander entfernt, beide angeschlagen, aber nicht bereit, einen Fußbreit zurückzuweichen. Neben ihnen klaffte der Abgrund, nah genug, um sie mit seinem gefährlichen Sog zu packen, wenn sie nicht Acht gaben.

Ein zorniges Brüllen ertönte und kam rasch immer näher. Der Glasboden bebte.

Almarik stieß ein resigniertes Seufzen aus, blickte über die Schulter – und sah Nachtgesicht heranstürmen, nur einen Augenblick, bevor der massige Schwarze auch schon gegen ihn prallte. Almarik wurde vorwärts geschleudert, genau auf Tarik zu, der einen Schritt nach hinten stolperte, aber nicht mehr ausweichen konnte. Während ihn der Byzantiner zu Boden riss, stieß Tarik mit den Fersen gegen Ifranji, fiel über sie hinweg, bekam zugleich Almariks ganzes Gewicht zu spüren und keinen Herzschlag später auch noch das des Afrikaners.

Ein Knie bohrte sich in seinen Magen. Er drehte sich gerade noch weit genug zur Seite, um Ifranji nicht unter ihrer aller Gewicht zu zerquetschen. Dabei krachte er mit den Schultern auf den Boden. Schmerz breitete sich schlagartig in seinem Oberkörper aus, sein Brustkorb wurde zusammengepresst, jemand schrie – dann stieß etwas ungeheuer Schweres gegen sein Gesicht, schleuderte seinen Kopf zurück und hämmerte ihn mit grausamer Gewalt nach hinten auf das Glas. Der Schwung trieb ihn weiter, auf die Kante zu und ins Leere.

Er fiel für lange Zeit und erwartete den Aufschlag.

Scherbensteg

Tarik fantasierte vom Fallen, bis er erwachte.

Fesseln waren eng um seinen Körper gezurrt, seine Hände nach hinten gebunden. Er lag auf dem Rücken, auf seinen geballten Fäusten, und noch bevor er sein gesundes Auge öffnete, spreizte er unter sich die Finger. Der Schmerz in seinen Lenden ließ ein wenig nach.

Über ihm wölbte sich der offene Himmel, ein Strom aus leuchtendem Indigo und verschlungenen Nebelschwaden. Unter ihm war ein Teppich, nicht sein eigener. Seine Hände waren fest an seinen Körper gebunden, aber er konnte das Knüpfwerk ertasten.

Mit einem Ächzen gelang es ihm, den Kopf zu heben und an sich hinabzublicken. Er lag ausgestreckt auf Almariks schmalem Gardeteppich. Wenn er sich bewegte, lief er Gefahr, rechts oder links herabzurollen. Weiter vorn, zwei Schritt von seinen Füßen entfernt, sah er die Silhouette des Byzantiners vor dem Sonnenuntergang im Westen. Unmittelbar hinter Almarik waren sein Vorratsbündel und noch etwas anderes auf dem Knüpfwerk festgebunden – Tariks eigener Teppich, ordentlich aufgerollt und verschnürt.

Links von ihnen zog die grüne Glaskante vorüber. Sie befanden sich mindestens zwanzig Meter über dem Boden, viel zu hoch, um einen Sturz in Kauf zu nehmen.

Almarik drehte den Oberkörper, ohne seine Hand aus

dem Muster zu nehmen. Tarik konnte im Gegenlicht sein Gesicht nicht erkennen, aber er hörte am Tonfall, dass der Ifritjäger grinste.

»Gerade rechtzeitig«, sagte er. »Die Brücke sollte gleich auftauchen. Jedenfalls behaupten das deine beiden Freunde.«

Mindestens vier Stunden also. Er konnte sich nicht erinnern, jemals so lange bewusstlos gewesen zu sein. Überhaupt gab es wenig, an das er sich auf Anhieb erinnern konnte. Bilder, Gefühle, Gedanken rieselten langsam zurück in seinen Verstand wie Staub durch das Nadelöhr der Sanduhr.

»Was hast du mit ihnen gemacht?«

»Gemacht?« Almarik klang aufrichtig verwundert. »Nichts. Schau dich um ... Das heißt, nein, besser nicht. Sonst fällst du mir noch vom Teppich.«

Tarik wollte ihn töten, auf der Stelle, aber aller Voraussicht nach waren seine Chancen in diesem Zustand – halb benebelt, von oben bis unten gefesselt – nicht die besten.

»Sie sind hinter uns«, sagte Almarik. »Alle beide. Und Khalis natürlich.«

Tarik verrenkte sich den Hals, um einen Blick zurückzuwerfen. Es gelang ihm nicht, ohne sich umzudrehen, und das war im Augenblick tatsächlich ein zu großes Risiko.

Nachtgesicht rief ihn beim Namen. »Lebst du noch?«

»Wonach sieht es denn aus?«

»Allah in seiner Gnade sei tausendfacher Dank!«, entfuhr es dem Afrikaner. Ifranji murmelte etwas, dessen Bedeutung in der Leere zwischen den Teppichen verloren ging. Tarik musste es nicht verstehen, um zu wissen, dass es keine freundliche Begrüßung war. Zugleich aber kehrte die Erinnerung an das zurück, was sie getan hatte: Ifranji hatte sich auf Almarik gestürzt, hatte dabei ihr Leben riskiert. Wie es aussah, war er dem Mädchen etwas schuldig.

»Wenn Sabatea zur Kante zurückkehrt und keinen von uns dort findet«, begann er, aber der Byzantiner unterbrach ihn: »Sie ist klug genug zu wissen, dass wir nicht umgekehrt sind. Es gibt nur zwei Richtungen, die sie dann einschlagen kann: An der Kante entlang nach Osten oder nach Westen. Mit etwas Glück nimmt sie denselben Weg wie wir. Mit etwas Pech – den falschen.«

Das Gefühl des freien Falls steckte noch immer in Tarik, und jetzt wurde es wieder schlimmer. Er kannte es aus Träumen, aus denen er schweißgebadet erwacht war. Die Bewusstlosigkeit hatte ihm das Gleiche vorgegaukelt, nur ungleich heftiger.

Almarik war als Sieger aus dem Kampf an der Kante hervorgegangen. Sie waren quitt. Eine Revanche würde es nicht geben. Tarik würde ihn vorher umbringen.

Die Lederklappe lag dicht auf seinem linken Auge. Ein Wunder, dass sie im Kampf nicht fortgerissen worden war. Almarik wusste nur zu gut um seine Schwäche und hätte sie sich beim nächsten Zusammenstoß zweifellos zunutze gemacht. Tarik fühlte sich wie ein Krüppel, und das machte ihn noch wütender.

Du hast nur ein Auge, wisperte es hämisch in seinem Schädel. *Was sonst solltest du sein?*

Falls Khalis wirklich einen Pakt mit Amaryllis geschlossen hatte, um ihn nach Skarabapur zu bringen, dann waren der Magier und Almarik seine geringsten Sorgen. Sein gefährlichster Gegner lauerte in seinem Inneren. Der Narbennarr und er waren noch nicht fertig miteinander. Es kostete ihn Überwindung, sich einzugestehen, dass ihm die Vorstellung Angst machte. Fast genauso schlimm war, dass der Narbennarr in seinen Gedanken las und *wusste*, dass Tarik die Konfrontation mit ihm fürchtete.

»Da vorn!«, rief Almarik.

»Das ist die Brücke«, bestätigte Nachtgesicht hinter ihnen.

Der Byzantiner pfiff durch die Zähne. »Verdammt, Schmuggler, nun sieh dir das an!«

Sie wurden noch einmal schneller und flogen einen Bogen. Der hämmernde Schmerz in Tariks Schädel war entsetzlich, aber er hob den Kopf ein weiteres Mal, blickte nach links über den Teppichrand, musste sich wegen der verfluchten Augenklappe nun doch noch ein Stück weit herumrollen – und sah, was der Byzantiner meinte.

Vor ihnen führte ein gewaltiger Steg vom Rand der Glaswüste hinaus in den Nebel. Das letzte Licht der untergehenden Sonne glitzerte auf den Oberflächen der Glasbrocken, aus denen die Brücke zusammengesetzt war. Die Dschinne hatten Überreste geborstener Glasschollen an Ecken und Kanten miteinander verschmolzen und ein Bauwerk erschaffen, das auf den ersten Blick aussah wie eine Kette aus gesplitterten Quarzen, die Tarik als Kind einmal für Maryam auf dem Basar gestohlen hatte.

An seiner schmalsten Stelle mochte der Steg zehn Meter messen, an der breitesten dreißig. Die Scherben waren scharfkantig, mit zahlreichen Ecken. Manche besaßen zwei glatte Seiten wie Stücke eines zerbrochenen Tellers, andere ähnelten geschliffenen Edelsteinen mit einer Vielzahl schimmernder Facetten, die das Indigolicht des Abends reflektierten. Weil die Brücke nicht für Wesen geschaffen war, die den Weg zu Fuß zurücklegen mussten, war es nicht nötig gewesen, eine ebene Oberfläche zu schaffen. Genau wie die fliegenden Teppiche brauchten die Dschinne lediglich einen festen Untergrund, um über den bodenlosen Abgrund zu schweben.

Nachtgesicht lenkte den Teppich, den er sich mit seiner Schwester teilte, neben Almarik. Tarik sah die beiden zum ersten Mal seit seinem Erwachen. Ifranji trug einen Kopfverband aus einem Streifen vom Gewand ihres Bruders und warf dem Byzantiner hasserfüllte Blicke zu.

Tarik wandte sich an Almarik. »Was hat dich davon abgehalten, sie zu töten?«

Almarik lachte leise. »Solange ich in Khalis' Diensten stehe, gibt es für mich keine persönliche Feindschaft. Mit niemandem.«

Tarik sah in die andere Richtung und entdeckte den Teppich des Magiers rechts von ihnen. Khalis starrte angespannt auf den Scherbensteg. Zu neblig, selbst bei Tag, um das andere Ende zu erkennen. In der Abenddämmerung schien es, als führte die Brücke ins Nichts.

Khalis lag nichts an den Geschwistern, daraus hatte er keinen Hehl gemacht. Wenn er Almarik dennoch befohlen hatte, die beiden zu verschonen, musste er einen Grund dafür haben. Hatte er verhindern wollen, dass Tarik später bei dem Versuch zu Tode käme, Nachtgesicht und Ifranji zu rächen? Auch das sprach für die These, dass er dem Narbennarren versprochen hatte, ihn unbeschadet nach Skarabapur zu bringen. Offenbar war Amaryllis' Wohlergehen auf Gedeih und Verderb an Tariks Überleben gebunden.

Leises Gelächter, tief in seinem Verstand, erschien ihm wie eine Antwort auf seine Fragen.

Khalis wies voraus auf die gläserne Brücke. »Verschwenden wir keine Zeit.«

»Du willst im Dunkeln dort rüberfliegen?« Tarik stieß ein bitteres Lachen aus. »Wir hätten uns eine Menge Ärger ersparen können, wenn wir uns gleich ins Maul der Riesenschlange gestürzt hätten.«

»Keine gute Idee«, pflichtete ihm Nachtgesicht bei, wohl in der Hoffnung, dass sein Wort als ehemaliger Karawanenführer noch ein wenig Gewicht hatte. »Ohne zu wissen, was uns am anderen Ende erwartet – oder unterwegs?«

Almarik blickte stur geradeaus. »Es sieht nicht aus, als gäbe es Wächter.«

»Weil wahrscheinlich gar keine nötig sind«, sagte Ifranji. »Wer weiß, was sich in diesem Nebel herumtreibt und nur darauf wartet, dass jemand dumm genug ist, sich dort hinauszuwagen. Erst recht im Dunkeln.«

»Die Dschinne selbst müssen diese Brücke benutzt haben«, widersprach Khalis.

Tariks Fesseln saßen fest genug, um ihm bei jeder Bewegung Körperteile abzuschnüren. »Sie werden sich nicht umsonst solche Mühe gegeben haben, die Glasscholle zum Fliegen zu bringen.«

Darauf herrschte eine Weile lang unentschlossenes Schweigen, ehe Khalis den Kopf schüttelte. »Wir versuchen es.«

»Das ist Wahnsinn!«, rief Nachtgesicht aus.

Der Magier schenkte ihm einen kalten Seitenblick. »Niemand zwingt dich, mitzukommen.«

Ifranji stieß ihren Bruder an und flüsterte etwas. Offenbar war sie derselben Meinung. Tarik konnte es ihr nicht verübeln. Die beiden redeten leise miteinander, während Almarik den Sitz seiner Waffen überprüfte. Den Helm hatte er verloren, aber er trug nun zwei Schwerter gekreuzt über dem Rücken und einen Dolch am Gürtel. Seine Bewegungen waren konzentriert und gewissenhaft. Tarik fragte sich, was geschehen musste, um den Mistkerl aus der Ruhe zu bringen.

»Almarik«, entschied Khalis, »du fliegst voraus.«

Der Byzantiner nickte.

Ob Sabatea bereits zurückgekehrt war und vergeblich nach ihnen Ausschau hielt? Das Elfenbeinpferd konnte sie in Höhen tragen, in denen sie vor den Dschinnen sicher war. Aber das bewahrte sie nicht vor Schwarmschrecken und Sandfaltern, ganz zu schweigen von anderen Kreaturen dieses Alptraumlands.

»Dann bilden wir wohl den Abschluss«, sagte Nachtgesicht resigniert.

Tarik blickte zu den beiden hinüber. Er erwartete, dass Ifranji erneut widersprechen würde, doch die Diebin schwieg. Wenn Skarabapur das Ziel eines jeden Menschen war, womöglich gar für jeden ein anders geartetes Ziel, eine andere Stadt – was erhoffte sich dann Ifranji dort? Eine Diebesbeute, Berge von Gold und Geschmeide? Nachtgesicht hatte sich bereit erklärt, die Expedition nach Süden zu begleiten, um seine Schwester aus Bagdad fortzubringen. Im Dschinnland zu leben, um nicht in Bagdad zu sterben – das war nur der Tausch des einen Unglücks gegen ein anderes. Mit Bagdad unterzugehen mochte mittlerweile die reizvollere Aussicht sein. Es sei denn, Skarabapur war auch für die Geschwister weit mehr als nur das Ziel einer Reise auf fliegenden Teppichen.

Was also bedeutete diese Stadt einem jeden von ihnen? Welche Verheißung lag hinter dem Bild, das sich jeder in seiner Vorstellung davon machte? Und musste die Wahrheit am Ende nicht immer nur eine Illusion bleiben, ganz gleich wie lebensecht sie sich geben mochte – eben weil sie jedem als eine *andere*, eine eigene Wahrheit erschien? Das zumindest war der Mythos von Skarabapur, und vielleicht war selbst das nur ein Trugbild. Sie waren einem Zauberpferd ins Nirgendwo gefolgt und hofften, ja, *was* zu finden? Den Schlüssel zur Rettung der Welt? Sich selbst? Den Beweis einer Illusion?

Wieder wurde ihm klar, dass sie viel zu wenig wussten. Über Skarabapur, den Dritten Wunsch – und über den Magier Qatum und seinen Plan, das Siegel der Weltenflasche zu öffnen, damit die Magie zurück in seine Wirklichkeit entweichen konnte. Wenn Khalis die Wahrheit gesagt hatte, dann musste auch Qatum jetzt auf dem Weg hierher sein, um den Dritten Wunsch für seine Zwecke zu missbrauchen und damit Menschen *und* Dschinne ins Verderben zu reißen.

Vielleicht wäre es besser so, dachte Tarik. Sie gaben eine schöne Gemeinschaft von Helden ab. Wie hatten sie jemals annehmen können, auch nur in Skarabapur anzukommen, ohne sich zuvor gegenseitig die Schädel einzuschlagen? Vielleicht lag die Stadt – oder das, wofür sie stand – wirklich am Ende dieser Brücke. Dann war der Steg die letzte große Herausforderung vor dem Ziel.

Er wusste nichts von Symbolen und Philosophie. Magie war ihm suspekt, sobald sie über den Ritt auf einem Teppich hinausging. Er war nur hier, weil Sabatea hatte gehen wollen, weil sie von ihnen allen als Einzige den aufrichtigen Wunsch gehabt hatte, die Welt vor Qatum zu retten. Sie hatte sich verändert, seit sie aus Samarkand aufgebrochen waren. Tariks eigene Wandlung mochte augenfälliger sein, aber sie ging nicht weit genug, sich für eine vage Drohung des Weltuntergangs zu opfern. Sabatea aber vertraute auf das, was Khalis über Qatum, über die Wilde Magie und den Dritten Wunsch gesagt hatte, und sie war bereit, diesen Weg bis zum Ende zu gehen.

Ein Grund mehr, jetzt nicht mehr von Khalis' Seite zu weichen. Und wenn auch nur, um ihn bezahlen zu lassen, falls sich seine Behauptungen als Hirngespinste herausstellen sollten; wenn Qatum gar nicht existierte und sie nie eine Chance gehabt hatten, den Dritten Wunsch gegen die Dschinne zu wenden; wenn Sabatea allein dort hinausgeritten war, weil sie einer Lüge vertraut hatte.

Ausgerechnet sie, die sich doch bestens darauf verstand, andere mit der Unwahrheit zu manipulieren, sollte zuletzt zum Opfer einer Täuschung geworden sein? Falls es so war, dann würde Khalis die Konsequenzen tragen müssen. Keine Fessel und auch kein Narbennarr würden Tarik dann noch zurückhalten.

»Bringen wir es zu Ende«, sagte er, ehe ihm wieder bewusst wurde, dass er in keiner Lage war, Entscheidungen zu treffen. »Machen wir uns auf den Weg.«

Über der Tiefe

Fahler Glanz überzog den Scherbensteg wie Morgentau. Der Mond war hinter dem Dunst kaum auszumachen, nur eine Verdichtung matter Helligkeit inmitten grauschwarzer Finsternis.

Längst war es Nacht geworden. Nur unter ihnen, rechts und links der Brücke, verriet das Glosen und Glühen in der Tiefe, dass sie sich noch immer über dem unheimlichen Abgrund befanden. Feuerbänder flatterten durch die Schwärze. Flirrende Ringe stiegen auf und verpufften lautlos an der Oberfläche des Nebels. Dann und wann hörten sie Geräusche: Stampfen wie von einem mächtigen Herzen, das näher kam und sich wieder entfernte; Ächzen und Flüstern, das lange Zeit wie der Wind klang, ehe doch noch Silben daraus wurden, nur dass sie sich für jeden von ihnen zu unterschiedlichen Worten zusammensetzten; und nicht zuletzt das rhythmische Rauschen, das von Schwingen oder Flossen oder beidem rühren mochte.

Tarik hatte die dunklen Flecken im Nebel nicht vergessen, die er vom Rand aus beobachtet hatte. Er war sicher, dass sie nun *ihn* beobachteten. Nur gerecht, dachte er. Er war in ihr Reich eingedrungen, nicht sie in das seine. Er hatte so wenig das Recht, hier zu sein, wie einer der anderen auf den drei Teppichen, und er fragte sich, wann eines der Wesen im Nebel das genauso sehen und angreifen würde.

Der Gedanke an Sabatea allein in diesem brodelnden Hexenkessel aus Dunkelheit und Nebelphantomen verfolgte ihn. Vielleicht war er es, der ihm die Kraft und Geduld gab, Stück für Stück die Fesseln zu lockern, die seine Hände banden. Es reichte nicht aus, um sich zu befreien und sich hinterrücks auf Almarik zu stürzen. Aber nicht mehr lange, und seine Hand würde genug Spielraum haben, um ins Muster zu greifen.

»Ich drehe jetzt die Sanduhr«, brach Ifranji das Schweigen. Tarik konnte sie auf dem hinteren der drei Teppiche nicht sehen, darum hatte er nicht bemerkt, dass sie die Uhr an sich genommen hatte. Er lächelte. Hätte er ihr ins Gesicht gesagt, dass sie nicht halb so übel war, wie sie sich gab, dann hätte sie ihn vermutlich ausgelacht. Vielleicht mochte er sie gerade deshalb. Er war einmal genauso gewesen wie sie. Nur bitterer und kälter.

»Wie war das noch, Khalis?«, spottete sie. »Die Brücke könnte niemals lang genug sein, dass ein Elfenbeinpferd vier Stunden braucht, um ans andere Ende zu kommen?« Sie schnaubte verächtlich. »Die Hälfte dieser Zeit haben wir hinter uns, aber ich bin nicht so sicher, ob das auch für die Hälfte der verdammten Brücke gilt.«

Tarik ging das Risiko ein, sich weit genug umzudrehen, um einen Blick nach hinten zu werfen, auf den mittleren der drei Teppiche. Obwohl ihm alles weh tat, bekam er allmählich heraus, wie weit er sich bewegen durfte, ohne seitlich herunterzurollen. Zudem half es ihm dabei, die Fesseln seiner rechten Hand noch ein wenig weiter zu lockern.

Khalis kauerte als dunkler Umriss vor dem Honigschrein in seinem Rücken. Hinter ihm reflektierte die Kristalloberfläche des Behälters das Mondlicht. Die beiden Körper darin waren nahezu unsichtbar. Nur manchmal tauchte eine der Frauen schemenhaft aus dem Dunkel, berührte mit kalter Haut das Glas und wirkte dabei noch leichenhafter. Einmal mehr wünschte Tarik, er hätte Maryam dieses Schicksal erspart.

Der Scherbensteg war selbst an seinen schmalsten Stellen breit genug, um drei Teppichen nebeneinander Platz zu bieten. Aber keiner von ihnen wollte außen fliegen, unmittelbar am Rand der Brücke. Vielleicht weil jeder, auch Almarik, insgeheim auf eine Erschütterung wartete, auf einen Angriff, auf irgendetwas, das ihnen sagte, dass dies kein Alptraum war, der endlos so weitergehen würde. Eine gläserne Straße ins Nichts. Tarik hatte früher oft solche Träume gehabt, und es hatte keines Deuters bedurft, um zu erkennen, wovor sie ihn warnen wollten. Er hatte seinem alten Leben abgeschworen, aber wohin hatte es ihn geführt? Nur auf dieselbe verteufelte Straße, die niemals ein Ende nahm.

Früher hätte er solch eine Selbsterkenntnis mit dem Wein in Amids Taverne betäubt. Heute ertränkte er sie in Zorn.

Seine Fingerspitzen bewegten sich unendlich langsam. Geduldig schoben sie seine Fesseln auseinander. Die vielen Jahre, in denen seine Hände das Muster beherrscht hatten, all die Knoten und Schleifen und Stränge, hatten seine Finger flink, seinen Tastsinn unfehlbar gemacht. Es half ihm, wenn er sich vorstellte, dass dies hier nichts anderes war als die Bändigung eines störrischen Knüpfwerks. Noch bevor er sprechen gelernt hatte, hatte er das Muster gezähmt; er war allein auf den Winden geritten, ehe der erste Satz über seine Lippen gekommen war. Sein Vater war ein unnachgiebiger Lehrer gewesen. Heute war er ihm zum ersten Mal dankbar dafür.

Nacheinander zog er die Finger aus einer gelockerten Schlaufe. Er brauchte eine halbe Ewigkeit, ehe er alle fünf befreit hatte. Aus dem Strick, der seinen Unterarm festhielt, kam er nicht heraus, aber es reichte, wenn er die Hand nach unten biegen und ins Muster schieben konnte. Almarik würde es sofort bemerken, natürlich. Darum noch etwas Geduld. Abwarten, bis der richtige Moment gekommen war.

Sie flogen keine zwei Meter über der glänzenden Oberfläche des Glasstegs. Die Bruchkanten waren scharf wie Messer. Falls der Teppich ihn abwarf und er auf eine der Kanten fiel, war es vorbei. Genauso wenn er mit dem Kopf zuerst auf das Glas stürzte.

Aber er ertrug es nicht länger, dass andere über sein Schicksal bestimmten. Er musste es versuchen. Jetzt.

Mit tonloser Lippenbewegung jagte er die Beschwörung durch seine Fingerspitzen in das Muster des Gardeteppichs. Das Knüpfwerk erkannte ihn wieder – er hatte diesen Teppich bereits allein geritten, bei seinem missglückten Versuch, Sabatea aus dem Palast zu befreien. Vor ihm stieß Almarik einen zornigen Ruf aus, rammte den Arm noch tiefer ins Muster. Aber Tariks Befehl zeigte bereits Wirkung. Es spielte kaum eine Rolle, wozu er den Teppich aufgefordert hatte – wichtig war nur, dass das Knüpfwerk sich der Kontrolle zweier so dominanter Reiter widersetzte: Ein Zittern lief durch den Teppich, seine Stabilität ließ nach. Zugleich geriet er aus der Balance, erst kaum merklich, dann jedoch so heftig, dass sich das lange Band nach rechts neigte, dabei eine Kurve flog und auf den Rand des Scherbenstegs zuhielt. Tarik rollte herum, das Muster entglitt seinen Fingern. Er verlagerte sein Gewicht, um den Sturz über den Rand hinauszuzögern. Es gelang ihm gerade lange genug, um nicht auf die scheußliche Glasschneide zu fallen, die unter ihnen vorüberwischte.

Dann aber verlor er seinen letzten Halt, wurde abgeworfen und prallte seitlich in eine Vertiefung zwischen zwei Riesenscherben, in den V-förmigen Einschnitt, wo die beiden Ränder aneinanderstießen und verschmolzen waren. Der Teppich befand sich keine Mannslänge mehr über dem Glas, das Schaukeln und Beben hatte ihn verlangsamt. Beim Aufprall schrie Tarik schmerzerfüllt auf. Trotzdem war es weniger schlimm, als er erwartet hatte. Er stieß sich all die Prellungen vom Kampf gegen Almarik von Neuem an, bekam kurzzeitig keine Luft mehr, erholte sich aber rasch genug, um in der Dunkelheit den schwankenden Teppich auszumachen.

Der Byzantiner fluchte lauthals, als der Gardeteppich an Festigkeit verlor. Wellen wanderten von hinten auf ihn zu. Während Almarik geradewegs auf den Rand der Brücke zuflog, wurde das Teppichband unter ihm immer nachgiebiger.

Tarik stieß sich mit den Füßen von einer schrägen Glasfläche ab. Rückwärts schob er sich die gegenüberliegende Neigung hinauf, bis er unter seinem Rücken eine scharfe Kante spürte. Ihm blieb keine Zeit, um vorsichtig zu sein. Er atmete einmal tief durch und bewegte sich dann über den Kamm, spürte die straff gespannten Stricke zerspringen, zugleich aber auch Glas in seine Haut schneiden. Er achtete nicht auf den Schmerz, nicht auf das dünne Blutrinnsal, das im Dunkeln fast schwarz das Glas hinabrann. Hastig befreite er sich von den Fesseln und sah im selben Moment, wie Almarik vom Teppich sprang.

Während das Knüpfwerk zitternd zu Boden fiel, unweit des Brückenrands, kam der Byzantiner mit beiden Füßen auf, schwankte kurz, fand seinen Halt wieder – und stürmte mit einem zornigen Aufschrei auf Tarik zu.

Der Boden war zu uneben, um in gerader Linie zu laufen, und auch Almarik besaß bei aller Wut genug gesunden Menschenverstand, um sich vor den Bruchkanten in Acht zu nehmen. Darum brauchte er lange genug für die wenigen Meter, um Tarik Zeit zu geben, sich ebenfalls aufzurichten. Breitbeinig, mit geballten Fäusten, erwartete er den Angriff seines Gegners.

Almariks Geduld war endgültig am Ende. Im Laufen riss er beide Schwerter aus den gekreuzten Scheiden auf seinem Rücken. Was er vorhin über persönliche Rache gesagt hatte, war bedeutungslos geworden. Er hatte Tarik satt, und Tarik konnte es ihm nicht verübeln.

Nachtgesicht hielt seitlich im Tiefflug auf den Byzantiner zu und rammte ihn, als er keine drei Meter mehr von Tarik entfernt war. Noch mehr Geschrei, jetzt auch aus Ifranjis Mund, die bei dem Aufprall fast ihren Halt verlor, seitlich vom Teppich zu kippen drohte – und im letzten Augenblick von Nachtgesichts Pranke gepackt und festgehalten wurde. Almarik stürzte, verlor das Schwert aus der rechten Hand, als er mit dem Ellbogen auf steinhartes Glas krachte, wollte sich mit der Linken abstützen, ließ dabei auch die zweite Waffe los – und griff in eine der rasiermesserscharfen Bruchkanten.

Sein Schrei gellte durch die Nacht, als er sich die Kuppen von Zeige- und Mittelfinger abschnitt. Noch während er sich herumwarf, um nicht mit dem Kopf aufzuschlagen, riss er den linken Arm an die Brust. Wie hypnotisiert starrte er auf das Blut, das aus den beiden Wunden pumpte.

Nachtgesicht hatte durch den Aufprall die Kontrolle über seinen Teppich verloren. Mehr schlecht als recht brachte er ihn zu Boden. Ifranji und er schlitterten die nächste Schräge hinab und kamen in einer der seichten Glassenken auf.

Hinter ihnen, auf einer ebenen Facette eines benachbarten Glasbruchstücks, landete auch Khalis seinen Teppich. Tarik war nicht sicher, weshalb er das tat – bis er erkannte, dass der Magier einem Irrtum unterlag. Offenbar glaubte er noch immer, den Streit zwischen den Männern schlichten zu können, sei es durch Befehle an Almarik oder durch Drohungen gegen Tarik. Doch dazu war es zu spät.

Der Byzantiner kniete am Boden und versuchte, die nässenden Wunden mit den verstreuten Überresten von Tariks Fesseln abzubinden. Tarik stolperte derweil auf eine der Waffen zu, die Almarik verloren hatte. Mit einem klirrenden Laut zog er sie vom Glas und wog sie einen Moment lang in der Hand.

Almarik hatte endlich einen der beiden verstümmelten Finger mit der unverletzten Hand und den Zähnen abgeschnürt. Nun aber ließ er das zweite Strickende los, ungeachtet des Blutverlusts, und blickte Tarik entgegen. Blut war als schwarzroter Fächer über sein Gesicht gespritzt. Aber nicht einmal diese Kriegsmaske konnte den rasenden Zorn in seiner Miene verbergen. Beide Männer wussten, dass Almarik mit der verletzten Hand nie wieder einen Teppich lenken würde.

»Bring es zu Ende«, knurrte er.

»Nein!«, ertönte da die Stimme des Magiers. Tarik schaute sich widerwillig um und musste dem Alten zugestehen, dass er durchaus noch immer für die ein oder andere Überraschung gut war.

Khalis schwebte aufrecht in der Luft. Er hatte seinen Teppich und den Honigschrein auf dem übernächsten Bruchstück zurückgelassen und trieb nun aufrecht, ohne sichtbares Hilfsmittel, über die verwinkelten Glasfacetten auf Tarik und Almarik zu. Er überquerte die Vertiefung, in der Nachtgesicht und Ifranji aufgekommen waren. Auch die beiden blickten besorgt zu ihm auf. Seine staubigen Gewänder wellten sich in den Winden aus dem Abgrund, und seine Augenpartie lag unter dem Rand seines Turbans im Schatten.

»Das muss aufhören!«, rief er, als er unweit von Tarik und Almarik in der Luft stehen blieb. Ein unnatürlicher Glanz lag um seinen Körper, als flösse das Licht des Mondes mit einem Mal durch seine Adern und verliehe seinem hageren Körper eine eisige Lumineszenz.

»Ja«, entgegnete Tarik, »und es *wird* aufhören.« Mit dem Schwert in der Hand wandte er sich wieder Almarik zu. Der Byzantiner hatte nun auch den zweiten Finger abgebunden, aber nur notdürftig, und noch immer rann frisches Blut über seinen Handrücken und unter die Ärmel des silberschwarzen Kettengewebes. Jetzt richtete er sich auf, blieb schwer atmend stehen, den Oberkörper leicht vorgebeugt. Tarik wusste, dass ein Mann wie er auch verletzt weiterkämpfen konnte. Der Schock der abgetrennten Finger verebbte bereits, die Verbissenheit kehrte zurück in seine Züge.

»Mach schon«, knurrte der Byzantiner.

»Nein«, widersprach Khalis erneut, und diesmal war da etwas in seiner Stimme, das Tarik zögern ließ. Ein grollender Unterton. Es dauerte einen Moment, ehe ihm klar wurde, dass der Magier einen subtilen Zauber wirkte, um ihn von Almarik fernzuhalten.

Tarik lächelte. Wollte weitergehen.

Und konnte es nicht.

Seine Füße gehorchten ihm nicht, erbebten nur, als er einen weiteren Schritt machen wollte.

Ein wölfisches Grinsen erschien auf Almariks Zügen. Er machte einen taumelnden Schritt, ließ den verwundeten Arm achtlos herabbaumeln und fischte mit der rechten Hand das zweite Schwert vom Boden.

»Warte!«, befahl ihm Khalis.

»Jetzt nicht, alter Mann.«

»Noch gehörst du mir!«

Almarik nickte mühsam. »Und ich werde tun, was das Beste für dich ist. Ich töte diesen Hundesohn.«

Tarik versuchte, das Schwert zu heben, um den Angriff abzuwehren, aber auch sein Arm versagte ihm den Dienst. Er flüsterte einen Fluch in Khalis' Richtung und versuchte, all seinen Willen aufbringen, um sich gegen den Einfluss des Magiers zu sperren.

»Du wirst ihm kein Haar krümmen«, sagte Khalis zu Almarik. »Wir brauchen ihn noch.«

Der Byzantiner blieb stehen, sah von Tarik hinauf zu dem schwebenden Magier. Das Blut in den Falten seiner gerunzelten Stirn erschien noch dunkler als der Rest seines Gesichts. Weder ihm noch Tarik entging, dass die Züge des alten Mannes zitterten. Selbst so einfache Zauber wie jene, die er gerade anwandte, zehrten zusehends an seinen Kräften.

Hatte er sich in dem Wüstensturm verausgabt? Oder war es der Schrein, der die ganze Macht des Magiers aufbrauchte? Der Schutz vor der Hitze, der unzerbrechliche Kristall, das Aufhalten der Verwesung? Das alles musste ihn viel Kraft kosten. Vielleicht war Khalis doch noch sehr viel mächtiger, als Tarik angenommen hatte. Nur war all seine Macht im Schrein gebündelt, in der verzweifelten Hoffnung, seiner Tochter schon bald neues Leben zu schenken.

Ist es das, was du ihm versprochen hast?, fragte er stumm den Narbennarren in seinem Inneren. Ist das der Preis, den er zahlt, damit er dich und mich nach Skarabapur bringt? Wann genau hast du ihn dazu gebracht, die Seiten zu wechseln?

Er schauderte bei dem Gedanken, dass all diese Versprechungen über seine eigenen Lippen gekommen sein mussten, während er bewusstlos gewesen war oder geschlafen hatte.

Amaryllis gab keine Antwort. Aber Tarik brauchte sein Eingeständnis nicht. Er glaubte jetzt die Wahrheit zu kennen.

»Was ist mit Qatum?«, brachte er ächzend hervor, laut genug, dass Khalis ihn hören musste. »Geht es dir überhaupt noch um ihn? Oder nur noch um *sie*?« Mühsam hob er eine Hand und zeigte an dem alten Mann vorbei zum Honigschrein.

Khalis' Augen verengten sich.

Almarik hob wieder das Schwert und wollte sich abermals in Bewegung setzen.

Und dann entdeckten alle drei, dass der Schrein mit den toten Frauen nicht mehr dort stand, wo Khalis ihn zurückgelassen hatte. Der Magier brüllte wutentbrannt auf, als er mit ansah, wie Nachtgesicht und Ifranji seinen Teppich zum Rand der Brücke lenkten. Der Honigschrein schwankte, während Ifranji sich bemühte, das Knüpfwerk unter ihre Kontrolle zu bringen. Dass sie und nicht ihr Bruder den Teppich steuerte, war ungewöhnlich; dieses Manöver musste ihr Einfall gewesen sein. Wahrscheinlich war Nachtgesicht ihr gefolgt, um sie aufzuhalten. Vergeblich.

Khalis wirbelte in der Luft herum, um die Verfolgung der beiden aufzunehmen.

Der Zauber, der Tarik die Kontrolle über seine Glieder geraubt hatte, ließ nach. Seine Arme und Beine gehorchten ihm wieder. Er wartete nicht ab, bis Almarik die Veränderung bemerkte. Ohne ein Wort zu verlieren, stolperte er über die glatten Glasoberflächen auf den Byzantiner zu, holte mit dem Schwert aus und schlug zu.

Almarik parierte den Hieb mit einer so schnellen Bewegung, dass selbst ein unverletzter Mann damit Tariks Respekt gewonnen hätte. Mit dem Schwert in der Rechten erwiderte der Ifritjäger die Attacke, während er den linken Arm an den Körper presste und Blut aus den Wunden zu Boden tropfte. Mehrfach krachten ihre Klingen aufeinander. Beide waren geschwächt, so verbissen sie auch kämpften. In einer besseren Verfassung, auf einem festeren Untergrund, wäre die Entscheidung rascher gefallen. Hier aber fochten sie schlitternd und rutschend auf den Glasschrägen, Almarik mit verstümmelten Fingern und Tarik mit halb tauben Armen und Beinen, die viel zu lange gefesselt gewesen waren.

Zugleich rauschte Khalis mit wallenden Gewändern auf seinen gestohlenen Teppich zu. Nachtgesicht rief irgendetwas, während Ifranji mit wirbelnden Zöpfen um die Macht über das Muster kämpfte. Plötzlich machte der fremde Teppich einen Satz. Sie befanden sich bereits am Rand der Brücke, als Nachtgesicht von dem heftigen Ruck erfasst und über die Fransenkante des Teppichs geschleudert wurde. Ifranji brüllte verzweifelt seinen Namen, als ihr Bruder hinter Glasfacetten aus Tariks Sichtfeld verschwand.

Almarik kämpfte mit unverminderter Wut, aber wachsender Unsicherheit. Ob es der Blutverlust war, der Schmerz oder Erschöpfung, vermochte Tarik nicht zu sagen. Er selbst hatte genug damit zu tun, auf den spiegelglatten Oberflächen nicht den Halt zu verlieren und das Schicksal des Byzantiners zu teilen. Ein Sturz konnte hier weit schlimmere Folgen haben als zwei abgetrennte Finger.

Khalis schrie auf und sackte ein gutes Stück nach unten, als seine Aufmerksamkeit abermals nachließ. Verbissen konzentrierte er sich auf den Teppich mit Ifranji und dem Honigschrein. Seine Füße berührten fast den Boden, er schwebte keine Armlänge mehr über dem Glas.

Ifranji rang noch immer um die Kontrolle über das Knüpfwerk. Sie hatte den Teppich stabilisiert, sah sich aber zugleich nach Nachtgesicht um, der irgendwo unter ihr auf die Glasfacetten geprallt sein musste. Tarik meinte die Stimme des Afrikaners zu hören und konnte nur hoffen, dass er auf keine der Schneiden gestürzt war.

Almarik versuchte es mit einer Folge hastiger Schwerthiebe. Tarik parierte sie alle, wich dem letzten Schlag mit einem wankenden Schritt nach hinten aus, brachte aber selbst nicht mehr genügend Kraft auf, um den Angriff zu erwidern. Einen Moment lang standen sich die beiden ausgelaugt gegenüber, belauerten einander, schnappten nach Luft.

»Komm nicht näher!«, rief Ifranji im Hintergrund dem Magier zu. »Oder ich werfe den Schrein und deine Tochter in den Abgrund.«

Dass sie das fertig gebracht hätte, stand außer Zweifel. Selbst Khalis musste das erkennen.

Trotzdem sagte er in einem Tonfall, der lauernd klingen sollte, tatsächlich aber vor Sorge und Wut vibrierte: »Und eure kostbare Maryam? Willst du sie mit Atalis in die Tiefe stürzen?«

»Maryam bedeutet mir nichts!«, gab die Diebin verächtlich zurück. Was den Umgang mit fremdem Eigentum anging, war sie wieder ganz in ihrem Element. »Als sie noch gelebt hat, hab ich sie nicht gemocht, und heute werd ich ganz bestimmt nicht damit anfangen.«

Khalis mochte spüren, dass es ihr ernst war. Die Angst um seine tote Tochter war ihm deutlich anzusehen. Ebenso sein rasender Zorn.

Hinter einer Glaskuppe stemmte sich Nachtgesicht auf die Beine. Tarik sah seinen Schädel hinter dem schimmernden Kamm auftauchen. Er hatte eine Platzwunde an der Stirn, hielt sich aber auf den Beinen.

Irgendwo im Nebel erklang ein durchdringendes Brüllen. Einen Augenblick lang schienen alle anderen Geräusche zu verstummen. Tarik hörte nur noch seinen eigenen Herzschlag und die unheimlichen Laute im Dunst.

Es war Ifranji, die das Schweigen brach. »Nicht – näher – kommen!«, fauchte sie. Khalis hatte den Augenblick nutzen wollen, um hinüber zum Teppich zu schweben.

Jetzt erstarrte er wieder in der Luft, als Ifranji eine gefährliche Welle durch das Knüpfwerk wandern ließ. Der Honigschrein geriet ins Schwanken, stand aber gleich wieder ruhig.

»Tu, was sie sagt«, ächzte ihr Bruder.

Der Magier ignorierte ihn.

Nachtgesicht hatte mit einer Hand die weiten Lederriemen umfasst, die um seinen Hals baumelten, als wollte er damit seine Götter um Beistand bitten. Als er sah, dass Khalis nicht auf ihn hörte, wandte er sich an Ifranji. »Pass auf!«, brüllte er. »Nicht über den Rand!«

Sie schaute sich hektisch um, erkannte, dass sie der Kante der Brücke gefährlich nahe gekommen war, und ließ den Teppich eine wackelige Kurve fliegen. Dabei stieg sie höher, zehn, dann zwanzig Meter über das Glas.

Khalis riss beide Arme hoch, spreizte beschwörend die Hände.

Nachtgesicht erstarrte. Ein Zittern lief durch seinen Körper. Tarik glaubte erst, es habe mit dem zu tun, was Khalis tat. Aber dann begriff er, dass es einen anderen Grund haben musste, denn der Zauber, den der Magier wirkte, richtete sich allein gegen Ifranji.

Zwischen Khalis' Händen entstand ein Flimmern, das Tarik fatal an den Hitzezauber des Kettenmagiers erinnerte, beim Kampf über der Dornenkrone. Es konnte keine gleichermaßen mächtige Magie sein, weil Khalis sonst Gefahr lief, den Schrein und seine Tochter ebenfalls zu vernichten. Aber sie mochte ausreichen, um Ifranji zu töten.

Nachtgesicht erbebte von Kopf bis Fuß. Wie in Trance begann er, den Lederschmuck zu entwirren und über seinen Kopf zu ziehen. Es handelte sich nicht um mehrere

Riemen, wie Tarik geglaubt hatte, sondern nur um einen einzigen, den er in mehrere Schlaufen übereinandergelegt hatte.

Im selben Augenblick ging der Byzantiner erneut zum Angriff über.

Almariks Schwert stieß vor und verfehlte ihn nur um einen Fingerbreit. Tarik sprang zur Seite, prellte die gegnerische Klinge mit seiner eigenen fort und setzte nach. Diesmal lief der Ifritjäger fast in Tariks Waffe. Sein Kettenhemd lenkte die Spitze ab, aber die Kraft des Stoßes rammte wie ein Hammer in seine Rippen. Tarik hörte etwas knirschen, nicht sicher, ob es Almariks Knochen waren, wartete auch nicht auf die Reaktion seines Gegners, sondern griff abermals an. Mit der Schulter stieß er Almarik zu Boden, wo er mit Hüfte und Schulter aufschlug und das Glas mit dem Blut aus seinen Fingerwunden besudelte.

»Nicht bewegen«, knurrte Tarik und legte die Schwertspitze unter das Kinn des Byzantiners. Almarik stöhnte etwas, hielt sich die Seite, machte aber keinen Versuch, der Klinge auszuweichen.

»Tu, was du tun musst«, flüsterte er.

Tarik zögerte, weil Khalis in diesem Augenblick einen wutschäumenden Ruf ausstieß und das kugelförmige Flirren über seinem Kopf mit beiden Händen in Ifranjis Richtung schleuderte.

Nachtgesicht stieß einen Warnruf aus. Das Lederband war aus seinen Händen verschwunden. Er hatte den Kopf in den Nacken gelegt und schaute steil nach oben.

Ifranji hatte den Teppich des Magiers noch höher aufsteigen lassen. Sie konnte seinem Angriff nicht nach rechts oder links ausweichen, nur weiter aufwärts fliegen, bis sie irgendwann an die unsichtbare Grenze von hundertfünfzig Metern über dem Scherbensteg stoßen würde.

Aber so weit kam sie nicht.

Khalis' Zauber zuckte und wirbelte wie Rauch in einer Glaskugel, während er einem Wurfgeschoss gleich aufwärtsraste, auf die Fransenkante des Teppichs zu. Ifranji war von hier unten aus noch immer zu sehen, saß zu nah am Rand des Knüpfwerks, und nun zeichnete sich ab, dass das magische Flirren sie streifen würde.

Almarik stöhnte, aber Tarik stieß noch immer nicht zu. Das Mädchen dort oben war der Attacke des Alten ausgeliefert; sie hatte genug damit zu tun, den Teppich auf Kurs zu halten und nicht über den Rand der Brücke abzutreiben.

Nachtgesicht schrie ihren Namen.

Khalis schlug in einem Ausbruch dunkler Euphorie die Hände zusammen, als er sah, dass Ifranji nicht mehr ausweichen konnte. Sie verfiel in Panik, eine ganz neue Seite an ihr – und eine, mit der auch Khalis nicht gerechnet hatte. Abrupt verlor sie die Kontrolle über den Teppich, der auf der Stelle zu schwanken und zu rotieren begann.

Khalis brüllte auf, als er begriff, was er getan hatte.

»Nicht gut«, keuchte Almarik unter Tariks Waffe am Boden.

»Nein«, flüsterte Tarik. »Ganz und gar nicht.«

Der Zauber wurde auf seinem Weg zu Ifranji von einer Ecke des wirbelnden Teppichs abgefangen. Das Flirren legte sich wie eine funkelnde Eisschicht über die Unterseite des Knüpfwerks, traf statt der Reiterin das Muster und schob sich über die Fransen hinweg zur Oberseite. Der Teppich bäumte sich auf, warf Ifranji in die Höhe, fing sie wieder auf, verlor sie erneut.

Die starren Aufhängungen des Honigschreins zerbrachen. Holz barst auseinander, Eisen bog sich wie Leder. Seile rissen und peitschten durch die Luft.

Der Kristallzylinder kippte.

Jetzt brüllten sie alle, am lautesten Khalis und Nachtgesicht.

Ifranji war von dem Ruck, mit dem sich der Teppich gedehnt und wieder zusammengeschoben hatte, in hohem Bogen zur Seite geschleudert worden. Strampelnd und schreiend stürzte sie in die Tiefe, nicht auf den Scherbensteg, sondern knapp daran vorbei in den Nebel. Dunst stob auseinander, als die Oberfläche sie verschluckte.

Der Schrein aber krachte mit seinem ungeheuren Gewicht auf das Glas, unweit der Stelle, an der Khalis gestanden hatte. Vielleicht wäre es zu einfach gewesen, wenn er den Magier einfach erschlagen hätte, obwohl Tarik das einen Augenblick lang glaubte. Dann aber sah er den alten Mann äußerlich unversehrt am Boden liegen. Khalis bewegte sich, wollte sich hochstemmen, rutschte mit den Füßen weg und sackte erneut auf das Glas.

Die Wucht des Aufschlags hatte die gesamte Brücke erbeben lassen. Wie verstimmte Saiten eines Musikinstruments geriet das gläserne Band in Schwingung und verursachte ein tiefes Summen und Heulen. Im nächsten Moment fraßen sich Risse mit schrillen Lauten durch das Glas und sprengten die Schmelznähte, an denen die Bruchstücke aneinanderhafteten.

Die Brücke zerbrach.

Mit unerträglich hohem Klirren lösten sich die Scherbenbrocken voneinander, wurden gespalten und wie von mächtigen Werkzeugen auseinandergestemmt.

Und noch etwas geschah. Wo gerade eben noch Nachtgesicht gestanden hatte, schraubte sich blitzschnell ein Wirbelsturm in die Höhe, geformt aus rotierenden Winden und Dunkelheit, fegte über den Rand des Scherbenstegs und folgte der kreischenden Ifranji in die Tiefe.

Auch der Honigschrein rutschte ab und schlitterte eine Schräge hinunter. Der Kristallzylinder war noch immer unversehrt, durch ein Wunder oder Khalis' Magie, als das schwere Gefäß über eine Glaskante rollte und im Abgrund verschwand, als wollte es Ifranji und Nachtgesicht in seinem Wirbelsturm nachfolgen.

Khalis heulte auf. Tarik wurde von den Erschütterungen der Brücke umgeworfen, fort von Almarik, der seinerseits ins Rutschen geriet, als sich das Bruchstück langsam zur Seite neigte. Das Schwert des Byzantiners verschwand in einem Spalt, der gezackt wie ein Blitz durch das Glas raste. Tarik verlor seine eigene Waffe einen Augenblick später, als er sich entscheiden musste, ob er sich abstützen oder das Schwert festhalten wollte. Instinktiv stieß er sich von einer blanken Glasfläche ab, wich nur mit Glück einer Kante aus und blieb in einer Vertiefung liegen.

Nun wurde das Schwanken noch wilder, das Beben heftiger. Er sah Khalis nicht mehr, dafür aber Almarik, gar nicht weit entfernt, der verzweifelt versuchte, auf die Beine zu kommen. Auch Tarik stemmte sich hoch, fand taumelnd sein Gleichgewicht und hielt Ausschau nach einem der Teppiche. Der von Khalis war nirgends zu sehen, aber Almariks Knüpfwerk konnte nicht weit sein.

Das wusste auch der Byzantiner. Tatsächlich hatte er einen erheblichen Vorsprung, beinahe die halbe Strecke, und es gab keinen Zweifel, dass er den Teppich als Erster erreichen würde. Nicht, dass es ihm viel nützte, wenn die Brücke erst in sich zusammenstürzte. Ohne festen Untergrund würde sich der Teppich nicht am Himmel halten können.

Während Tarik vorwärts taumelte, immer wieder durchgeschüttelt von den Beben, fragte er sich, wie Nachtgesicht den Wirbelsturm zustande gebracht hatte. Er war einmal ein Sturmkönig gewesen. Aber es hatte doch geheißen, dieser Junge – Jibril – müsse in der Nähe sein, damit ein Sturmkönig einen Tornado erzeugen und darauf reiten konnte. Warum also ging es jetzt auch ohne ihn?

Oder war Jibril längst hier?

Und Junis?

Vor sich sah er Almarik stolpern, und nur einen Augenblick später erreichte die Erschütterung auch ihn selbst. Er verlor seinen Halt, fiel nach vorn und schlug sich an einer Kante den Oberarm blutig. Eine Glasschneide zog eine Furche durch sein Fleisch, aber nicht tief genug, um mehr als nur schmerzhaft zu sein. Er rappelte sich hoch, rutschte fast in seinem eigenen Blut aus, und näherte sich Almarik. Der Teppich lag verdreht nur noch wenige Schritt von dem Byzantiner entfernt, eingekeilt zwischen gläsernen Facetten.

Auch Almarik wollte sich abermals hochstemmen, aber Tarik kam ihm zuvor. Er rammte ihm die Faust ins Kreuz und sah zu, wie der Ifritjäger zusammenbrach. Er spürte keine Genugtuung dabei, nicht einmal Erleichterung.

Wortlos stolperte er an Almarik vorbei, spürte noch, wie der nach seinem Bein griff und sich an ihm festklammerte. Tarik wollte herumwirbeln und nach dem Mann am Boden treten, noch heftiger diesmal, hoffentlich zum letzten Mal, als erneut das grässliche Knirschen ertönte, das er bereits kannte. Es kündigte einen weiteren Riss im Glas an.

Ein dunkler Streifen fräste durch die spiegelnde Oberfläche genau auf ihn zu, dann unmittelbar an ihm vorüber, genau vor seinen Fußspitzen. Das Bruchstück, auf dem er und Almarik sich befanden, wurde gespalten. Innerhalb weniger Herzschläge brach der riesige Glasbrocken auseinander. Vor Tarik tat sich der bodenlose Abgrund auf.

Er konnte nicht hinüber, weil Almarik noch immer sein Bein festhielt. Dann war es auch schon zu spät. Der Spalt riss noch weiter auf. Zu breit zum Springen. Mit einem zornigen Aufschrei fuhr Tarik herum und rammte den freien Fuß mit aller Kraft auf Almariks Arm. Der zog ihn gerade noch rechtzeitig weg, ließ dabei Tariks Bein los und rollte sich fort. Tarik ließ ihn liegen, lief an ihm vorbei, kämpfte einmal mehr um sein Gleichgewicht und ahnte bereits, dass es zu spät war.

Irgendwie erreichte er das andere Ende des gläsernen Bruchstücks, keine zehn Meter entfernt. Hier musste es noch eine Verbindung zum Rest der Brücke geben, sonst wären sie längst abgestürzt.

Fassungslos blieb er vor der Kante stehen und starrte auch hier hinab in den nebligen, nächtlichen Abgrund. Unmöglich! Wenigstens an einer Seite musste die Riesenscherbe noch Kontakt zur übrigen Brücke haben. Warum sonst stürzte sie nicht ab?

Aber es gab keinen Halt, keine Verbindung mehr zur anderen Seite des Scherbenstegs. Und Tarik ahnte plötzlich, dass dies nicht die einzige Glasscholle war, die seit dem zerstörerischen Aufprall frei in der Luft schwebte. Natürlich – nur deshalb hatte die Brücke überhaupt ohne Stützen und Pfeiler existieren können! Die Bruchstücke, aus denen sie erschaffen worden war, schwebten aus eigener Kraft. Die Dschinne hatten die gigantischen Scherben nur aneinanderreihen müssen wie Perlen auf einer Kette.

Schwankend und bebend trieben die riesigen Glaskristalle im Nichts, bildeten auch jetzt noch eine lange Reihe von der Ebene im Norden bis zum unsichtbaren Ende im Süden. Im dunstigen Mondschein war zu erkennen, dass auch zwischen den angrenzenden Glasbrocken Abstände klafften. Manche bewegten sich schwerfällig aufeinander zu, kollidierten und entfernten sich wieder voneinander. Die Nacht war erfüllt von Scheppern und Bersten, immer wieder durchdrungen von krachenden Zusammenstößen, die wie Schläge auf einem gläsernen Gong durch die Dunkelheit hallten.

»Schiffbrüchig«, keuchte der Byzantiner.

Tarik drehte sich um. Almarik stand zwei Schritt hinter ihm. Er presste die verstümmelte Hand an seine Brust und hielt sich mit der Rechten die Stelle, an der Tarik ihm eine oder mehrere Rippen gebrochen hatte. Er war ein Wrack, und er wusste es.

Aber verloren hatten sie beide.

Tarik machte einen Schritt von der Kante des Bruchstücks fort, damit Almarik nicht auf die Idee käme, ihn in den Abgrund zu stoßen. Sie waren allein auf der Scherbe. Das gläserne Bruchstück mochte kaum zehn mal zehn Meter messen. Noch immer entdeckte er neue Risse und Spalten. Wenn sie mit einem anderen Trümmerbrocken der Brücke kollidierten, würde sich die Scherbe abermals teilen, womöglich mehrfach.

Er spähte hinüber zum nächsten treibenden Glaskristall,

suchte nach Khalis und fand ihn nicht. Dafür entdeckte er etwas anderes. Dort lag, auf einer Schräge flach ausgebreitet, der Teppich der Geschwister. Was auch immer aus Nachtgesicht und Ifranji unten im Abgrund geworden war – sie brauchten ihn nicht mehr.

Ohne sich nach Almarik umzusehen, setzte er sich in Bewegung. Er rutschte und schlitterte über die Facetten, riss sich mehrfach fast die Waden an den scharfen Glasschneiden auf und erreichte den Rand, der dem benachbarten Bruchstück am nächsten lag.

Die beiden Glastrümmer trieben behäbig aufeinander zu. Er musste nur warten, bis sie sich berührten, genau den Moment abpassen – dann ein Sprung hinüber, und er hätte zumindest wieder einen fliegenden Teppich. Sein eigener war zusammengerollt und verschnürt auf dem des Byzantiners zurückgeblieben, auf einem anderen Trümmerstück, das sich von ihrem abgespalten hatte und in die entgegengesetzte Richtung abtrieb. Es tat ihm leid darum, immerhin war es das Knüpfwerk seines Vaters gewesen; aber dies war nicht der Zeitpunkt, um sentimental zu werden.

Nur abwarten. Springen.

Hinter ihm näherten sich schleifende Schritte.

Der Byzantiner trat neben Tarik an die Kante, drei Schritt entfernt. Er blickte nicht herüber, hob nur schwerfällig die verletzte Hand und deutete mit den verstümmelten Fingern in die Nacht.

»Das dort drüben – das sind keine Teppiche, oder?«

Tarik folgte Almariks Blick in die Ferne.

Dort näherten sich mehrere dunkle Punkte, ein ganzes Knäuel aus Umrissen. Der Dunst verbarg ihre Formen. Nur dann und wann erhellte der matte Schimmer des Mondes Einzelheiten.

»Keine Teppiche«, bestätigte Tarik müde.

Es waren viele, mindestens ein Dutzend. Als ihre Flügel Dunstschwaden auseinandertrieben, schien sich ihre Zahl zu verdoppeln. Tarik hörte bei zwanzig mit dem Zählen auf.

Die beiden Männer sahen einander an. Almarik nickte.

»Schwarmschrecken.«

Zwei am Abgrund

Die Schrecken kamen von Süden, wichen surrend wie Schmeißfliegen den treibenden Brückentrümmern aus, warfen im Mondlicht vielbeinige Schatten und Spiegelbilder auf glänzende Glasfacetten. Noch waren sie weit entfernt. Offenbar suchten sie nach der Ursache der Zerstörung. Sie hatten die beiden Männer auf dem Bruchstück noch nicht entdeckt.

Almarik und Tarik hatten sich erschöpft nebeneinander an der Kante des Glasbrockens niedergelassen. Sie saßen da wie alte Freunde, die ein letztes Mal gemeinsam den Ausblick genossen.

»Ich muss mich noch bei dir bedanken«, sagte Tarik. »Dafür, dass du mir geholfen hast, nachdem sie mich aus dem Palast geworfen hatten.«

Almarik zeigte auf Tariks verdecktes Auge. »Die Augenklappe … weißt du, woher ich die hatte?«

»Von einem Leprakranken?«

»Von einer Hure im Diebesviertel«, sagte der Byzantiner. »Nur noch ein Auge, keine Zähne. Auch nur ein Bein, übrigens.«

»Dann konnte sie dein Geld wahrscheinlich gut gebrauchen.«

»Ich hab ihr das Ding gestohlen.«

»Du hast eine einbeinige Hure bestohlen?«

»Das war das einzige Teil, das sie nicht ausziehen wollte.«

Tarik hob amüsiert eine Augenbraue. »Du bist ein noch viel größerer Scheißkerl, als ich dachte.«

»Sie braucht dein Mitleid nicht. Ihre Geschäfte gingen nicht schlecht.«

Wieder schwiegen sie eine Weile und blickten den Schwarmschrecken entgegen. Die Rieseninsekten ließen sich Zeit. Sie schienen jedes Glasbruchstück einzeln zu erkunden.

»Wir haben keine Waffen mehr«, stellte Tarik fest.

Almarik zog einen schmalen, ungewöhnlich langen Dolch aus einer eingenähten Scheide am Hosenbein. »Nur den hier.« Er wog die Klinge in der Hand, als könnte er sich nicht entscheiden, was er damit tun sollte.

Tarik sah den Dolch an, dann Almarik. Er wartete ab.

»Hat mir schon gute Dienste geleistet«, sagte der Ifritjäger.

»Sieht ganz danach aus.«

Almarik nahm die Spitze zwischen Daumen und Zeigefinger und balancierte die Waffe einen Moment lang senkrecht vor seinem Gesicht. Dann schleuderte er sie mit einem Schulterzucken über den Rand des Bruchstücks in den Abgrund.

»Nun schulde ich dir zum zweiten Mal Dank«, sagte Tarik.

»Weil ich dich nicht damit angegriffen habe?«

»Nicht, dass es noch einen Unterschied macht.«

Almarik zurrte mit den Zähnen den Strick um einen seiner Fingerstümpfe fester. »Ich muss dich etwas fragen.«

»Noch haben wir Zeit.«

»Die Tote in der Wüste … die bei deinem Bruder war.«

»Maryam.«

»Was hat sie dir bedeutet?«

»Viel, früher einmal.«

»Bevor du der Vorkosterin begegnet bist?«

»Es ist komplizierter als das.«

»Aber dein Bruder, er hat mehr um sie getrauert als du.«

»Ich hatte sechs Jahre Zeit, um mit ihrem Tod fertig zu werden. Dabei war sie am Leben, all die Jahre lang. Und dann sehe ich sie wieder, und sie *ist* tot, aber nicht seit sechs Jahren, sondern erst seit einer Stunde.«

»Das kann einem zu schaffen machen, schätze ich.«

»Ohne Sabatea wäre es schlimmer gewesen.«

Almarik verengte die Augen, um die Schwarmschrecken besser erkennen zu können. »Du glaubst nicht, dass sie tot ist, oder? Sabatea, meine ich.«

»Ich werde nie wieder glauben, dass jemand tot ist, solange ich nicht mit eigenen Augen die Leiche gesehen habe.«

»Und Khalis' Tochter? Ist sie tot?«

»Ich denke schon.«

»Er jedenfalls glaubt nicht daran.«

»Weil er die Augen vor der Wahrheit verschließt.«

»Der alte Mann ist kein Dummkopf.«

»Der Angriff auf Ifranji war jedenfalls kein strategisches Meisterstück.«

Almarik stöhnte leise, als ihn erneut eine Welle von Schmerz durchlief. »Er ist nirgends zu sehen. Glaubst du, er ist abgestürzt?«

»Die andere Möglichkeit wäre, dass er auf einem dieser

Brocken festsitzt wie wir. Nur dass ihm vermutlich langweiliger ist.« Tarik lehnte sich zurück, legte den Rücken auf das kühle Glas und verschränkte die Hände unterm Hinterkopf. Er wünschte sich, die Sonne schiene über ihnen am Himmel. Stattdessen hing dort nur ein verschwommener, gelbstichiger Mond.

Almarik betrachtete seine verstümmelten Finger mit distanziertem Interesse. »Ich denke, Khalis hat die Wahrheit gesagt. Über Qatum, die Welt in der Flasche, die Spaltung … all das. Das waren keine Lügen.«

»Aber die Welt interessiert ihn einen Dreck. Solange er nur einen Weg findet, seine Tochter wieder zum Leben zu erwecken.« Tarik atmete tief durch, weil ihm klar wurde, dass mit seinem eigenen Tod auch der des Narbennarren besiegelt war. Und damit auch das Ende des Pakts zwischen Khalis und Amaryllis. »Glaubst du, er hat sich ein einziges Mal gefragt, ob sie es gewollt hätte?«

»Wer weiß.«

»*Ich* habe es mich gefragt«, sagte Tarik. »Ob ich das Versprechen an meinen Bruder wirklich erfüllen und Maryam zurückholen würde, wenn es eine Möglichkeit gäbe.«

»Und du hast dich dagegen entschieden?«

»Khalis hätte das Gleiche tun müssen.«

»Mit dem Unterschied, dass er die Schuld am Tod seiner Tochter trägt. Das kann einen blind machen für viele Dinge.«

Tarik dachte ohne Wehmut an seine letzten Jahre in Samarkand zurück. »Mag sein.«

Almarik wies mit dem Kinn nach Süden. »Sie werden gleich hier sein.«

Tarik setzte sich wieder aufrecht. »Ein Sturm kommt auf.«

»Das sind ihre Flügel.«

Er sah die Schwarmschrecken jetzt ebenfalls deutlich, die vorderen keine zweihundert Meter entfernt. Noch immer wurden sie dann und wann in der Dunkelheit wieder unsichtbar. Ihre Libellenschwingen wirbelten die Nebelwolken auf, wenn sie ihnen zu nahe kamen, und trieben sie wie eine Geisterarmee vor sich her.

»Dann ist es bald so weit«, sagte Tarik.

Almarik verzog das Gesicht. »Vielleicht sollten wir aufstehen, um sie zu erwarten.«

Tarik nickte und erhob sich mit einem Ächzen. Seine Schnittwunden und Prellungen schmerzten. Er streckte Almarik eine Hand entgegen. Der Byzantiner ergriff sie und ließ sich auf die Beine ziehen. Er sah nicht aus, als könnte er lange so stehen bleiben.

»Wenn es dir nichts ausmacht …«, sagte er.

Tarik schüttelte den Kopf, schob einen Arm unter Almariks Achseln und stützte ihn.

»So dürfte es gehen«, sagte der Ifritjäger.

Die Schwarmschrecken entdeckten sie und stürzten sich auf sie.

Manche Menschen schauen beim Gehen zu Boden. Andere starren stur nach vorn. Tarik aber hatte von klein auf nach oben gesehen, hinauf in die Weiten des Himmels.

Er tat es auch jetzt, als die Schwarmschrecken zwischen den treibenden Brocken aufstiegen, im Näherkommen an Höhe gewannen und von oben auf Almarik und ihn herabstießen.

Er presste die Lippen aufeinander. Almarik konnte sich kaum noch aufrecht halten, aber Tarik gab ihm genug Halt, damit er vor diesen Kreaturen nicht am Boden kriechen musste.

Tief in ihm gellte ein Schrei, Zorn und Trauer und Furcht, die sich zu einem einzigen Laut vereinten, der immer stärker aus seinem Verstand emporquoll. Er spürte ein Ziehen und Zerren an seinen Gliedern, als versuchte etwas Anderes, Macht über sie zu gewinnen, ein fremder Wille, der sich all die Tage über zurückgehalten hatte und ihn nun, in einem verzweifelten letzten Aufbäumen, zwingen wollte, sich gegen die angreifenden Kreaturen zur Wehr zu setzen.

Aber dazu war es zu spät. Sie hatten keine Chance.

Die ersten Schwarmschrecken waren bis auf dreißig Meter heran, als die Nebeloberfläche unter den schweben den Glastrümmern in Bewegung geriet, kreisende Schlieren bildete, einen gewaltigen Strudel, als gäbe es dort unten etwas, das den Dunst in einem tiefen Atemzug nach unten saugte.

Schon im nächsten Moment zeigte sich, was die Luft derart aufgewühlt hatte. Aus dem Loch im Nebel brach etwas hervor, und Tarik fragte sich einen Augenblick lang, ob ihm seine Erinnerung einen Streich spielte. Er hatte etwas Ähnliches schon einmal gesehen. Auf der Dornenkrone waren sie aus den Schatten des Kakteenwaldes geströmt und hatten einen Kettenmagier ins Verderben gerissen.

Elfenbeinpferde.

Dreißig, vierzig von ihnen, und noch immer tauchten weitere aus dem Nebel auf. Sie stießen mitten unter die Schwarmschrecken aus Skarabapur, rammten die schwerfälligen Rieseninsekten und brachten sie ins Trudeln. Die Pferde selbst hätten den Kreaturen kaum gefährlich werden können, aber nun sah Tarik, dass Reiter zwischen den Schwingen der Rösser saßen, gezahnte Schwertlanzen und Hellebarden schwangen, Pfeile von den Sehnen kräftiger Kurzbogen schossen und den Schwarmschrecken schon in den ersten Sekunden des Angriffs hohe Verluste bereiteten. Strampelnde Insektenleiber mit abgeschlagenen Beinen und zerfetzten Libellenflügeln stürzten in die Tiefe, wo ihnen die nachfolgenden Elfenbeinrösser ausweichen mussten, um nicht mit in den Abgrund gerissen zu werden.

Almarik murmelte etwas, das Tarik nicht verstand. Er stützte den schwer verletzten Byzantiner noch immer und konnte sich selbst kaum auf den Beinen halten, erst recht nicht mit dem zusätzlichen Gewicht des Kriegers und dessen schwerem Kettenhemd.

Der Kampf tobte bereits eine Weile, ehe Tarik in alldem Gewimmel und Flügelschlagen, den tosenden Luftströmen und den Fontänen von gelbem Insektenblut erkannte, dass die Zauberpferde anders aussahen als das eine, dem er und die anderen durch die Wüste gefolgt waren.

Die Krieger in den Sätteln waren keine Menschen.

»Roch«, keuchte Almarik.

Tarik brachte keinen Laut heraus, und da erst wurde ihm klar, dass auch der wahnsinnige Schrei in seinem Inneren wieder abgeklungen war. Der Narbennarr hatte sich noch einmal zurückgezogen, wartete ab, was weiter geschehen würde.

Keine der Schwarmschrecken war bis zu den beiden wehrlosen Männern auf dem Glaskristall vorgedrungen. Sie alle wurden von den Roch auf ihren Zauberpferden abgefangen, in atemberaubende Kämpfe zwischen Klingen und schnappenden Beißscheren verwickelt und zuletzt besiegt. Auch mehrere Elfenbeinpferde und Reiter waren von Mandibeln zerrissen worden, ihre Überreste im Nebel verschwunden. Der überwiegende Teil aber kreiste triumphierend über den Bruchstücken des Scherbenstegs und hielt Ausschau nach weiteren Gegnern.

Ein halbes Dutzend der Rieseninsekten ergriff die Flucht zurück nach Süden. Einer der Roch stieß einen schrillen Vogelschrei aus, gestikulierte mit seiner Schwertlanze hinter den Fliehenden her und nahm als Erster die Verfolgung auf. Fast die Hälfte der Reiter folgte ihm, trieb die Zauberrösser zu noch schnellerem Galopp und holte die Schwarmschrecken bald ein. Äxte brachen durch buck lige Hornpanzer, Klingen zerschnitten schillernde Flügel, Lanzen bohrten sich knirschend in die Körper der Kreaturen.

Zugleich lenkten zwei Roch ihre Elfenbeinpferde zu einem benachbarten Glasbrocken. Eines der Rösser landete mit klingenden Hufen auf der Facettenoberfläche. Der Reiter sprang ab, hob einen leblosen Körper auf und warf ihn über den Rücken des Pferdes. Gleich darauf stiegen sie wieder in die Luft und trugen den Bewusstlosen in die Tiefe.

»Khalis«, flüsterte Almarik. Seine Stimme drohte zu brechen, so geschwächt war er vom Blutverlust.

Tarik sah dem Magier nach. Gerade wollte er wieder den Blick auf die Roch mit ihren verkümmerten Flügelstümpfen und entstellten Pferden richten, als er etwas entdeckte.

Dort, wo das Elfenbeinross mit dem alten Mann verschwunden war, jagte ein weiteres Pferd aus der Tiefe empor, eskortiert von mehreren Roch. Im Gegensatz zu den anderen Zauberpferden war dieses eine von vollendeter Anmut, strahlend weiß, mit gleichmäßig gefiederten Schwingen.

Ein Lachen stieg in Tarik auf, schnürte ihm fast die Luft ab und brach dann doch noch zwischen seinen aufgesprungenen Lippen hervor.

Sabatea hatte die Hände in die weiße Mähne gegraben. Ihr langes schwarzes Haar wehte als wilder Kontrast dazu über ihren Rücken.

Tarik stand mit bebenden Beinen am Rand des Glaskristalls, den verletzten Almarik im Arm, und wartete, bis sie heran war. Das Elfenbeinross stellte sich in der Luft auf die

Hinterbeine, dann sank es neben ihm auf dem Glas nieder, brachte mit seinen Hufen das Trümmerstück in tönende Schwingung und legte die Flügel an.

Sabatea glitt zu Boden, warf die Arme um Tarik und erkannte erst nach einem Augenblick, dass sie den Byzantiner gleich mit umarmte.

Zwei weitere Elfenbeinrösser landeten unmittelbar hinter ihnen.

»Nur ihn«, sagte Sabatea mit einem Wink in Almariks Richtung. Zwei Roch kamen heran, nahmen ihn aus Tariks Griff und trugen ihn zu einem der Pferde. Wenig später hob es mit seinem Reiter und dem zusammengesunkenen Ifritjäger ab und glitt in einer weiten Kurve in die Tiefe.

Tarik deutete mit schwankender Hand auf Sabateas Zauberpferd. »Das Vieh hasst mich«, brachte er mühsam hervor.

Sie küsste ihn. »Heute nicht.« Mit kühlen Fingerspitzen strich sie über seine Wange. Ihre Hand hatte den zimtigen Geruch des Elfenbeinpferds angenommen, auch ihr Haar roch danach. »Komm«, flüsterte sie.

Er nickte, wollte ihr folgen, blieb dann aber stehen. »Nachtgesicht und Ifranji, sie sind –«

»Wir haben sie gesehen.«

»Er hat einen Wirbelsturm heraufbeschworen. Wo ist er jetzt?«

»Niemand weiß das.«

»Aber –«

Sie verschloss seine Lippen mit einem letzten Kuss vor dem Aufbruch. »Ich erzähl dir später alles.«

Tatsächlich ließ das Pferd mit einem leichten Hufscharren zu, dass Tarik sich auf seinen Rücken zog. Sabatea nahm vor ihm Platz, mit einem grazilen Schwung, als ritte sie das Elfenbeinross seit vielen Jahren, nicht erst seit einem Tag.

Im Osten hatte der Dunst eine rötliche Färbung angenommen. Irgendwo über der Wüste würde bald die Sonne aufgehen.

Das Pferd trug sie durch das Nebelmeer abwärts, durch eine Schicht fast vollkommener Finsternis.

Der Boden des Abgrunds war eben und mit Sand bedeckt wie die Wüste, die einst von ihm verschlungen worden war. Inmitten der weißen Dünen aber fächerte von einem einzigen Punkt ein Netzwerk tiefer Felsspalten auf. Im Anflug von oben sah es aus wie der Schatten einer Baumkrone, ein schwarzer Stern mit verästelten Strahlen. Als hätte ein Riese sein Schwert in die Welt gerammt und dabei in weitem Umkreis die Erde gespalten.

Die Risse waren durch schmalere Spalten miteinander verbunden und bildeten so einen Irrgarten aus gezackten schwarzen Linien. Auf den ersten Blick und aus großer Höhe hätte man es auch für eine gigantische Wurzel halten können, deren verzweigte Stränge in alle Himmelsrichtungen wiesen.

Die heimkehrenden Roch lenkten ihre Elfenbeinpferde zum Zentrum dieses Labyrinths, in die breiteste Kerbe, in der all die anderen Spalten aufeinandertrafen. Jetzt sah Tarik, dass sie ihre Behausungen in die Wände der Risse gebaut hatten, klobige Gebilde wie Schwalbennester, die ihn unangenehm an kleinere Nachahmungen der Hängenden Städte erinnerten. Weil die Vogelmenschen aus eigener Kraft nicht mehr fliegen konnten, hatten sie die kokonartigen Unterkünfte durch zahllose Hängebrücken und Treppen verbunden. Alle Spalten, die hier im Mittelpunkt zusammenkamen, waren mit diesem Netz aus Seilen, Planken und schwingenden Leitern verwoben, ein unübersichtliches Gewirr wie Spinnenetze in den Mauerspalten alter Häuser.

Die tiefste Kluft im Zentrum mochte einen Durchmesser von gut hundert Metern haben. Hier führten Stege, Strickleitern und in den Stein gehämmerte Stufen lediglich an den Wänden entlang, nicht aber quer hinüber wie in den angrenzenden Spalten. Am Boden dieses Schachts wurden die Elfenbeinpferde gehalten; sie benutzten die breite Öffnung zum Auf- und Abstieg aus der Tiefe.

Siebzig oder achtzig Meter unter dem Bodenniveau des Abgrunds brachten die Roch ihre Rösser zur Landung. Nur Sabateas Elfenbeinpferd weigerte sich, in dieses dunkle Loch zu fliegen und landete mit seinen beiden Reitern auf einem Sandstreifen oberhalb der Spalten. Die vier Wächter, die für sie abgestellt worden waren, gingen ebenfalls dort nieder, blieben auf ihren Pferden sitzen und sahen zu, wie Sabatea und Tarik aus dem Sattel zu Boden glitten.

Tarik gab sich Mühe, nicht in die Knie zu brechen, als der Aufprall seiner Füße im Sand wie ein Schlag durch seinen Körper raste. Der Blick seines gesunden Auges flackerte über die dunklen Spalten voller Rochnester, die sich rundum in alle Richtungen erstreckten. Weit verstreut, jenseits der Behausungen, lagen gewaltige Glasbrocken, die irgendwann einmal von den Dschinnen aus dem Nebelhimmel herabgestürzt worden waren. Nur einer hatte sein Ziel getroffen und eine der inneren Spalten zum Einsturz gebracht. Überreste von Hängebrücken ragten unter Felsgeröll, Sand und geborstenem Glas hervor.

»Was ist das hier?«

»Das sind die Überlebenden«, sagte Sabatea. »Die Letzten, die übrig sind.«

Sie führte ihn an der Hand auf den Rand der Mittelkluft zu. Hinter der Kante war eine Art Treppengeländer zu erkennen. Es bestand aus dem gleichen lehmartigen Material, aus dem auch die Behausungen und die Hängenden Städte erbaut worden waren. Strähnig ausgehärtet, wurde es durch Äste oder Zweige verstärkt. Gebeine, erkannte Tarik im Näherkommen. Dschinnknochen, durchwoben mit Streifen aus Horn und Chitin. Die Roch hatten alles verarbeitet, was ihnen in die Hände gefallen war. Auch die Überreste von Schwarmschrecken, Sandfaltern und anderen Kreaturen der Wilden Magie.

»Warum helfen sie uns?«, fragte er heiser.

»Das tun sie nicht. Aber sie geben uns eine Chance.«

»Das heißt, sie fallen *nicht* vor dir auf die Knie und verehren dich als Göttin auf ihrem strahlend weißen Zauberpferd?« Einen Moment lang hatte er etwas Derartiges tatsächlich erwartet, aber als er es aussprach, klang es spöttisch und unangebracht.

»Das Pferd hat sie ausreichend beeindruckt, um uns am Leben zu lassen«, sagte sie. »Aber alles andere, das sie tun – egal, ob für oder gegen uns –, tun sie aus Hass auf Skarabapur.«

Ihm entging nicht der feine Unterschied. Nicht Hass auf die Dschinne, die Wilde Magie oder den Dritten Wunsch. Vielmehr Hass auf eine Stadt, die eigentlich gar keine war, sondern … ja, was? Ein Symbol? Eine Art Heiligtum ohne Gottheiten? Was *war* Skarabapur, wenn sich wirklich so viel mehr dahinter verbarg als nur eine Ansammlung von uralten Mauern und Türmen?

»Du wirst bald alles verstehen«, sagte sie.

»Dir gefällt diese Geheimnistuerei.« Er bereute die Worte, kaum dass er sie ausgesprochen hatte. Aber Sabatea schien sie ihm nicht übel zu nehmen.

»Wir werden erwartet.« Sie deutete auf das Treppengeländer. Es vibrierte jetzt unter Schritten, die sich von unten näherten.

»Von ihrem Zaunkönig?«

»Von ihrer Brutmutter.« Sabatea blieb stehen, kurz bevor sie den Rand des Zentralspalts und die Treppe erreichen konnten. In einem Anflug von Wut zog sie ihn zu sich herum, und er dachte, gut, da also wären wir wieder; eigentlich hätte das hier ganz anders ablaufen sollen. Aber möglicherweise waren sie eben so: einander zu ähnlich im einen Moment, im nächsten schon vollkommen gegensätzlich.

»Soweit ich weiß«, begann sie schneidend, »sind Nachtgesicht und Ifranji noch am Leben. Du und ich sind es auch, und sogar Khalis und Almarik könnten das hier überstehen. Also hör auf, so zu tun, als hätte dir hier unten irgendjemand auch nur ein Haar gekrümmt. Die Roch haben uns alle gerettet, und im Augenblick interessiert es mich nicht, was ihre Vorfahren einmal getan haben und was dein Vater dir irgendwann über sie erzählt hat, um zwei kleinen Jungs damit Angst einzujagen!«

»Die Hängenden Städte waren keine Erfindung der Dschinne«, erinnerte er sie, wusste aber, dass er die schwächeren Argumente hatte. »Und auch keine meines Vaters. Die Roch haben sie gebaut, genauso wie die Pferche für ihre Menschensklaven. Das sind keine Ammenmärchen.«

Er spürte plötzlich den Wunsch, seinen Zorn über alles, was schiefgegangen war, an jemandem auszulassen. Dass es ausgerechnet Sabatea sein musste, war dumm und eigennützig von ihm, und er wusste es. Aber die Wut brodelte in ihm und drängte nach außen, und er fühlte sich wieder wie damals in Samarkand und fragte sich zugleich, ob er diesen Teil seiner selbst wohl niemals loswerden würde. Den Jähzorn, den Hohn, am Ende die Gewaltausbrüche.

Und dann spürte er wieder den Anderen an den Wurzeln seines Verstandes, wie ein Parasit, der sich dort festgesetzt hatte, und er dachte: Ich bin es nicht. *Er* ist es. Er tut mir das an, und er macht sich einen Spaß daraus.

Maryam ist damals freiwillig mit mir gekommen, flüsterte der Narbennarr, *weil ich ihr die Wahrheit versprochen habe. Vollkommene Wahrheit. Ich war ehrlich zu ihr. Und wie ehrlich warst du?*

»Tarik!« Sabatea packte ihn an der Schulter und schüttelte ihn. Sie hatte ihre Stimme zu einem beschwörenden Zischen gesenkt. »Reiß dich zusammen. Was auch immer es ist … Behalt es vorerst für dich.« Sie stand vor ihm, sah ihn finster und auch ein wenig besorgt an, und als er widerstrebend nickte, noch immer wie in Trance, da trat sie zur Seite, und er sah, dass da noch jemand war.

Mehrere Roch hatten die Treppe erklommen und waren zu ihnen auf das sandige Plateau zwischen den Felsspalten getreten. In ihrer Mitte stand eine hohe, schlanke Gestalt, nackt bis auf die schillernden Federn, die ihren Körper bedeckten.

Die Brutmutter zeigte mit einer schmalen Hand auf ihn. »Du bist nicht allein«, sagte sie. »Da ist noch einer in dir.«

Crahac

Die Brutmutter der Roch überragte Tarik um mehr als einen Kopf. Obwohl sie ohne jeden Zweifel das Äußere einer Frau besaß, menschenähnlicher als die Krieger, die sie beschützten, kam ihm kein einziges Mal der Gedanke, dass sie wahrhaftig ein Mensch sein könnte.

Die Anmut ihres Körpers war atemberaubend. Doch das war eine Eigenschaft, die ein Mann an einer Frau bewundern mochte. Tarik hingegen sah sie als etwas ganz und gar Fremdes, als ein Wesen, das die idealisierte Gestalt eines Menschen angenommen hatte und doch mit jeder Bewegung, jedem Blick verriet, dass etwas anderes darunter lauerte. Die messerscharfe Beobachtungsgabe eines Habichts. Die Kraft des Adlers. Die eisige Entschlossenheit eines Raubvogels, sein Nest und Gelege vor Feinden zu schützen.

Wie der Rest ihres Volkes besaß sie keine Flügel, nur winzige Ausbuchtungen oberhalb der Schulterblätter. Und doch vermittelte sie den Eindruck, sich im nächsten Augenblick in die Luft zu erheben, eine majestätische Runde über ihren Köpfen zu drehen – um sich dann blitzschnell auf sie zu stürzen und sie ohne Reue zu vernichten.

Die Federn, die jeden Fingerbreit ihres Körpers unterhalb des Kinns bedeckten, raschelten leise. Sie schillerten in betörenden Farben, was Tarik unangenehm an die

Flammenmale der Dschinne erinnerte. Als sie sprach, offenbarten ihre Lippen eine spitze Vogelzunge und scharfe Knochenkämme an Stelle von Zähnen.

Ihre schwarzen Augen musterten Tarik. Die ausgestreckte Hand wies noch immer in seine Richtung. »Du bist zwei«, sagte sie, und diesmal klang es wie eine Anklage.

Noch während sie sprach, fragte sich Tarik, ob sie wirklich die Mutter aller Roch war oder ob es sich dabei nur um einen Titel handelte.

»Ich bin Tarik al-Jamal«, sagte er.

Der Federflaum am eleganten Hals der Brutmutter stellte sich aufrecht. Sie legte den Kopf schräg, drehte ihn zur Seite und beobachtete Tarik aus dem Profil heraus nur noch mit einem Auge, wie es neugierige Vögel manchmal tun.

»Warum ist er zwei?«, fragte sie.

»Auf meinem Gefährten lastet ein Fluch«, sagte Sabatea.

Ein Fauchen wanderte von Roch zu Roch.

»Und da bringst du ihn zu uns?«, fragte die Brutmutter schneidend.

»Wir werden euch so schnell wie möglich wieder verlassen. Sobald wir wissen, was mit unseren anderen Freunden geschehen ist.«

»Du bist nur ein Gast«, sagte die Brutmutter. »Aber du könntest auch Beute sein. Genau wie er.«

»Lasst uns nach unseren Freunden suchen«, bat Sabatea. »Dann brechen wir wieder auf.«

»Ihr bringt Unglück, du und er und die anderen. Unglück über uns alle.«

Tarik dachte, dass es nicht viel schlimmer kommen

konnte, als in irgendeiner Grube am Fuß der Spalten zur Belustigung der Roch um sein Leben kämpfen zu müssen. Er machte einen Schritt nach vorn, auf die Brutmutter zu. Sie stieß ein Fauchen aus wie ein aggressiver Schwan. Rochwächter mit Lanzen verstellten ihm den Weg.

»Wenn ihr mich tötet, wird mein Fluch bei euch zurückbleiben«, behauptete er. Ein ziemlich armseliger Versuch. Und doch zeigte er Wirkung, als die Brutmutter ihre hohe, ebenmäßige Stirn runzelte. »Lasst ihr uns aber gehen, geht der Fluch mit mir.«

Sabatea räusperte sich leise. »So ist es«, flüsterte sie.

Die Brutmutter legte hinter dem Gitter aus gekreuzten Schwertlanzen abermals den Kopf schräg. Sie stieß ein leises Gurren aus. Ihre Augen glühten.

Unwillkürlich erinnerte sich Tarik an das, was der Narbennarr in den Trümmern der Hängenden Städte zu ihm gesagt hatte – daran, dass die Dschinne in die Welt gekommen waren, um hinter der Menschheit aufzuräumen. Auch die Roch waren einmal mächtig und Furcht einflößend gewesen – doch das war lange her. Auch wenn sie im Kampf gegen die Schwarmschrecken bewiesen hatten, dass sie mit ihren Waffen umzugehen wussten, verspürte er kaum Respekt vor ihnen.

Sabatea trat neben Tarik, sagte nichts, stand nur da und blickte die Brutmutter abwartend an. Etwas war mit den Augen dieses grazilen Wesens, das schlagartig von ihrer Schönheit ablenkte – Nickhäute schoben sich von unten und oben über die Pupillen, wenn sie blinzelte. Wieder ertönte das Gurren aus ihrer Kehle. Ihr Federkleid raschelte, als es sich in einer verwirrenden Wellenbewegung sträubte, die von den Schultern bis zu ihren Füßen lief. Dann machte sie sich mit gleitenden, fast tänzerischen Schritten an den Abstieg, gefolgt von ihrer Eskorte.

Nur ein einzelner unbewaffneter Roch blieb zurück. »Ihr dürft gehen«, sagte er zu Sabatea. »Sucht nach euren Gefährten. Niemand im Untersand wird euch aufhalten. Niemand von uns.«

»Wen gibt es denn noch?«, fragte sie.

»Ihr habt sie gesehen. Manchmal stoßen Schwarmschrecken durch den Nebel herab, auch Sandfalter und anderes Gezücht der Dschinne. Die großen Schlangen wagen sich nur selten unter dem Glas hervor.«

Sie nickte und dankte ihm.

»Was geschieht mit den beiden anderen?«, fragte Tarik. Er konnte Sabatea ansehen, dass sie es für das Beste hielt, Almarik und Khalis zurückzulassen.

»Ihnen wird nichts geschehen«, sagte der Roch, bevor er seinen Artgenossen in die Tiefe folgte. »Wenn ihr zurückkehrt, werdet ihr sie wiedersehen.«

Wenig später erhoben sich Tarik und Sabatea auf dem Elfenbeinpferd in die Lüfte. Erst nach einer Weile folgten ihnen drei Reiter, hielten jedoch Abstand.

Hoch über ihnen brodelte der Nebel über dem Abgrund. Die Licht- und Flammenerscheinungen, die Tarik von oben darin beobachtet hatte, waren auch von hier unten aus zu erkennen. Sie stiegen nicht vom Boden auf, wie er geglaubt hatte, vielmehr waren sie nur im Inneren der Nebeldecke zu sehen. Die unwirkliche Stimmung, die er bereits über der Wüste aus geschmolzenem Sand verspürt hatte, intensivierte sich jetzt nicht nur mit jedem Schritt nach Süden, sondern auch mit den Stunden, die sie hier verbrachten. Als wäre Skarabapurs Präsenz nicht allein auf einen Ort begrenzt, sondern tastete zugleich mit Dunstfingern hinaus in die Zeit.

Nachdem das sternförmige Netz der Felsspalten und Rochbehausungen unter ihnen zurückgeblieben war, schloss Tarik die Augen und genoss die Berührung von Sabateas Haar. Sie hatte es zu einem Knoten gebunden, bevor sie aufs Pferd gestiegen war. Einige Strähnen hatten sich gelöst und strichen um seine Wangen.

»Ich hatte Angst um dich«, sagte er.

Wortlos zog sie eine Hand aus der Mähne des Elfenbeinpferds und griff über die Schulter nach hinten. Tarik hielt sie fest. Erst nach einer Weile entzog Sabatea sie ihm wieder mit einem leisen Lachen und schob die Finger zurück in das weiße, wehende Pferdehaar.

»Der Roch, der gerade mit uns gesprochen hat, ist so etwas wie ein Priester«, sagte sie. »Oder ein Zeremonienmeister. Sein Name ist Crahac. Er hat uns das Leben gerettet.«

»Weil ihre Elfenbeinpferde verkrüppelt sind und deines nicht?«

»Das hat ihn neugierig gemacht. Sie verstehen nicht, warum es zulässt, dass ich auf ihm reite. Ihre Pferde sind Opfer der Dschinne, bemitleidenswerte Kreaturen. Offenbar ist es den Roch nicht allzu schwergefallen, sie einzufangen und zu zähmen. Die Dschinne haben ihren Willen gebrochen und sie dann fortgejagt. Aber die Roch haben noch nie gesehen, dass sich eines der wilden Zauberpferde reiten lässt. Sie haben es selbst versucht, ohne Erfolg.«

»Was hast du ihnen erzählt?«

»Dass sich das Pferd entschieden hat, mich zu akzeptieren.«

»Damit haben sie sich zufriedengegeben?«

Sie lächelte. »Nein. Aber sie sind ein merkwürdiges Volk, nur noch ein Schatten von dem, was ihre Vorfahren offenbar einmal waren.«

»Die Brutmutter hat Amaryllis in mir gespürt.«

»Ein paar der alten Instinkte sind ihnen geblieben. Sie spüren Dschinnmagie und die Macht des Dritten Wunsches wie einen schlechten Geruch, sagt Crahac. Die Dschinne können sie hier unten im Abgrund – im Untersand, wie sie ihn nennen – nicht erreichen, aber sie jagen ihnen regelmäßig ihre Schwarmschrecken und andere Biester auf den Hals. Deshalb sind sie so geübt darin, mit ihnen fertigzuwerden.«

Er wollte sich zur Seite beugen und nach unten deuten, auf die mächtigen Glasbrocken, die durch den Nebel gestürzt worden waren. Aber er war kaum in der Lage, sich festzuhalten und setzte sich gleich wieder aufrecht. Der Kampf mit Almarik steckte ihm tief in allen Knochen.

»Das waren die Dschinne, nehme ich an«, sagte er und musste gegen Schwindel ankämpfen, eigentlich undenkbar für einen Teppichreiter. Er war am Ende, und es hatte wenig Sinn, sich etwas anderes vorzumachen.

Sabatea nickte. »Halbherzige Versuche, ihre Neststadt zu zerschmettern. Ich glaube, die Dschinne kümmern sich nicht mehr um die Roch. Sie spielen einfach keine Rolle mehr in ihren Plänen. Crahac scheint das zu wissen, aber ich bin nicht sicher, ob das auch der Brutmutter klar ist. Ich habe nicht viel länger mit ihr gesprochen als du.«

»Dieser Crahac scheint recht vernünftig zu sein.«

»Deshalb habe ich ihm erzählt, was wir vorhaben.«

»Und was genau haben wir vor?«

»Nach Skarabapur gehen. Den Dritten Wunsch zerstören.« Sie stieß ein bitteres Lachen aus, das nicht darüber hinwegtäuschen konnte, dass sie es ernst meinte. »Mit dem Gift in meinem Blut sind so viele Menschen getötet worden, dass es an der Zeit ist, zur Abwechslung einigen das Leben zu retten.«

»Wenn *wir* überleben wäre das ein Anfang.«

»Nachtgesicht hat einen Sturm heraufbeschworen«, sagte sie. »So groß, dass man ihn von der Neststadt der Roch aus sehen konnte. Es hieß doch, dass das nur möglich sei, wenn –«

»Wenn dieser Jibril in der Nähe ist«, sagte Tarik. »Junis hat nicht viel von ihm gehalten, aber wenn du mich fragst, ist jeder Feind der Dschinne –«

»Unser Freund?«

Er seufzte, weil er wusste, was sie dachte. »So ungefähr wie die Roch. Vielleicht verfüttern sie uns ja später an ihre Brut, aber erst einmal …« Er brach ab, weil er zu müde war, über Dinge zu sprechen, die ihnen im Augenblick nicht weiterhalfen.

Nach kurzer Pause sagte sie: »Die Roch tragen die Schuld an allem.«

»Als könnte mich noch irgendwas überraschen.«

Sie lachte leise. »Crahac hat mir im Austausch ebenfalls ein paar Dinge erzählt.«

Er wartete ab, während sie nach Worten suchte und dabei den Boden tief unter ihnen im Auge behielt. Er selbst war dazu kaum noch in der Lage. Immer wenn er den Blick von ihrem Hinterkopf wandte, kehrte der Schwindel zurück.

»Alles führt zurück nach Skarabapur«, sagte sie schließlich. »Irgendwann haben sich die Roch auf die Suche danach gemacht.«

»Was hat ihnen an den Hängenden Städten nicht mehr gefallen?«

Fahrig deutete sie nach vorn. »Siehst du die Schneise im Sand? Das war Nachtgesichts Wirbelsturm. Wir waren gerade dabei, nach den beiden zu suchen, als die Schwarmschrecken bei euch aufgetaucht sind.« Mit einem Nicken wies sie nach oben. Als er ihrem Blick folgte, erkannte er durch den Nebel undeutlich die Umrisse der schwebenden Glasbrocken, aus denen sich der Scherbensteg zusammengesetzt hatte. Das Elfenbeinpferd befand sich jetzt genau unter den Überresten der Brücke. Die gläsernen Kolosse drifteten immer weiter auseinander, wurden aber nach wie vor von der Dschinnmagie in der Luft gehalten. Der Sonnenaufgang war von hier unten aus nicht zu erkennen, aber er färbte das Nebeldach des Untersands allmählich feuerrot.

»Erzähl weiter.« Er hielt Ausschau nach dem abgestürzten Honigschrein. Keine Spur davon. Vielleicht hatten sich seine Trümmer beim Aufschlag zu tief in den Sand gegraben.

»Die Roch haben Skarabapur gesucht und irgendwann tatsächlich gefunden. Sie haben sich dort – ganz buchstäblich – eingenistet. Skarabapur existiert in vielen Welten nicht nur in dieser hier, sagt Crahac. In der Flasche und außerhalb, aber auch außerhalb *davon.*« Sie sah stirnrunzelnd über die Schulter. »Ich weiß selbst, wie das klingt ... Offenbar haben sie in Skarabapur nicht das gefunden, was sie sich erhofft hatten. Vielleicht ist es eben nicht das letzte und größte aller Ziele, die ultimative Er füllung. Vielleicht gibt es so etwas überhaupt nicht – ich weiß es nicht. Fest steht, sie haben irgendwann begonnen, Experimente durchzuführen. Sie fingen Ifrit ein und fanden heraus, dass es möglich ist, deren Wunschmacht zu stehlen, sie ihnen abzuzapfen wie einer Kuh die Milch. Um schließlich, im letzten Schritt, so viel davon zu besitzen, dass *alles* möglich ist. Und frag mich nicht, was das für einen Roch bedeutet – was sie letztendlich damit anstellen wollten, wird wohl ihr Geheimnis bleiben.«

»Wir hätten es nicht anders gemacht.«

»Sie sind mit uns Menschen verwandt. Sie machen die gleichen Fehler.« Resigniert zuckte sie die Achseln. »Jedenfalls haben die Roch einen Weg gefunden, mit Hilfe ihrer Magie jeden dritten Wunsch eines Ifrit zu rauben – solange es jemanden gab, der einen ersten und zweiten Wunsch von ihnen forderte. Ifrit erfüllen nur die Wünsche von Menschen, ausgerechnet… Deshalb hat es so lange gedauert. Die Roch saßen in Skarabapur, und immer, wenn sich irgendwo ein Ifrit bereit erklärte, einem Menschen drei Wünsche zu erfüllen, und der Ifrit seinen Geist öffnete, seine Wunschmacht offenbarte und dadurch angreifbar wurde… nun, *wie* auch immer sie es gemacht haben, am Ende bekamen sie durch den letzten, den dritten Wunsch Zugriff auf die gesamte Wunschmacht eines Ifrit. Sie wurde ihm geraubt, floss nach Skarabapur und wurde dort gesammelt.«

Er gab sich Mühe, mit ihren Ausführungen Schritt zu halten. Wahrscheinlich wäre ihm das nicht mal gelungen, wenn er unverletzt, ausgeschlafen und bei guter Laune gewesen wäre. Alles, was er zustande brachte, waren vage Spekulationen. »Skarabapur steht für das größte aller Ziele, heißt es. Und damit für die Erfüllung des größten Wunsches. Wenn die Roch dort aber nicht gefunden haben, was sie suchten, dann –«

»Dann war Skarabapur vielleicht nie das, was alle dahinter vermutet haben«, bestätigte sie. »Mag ja sein, dass es wirklich kein gewöhnlicher Ort ist, sondern einer, der überall existiert, was weiß ich … Aber es ist eben nicht die Erfüllung eines Traums oder –«

»Eines Wunschs.«

Sie nickte heftig. »Ist es also *das*, was die Roch verändern wollten? In Skarabapur die Wunschmacht der Ifrit zu vereinen, zu *konzentrieren*, um so dafür zu sorgen, dass die Legende doch noch wahr wird? Nachdem sie so lange nach Skarabapur gesucht hatten, war ihr einziger Wunsch zuletzt nur noch, dass der Mythos wahr wird. Dass nicht alles umsonst war.«

»Du meinst, die Erfüllung des Wunschs wäre, *dass* der Wunsch erfüllt wird?« Er lachte humorlos. »Wie der Hund, der dem eigenen Schwanz nachläuft. Klingt jedenfalls verrückt genug. Wenn nicht für solch einen Unsinn, wofür sonst setzt man die ganze Welt aufs Spiel?« Das sollte ironisch klingen, aber auch ihm dämmerte mehr und mehr, dass darin womöglich eine Menge Wahrheit lag.

Sabatea ließ das Elfenbeinpferd tiefer sinken, dem Boden des Untersands und den Spuren des Wirbelsturms entgegen. »Aber dann ist etwas geschehen, mit dem keiner gerechnet hatte.«

»Dschinne?«

»Crahac sagt, dass den Roch irgendwann klar wurde, dass sie einen Fehler begangen hatten. Zwar sammelten sie große Mengen der Wunschmacht, aber mit jedem unerfüllten Wunsch fiel es ihnen schwerer, diese Macht zu bändigen. Wie ein Kessel, der mit jeder Zutat ein wenig höher kocht und dabei heißer wird, bis er irgendwann überquillt.«

»Was ist passiert?«

»Die Roch haben die Kontrolle über die Wunschmacht verloren.«

»Was ich mir *wie* genau vorzustellen habe?«

»Woher soll ich das wissen? Ich war nicht dabei. Aber Crahac sagt, dass es dadurch vor rund sechzig Jahren zum Ausbruch der Wilden Magie gekommen ist.«

Er schnappte nach Luft, während das Elfenbeinpferd die letzten Meter zum Boden hinabsank. »Die Wilde Magie … du meinst, das alles hat *hier* begonnen?«

»In Skarabapur. Die Stadt ist das Zentrum des Ausbruchs. Alles, was danach geschehen ist, hat dort seinen Anfang genommen. Die ersten Dschinne, die wie aus dem Nichts aufgetaucht sind, wer weiß, woher … Vielleicht aus einer anderen Welt, in der es ebenfalls ein Skarabapur gibt – oder aber sie waren schon immer hier, körperlose Geister draußen in der Wüste, die mit einem Mal zu Fleisch und Blut geworden sind.« Sabatea zuckte die Achseln. »Die Roch haben, ohne es zu wollen, den Ausbruch der Wilden Magie und die Geburt der Dschinne herbeigeführt.«

»Und die hatten daraufhin nichts Besseres zu tun, als die Roch aus Skarabapur zu vertreiben und die Stadt für sich zu beanspruchen.«

»Das ist es, was Crahac gesagt hat.« Sie lachte leise. »Abgesehen von alldem, was wir uns gerade zusammengereimt haben und das ebenso gut vollkommen haltlos und irre sein könnte wie all das Gerede über andere Welten, die gespalten und in Flaschen eingesperrt werden.« Sie versteifte sich einen Moment lang. »Achtung – halt dich fest!«

Das Pferd kam mit den Hufen am Erdboden auf. Womöglich hätten sie die Stelle besser aus der Luft untersucht, wo sie einen Überblick über die Spuren des Wirbelsturms hatten. Aber Tarik war froh, wieder auf festem Untergrund zu stehen. Mit einem Ächzen rutschte er vom Rücken des Zauberpferdes und landete schwankend im Sand. Sabatea glitt um einiges graziler neben ihm zu Boden. Heißer Wind presste den weiten Stoff ihrer Hose gegen ihre Schenkel.

»Alles in Ordnung?«, fragte sie.

Er nickte. Aber nichts war in Ordnung, am wenigsten sein Gleichgewichtsgefühl und all die Prellungen, Schnitte und Schürfwunden. Falls er doch noch in den Kampfgruben der Roch landete, würden sie wenig Freude an ihm haben.

Sie stapften einen Wall aus aufgeworfenem Sand hinauf und blieben an der höchsten Stelle stehen. Vor ihnen öffnete sich eine Art Krater im Wüstensand; hier musste der Wirbelsturm aufgekommen sein, nachdem Nachtgesicht sich mit ihm von der Brücke gestürzt hatte.

»Was genau ist da oben passiert?«, fragte Sabatea.

Während er ihr alles erzählte, erinnerte er sich an die seltsame Starre auf Nachtgesichts Zügen, kurz bevor er das Lederband vom Hals genommen und damit den Wirbelsturm heraufbeschworen hatte.

»Wie hat er ausgesehen?«, bohrte Sabatea nach. »Erschrocken?«

»Überrascht.«

»Glaubst du, die Sturmkönige können spüren, wenn dieser Jibril in ihrer Nähe ist? Junis hat gesagt, der Junge überträgt seine Magie durch die Lederbänder auf sie. Nachtgesicht müsste also gefühlt haben, dass er plötzlich in der Lage war, einen Sturm heraufzubeschwören.«

»Oder er hat nur in Panik gehandelt. Er hat gesehen, wie Ifranji abgestürzt ist – und der Rest war purer Instinkt.« Er rieb sich den Nacken, aber das änderte nichts an seiner Verspannung.

»Ich denke, er hat gewusst, dass Jibril nicht weit entfernt ist.«

»Junis ist nach Bagdad zurückgekehrt, um Jibril zu befreien. Glaubst du, er ist auch hier irgendwo?« Er wies auf das Panorama der aufgewühlten Sanddünen.

Sie gab keine Antwort. Junis hatte Jibril nicht getraut, und sie hatten beide keinen Grund, sein Urteil in Frage zu stellen. Was die Anwesenheit des Jungen so nahe bei Skarabapur zu bedeuten hatte, blieb vorerst ein Rätsel – vorausgesetzt, er war wirklich hier und es gab keine andere Erklärung für Nachtgesichts Wirbelsturm.

»Könnte *er* Qatum sein?«, fragte Sabatea.

Tarik hob mit einem Seufzen die Schultern, schaute sich um und sah die vier Roch ihrer Eskorte etwa fünfzig Meter über ihnen kreisen. Eines der Pferde hatte zwei Köpfe, ein anderes die geaderten Insektenflügel einer Schwarmschrecke. Schwer vorstellbar, dass die Dschinnfürsten damit irgendeinen nachvollziehbaren Zweck verfolgt hatten. Womöglich waren sie nur der gleichen Langweile erlegen wie die Roch, während sie dabei zusahen, wie mit den Jahren mehr und mehr geraubte Wunschmacht nach Skarabapur floss. Dass die Dschinne die Pläne der Vogelmenschen weiter verfolgt hatten, stand außer Frage. Und dass sie mehr Erfolg damit gehabt hatten.

Tarik deutete auf den Verlauf der Schneise, zwanzig, dreißig Meter breit, die von dem Sandkrater fortführte. »Wo kann Nachtgesicht hin sein?«

»Er versteckt sich vor den Roch, nehme ich an.«

»Und hinterlässt dabei eine solche Spur?« Die Rinne, die der Windtrichter in das weiße Dünenmeer des Untersands gefräst hatte, öffnete sich vor ihnen wie ein ausgetrocknetes Flussbett.

Sie stiegen zurück auf das Elfenbeinross, Sabatea voller Anmut, Tarik ein wenig zögerlich, weil das Pferd bedrohlich schnaubte und scharrte, als er sich ihm abermals näherte. Sabatea flüsterte beruhigend in eines der zuckenden weißen Ohren, bis Tarik einigermaßen sicher hinter ihr saß.

»Ich brauche so schnell wie möglich meinen Teppich«, sagte er, als das Pferd sich vom Boden abstieß.

»Der wird dir hier unten kaum helfen. Der Abgrund ist zu tief, einige hundert Meter. Mit dem Teppich allein kommst du hier nicht mehr raus.«

»Skarabapur ist auf der anderen Seite?«

Sie deutete nach Süden, wo der rotglühende Nebel hoch über ihnen die Dünen in wabernde Glut tauchte. Die Sicht reichte nicht weiter als wenige Kilometer. »Es liegt auf einem hohen Felsplateau, irgendwo in dieser Richtung. Der Abgrund zieht sich kreisrund wie ein Ring um die Stadt. Das alles muss beim Ausbruch der Wilden Magie entstanden sein – der Abgrund, die Glaswüste, die Wesen, die all das hier bevölkern.«

Er blickte nach oben. Von der Kante der Glasebene aus

hatte er riesenhafte Schatten im Nebel beobachtet. Jetzt sah er, woher sie rührten.

Gewaltige Kolosse schwebten unterhalb der Nebeldecke, lang gestreckte Ovale wie Schiffsrümpfe, aber um ein Vielfaches größer als die mächtigste Galeere. Sie erinnerten an gigantische Fische, die eine unbegreifliche Macht aus dem Ozean gerissen und hierher getragen hatte. Nur dass sie nicht länger das Meer, sondern den Nebelhimmel über dem Untersand durchpflügten. Bedrohlich wirkten sie allein durch ihre Größe, ihre Bewegungen waren behäbig, fast schwerfällig. Ihre trägen Bahnen führten sie in einem endlosen Auf und Ab von Süden nach Norden und wieder zurück, von den Rändern Skarabapurs hin zu den Glasgestaden der Wüste im Norden.

Er löste seinen Blick von den riesenhaften Geschöpfen. »Falls Nachtgesicht es wirklich geschafft hat – wohin könnte er sich zurückgezogen haben?«

Sie zuckte die Achseln. »Ich bin selbst nur ein paar Stunden länger hier unten als du.«

»Offenbar hat das ausgereicht, um eine Menge über die Geschichte der Roch zu erfahren.«

»Wie lange habe ich gebraucht, um dir davon zu erzählen? Zehn Minuten? Vielleicht zwanzig? Ich weiß nicht mehr als das, was ich dir gesagt habe.«

Er seufzte leise. »Folgen wir einfach der Spur des Sturms.« Da war wieder dieser Anflug von Wut tief in ihm, eine Ungeduld, die er selbst nur teilweise nachvollziehen konnte. Als zerrte etwas an ihm. Nach Süden, in das diffuse rote Glühen und zu dem, was dahinter lag.

Das Elfenbeinpferd folgte hoch über dem Boden dem Verlauf der Schneise. Tarik warf einen Blick über die Schulter zu ihrer Eskorte. Die vier Roch hielten sich eng beieinander und warfen wachsame Blicke in die Höhe.

»Sie wirken angespannt«, stellte er fest.

»Sie fürchten sich.«

»Vor der allmächtigen Pferdebändigerin?«

Sie deutete mit einem Nicken nach oben. »Vor denen da.«

Tarik folgte ihrem Blick zu den trägen Kolossen unter der Nebeldecke.

Sie lächelte grimmig. »Du hast gedacht, das sind Tiere, stimmt's?«

»Es darf niemals einfach sein, oder?«

»Das hier ist das Dschinnland. Gerade du müsstest wissen, dass es hier -«

»Was genau sind sie?«, fiel er ihr ins Wort.

»Schreckenkokons.«

Er stöhnte leise.

»Wenn sie reif sind, platzen sie. Dann regnet es Schwarmschrecken auf den Untersand. Was offenbar weit öfter geschieht, als allen hier unten lieb sein kann.«

»*Regnen* bedeutet mehr als, sagen wir, fünf, nehme ich an.«

»Ein paar Dutzend.«

Er blickte zurück zu ihren Rochwächtern, dann hinauf zu den treibenden Giganten. Einer war genau über ihnen. Er schwebte parallel zu den Überresten des Scherbenstegs. Mit einem Mal schien die Verfolgung des Wirbelsturms keine gute Idee mehr zu sein.

»Die Roch haben nichts gefunden, keine Leichen, keinen Schrein, nicht mal Scherben«, sagte Sabatea. »Ich denke, Nachtgesicht hat's geschafft, Ifranji aufzufangen.«

Sie ächzte zynisch. »Ich müsste dem kleinen Biest eigentlich wünschen, dass es kopfüber irgendwo im Sand steckt.«

»Man gewöhnt sich an sie. Wie an einen Klumpfuß.«

Sabatea hatte allen Grund, Ifranji abzulehnen. Es war noch nicht lange her, da hatte die Diebin damit geprahlt, Tarik und ihr die Kehle durchzuschneiden. Schließlich hatte sie ihn mit Sabateas Blut vergiften wollen, eine andere Diebin war dabei ums Leben gekommen. Ifranji machte es einem nicht leicht, sie zu mögen.

Die vier Reiter zogen an ihnen vorüber. »Weit genug«, rief einer von ihnen. Es war der auf dem zweiköpfigen Elfenbeinpferd. Der linke Schädel ließ die Zunge hängen und schnaufte kränklich. »Wir kehren um.«

Tarik schüttelte den Kopf. »Noch nicht.«

»Ihr kommt mit uns.«

Sabatea presste die Knie zusammen. Das Zauberpferd wurde langsamer, schwebte bald auf der Stelle. Seine Schwingen hoben und senkten sich gemächlich.

Der Roch wies mit seiner Schwertlanze voraus. Einer der Schreckenkokons flog tiefer als die anderen und war an der Unterseite stark aufgebläht. »Zu gefährlich.«

Tarik fluchte leise.

»Und Nachtgesicht?« Sabateas Blick folgte der Spur des Sturms. Die Sandschneise führte unter dem Kokon hindurch und verlor sich in der Ferne in glühendem Dunstflimmern.

»Sturmkönige wissen, wie man im Dschinnland überlebt«, sagte Tarik.

»Und warum ist dann Nachtgesicht der Letzte, der noch am Leben ist?«

»Er wird wieder auftauchen.« Mit einem Mal war ihm,

als würden ihm die Worte von einem anderen vorgegeben. »Je schneller wir Skarabapur erreichen, desto besser.«

Verwundert sah sie über die Schulter. »Ist das dein Ernst?«

Tarik rang mit dem, was sich da immer deutlicher in ihm manifestierte. Es fühlte sich an wie eine Faust, die die Worte durch seine Kehle nach oben stieß. Er konnte sie mit Mühe zurückhalten, aber er brachte keinen Widerspruch zustande. Hitze stieg in ihm auf, dann ein Zittern wie von Schüttelfrost.

»Was ist los mit dir?«, wollte sie wissen.

Tarik wich ihrem Blick aus.

Der Roch wies erneut mit der Lanze in die Richtung der Neststadt. »Umkehren!«

Sabatea zögerte noch, dann gab sie nach. »Wie ihr wollt.« Sie beugte sich vor und raunte dem Elfeinbeinpferd etwas ins Ohr. Mit einigen schnellen Schwingenschlägen drehte es bei und galoppierte an der Spitze der Gruppe zurück.

Sie sprachen nicht, bis sie die Felsspalten unter sich sahen. Da erst brachte Tarik wieder eigene Worte heraus, und sie klangen brüchig wie die eines Kranken.

»Er wird stärker«, flüsterte er.

»Der Narbennarr?«

Die Antwort blieb er ihr abermals schuldig.

Also«, fragte sie, »Was ist los?«

Tarik kauerte mit angezogenen Beinen an der Wand einer düsteren Nesthöhle und starrte zwischen seinen Knien zu Boden. Er war wütend auf sich, auf die Roch, sogar auf Sabatea. Er suchte in sich nach den Gründen, aber alles, was er fand, war pochende, pulsierende Aggression. Als wäre sein altes Ich, der Tarik der verschwendeten letzten Jahre in Samarkand, auf einen Schlag zurückgekehrt, zorniger und bitterer als jemals zuvor.

Er hob langsam den Kopf und blickte zu ihr auf. Sah ein schattenhaftes Erschrecken in ihren Augen, dann noch größere Sorge.

»Zum Teufel, was ist los mit dir?« Mit Besorgnis konnte sie so wenig umgehen wie er selbst, was wie immer hilflose Wut daraus machte.

»Wir sitzen untätig in diesem Loch, während Skarabapur zum Greifen nahe ist.« Er legte den Kopf in den Nacken, an die kühle Oberfläche der Nestwand. »Dieser Ort macht mich wahnsinnig.«

»Wir sind nicht hier, weil es mir so gut gefällt«, erinnerte sie ihn gereizt.

Er schloss das gesunde Auge, hatte aber das Gefühl, dass er mit dem anderen noch immer etwas sah. Ein waberndes Glimmen in der Schwärze hinter der Augenklappe, das ganz allmählich näher kam und heller wurde. Aber sobald er versuchte, es zu erforschen, wurden seine Gedanken blockiert. Als hielte ihn etwas davon ab, sich damit zu beschäftigen und die Konsequenzen durchzuspielen.

Nach ihrer Rückkehr waren sie von den Roch mehrere Treppen und Stege an der Innenwand der größten Felsspalte hinabgeführt worden. Jede Wand, jedes Geländer, selbst die Sammelbecken für Trinkwasser bestanden aus dem gehärteten, strähnigen Material, mit dem die Roch seit jeher ihre Behausungen errichteten. Die Struktur erinnerte unwillkürlich an Wespennester und Termitenbauten, nur dass die Roch nach dem Verlust ihrer Flügel hatten lernen müssen, Stufen und Brücken anzulegen.

Auf Tarik wirkte das alles verzerrt und missgestaltet. Seit sie zurück waren, kämpfte er mit einem würgenden Brechreiz, als gäbe es da etwas im Anblick dieser Umgebung, das seine Eingeweide zusammenpresste.

Die Nesthöhle, in die man sie gebracht hatte, besaß eine breite Öffnung zum Felsspalt. Ein Steg, Schwindel erregend schmal, führte wie eine Balustrade daran entlang. Dahinter lag die zentrale Kluft der Neststadt, weitere dreißig Meter tief, an deren Grund sich die vergitterten Gehege der Elfenbeinpferde befanden. Die gegenüberliegende Felswand war mit blasigen Bauten überzogen, verknüpft durch ein verzweigtes Netz aus Treppen, Leitern, Stegen und Hängebrücken.

Sabatea und Tarik waren nicht allein. Khalis saß gefesselt nur wenige Schritt entfernt an der Wand. Die Roch hatten ihn geknebelt, damit er keine seiner Beschwörungsformeln aussprechen konnte. Die beiden Wächter vor der Öffnung, zwei hochgewachsene, knochige Roch, ließen den Magier nicht aus den Augen, als spürten sie, dass von ihm eine besondere Bedrohung ausging. Weil Khalis über den Knebel hinweg kaum durch die Nase atmen konnte, hatte Sabatea versucht, die enge Binde zu lockern. Die Krieger aber hatten sie umgehend aufgefordert, Abstand zu dem alten Mann zu wahren.

Almarik war als Letzter hergebracht worden, nachdem sich ein Heiler der Roch um seine Verletzungen gekümmert hatte. Mit nacktem Oberkörper lag er auf einem Fell, das im hinteren Teil der Kammer für ihn ausgebreitet worden war. Sie mussten ihm etwas gegeben haben, das ihn betäubte; er war umgehend eingeschlafen. Seine Brust und die verstümmelte Hand waren mit etwas bandagiert, das aussah wie gegerbte Haut. Die übrigen Wunden waren genäht und mit Salben bestrichen worden.

Auch Tarik hatte man angeboten, seine Schnitte und Schürfwunden zu behandeln; er hatte ihnen gesagt, wohin sie sich mit ihren Nadeln und Tiegeln verziehen sollten. Die meisten Verletzungen waren ohnehin längst verkrustet. Sein Körper heilte leidlich gut, das wusste er von all den Zusammenstößen und Beinahekatastrophen während der Teppichrennen, ganz abgesehen von den Blessuren, die er sich bei ihrer bisherigen Reise zugezogen hatte. Er würde keinen Roch an sich heranlassen. Stattdessen hatte er die größeren Wunden selbst mit Wasser gereinigt. Als Sabatea ihm helfen wollte, hatte er auch sie fortgeschickt.

Es wäre vernünftig gewesen, seine schmutzige Kleidung von den Verletzungen fernzuhalten, aber es gab in der Neststadt nichts, gegen das er sie hätte austauschen können. Blut, Schweiß und Dreck hatte er, so gut es eben ging, aus den Sachen herausgewaschen und den Stoff am Körper trocknen lassen.

»Wie lange wollen die uns noch warten lassen?«, knurrte er.

Sabatea sah aus, als läge ihr eine bissige Bemerkung auf der Zunge, doch dann beließ sie es bei einem wortlosen Kopfschütteln.

Unruhig sprang er auf, machte ein paar hastige Schritte in Richtung des Ausgangs und blickte unbeeindruckt auf die Lanze, die sogleich in seine Richtung schwenkte. Es war eine grobe Waffe, und jetzt erst erkannte er, dass sie aus den Schmieden der Dschinne stammte. Kriegsbeute.

Er lieferte sich ein grimmiges Blickduell mit dem Rochwächter, dann ging er wortlos zurück zu seinem Platz.

Sabatea verschränkte die Arme. »Das war ungeheuer hilfreich.«

»Was hat dein Freund Crahac gesagt? Wie lange müssen wir hierbleiben?«

»Was soll das, Tarik? Er ist nicht mein Freund. Er interessiert sich für uns nicht viel mehr als ein Kind für ein paar Ameisen, die auf seiner Hand herumkrabbeln.«

»*Das* macht mir Mut.«

»Er will die Brutmutter überzeugen, uns weiterziehen zu lassen.« Sie wandte sich ab und trat ungehindert zwischen den beiden Wächtern hindurch an die verzogene Brüstung des Außenstegs. Sie war keine Gefangene wie die drei anderen, obgleich es auch ihr nicht gestattet war, sich frei in der Neststadt zu bewegen. Crahac hatte in seinen Anweisungen an die Wächter offenbar Wert darauf gelegt dass Sabatea nicht unnötig bedroht oder eingeschüchtert wurde.

Die Wut biss sich noch ein wenig heftiger in Tarik fest

Die Stimme des Narbennarren flüsterte ihm zu, dass es ungerecht war und dass Sabatea ihn verraten würde, wenn man ihr erst Gelegenheit dazu gäbe. Dass sie es womöglich bereits getan hatte. Amaryllis' Macht über ihn wuchs, je näher sie Skarabapur kamen. Die Stadt war zugleich Ziel wie auch Kraftquell des Narbennarren. Tariks Gegenwehr wurde schwächer, durchlässiger, und er konnte nur hilflos dabei zusehen, wie die fremden Zweifel und lauernden Vorwürfe immer lauter durch seinen Verstand hallten.

Er hatte versucht, es Sabatea zu erklären. Aber sosehr er sich auch bemühte – kein Wort kam über seine Lippen. Sie musste erkannt haben, wie es um ihn stand, aber sie wusste nicht, was sie tun sollte. Amaryllis verhöhnte sie in seinen Gedanken, und dann und wann ertappte Tarik sich dabei, dass er manche dieser Vorwürfe teilte, und die Gründe dafür, dass es so weit gekommen war, bei ihr suchte.

Dann fühlte er sich schuldig, und das machte es nicht besser. Amaryllis verstand sich darauf, Tariks schlechtes Gewissen zu etwas zu verdrehen, das ihm wieder und wieder zuraunte, allein die anderen trügen die Schuld an allem, das ihnen zugestoßen war.

Im Gewirr der Nesthöhlen und Wege auf der gegenüberliegenden Seite des Felsspalts leuchteten Fackeln auf. Das diffuse Licht, das von oben durch die Nebeldecke fiel, verblasste allmählich. Draußen über der Wüste wurde es Abend. Sie saßen jetzt seit fast einem Tag hier unten fest.

Einer der beiden Wächter entzündete auf dem Steg ein Feuerbecken. Die Flammen fauchten in den Aufwinden, die endlos durch die verzweigten Felsspalten säuselten. Nervös zuckender Feuerschein tanzte durch die Kammer und schuf mehr Schatten als Licht.

Almarik regte sich und erwachte allmählich, während Khalis mit rot geäderten Augen vor sich hinstarrte und Tarik und Sabatea mit vernichtenden Blicken bedachte. Tarik fühlte sich in seinem Verdacht bestätigt, dass es um die Magie des Alten nicht zum Besten stand, sonst hätten die Roch ihn kaum mit einem Knebel davon abhalten können, seine Fesseln zu sprengen.

Der Dummkopf hat zu viel von seiner Kraft verschwendet, wisperte der Narbennarr. *Den Körper seiner Tochter vor dem Verfall zu bewahren hat stärker an ihm gezehrt, als er wahrhaben will. Sieh ihn dir an! Kraftlos und schlaff ist er. Nur noch ein Schatten seiner selbst.*

Tariks Blick wanderte von Khalis hinüber zum Byzantiner. Almarik bewegte sich stöhnend und stemmte sich gegen die Stricke, mit denen die Roch ihm Arme und Beine zusammengeschnürt hatten. Seine geschlossenen Augenlider zuckten. Nicht mehr lange, und er würde zu sich kommen.

Die Roch hatten auch Tarik fesseln wollen, aber Sabatea war dazwischengegangen und hatte sich dafür verbürgt, dass er keinen Fluchtversuch unternehmen würde.

Ein Fehler, dachte er. Aber das wusste sie noch nicht.

Nachdem sie es aufgegeben hatte, ihn auszuhorchen, hatte sie sich einige Meter entfernt am Fuß der Wand zusammengerollt und versuchte seither zu schlafen. Erst vor ein paar Minuten war ihr Atem ruhiger geworden. Gelegentlich zuckte sie zusammen, schlug die Augen auf und blickte in Tariks Richtung, ehe die Erschöpfung sie von Neuem überkam und zurück in unruhige Träume zog.

Tarik wusste, dass ihm nicht allzu viel Zeit blieb. Khalis konnte niemanden warnen, und Almarik war noch nicht genug bei Sinnen, um die Wächter zu alarmieren. Was Sabatea anging – es war besser für sie, wenn er den Rest des Weges allein zurücklegte. Die Roch würden sie gehen lassen. Sogar Amaryllis war dieser Meinung. Besser, wenn er sie hier zurückließ. Besser für sie und für ihn selbst.

Lautlos stand er auf und beobachtete die beiden Roch vor dem Zugang der Nesthöhle. Sie wandten ihm den Rücken zu, blickten über das Feuerbecken hinaus in die Kluft. Offenbar vertrauten sie darauf, dass Sabatea die Wahrheit gesagt hatte: Weder sie, noch Tarik würden fliehen. In Sabateas Augen gab es keinen Grund dazu. Sie glaubte noch immer, dass die Roch sie aus freien Stücken würden weiterziehen lassen.

Diese Närrin, wisperte Amaryllis.

Sie war zu gutgläubig. Zu schwach. Skarabapur war kein Ort für sie. Sie spürte nicht wie Tarik die Lockung, die davon ausging. Den Sog der Wunschmacht. Ihr fehlte der kluge Rat des Narbennarren.

Sie regte sich noch immer im Schlaf, gepeinigt von Träumen. Ganz kurz verspürte Tarik den Wunsch, sie in den Arm zu nehmen, aber Amaryllis bewahrte ihn vor solcher Schwäche. Er trieb ihn voran, ganz lautlos, ganz kühn.

Der eine der beiden Wächter hielt sich mit beiden Händen an seiner aufgepflanzten Schwertlanze fest und war nahezu eingeschlafen. Der andere hatte seine Waffe an die Wand neben dem Eingang gelehnt und stützte sich auf das Geländer. Vielleicht beobachtete er die Elfenbeinpferde dort unten in ihren Gehegen. Er würde bald Gelegenheit haben, sie aus der Nähe zu betrachten. Tarik entschied, ihn als Ersten zu töten.

Er warf einen Blick über die Schulter. Sabatea lag still.

Auch Khalis rührte sich nicht, aber dann entdeckte er, dass der Alte ihn mit verkniffenem Blick beobachtete. Noch gab er keinen Laut von sich, aber das mochte sich ändern, wenn er erst erkannte, dass Tarik ihn und die anderen zurücklassen würde.

Tarik hatte schon früher Gegner getötet, die ihn um mehr als einen Kopf überragten. Ohne einen verräterischen Laut näherte er sich dem Wächter von hinten, hob beide Hände – und packte den Roch am Schädel, riss ihn mit aller Gewalt herum und spürte das Genick brechen wie einen trockenen Zweig.

Der zweite Roch sah die Bewegung aus dem Augenwinkel, erwachte aus seinem Halbschlaf – und wurde von der Lanze seines Gefährten enthauptet, als Tarik die Waffe ergriff und mit einem blitzschnellen Hieb auf ihn zuwirbelte. Der Kopf verschwand in der Tiefe, während der Leichnam über dem Geländer zusammensackte. Tarik legte leise die Schwertlanze ab, vergewisserte sich, dass Sabatea noch immer schlief und Khalis stillhielt, dann hob er den Toten von der Brüstung und zog ihn vorsichtig in den Schatten neben seinen toten Kameraden.

Er wollte sich gerade davonmachen, den Steg entlang und die nächste Treppe hinauf, als er hinter sich Laute hörte. Khalis nuschelte aufgeregt etwas in seinen Knebel.

Tarik drehte die Schwertlanze herum und versetzte dem alten Mann mit dem Schaft einen heftigen Schlag gegen die Schläfe. Das Geräusch kam ihm ohrenbetäubend vor, aber Sabatea murmelte nur etwas und rollte sich im Schlaf noch enger zusammen. Abermals entfachte ihr Anblick etwas in Tarik, einen Hauch von Wärme, der zu etwas Größerem, Heißerem auflodern wollte. Der Narbennarr übernahm erneut die Kontrolle und brachte die Flamme zum Erlöschen.

Tarik ließ den zusammengesunkenen Magier liegen, stellte sicher, dass auch Almarik noch nicht bei Bewusstsein war, und machte sich auf den Weg. Die Lanze nahm er mit. Seine besten Verbündeten waren die Dunkelheit und das Vertrauen, das die Roch in Sabateas Versprechen setzten.

Leise schlich er den Steg am Abgrund der Kluft entlang, eilte die nächste Treppe hinauf und verbarg sich im Schatten, als mehrere Vogelmenschen seinen Weg kreuzten. Sie entfernten sich in eine andere Richtung. Er bewältigte auch die beiden näheren Treppen, eine Hängebrücke und zuletzt einen Steg, der ihn zu den obersten Stufen führte.

Das Elfenbeinpferd ruhte am Rand des Felsspalts im Sand, wo Sabatea es am Morgen hatte landen lassen. Es hob nervös den Kopf, als Tarik die schmale Treppe hinaufstieg.

Während er langsam über den Sand ging, erhob es sich mit knirschenden Lauten seiner Gelenke. Es scharrte mit einem Huf, wollte die Schwingen spreizen, ließ sie dann aber angelegt und wartete ab.

»Bring mich nach Skarabapur«, flüsterte Tarik.

Es hat dich heute Morgen getragen, redete ihm der Narbennarr ein. *Das wird es wieder tun. Aber du musst geschickt sein. Und vorsichtig.*

Die Anmut des weißen Geschöpfes drang dumpf durch das wattige Gefühl, das Tariks andere Empfindungen überlagerte. Etwas schirmte ihn vor äußeren Einflüssen ab, sogar vor sich selbst. Der Schönheit des Zauberpferds aber war nicht einmal diese Macht gewachsen.

»Bitte«, sagte er leise zu dem Wesen. »Es ist nicht nötig, Sabatea in Gefahr zu bringen. Ich kann allein gehen.«

Das Elfenbeinpferd scharrte im Sand, machte dann einen Schritt zurück.

Der Narbennarr jaulte auf vor Enttäuschung. Niemand hörte es außer Tarik.

Doch das Zauberross floh nicht vor ihm. Es ließ ihn nicht näher kommen, aber es flog auch nicht davon wie auf dem Dach der Knüpferwerkstatt, als sie sich zum ersten Mal gegenübergestanden hatten.

Es schnarrte nur und gurrte leise. Als wollte es ihm etwas sagen. Als verlangte es etwas von ihm, einen Preis.

Der Narbennarr tobte.

Doch Tarik verstand. »Ich weiß, was es will.«

Er machte sich auf den Rückweg, hinab in die Fackelnacht der Neststadt.

Die Bändigerin

Heißer Blutgestank weckte sie.

Sabatea schreckte hoch und riss die Augen auf. Nicht weit von ihr lag im Schein des Feuerbeckens der enthauptete Torso eines Rochwächters, zusammengekrümmt in einer schimmernden Lache. Ein zweiter lebloser Körper lag daneben.

»Tarik?«

Ihr erster Gedanke galt ihm. Wie jedes Mal, wenn sie erwachte, seit vielen Tagen schon. Nur dass sich diesmal etwas anderes unter ihre Gefühle mischte. Die Sorge über das, was er gesagt hatte. Über sein merkwürdiges Verhalten. Die Angst um ihn – und vor dem, was er in sich trug. Sie hätte nicht schlafen dürfen, hätte ihn nicht –

Er war nicht da. Saß nicht mehr dort, wo sie ihn zuletzt gesehen hatte, auch nicht beim reglosen Khalis oder bei Almarik, der noch immer im rückwärtigen Teil der Höhle lag.

Dort hinten war noch mehr Blut, zu weit entfernt, als dass es von dem Roch hätte stammen können. So viel, dass sich ihre Kehle zusammenzog. Blut war ihr vertraut, sie war mit seinem Anblick aufgewachsen. Mit dem Bewusstsein des Gifts in ihren Adern. Rubinroter Tod.

Aber das hier war etwas anderes als die winzigen Mengen, die ihr die Alchimisten mit versteinerten Gesichtern im Auftrag ihres Vaters abgezapft hatten. Etwas anderes als die zarten Phiolen, die sie davontrugen, um anderen damit Verderben zu bringen. Nicht einmal die schrecklichen Wunden ihrer Doppelgängerin, die in den Pferchen der Dschinne in Sabateas Armen gestorben war, hatten sie auf das hier vorbereitet.

Dass Almarik tot war, berührte sie kaum.

Die Art und Weise aber, wie es geschehen war –

Sie riss den Kopf herum und erbrach sich. Nicht viel, nur Wasser und das Wenige, das sie am Vortag zu sich genommen hatte. Ein paar Meter neben ihr kam der gefesselte Khalis zu Bewusstsein, strampelte gegen seine Fesseln an, erkannte, dass Almariks Mörder fort war und beruhigte sich ein wenig.

Sie schob sich an der Wand entlang auf die Beine, überwand ihren Ekel und bewegte sich wie in Trance zu Almariks Lager. Dem Ifritjäger war keine Zeit geblieben, sich zu wehren. Sein Blutverlust hatte ihn geschwächt, womöglich hatte er nicht mal mehr kommen sehen, was ihm bevorstand.

Sein Schädel fehlte. Anders als der des Roch war er nicht mit einem sauberen Hieb von den Schultern geschlagen worden; dazu war es im hinteren Teil der Nesthöhle zu eng. Der Mörder hatte Almariks Hals langwierig mit einer gezahnten Klinge durchtrennen müssen.

Als Sabatea eingeschlafen war, hatte sich der Ifritjäger auf seinem Lager geregt. Sie hatte angenommen, dass er allmählich aus seiner Bewusstlosigkeit erwachte. Hatte er jemanden kommen sehen? Vielleicht war er wieder betäubt worden, bevor sich sein Mörder ans Werk gemacht hatte.

Khalis strampelte erneut in seinen Fesseln, wollte sie auf sich aufmerksam machen. Sie löste sich vom Anblick der Leiche und entfernte sich rückwärts von ihr, noch immer benommen und kaum in der Lage einzuatmen. Als sie sich schließlich umdrehte, starrte der alte Mann sie mit wild aufgerissenen Augen an und brüllte unverständlich in seinen Knebel. Wenn er so weitermachte, würde er ersticken.

Die Angst um Tarik pochte jetzt wie ein zweites Herz in ihrer Brust. Er war nirgends zu entdecken, und sie fürchtete sich davor, über die Balustrade in die Tiefe des Felsspalts zu schauen. Was, wenn er dort unten lag, abgeschlachtet wie Almarik? Sie war niemals schwach gewesen, niemals leicht zu erschüttern. Aber wenn Tarik tot sein sollte –

Schritte ließen den Steg vor der Nesthöhle erbeben. Stimmen näherten sich. Sabatea stand unschlüssig zwischen dem Eingang und dem aufgebrachten Khalis, der ihr unbedingt etwas sagen wollte. Wenn sie seinen Knebel löste und die Roch dort draußen auf die beiden toten Wächter stießen, würde der erste Verdacht zwangsläufig auf sie fallen.

Nein, durchfuhr es sie, nicht auf mich. Auf denjenigen, der nicht hier ist. Auf Tarik.

Und etwas an diesem Gedanken verstörte sie so sehr, dass sie sich einen Augenblick lang an der Wand abstützen musste, weniger um sich festzuhalten, als um irgendetwas zu berühren, das ihr sagte: All das ist wahr! Das hier ist die Wirklichkeit!

Die Schritte stammten von vielen Roch, die sich eilig näherten.

»Wo ist Tarik?«, wandte sie sich an Khalis, huschte auf ihn zu und streckte eine Hand nach dem Knebel aus, den sie schon deshalb entfernen musste, weil die Laute, die er durch den dicken Stoff von sich gab, sie in den Wahnsinn trieben.

»*Warte!*«

Sie wirbelte herum. Crahac, der Zeremonienmeister der Roch, stand im Eingang der Nesthöhle, blickte nur flüchtig auf die toten Wächter, dann herüber zu ihr.

»Rühr ihn nicht an!«

Aber sie musste es wissen. Sie schob die Finger unter den Knebel, riss ihn übers Kinn des Magiers nach unten.

»Was ist mit Tarik passiert?«, fuhr sie ihn an.

Khalis schnappte nach Luft, aber die Antwort erhielt sie nicht von ihm, sondern von Crahac.

»Er hat das hier getan«, sagte der Roch. »Dein Gefährte hat unsere Männer getötet« – sein Blick fiel auf Almarik – »und ihn.«

»Tarik?« Sie klang zu schrill, zu aufgebracht. Sie konnte mit allem fertigwerden, auch hiermit. »Er hätte keinen Grund, so etwas –«

Crahac stieß etwas in der krächzenden Sprache der Roch aus, das sie innerlich gefrieren ließ. Sie verstand nicht, was er sagte. Aber sie spürte die Tragweite dessen, was er veranlasste.

Einer der Krieger aus dem Tross des Zeremonienmeisters trat vor und schleuderte achtlos etwas vor Sabateas Füße. Mit stockendem Atem sah sie nach unten. Ihr Blick fiel auf schwarze, verklebte Haarsträhnen.

Es war nicht Tarik, aber allein die Möglichkeit raubte ihr einen Moment lang die Stimme. Sie konnte nichts sagen, nur zu Boden starren. Zögernd stieß sie den Kopf mit der Fußspitze an, rollte ihn herum.

Almariks Augen waren aufgerissen, sein Mund verzogen. Er hatte aus allen Öffnungen seines Gesichts geblutet.

»Wo *ist* Tarik?«, stieß sie noch einmal aus, ohne Crahac und die anderen anzusehen. Almariks tote Augen hielten ihren Blick fest.

»Sag du es uns«, forderte der Zeremonienmeister.

Sie rieb sich mit den Fingern über beide Augen, schnappte nach Luft und hatte das Gefühl, am Boden zu liegen, mit einem Tonnengewicht auf der Brust. Aber sie stand weiterhin aufrecht, schüttelte alle Anzeichen ihrer Lähmung ab und sagte gefasst: »Ich weiß es nicht. Er war hier, als ich eingeschlafen bin.«

»Du hast einen tiefen Schlaf, Sabatea.« Eine Feststellung ohne offenes Misstrauen. Aber sie wusste genau, was er meinte.

»Wir waren alle erschöpft. Wir –«

»Tarik hat das getan!«, stöhnte Khalis neben ihr am Boden. Ein Roch richtete eine Lanze auf ihn. Der Magier beachtete ihn nicht. »Er hat die beiden Wächter ermordet. Dann hat er Almarik getötet.«

»Und du hast zugesehen?«, fuhr sie ihn an.

»Er hat mich geschlagen. Ich war bewusstlos.«

»Bevor oder nachdem er Almarik den Kopf abgeschnitten hat?«

Die Lanzenspitze des Roch lag keinen Fingerbreit vor Khalis' Kehle. »Ich habe gesehen, wie er die Roch umgebracht hat.« Die Stimme des alten Mannes festigte sich allmählich, nur eine Spur von Heiserkeit lag noch darin. Seine Augen suchten die des Vogelmenschen, erwiderten eisig seinen Blick. »Was danach war, weiß ich nicht. Aber er und Almarik haben gekämpft, oben auf der Brücke. Natürlich hat er ihn getötet. Wer sonst?«

Wer sonst, dachte sie. Es war nicht einmal eine Frage.

Sie selbst hatte ihn wieder und wieder aufgefordert, Almarik zu töten. Mehr als einmal hatte sie daran gedacht, den Byzantiner im Schlaf zu ermorden. Sie hatte kein Mitleid mit dem Hurensohn, nicht nach allem, was er dem gefangenen Ifrit in Bagdad angetan hatte. Und dennoch – die Art und Weise, wie es geschehen war, verstörte sie zutiefst. Diese bestialische Kaltblütigkeit, während sie nur ein paar Meter entfernt geschlafen hatte; diese Berechnung, das skrupellose Kalkül. Einiges davon war Tarik zuzutrauen. Aber dass er all das getan und sie anschließend zurückgelassen hatte, das passte nicht zu ihm. Sie hatten sich versprochen, diesen Weg gemeinsam zu Ende zu gehen. Er wusste, dass sie keine Rücksicht wollte, erst recht keine herablassenden Beschützerinstinkte. Verdammt, er *wusste* das!

Siedend heiß kam ihr ein anderer Gedanke. Sie hatte die ganze Zeit über das Wie nachgedacht und dabei keine Sekunde an das Warum verschwendet.

Sie deutete auf den Schädel des Byzantiners. »Wo habt ihr ihn gefunden?«

»An der Kante. Dort, wo du dein Pferd zurückgelassen hast.«

Es lief ihr so eiskalt den Rücken hinunter, dass sie ein Schütteln kaum noch unterdrücken konnte. »Ist ihm etwas geschehen?«

Crahacs spitze Vogelzunge tastete über seine Lippen; sie waren trocken und schuppig, wie verhornt. »Das Pferd ist fort.«

Da endlich verstand sie. Tarik hatte seinen Schwur erfüllt. Der Schädel war der Beweis. Dafür sollte ihn das Elfenbeinpferd den Rest des Weges nach Skarabapur tragen. Damit hatten beide ihren Teil des Handels erfüllt.

Crahac zeigte auf den Magier und krächzte einen Befehl. Sofort machten sich zwei Roch daran, den protestierenden Khalis von Neuem zu knebeln. Sein Widerspruch wurde unter dem Stoff erstickt. Gleich darauf war wieder sein angestrengtes Schnaufen zu hören. Sabatea achtete nicht mehr auf ihn.

Crahac sah sie anklagend an. »Du hast dein Versprechen gebrochen.«

»*Er* hat mein Versprechen gebrochen«, gab sie matt zurück. Eine gefährliche Gleichgültigkeit machte sich in ihr breit. Tarik war gegangen und mit ihm das Elfenbeinpferd. Wenn es nicht zu ihr zurückkehrte, war sie hier unten gefangen.

»Was geschieht jetzt?«, fragte sie.

Crahac gab seinen Männern einen Wink. Zwei drängten an ihr vorbei, um Almariks Leichnam fortzutragen. Andere hoben die beiden toten Roch aus der angetrockneten Lache; das Profil des einen blieb als Umriss zurück, der sich nur träge mit zähem Blut füllte.

»Ich habe versucht, die Brutmutter zu überzeugen, dass ihr Skarabapur erreichen müsst«, sagte Crahac mit unverhohlener Enttäuschung. Sie spürte, dass er ihr einen Teil der Schuld gab, auch wenn er ihr keine weiteren Vorwürfe machte.

»Dann bringt mich dorthin.« Vielleicht konnte sie Tarik dort finden und ihm gegen die Macht helfen, die ihn in ihrer Gewalt hatte. *Er wird stärker*, hatte er zu ihr gesagt.

Tarik hatte den Kampf gegen den Narbennarren verloren. Aber wie konnte sie das Crahac und den Roch erklären? »Es tut mir leid, was mit euren Männern geschehen ist. Tarik ist nicht mehr Herr seiner selbst. Er weiß nicht mehr, was er tut. Dieser Fluch – das war keine Lüge. Er hat Tarik dazu gebracht, die anderen –«

Crahac fiel ihr ins Wort. »Wie will er den Dritten Wunsch bezwingen, wenn er nicht einmal sich selbst in der Gewalt hat?«

Will er das denn überhaupt noch?, fragte sie sich. Der Narbennarr war ein Dschinnfürst, der Prophet des Feldzugs ihrer Feinde. Falls es ihm weiterhin gelang, Tarik für seine Zwecke zu missbrauchen, dann bestand die Gefahr, dass auch Tarik zu ihrem Gegner wurde. Es vielleicht sogar schon war.

Aber er hatte sie nicht getötet. Nicht einmal Khalis Vielleicht kämpfte er noch immer gegen den Einfluss des Narbennarren an. Möglicherweise bestand ein letzter Rest von Hoffnung, für ihn, für sie beide.

Der Magier stieß ein Schnauben aus, und erst einen Moment später wurde ihr bewusst, dass er sie auslachte Als sie sich zu ihm umwandte, sah sie, dass er sie mit seinen geröteten Augen unverwandt anstarrte. Sein bösartiger Hohn verletzte sie. Khalis kannte ihre verwundbare Stelle Er wusste, dass alle ihre Gedanken um Tarik kreisten und dass sie drauf und dran war, eine Dummheit zu begehen

Sie zwang sich zu einem verächtlichen Blick in die Richtung des alten Mannes, dann sprach sie erneut zu Crahac »Tarik wird meine Hilfe brauchen, um zu tun, weshalb wi hergekommen sind. Wenn es noch eine Möglichkeit gibt dann nur für uns beide gemeinsam.«

»Aber *wie* wollt ihr die Dschinne aufhalten?«, fragte der Roch beharrlich. »Die Brutmutter hat mir diese Frage gestellt, und ich konnte ihr keine Antwort darauf geben.«

»Wir werden es wissen, wenn es so weit ist.«

»Das ist Torheit!« Zum ersten Mal erlebte sie den Zeremonienmeister zornig. »Wir Roch wissen vieles über den Dritten Wunsch, aber selbst wir kennen keinen Weg, um jetzt noch aufzuhalten, was einmal in Gang gesetzt wurde.«

»Wir sind hergekommen, um diesen Weg zu finden!« Und dann gab sie sich einen Ruck und berichtete von der zweiten, ungleich größeren Gefahr. Von Qatum, der wahrscheinlich auf dem Weg hierher war, um den Dschinnen den Dritten Wunsch zu entreißen und damit das Siegel der Weltenflasche zu zerbrechen.

Sie konnte selbst nicht recht glauben, dass sie das alles hier und jetzt erzählte, während um sie herum die Leichen fortgetragen wurden und sich der Gestank des Blutes in ihrer Kleidung festsetzte. Aber dies war ihre letzte Chance. Wenn es ihr gelang, Crahac zu überzeugen, dann, vielleicht, würde sie doch noch nach Skarabapur gelangen.

Khalis lachte wieder hinter seinem Knebel, weil er ganz genau wusste, dass sie von Qatum und den Dschinnen sprach, aber in Wahrheit nur daran dachte, Tarik zu retten.

Der Zeremonienmeister hörte zu, während hinter ihm in der Felskluft der Morgen dämmerte und fahles Grau aus dem Nebelhimmel in die Neststadt sickerte. Seine dunklen Vogelaugen verengten sich. Er unterbrach sie kein einziges Mal, aber sein Blick blieb so fest auf sie gerichtet, dass sie die Zweifel, die er nicht aussprach, deutlich darin lesen konnte.

Schließlich nickte er.

»Dann lässt du mich gehen?«, fragte sie erschöpft.

»Nein«, sagte Crahac. »Ich bringe dich zur Brutmutter.« Er deutete mit seinen langen Fingern auf den Magier. »Euch beide.«

Stampede

Sie kamen nie bei der Brutmutter an.

Noch während Crahac und seine Eskorte die beiden Gefangenen über federnde Hängebrücken und knirschende Treppen auf die höheren Ebenen der Neststadt führten, verdunkelte sich der Himmel erneut, als wäre die Andeutung des Morgengrauens nur ein Streich des Dschinnlands gewesen. Staub wehte über die Kanten in die Tiefe, gefolgt von prasselnden Steinchen. Die Brücken schaukelten heftiger. Weit entfernt, in den Tiefen der Felsspalten, heulte der Wind immer lauter, raste heran wie eine Herde aufgeschreckter Pferde.

Ein Sturm zog herauf aus den öden Weiten des Untersands.

Und dann strömten *tatsächlich* Pferde heran – Dutzende von Zauberrössern, die in Panik vor etwas flohen, instinktiv dem Verlauf der Spalten ins Herz der Neststadt folgten, wo sich der größte Pulk ihrer Artgenossen drängte und immer unruhiger wurde.

»Sie haben die äußeren Gehege zerstört!«, brüllte Crahac gegen den Lärm an.

Sabatea, Khalis und die Roch überquerten gerade eine der breiteren Hängebrücken. Die schwingende Konstruktion führte über die Mündung eines senkrechten Spalts, der sich mit den anderen in der zentralen Kluft vereinigte.

Unter ihnen befand sich ein Abgrund von mindestens fünfzig Metern. Bis zur Kante über ihnen, dem eigentlichen Bodenniveau des Untersands, waren es noch einmal zwanzig Schritt.

Die panischen Elfenbeinpferde preschten aus der Schlucht heran, galoppierten durch die Luft, schlugen mit ihren Schwingen und achteten nicht auf die Stege und Brücken, die sie im Flug mit Hufen und Flügeln streiften. Einige wichen nicht rechtzeitig aus, kollidierten mit den schwankenden Übergängen oder verfingen sich im Netz der Stricke und strähnigen Strukturen. Sie alle kamen wieder frei, zerrissen Seile, zerbrachen Stege und flogen trudelnd und schlingernd weiter. In Todesangst näherten sie sich der Hängebrücke, auf der die beiden Gefangenen und ihre Wächter ihnen schreckensstarr entgegenblickten.

Sabateas Lähmung hielt nur einen Atemzug an, dann rannte sie los. Sie achtete nicht auf die Krieger der Eskorte. Im Laufen wurde sie von der bebenden Brücke auf- und abgeschleudert, musste sich immer wieder an den Führungsseilen festhalten, um nicht unter ihnen hindurch in die Tiefe zu schlittern.

Khalis hatte größere Mühe, schnell genug von der Stelle zu kommen. Seine Arme waren noch immer auf den Rücken gebunden. Entsetzt schrie er in seinen Knebel, als er den Schwarm der Zauberpferde in blinder Panik auf sich zukommen sah. Vor und hinter ihm waren Rochkrieger, irgendwo dazwischen der Zeremonienmeister, der aufgebracht Befehle brüllte, die Sabatea trotz der Rochsprache verstehen konnte: Vorwärts! Schnell!

Sie stolperte, schwankte, taumelte weiter, vor sich nur einen einzigen Roch, der zum Glück noch schneller war als sie, geübter auf dem wackeligen Untergrund, und ihr deshalb nicht im Weg stand.

Einmal blickte sie zur Seite, geradewegs in die Mündung des Felsspalts, wo die vorderen Elfenbeinpferde jetzt keine dreißig Meter mehr entfernt waren. Immer wieder verfingen sie sich in Seilen zwischen den Felsen, rammten die Nestbauten an den Wänden und preschten inmitten wallender Staubwolken weiter.

Vor Sabatea erreichte der Rochkrieger die andere Seite. Die Brücke mündete in eine winzige Plattform, von der aus Stege eng an der Felswand entlang nach rechts und links führten. Darüber hing eine Masse aus blumenkohlförmigen Rochbauten. Wenn die Pferde sie rammten, würden die Überreste abstürzen und alle unter sich begraben, die es bis ans Ende der Brücke geschafft hatten. Aber auf dem Übergang selbst standen ihre Chancen noch viel schlechter.

Hinter ihr schrie ein Roch schmerzerfüllt auf. Sie warf einen Blick über die Schulter und sah, wie ein missgestaltetes Elfenbeinpferd in Todesangst durch den Pulk der Wachen am Ende ihrer Eskorte galoppierte. Zwei Roch wurden über die Halteseile gerissen; einer stürzte in die Tiefe. Der andere hielt sich strampelnd fest, wurde vom nächsten Pferd gestreift und verschwand kreischend in der Spalte.

Noch drei Schritt. Der Roch vor ihr streckte ihr eine Hand entgegen. Sabatea lief das letzte Stück, fühlte sich am Arm gepackt und auf die Plattform gerissen. Gleich hinter ihr erreichte ein weiterer Krieger das Brückenende, dann Khalis. Der Magier stolperte kurz vor dem Ziel, ein anderer Roch sprang achtlos über ihn hinweg. Sabatea zögerte nur kurz, dann machte sie einen taumelnden Satz nach vorn, packte Khalis am Arm und zerrte ihn auf die Beine. Gleich hinter ihm folgte Crahac, der dem alten Mann einen Stoß in den Rücken versetzte und ihn gemeinsam mit Sabatea auf die Plattform drängte. Auch der Zeremonienmeister verließ die Brücke, während hinter ihm ein weiterer Roch der fliegenden Stampede zum Opfer fiel.

»An die Wand!«, schrie Sabatea und zerrte Khalis in den Schatten der Rochbauten. Auch Crahac und die Krieger pressten sich mit den Rücken gegen die Felsen.

Ein unüberschaubarer Pulk aus entstellten Elfenbeinpferden ergoss sich aus dem Spalt. Die meisten wichen der Brücke aus, die sich mitten durch ihre Flugbahn spannte, und strömten hinaus in die zentrale Kluft der Neststadt. Dennoch kollidierten einige mit den Haltetauen. Die ersten Seile zerrissen. Überreste der Bauten prasselten in die Tiefe. Überall war Staub, die Sicht reichte jetzt kaum noch zehn Meter weit. Was weiter draußen in der Kluft geschah, war nicht mehr zu erkennen. Schreie ertönten, irgendwo in dem wirbelnden Grau, während die Stampede im Mittelschacht der Stadt zu kreisen begann, über den Gehegen der gezähmten Pferde unten am Grund, aus denen nun ebenfalls panische Laute erklangen. Die Zauberrösser aus der Schlucht hatten ihre gefangenen Artgenossen am Grund der Kluft längst mit ihrer Panik angesteckt, aber noch hielten die Gitter dort dem Tumult in ihrem Inneren stand. Das Schlagen so vieler Schwingen sorgte erst recht dafür, dass sich Staub und Sand in alle Richtungen verteilten.

Ein ohrenbetäubendes Tosen kam näher, ein Heulen wie von tausend Wüstengeistern. Die Staubschwaden wurden beiseitegefegt, und einen unwirklichen Augenblick lang herrschte klare Sicht. Sabatea löste ihren Blick von den Elfenbeinpferden, die nun endlich aufwärts strömten und die Spalten der Neststadt verließen. Sie sah nach links in die Schlucht, aus der die aufgescheuchten Zauberrösser herangeprescht waren.

Eine Säule aus rotierendem Staub tobte von dort heran, reichte vom Boden der Kluft bis über den Rand hinaus – achtzig, neunzig Meter hoch – und schnitt wie eine Klinge durch die letzten Taue und Stege, die den Ansturm der Pferde überstanden hatten. Der Wirbelsturm füllte nicht die gesamte Breite des Spalts aus und ließ die Bauten an den Wänden weitgehend unversehrt. Dennoch schmirgelte Sand schmerzhaft über die Gesichter all jener, die sich flach an die Felsen pressten und nicht rechtzeitig Schutz in den Nestbauten gesucht hatten.

Sabateas Herzschlag trommelte schneller, als sie ihre Hoffnung bestätigt sah. Verzweifelt suchte sie nach einem Weg, den Sturmkönig im Inneren der Windsäule auf sich aufmerksam zu machen. Sie sah ihn nur angedeutet dort oben im Zentrum des Trichters schweben, ein grauer Umriss im stillen Herzen dieses rotierenden Chaos.

Die Hängebrücke löste sich endgültig in ihre Bestandteile auf, als der Wirbelsturm vor Sabatea und den anderen auf der Stelle verharrte. Er raste nicht hinaus in die zentrale Kluft, vielleicht weil sein Lenker die Gehege am Boden entdeckt hatte und den Pferden nichts zuleide tun wollte. Stattdessen blieb die Windsäule vor ihnen stehen, wiegte sich hin und her wie eine Riesenschlange und begann schließlich, sich auf seltsame Weise zu verbiegen: Während der obere, breitere Teil weiterhin senkrecht stand, krümmte sich die Spitze unten in der Kluft zur Seite und schien an den Felsen emporzuklettern wie ein Finger, den jemand die Wand heraufschob.

Die Roch stürmten den Steg entlang nach links und rechts und waren gleich darauf im Staub verschwunden. Nur Crahac zögerte. Er sah, dass sich Sabatea nicht von der Stelle rührte. Auch Khalis, um den sich im Augenblick niemand mehr kümmerte, blieb an die Wand gepresst stehen, versuchte vergeblich, sich den Knebel an der Schulter abzustreifen, und zerrte an seinen Fesseln.

Sabatea kreuzte den Blick des Zeremonienmeisters. Die Vogelaugen des Roch verrieten seine widerstreitenden Gefühle: Furcht vor dem unnatürlichen Sturm, der die Neststadt heimsuchte. Neugier auf die Macht, die ihn lenkte. Wut über die Zerstörung, auch wenn das meiste davon durch die Elfenbeinpferde verursacht worden war, nicht durch den Wirbelsturm selbst.

Der Fuß der Windsäule war jetzt nicht breiter als ein Mensch und sprang vom Fels auf den Steg. Mit einem Mal schien es, als würde der gesamte Sturmtrichter nach unten gesaugt. Er verkürzte sich mehr und mehr, bis er sich schließlich vollständig auflöste. Statt seiner stand eine massige schwarze Gestalt vor Sabatea und Khalis. Um Nachtgesichts Füße drehte sich noch einige Male ein dünnes Lederband, kam schließlich zur Ruhe und blieb auf dem Steg liegen.

Noch immer war alles voller Staub, die Umgebung so gut wie unsichtbar. Crahac starrte den Afrikaner ungläubig an, während Sabatea vorsprang und Nachtgesicht um den Hals fiel. Der zeigte sein breitestes Grinsen, erwiderte die Umarmung mit überschwänglicher Herzlichkeit und deutete auf Khalis.

»Was ist mit ihm? Nehmen wir ihn mit?«

Khalis fluchte aufgebracht in den Knebel und gestikulierte mit Kopf und Schultern, weil er seine Hände hinter dem Rücken nicht frei bekam. Sabatea sah noch einmal zu Crahac hinüber.

Der Roch starrte Nachtgesicht an. Falls er von den Sturmkönigen gehört hatte, so hatte er mit Sicherheit noch keinen mit eigenen Augen gesehen. Der Zeremonienmeister war kein Krieger, sonst hätte er womöglich versucht, den Afrikaner anzugreifen und für die Verwüstungen zur Rechenschaft zu ziehen. So aber verriet seine Mimik vor allem Wissbegier, als der Gelehrte in ihm die Oberhand gewann.

»Vielleicht hast du Recht«, sagte er zu Sabatea, ohne den Blick von Nachtgesicht zu wenden. »Wer mit solchen Mächten im Bunde ist, mag auch den Dritten Wunsch bezwingen.«

Sie wünschte, sie hätte ihm zustimmen können. »Wir werden sehen«, murmelte sie nur, wandte sich wieder an Nachtgesicht und sagte: »Khalis kommt mit.«

Der Afrikaner nickte, als hätte er nichts anderes erwartet. Er sah den gefesselten Magier abschätzend an. »Keine Zauberei, während ich den Sturm lenke! Keine miesen Tricks und Betrügereien!«

Der alte Mann nickte. Obwohl sie alle mit Staub bedeckt waren, konnte man ihm ansehen, dass ihm das Blut in den Kopf gestiegen war. Vor Aufregung fiel es ihm immer schwerer, nur durch die Nase zu atmen.

Sabatea packte ihn am Arm wie jemanden, der sich selbst nicht zu helfen wusste, und zog ihn nah an Nachtgesicht heran.

»Sabatea!«, rief Crahac.

Sie drehte sich zu ihm um.

»Die anderen kommen zurück. Beeilt euch.«

Sie schenkte ihm ein Lächeln, nickte und machte sich bereit. In den Hängenden Städten hatte sie mit angesehen, wie die Sturmkönige die befreiten Gefangenen fortgetragen hatten. Sie selbst hatte noch nie im Zentrum eines Wirbelsturms gestanden. Sie war nicht sicher, ob sie der Erfahrung entgegenfiebern sollte.

Nachtgesicht unterbrach noch einmal seine Konzentration. »Ich bringe euch nach Skarabapur«, sagte er.

Sabatea brauchte einen Moment, ehe ihr die Bedeutung der Worte klar wurde. »Heißt das – du bist schon dort gewesen? In Skarabapur?«

Nachtgesichts Grinsen entblößte erneut seine Zähne. »Ifranji wartet dort auf uns. Und dein Schrein, alter Mann.«

Khalis' Augen weiteten sich. Sabatea dachte daran, seinen Knebel zu lösen, ließ es dann aber bleiben.

Crahac gestikulierte zu ihnen herüber. »Sie werden gleich hier sein!« Gut möglich, dass er damit sie vor den Kriegern, aber auch seine Männer vor der Gewalt des Sturms schützen wollte.

Sabatea berührte Nachtgesicht an der Hand. »Hast du Tarik dort gesehen?«

Er schüttelte den Kopf. »Wo steckt er?« Sorge breitete sich über seine Züge. »Auf der Glasbrücke haben er und Almarik –«

»Später«, entgegnete sie kopfschüttelnd.

Nachtgesicht sah sie noch einen Moment lang zweifelnd an, dann nahm er seine Konzentration wieder auf und murmelte stumme Beschwörungen. Das Lederband zu seinen

Füßen rotierte wieder, während sich rund um die drei eine wirbelnde Wand aus tosenden Winden und Staub in die Höhe schraubte. Sabatea schloss die Augen und machte sich aufs Schlimmste gefasst. Aber etwas schützte sie vor der zerstörerischen Macht, hüllte sie in eine Blase aus stiller, unbewegter Luft.

Als sie die Augen wieder aufschlug, stand sie scheinbar in der Leere. Überall um sie toste das Chaos wirbelnder Staubmassen, auch unter ihren Füßen. Doch nichts davon drang bis zu ihnen durch, abgesehen von einer plötzlichen, unnatürlichen Kälte, als entzöge der Sturm der Umgebung mehr als nur Luft und Sand.

Verwischt sah sie die Felswände der Kluft unter sich zurückbleiben, dann das verzweigte Netz aus Spalten. Der Wirbelsturm toste darüber hinweg, sprang von einer Kante zur nächsten, bis er wieder die offene Wüste am Grund des Untersands erreichte. Hoch über den Dünen trug der tanzende Tornado sie nach Süden.

Khalis stand unbewegt neben ihr, als versuchte er, den unbegreiflichen Mächten nachzuspüren, die sie wie ein Strudel umtobten. Einem Reflex folgend, zog sie ihm doch noch den Knebel herunter. Er stieß ein Stöhnen aus, atmete scharf ein, brachte aber kein Wort des Dankes heraus. Stattdessen wandte er sich an Nachtgesicht, der beide Arme vorgestreckt und die Finger gespreizt hatte, als hielte er zwischen den Händen eine unsichtbare Kugel, die er bedächtig um sich selbst drehte. Es war ein sonderbarer, beinahe meditativer Akt. Aber die Ruhe, die ihm innewohnte, übertrug sich weder auf Sabatea noch auf Khalis.

»Ist er hier?«, fragte der Magier heiser. »Der Junge – gibt *er* dir die Macht dazu?«

Nachtgesicht sah ihn nicht an. »Ich bin ihm nicht begegnet. Aber er muss in der Nähe sein.«

»Jibril ist in Skarabapur?«, entfuhr es Sabatea.

Der Afrikaner schwitzte, während Kräfte durch seinen Körper und Geist flossen, die nicht seine eigenen waren. »Vielleicht in Skarabapur. Vielleicht erst auf dem Weg dorthin. Aber er kann nicht mehr weit sein.«

Sabatea und Khalis wechselten einen Blick, und da wusste sie, dass sie beide den gleichen Gedanken hatten.

»Qatum«, flüsterte sie.

Der Dschinnfürst

Junis spürte, dass ihn in der Dunkelheit jemand berührte. Eine schmale Hand. Abrupt hob er den Kopf, hatte das Gefühl, dass man ihm einen fürchterlichen Schlag versetzte, und versuchte dennoch, sich aufzusetzen. Es gelang ihm nicht. Schmerz lag wie eine unsichtbare Last auf seiner Stirn, presste ihn zurück auf hartes Gestein.

Die Finsternis war nicht wirklich, das erkannte er jetzt. Einen schrecklichen Moment lang war er überzeugt, dass sie ihn geblendet hatten. Er versuchte, sich zu erinnern, einen Anschein von Ordnung über die vagen Bilder und Eindrücke zu legen, die wie Blitze durch die Schwärze zuckten.

Die verfallene Zikkurat am Ufer des Tigris. Das Sklavenmädchen, das ihn verraten hatte. Die Dschinnfürsten hoch oben in einem Saal der Turmruine. Der gefangene Jibril unter der Decke. Dann die peitschenden Lichttentakel, die Eruption aus Gewalt und Tod. Das Ende der beiden Fürsten und schließlich der Junge, der ihm anbot, mit ihm zu fliehen. Aber Junis hatte Jibril nur verflucht und war stattdessen dem Mädchen die Rampe hinuntergefolgt. Geradewegs in die Arme einer Heerschar Dschinne.

Sie hatten das Mädchen nicht angerührt. Hatten nur einen Bogen um sie gemacht, waren auf Junis zugeströmt und hatten ihn unter der Wucht ihres Ansturms begraben. Sie hatten ihn gepackt, entwaffnet, geschlagen.

Die schmalen Hände berührten erneut seine Wangen. Er riss den Kopf herum, wollte ihnen ausweichen, weil er wusste, wem sie gehörten. Dass *sie* es war, die ihn ausgeliefert hatte, weil sie zu ihnen gehörte, die ganze Zeit über schon.

Nur ein Mädchen. Höchstens vierzehn.

Eine eingeschleuste Verräterin in den Pferchen.

Ihre Finger tasteten weiter über sein Gesicht, zerrten an etwas, einer breiten Augenbinde aus Stoff – und dann kehrte das Licht zurück, gleißende Helligkeit, und wenn sie ihn nicht zuvor geblendet hatten, dann taten sie es jetzt, denn das Licht war schlimmer als die Dunkelheit, weil es schmerzte, seinen Schädel durchbohrte, seinen Verstand verbrannte mit seiner lodernden Intensität.

»Stell dich nicht so an«, sagte sie. »So schrecklich ist es nun auch wieder nicht.«

Aber es *war* schrecklich, was redete sie da nur, sie wusste doch nichts darüber, was in ihm vorging und was das Licht ihm antat, und er meinte einmal mehr zu begreifen, wie Tarik sich fühlen musste, wenn Helligkeit in sein Auge unter der Lederklappe fiel, und er dachte, dass er so vieles falsch gemacht hatte, früher in Samarkand, als er seinen Bruder verachtet hatte, und sogar später noch, *eben* noch, als er mit Jibril hätte fliehen können und einmal mehr seinen dummen Gefühlen gefolgt war, statt über seinen Schatten zu springen und das Angebot anzunehmen.

»Sie wollen dich sehen.« Das vernarbte Gesicht des Sklavenmädchens schälte sich aus dem Licht. Er wollte ihren Augen nicht ausweichen, dem Vorwurf, der noch immer darin brannte wie eine kalte Flamme, aber er konnte nicht anders, weil die scheußliche Narbe ihn ablenkte, dort, wo einmal ihr Ohr gewesen war. Er sah die Verstümmelung zum ersten Mal bei Tageslicht, erschüttert über die brutale Gewalt, mit der vor langer Zeit ihre Ohrmuschel abgerissen worden war, zusammen mit einem dreieckigen Hautfetzen, der von ihrer Schläfe hinab bis weit auf die Wange reichte. Dieses Kind hatte Qualen erlitten, die er sich noch immer kaum vorstellen konnte, und wer zum Teufel war *er*, ein Urteil über sie zu fällen, nach allem, was sie durchgemacht und auf sich genommen hatte, nur um am Leben zu bleiben in einem Pfuhl aus Tod und Gewalt und Missachtung allen Menschseins.

Dann erinnerte er sich, *warum* sie ihn verraten hatte, und da dämmerte ihm, dass vielleicht ihre Seite die richtige war und er auf der falschen gestanden hatte, vom ersten Tag an, seit er beschlossen hatte, bei den Sturmkönigen zu bleiben, um irgendwann einer von ihnen zu werden.

»Es … tut mir leid«, brachte er röchelnd über die Lippen.

Sie schüttelte den Kopf. »Dazu ist es zu spät.«

»Was ist passiert?«

»Der Junge … dein Freund«, sagte sie verächtlich, »ist auf seiner Flucht mitten durch die Pferche gerast. Sein Wirbelsturm hat –« Sie stockte, brach ab, setzte abermals an: »Sein Sturm hat viele getötet.«

Sein Inneres krampfte sich zusammen. »Wie viele?«

Sie gab keine Antwort.

»Wie viele?«, fragte er erneut.

»Niemand hat die Sklaven jemals gezählt. Wie viele vorher in den Pferchen waren und wie viele danach …« Sie schüttelte den Kopf, ohne ihren Blick von seinem zu lösen.

»Hundert vielleicht. Oder hundertfünfzig. Und das sind nur die, die tot sind. Noch viel mehr sind verletzt und manche werden bald sterben.«

Junis nahm noch immer nichts von der Umgebung wahr, nur ihr Gesicht, die schlecht vernarbten alten Wunden und die frischen, die er nur in ihren Augen sah. »Er hätte einen anderen Weg nehmen können«, flüsterte er heiser. »Zum Ufer hin, dort gibt es keine Pferche, und dann über das Wasser …«

»Er hat es sich einfach gemacht. So wie du.«

Er presste die Lippen aufeinander, wollte eigentlich widersprechen, und brachte doch kein Wort heraus. Er hätte die Grausamkeit der Dschinne dagegen anführen können, die Gnadenlosigkeit, mit der sie seit einem halben Jahrhundert diesen Krieg führten, die ausweglose Lage, in die sie die Menschen gebracht hatten und die es überhaupt erst möglich gemacht hatte, dass Wesen wie Jibril so viel Macht und Einfluss erlangten.

Aber das alles war ohne Bedeutung. Zwischen ihm und ihr zählte das nichts. Für dieses Mädchen ging es nicht um Bagdad oder um den Wiederaufbau einer Welt, die bei ihrer Geburt schon seit vierzig Jahren nicht mehr existiert hatte. Sie sah nur ihn, der ihren denkbar schlimmsten Feind befreit hatte. Sie kannte nur die Gefangenschaft, nur ein Dasein unter der Faust der Dschinne; was sie und die anderen sich innerhalb dieser Grenzen bewahrt hatten, war pures, animalisches Leben – es war das Einzige, das sie besaß und für das sie zu kämpfen bereit war. Was Junis Verrat nennen mochte, war für sie eine der wenigen Waffen, die ihr zur Verfügung standen. Und was er für eine menschenunwürdige Existenz halten mochte, das *war* ihre

Existenz. Es war alles, was sie hatte. Die Sturmkönige hatten das missachtet, hatten sich voller Arroganz darüber hinweggesetzt und allein für ihre Sache Gerechtigkeit und Ehrbarkeit deklariert. Und er selbst war nicht besser als sie. Er hatte den selben Fehler gleich zweimal begangen. Das erste Mal, als er sich gegen seine Überzeugung am Angriff der Sturmkönige auf den Heerzug beteiligt hatte. Und nun erneut, indem er Jibril wegen eines Schwurs befreit hatte, von dessen Richtigkeit er selbst nicht mehr überzeugt gewesen war.

Er hatte sein Ziel erreicht – und dennoch versagt. Und was immer dieses Mädchen ihm vorwerfen mochte, sie hatte Recht damit.

»Komm«, sagte sie, »steh auf. Sie erwarten dich.«

Er setzte sich auf, ignorierte den Schmerz, und schaute sich um. Die Helligkeit tauchte noch immer die gesamte Umgebung in ein überirdisches Flirren und Gleißen. Erst allmählich begann das Licht zu verblassen, seine Augen gewöhnten sich daran.

Er befand sich auf der Spitze der Zikkurat, inmitten eines halbrunden Ruinenfelds, das alles war, was vom oberen Stockwerk des Turms geblieben war. Mehrere Dschinne schwebten über den Trümmern der Lehmmauern, die den äußeren Rand begrenzten. Sie trugen die gleichen wuchtigen Rüstungen, die er zum ersten Mal bei der Leibgarde der Dschinnfürsten im Zagrosgebirge gesehen hatte: schwere Harnische, gewölbte Schulterprotektoren und stählerne Halskrausen. Auch ihre Waffen waren besser gearbeitet als die der übrigen Dschinne.

Er versuchte, sich an den äußeren Aufbau der Zikkurat zu erinnern. Acht Stockwerke waren unversehrt gewesen.

Über ihnen war das obere Drittel des Turms vor langer Zeit auf einer Seite eingestürzt, jeweils die Hälfte der Etagen lag in Trümmern. Demnach musste er sich im elften oder zwölften Stockwerk befinden, an die neunzig Meter über der Wüste und dem Ufer des Flusses.

»Warum haben sie mich hier hochgebracht?«, fragte er das Mädchen.

»Sie wollen dir etwas zeigen.«

Er schaute sich mit verkniffenen Augen um. Die Dschinnwächter beobachteten ihn feindselig, ihre Waffen im Anschlag. Es war Tag geworden, die Sonne brannte heiß auf die Reste der Turmplattform herab. Aber nicht einmal der strahlend blaue Himmel konnte darüber hinwegtäuschen, dass es kein vollkommeneres Abbild der Hölle geben mochte als jenes, das sich unterhalb der Zikkurat über der Wüste erstreckte.

Das Mädchen half ihm beim Aufstehen. Einer der Dschinne verzog höhnisch das Gesicht. Sie hatten ihm nichts gebrochen, aber jeder Fingerbreit seines Körpers tat weh, als wäre der Schmerz bis zum größtmöglichen Maß ausgereizt worden, gerade weit genug, dass keine lebensbedrohlichen Schäden zurückblieben. Aber warum diese Mühe? Er verstand es nicht. Warum hatten sie ihn nicht sofort getötet?

Zwischen Trümmern und niedrigen Schutthügeln führte ihn das Mädchen zum Rand der Plattform. Als sie um die Reste einer Mauer bogen, öffnete sich unter ihnen das Panorama des Dschinnlagers, Tausende und Abertausende Krieger, die in Pulks und Reihen auf den Angriff warteten Über ihnen kreisten Schwärme aus Schwarmschrecken und Sandfaltern. Auch an den Außenwänden der Zikkurat saßen einige der Rieseninsekten, rieben die aufgeheizten Panzer aneinander oder betasteten sich mit den Fühlern.

In weiter Ferne lag Bagdad, eine verschwommene Masse hinter Vorhängen aus wabernder Hitze und den letzten dünnen Rauchfahnen der Schlammvulkane. Offenbar hatten die Dschinne auf weitere Eruptionen verzichtet. Möglicherweise war ihnen bewusst geworden, dass die Dunkelheit rund um die Stadtmauern ihnen selbst ebenso hinderlich war wie den Verteidigern.

Das Mädchen hielt Junis an der Hand wie einen älteren Bruder, dem sie etwas Faszinierendes zeigen wollte. Er nahm ihr nicht übel, was sie getan hatte. Es war nicht mal ein Akt des Verzeihens oder der Rücksichtnahme auf das, was sie durchgemacht hatte. Vielmehr war er überzeugt, dass sie aus ihrer Sicht das einzig Richtige getan hatte.

Und plötzlich fragte er sich, ob nicht auch die Dschinne *aus ihrer Sicht* richtig handelten. Ob sie nicht einen Grund für ihren beispiellosen Vernichtungsfeldzug gegen die Menschheit hatten, der ihnen vollkommen schlüssig, ja gerecht erscheinen musste.

Aus dem Augenwinkel erkannte er, dass da noch jemand war, links von ihnen. Der Ausblick über die Streitmacht vor den Toren Bagdads hatte ihn überwältigt und beinahe gelähmt. Jetzt erst fuhr er herum und sah, was da neben ihm schwebte.

Der Dschinnfürst löste sich aus dem Schatten der Lehmziegeln, als wäre er gerade eben noch eins mit dem Mauerwerk gewesen. Auf seinem Knochenthron wirkte er unendlich alt und gebrechlich, obwohl doch auch er wie alle seine Artgenossen erst mit dem Ausbruch der Wilden Magie in die Welt geboren worden war. Seine geflammten

Hautmuster waren stärker ausgeprägt als bei den meisten anderen und bedeckten seinen ganzen Körper. Ungewöhnlich war, dass sie im Kontrast zur Purpurhaut nicht in bunten Farben schillerten, sondern vollkommen weiß waren. Sein gesamter Leib war von der Stirn bis zu dem faltigen Hautzapfen, der wie das gebogene Ende einer Schnecke auf dem Thron ruhte, mit zahllosen dieser schneeweißen Streifen überzogen, die das wenige Purpur, das dazwischen zu sehen war, umso stärker betonten.

Der Dschinnfürst trug kein Menschenhaar als Kopfschmuck wie seine Untergebenen, auch keine Krone oder andere Symbole seines Ranges. Einige seiner Fangzähne waren gesplittert; einer hatte irgendwann die eingefallene Wange unmittelbar neben dem Mund aufgerissen. Die Wunde war schlecht verheilt, die Narbe zog den linken Mundwinkel hässlich nach unten.

»Du hast Schmerzen«, stellte der Dschinnfürst fest, während er Junis eindringlich musterte.

Die Hand des Mädchens drückte Junis' Finger noch ein wenig fester. Merkwürdigerweise verspürte er keine Angst vor dem Sterben. Diese Kreatur dort vor ihm, die sich mit knochigen Fingern an die Lehnen des schwebenden Throns klammerte, war bestenfalls so etwas wie ein Erfüllungsgehilfe für den Tod, der ihm zweifellos bevorstand. Es fiel ihm schwer, irgendetwas anderes als Abscheu zu empfinden.

Der Dschinn achtete nicht auf das Mädchen an Junis' Seite. Sein Blick blieb fest auf seinen Gefangenen gerichtet. Er musste wissen, dass Junis für das Ende zweier Dschinnfürsten verantwortlich war, aber er wirkte weder zornig noch beeindruckt. Stattdessen stieß er ein Seufzen aus, das ihn menschlicher machte als irgendetwas, das er hätte sagen können.

Junis sprach noch immer nicht. Wartete ab.

Der Fürst streckte den rechten Arm aus, dreigliedrig wie ein Insektenbein, und deutete über das riesige Heerlager. Beide Ellbogen waren weiß verschorft, und Junis musste seinen Blick davon losreißen, um der Geste des Dschinns zu folgen.

»Was siehst du?«, fragte die Kreatur auf dem Thron.

Junis schwieg.

»Das dort unten«, fuhr der Dschinnfürst fort, »ist nur eine der drei Armeen, die sich in den nächsten Stunden zusammenschließen werden, um eure Stadt zu vernichten. Du warst beim Angriff in den Bergen dabei, hörte ich. Dann siehe, wen du angegriffen hast und wem deine Gefährten zum Opfer gefallen sind.«

Junis legte größtmögliche Verachtung in seinen Blick, aber er hatte Zweifel, dass er damit irgendeine Reaktion provozieren würde. Er verlegte sich darauf, seinem Gegenüber so ausdruckslos wie möglich zu begegnen.

Tatsächlich schien das den Dschinnfürsten einen Moment lang zu irritieren. Zorn, Hass und Verzweiflung war er beim Anblick von Gefangenen gewohnt. Gleichgültigkeit aber machte ihn neugierig.

Junis hielt dem Blick der dunklen Augen stand und kämpfte gegen den Wunsch an, die faltige Kehle dieses Wesens zu zerquetschen.

»Sieh dort hinüber«, sagte der Fürst und wies über die Wüste. »Das ist die zweite Armee. Sie ist aus dem Süden herbeigeeilt, um Anteil zu haben am Untergang der Menschheit.«

»Aus Skarabapur«, presste Junis zwischen den Zähnen hervor.

Der Fürst neigte den hässlichen Schädel ein wenig zur Seite. Die Neugier in seinem Blick loderte heißer. »Du weißt offenbar einiges.«

»Ihr könnt Bagdad dem Erdboden gleichmachen, aber auch dann werdet ihr noch lange nicht alle Menschen bezwungen haben.«

»Nicht heute. Aber vielleicht schon morgen oder am Tag darauf. Wir werden siegen, weil wir gar keine andere Wahl haben.«

Tarik hatte Junis von den angeblichen Prophezeiungen des Narbennarren erzählt, mit denen er die Dschinne in den Krieg gegen die Menschen getrieben hatte. Amaryllis hatte eine Welt ohne Dschinne gesehen und sie für die Zukunft gehalten – eine Zukunft, die um jeden Preis abgewendet werden musste, um das Überleben seiner Art zu sichern. In Wahrheit aber war es die andere Welt, die Wirklichkeit außerhalb der Flasche, die er erblickt hatte.

Offenbar wusste der Dschinnfürst auf dem Knochenthron nichts von den wahren Zusammenhängen. Er glaubte noch immer an die falschen Voraussagen des Narbennarren, ebenso wie alle seine Kreaturen, die sich dort unten versammelt hatten. Und Junis begriff, dass er vorhin ganz richtig vermutet hatte: Die Dschinne glaubten, dass sie das einzig Mögliche taten, um selbst am Leben zu bleiben.

»Kannst du sie sehen?«, fragte der Dschinnfürst, weil Junis keinen angemessenen Schrecken beim Anblick der Armee aus Skarabapur zeigte.

Tatsächlich konnte er kein Heer erkennen. Nur eine

flache dunkle Wolke, die viele Kilometer entfernt einen verschwommenen Schatten auf die Wüste warf.

»Ich sehe nur Rauch«, sagte Junis.

Neben ihm flüsterte das Mädchen: »Das sind sie. Sie kommen auf einer Wolke aus Glas.«

Der Dschinnfürst stieß ein brüchiges, altersraues Lachen aus. »Geschmolzenes Wüstenland. Sand, den die Glut der Wilden Magie verflüssigt und zusammengebacken hat. Das Menschenjunge hat Recht, Sturmreiter. Ein ganzes Heer auf einer Scholle aus Glas. Und sie wird nicht die einzige bleiben.«

Junis hörte zu und nahm die Worte doch nur oberflächlich wahr. All das interessierte ihn nicht. Drei unfassbar große Armeen standen vor Bagdads Mauern, und ob eine davon auf einem Stück Glas über den Dünen schwebte oder durch den Staub der persischen Wüste kroch, hatte keine Bedeutung mehr. Nur in einem musste er dem Fürsten Recht geben: Bagdad würde fallen. Er hätte nicht erst die Dschinnmassen dort draußen sehen müssen, um das zu wissen.

Die Kreatur auf dem Thron entblößte ihre zerbrochenen Zähne. »Wenn der Dritte Wunsch erst hier ist, wird dieser Krieg ein Ende haben. Dann wird es bald nur noch uns geben.«

Junis hätte das als Gerede eines Wahnsinnigen abgetan, hätte er nicht so deutlich spüren können, dass der Dschinnfürst bei klarem Verstand war. Ausgebrannt und bösartig, aber nicht verrückt.

»Was willst du von mir? Warum habt ihr mich hierhergebracht?«

»Ich musste dich sehen«, erwiderte der Dschinn, »um

zu erfahren, wie viel du weißt. Über den Dritten Wunsch – und über Jibril.«

Plötzlich starrten die dunklen Augen ihn mit neuer Intensität an, und diesmal drangen sie tief in seinen Geist. Junis riss sich von dem Mädchen los. Wich einen Schritt zurück. Aber der Blick des Dschinns hielt ihn fest. Und jetzt las er keine Neugier mehr darin, sondern etwas anderes.

Erschütterung.

»Du hast tatsächlich keine Ahnung«, raunte der Fürst, »*was* du da befreit hast, nicht wahr?«

Stadt aus Glas

Nachtgesichts Wirbelsturm pflügte über die weite Ebene des Untersands. Vor ihnen schälte sich eine steile Felswand aus dem Dunst.

Durch den rasenden Sturmstrudel erkannte Sabatea den enormen Wall aus gelbem Gestein erst, als sie sich unmittelbar davor befanden. Die Steilwand erhob sich im rechten Winkel aus den Dünen und verschwand einige hundert Meter höher in der wogenden Nebeldecke. Man hätte sie für eine Mauer halten können, einen riesenhaften Verwandten der Alten Bastion vor Samarkand, wäre die Oberfläche nicht so schrundig und rau gewesen, ohne jede Spur von Fugen.

»Das Felsplateau, auf dem Skarabapur liegt«, erklärte Nachtgesicht. »Der Abgrund zieht sich wie ein breiter Ring rundherum. Wer immer nach Skarabapur gelangen will, muss den Untersand überqueren und zuletzt an diesen Felsen hinauf. Die Stadt thront dort oben wie auf einer Insel.«

Sabatea stand neben Nachtgesicht und Khalis aufrecht in der stillen Blase im Zentrum des Wirbelsturmtrichters. Obwohl sie vollkommen von den tosenden Winden abgeschottet waren, hatte sie das Gefühl, sich irgendwo festhalten zu müssen. Das Chaos, das sie umgab, täuschte ihren Sinnen vor, dass sie jeden Augenblick das Gleichgewicht verlieren musste.

»Die Felsen sind zu hoch für fliegende Teppiche, oder?«, fragte sie, dankbar, sich mit irgendetwas ablenken zu können.

Der Afrikaner nickte. »Nach hundertfünfzig Metern dürfte man gerade einmal auf halber Höhe sein. Umgekehrt gilt das aber auch für die Dschinne in der Stadt. Sie können den Grund des Untersands von dort oben aus nicht erreichen. Sobald sie über die Kante des Plateaus fliegen, stürzen sie ab, weil der Abgrund zu tief für sie ist.« Er ließ den Wirbelsturm einen Moment lang auf der Stelle rotieren. »Am Fuß der Felsen ist der Sand übersät mit Gerippen und Hornpanzern von Schwarmschrecken. Die Dschinne müssen sie den Roch auf den Hals gehetzt haben, und sie scheinen sich hier eine ganze Reihe Schlachten geliefert zu haben.« Als Sabatea ihn erstaunt ansah, fügte er mit einem verlegenen Grinsen hinzu: »Ich hab mich ein wenig umgesehen, ehe ich euch gesucht habe.«

»Wie sieht es dort oben aus?«, fragte Khalis.

Nachtgesicht lächelte beinahe genüsslich. »Noch etwas Geduld.« Er ließ die Hände über die unsichtbare Kugel wandern, mit deren Hilfe er den Sturm lenkte, schloss die Augen, machte eine ruckartige Bewegung mit den Armen und flüsterte eine Beschwörung.

Unter ihnen bog sich das dünne Ende des Sturmtrichters zur Seite, geradewegs auf die Steilwand zu. Während der obere Teil weiterhin aufrecht stand, schob sich die Spitze des Tornados an den Felsen hinauf. Wie ein gebogenes Horn glitt der Sturm senkrecht nach oben, anfangs langsam, dann, als Nachtgesicht die richtige Balance gefunden hatte, immer schneller. Je höher sie aufstiegen, desto stärker verfärbte sich das Plateau. An seinem Fuß war es gelbbraun gewesen, aber in seinem oberen Drittel wurde es dunkler, dann grünlich. Sie kamen nun wieder in Regionen, in denen der Boden zu Glas geworden war.

Nur wenige Atemzüge später durchstießen sie die Nebeldecke über dem Untersand. Der Wirbelsturm riss strudelnd ein gewaltiges Loch in den Dunst. Hinter den kreisenden Massen aus Luft und Staub erkannte Sabatea eine Kante, über die der Trichter hinwegwanderte. Oben angekommen, blieb er aufrecht stehen und sank in sich zusammen.

Ehe sie sichs versahen, schwebten sie weich wie auf einem Kissen zu Boden. Um Nachtgesichts Füße drehte das Lederband ein paar letzte Kreise, dann fiel es auf schimmerndes Glas. Der Sturm hatte sich spurlos aufgelöst.

Sabatea brauchte einen Moment, ehe ihr Gleichgewichtssinn den festen Boden als solchen akzeptierte. Ihr war übel, aber das wurde zweitrangig, als sie sich umschaute.

Sie befanden sich unweit der Kante des Plateaus. Der Wirbelsturm hatte mit seinen letzten Drehungen im Umkreis von zwanzig oder dreißig Metern allen Staub vom gläsernen Untergrund geweht. Der Boden war wie frisch gefegt und reflektierte das matte Licht der Sonne, die jenseits des Dunsts als glühende Perle am Himmel hing.

Die äußeren Gebäude Skarabapurs erhoben sich nur einen Pfeilschuss entfernt. Auch sie waren zu Glas geworden. Erstaunlicherweise hatten sie ihre äußere Form annähernd beibehalten. Türen und Fenster waren noch immer zu erkennen, wenn auch verzogen und verlaufen, als hätte die gläserne Schmelze schlagartig innegehalten, bevor sie die Stadt dem Erdboden gleichmachen konnte. Wenn es noch letzte Zweifel gegeben hatte, dass der Ausbruch der Wilden Magie keinen bekannten Naturgesetzen gefolgt war, so wurden sie nun zerstreut. Eine Hitze, die den Wüstensand im Umkreis von Dutzenden Kilometern zu Glas zerschmolzen hatte, hätte von Skarabapur nichts übrig lassen dürfen. Und doch stand die Stadt noch immer, durch und durch gläsern wie ein fantastisches Kunstwerk. Es gab keine Ecken mehr, keine Spitzen, keine rechten Winkel; alle harten Kanten waren zu Rundungen zerflossen. Als hätte jemand die Gebäude Skarabapurs aus Eis errichtet, das für kurze Zeit angetaut war, um dann abermals zu erstarren.

Der grünliche Schimmer, den sie bereits aus der Ebene jenseits des Untersands kannten, lag auch über den geschmolzenen Glasbauten Skarabapurs. Als würde das Tageslicht von den kristallenen Oberflächen aufgesaugt und verfärbt wieder abgegeben. Das schimmernde Grün, verbunden mit dem Flimmern der Wüstenhitze, verlieh der Stadt eine magische Unterwasserstimmung, als bewegten sie sich über den Grund eines Sees, in dem Skarabapur versunken war.

Die Glasschmelze der Gebäude verhinderte jede Zuordnung zu einer bestimmten Kultur. Manche Dächer ähnelten denen von Zwiebeltürmen, aber das mochte ebenso gut an den verlaufenen Rundungen liegen. Andere Bauten waren zu Kuppeln geworden, wo vielleicht einst ein eckiger Klotz gestanden hatte. Weil die Schmelze ihre Spuren nicht gleichmäßig hinterlassen hatte, waren einige Gebäude noch begehbar und sahen annähernd aus wie Häuser. Andere hatten sich blasig verformt, waren eingesunken und ähnelten gläsernen Höckern.

Was immer diese Stadt einst gewesen war, heute besaß

sie weder orientalischen noch abendländischen Charakter. Sie mochte aus vollkommen anderen Regionen stammen, oder aber die Wilde Magie hatte dafür gesorgt, dass jedes ihrer Merkmale zu einer anonymen, gleichförmigen Masse zerronnen war. Vielleicht war es ja gerade das, was Skarabapur zu einem konturlosen Spiegel aller Träume und Wünsche jener machte, die es entdeckt und betreten hatten.

Nirgends waren Lebewesen zu sehen. Keine Menschen, keine Dschinne, keine Kreaturen der Wilden Magie. Nicht einmal Käfer am Boden.

Sie folgten Nachtgesicht widerstrebend in die äußeren Viertel. Sabatea behielt Khalis im Auge, der so schweigsam war, als hätte er gar nicht bemerkt, dass sie ihm den Knebel abgenommen hatte. Seine Stirn war düster zerfurcht, sein Blick huschte unstet umher. Sie hätte gern geglaubt, dass es Nervosität war und dass dieser Ort sogar einen Magier wie ihn zutiefst verunsicherte. Doch sie ahnte, dass mehr dahintersteckte. Khalis schmiedete Pläne und prägte sich so viel von der Umgebung ein wie möglich.

Immer wieder wurde ihr Blick von verzerrten Reflexionen angezogen, wandernden Schemen, deren Züge auf den unebenen Glasoberflächen so verzogen und verlaufen waren wie Skarabapur selbst. Tatsächlich schienen die Spiegelbilder eher hierher zu gehören als die Stadt selbst, vielleicht weil auch sie nur noch ein Zerrbild dessen war, wofür sie einmal gestanden hatte.

Sabatea fühlte sich weder am Ziel ihrer Wünsche noch hatte sie das Gefühl, dass Skarabapur mehr als nur einen Schatten jener Symbolkraft besaß, die man ihm in den Legenden zuschrieb. Nur noch ein Gräberfeld aus gläsernen Ruinen. Damit ging kein Hochgefühl einher, keine Glücksmomente, nicht einmal Enttäuschung. Gar nichts. Die Empfindungen, die sein Anblick erzeugte, waren so leer wie seine Straßen und Plätze.

»Wo ist Atalis?«, brach Khalis das Schweigen, als sie nach den ersten hundert Schritten noch immer nicht auf den Honigschrein gestoßen waren.

»Wir sind gleich da«, sagte Nachtgesicht.

Er bog jetzt von der breiten Schneise ab, über die sie die Stadt betreten hatten. Sie mochte einmal eine Prachtstraße gewesen sein, ein ausgetrocknetes Flussbett oder nur eine Wunde, die die Wilde Magie gewaltsam ins Gefüge der Häuser geschnitten hatte – genau war das nicht mehr zu erkennen. Durch einen Spalt führte er sie von dort aus in eine enge Gasse. Skarabapur war einst auf Hügeln errichtet worden, und sie gingen nun aufwärts, bis Nachtgesicht am höchsten Punkt der Gasse stehen blieb und durch einen ovalen Eingang ins Innere eines Gebäudes wies. Es war verformt, ähnlich einem Stück Käse, das zu nah am Feuer gelegen hatte. Das gläserne Dach hing durch wie eine Zeltplane, und der einzige große Innenraum besaß keine Rückwand mehr. Durch die Öffnung konnten sie den Hügel hinab über die inneren Viertel Skarabapurs blicken, über ein Meer spiegelnder Oberflächen wie von einem vereisten See, der nicht glatt, sondern bei hohem Wellengang gefroren war. Der Glanz des endlosen Grüns war überwältigend, und obwohl der Himmel noch immer dunstverhangen war, blendeten die Spiegelungen und brannten in Sabateas Augen.

»Endlich!«, empfing Ifranji sie. »Da seid ihr ja!«

Dass sie sich über den Klang dieser Stimme einmal

freuen würde, hätte Sabatea noch vor wenigen Tagen vehement bestritten. Und doch hoben sich nun ihre Mundwinkel fast gegen ihren Willen zu einem Lächeln.

Ifranji sprang ihnen mit wirbelnden Zöpfen entgegen, fiel ihrem Bruder erleichtert um den Hals und wandte sich gleich darauf an Sabatea. Beide machten einen halben Schritt aufeinander zu, hoben unschlüssig die Hände, zögerten noch einmal – dann umarmten auch sie einander, ein wenig unbeholfen, aber herzlich.

»Wo ist meine Tochter?«, wollte Khalis ungeduldig wissen.

»Hier drüben.« Nachtgesicht deutete auf einen Durchgang, der irgendwann einmal rechteckig gewesen war, nun aber die Form einer Ohrmuschel hatte. Dahinter lag ein Innenhof mit blasig zerflossenen Wänden.

In seiner Mitte stand der Kristallschrein.

Die beiden Frauen im Honig hatten sich gedreht, standen Rücken an Rücken, als sei ihnen die Nähe auf so engem Raum zuwider geworden. Beide wirkten unversehrt, abgesehen von ihrer grauen Gesichtsfarbe. Die Kristalloberfläche wies ein Netz verästelter Risse auf. Khalis' Schutzzauber wirkte nicht mehr. Die beiden Leichen waren seit einem Tag der Hitze ausgesetzt.

Der Magier eilte auf den Schrein zu, stellte sich vor seine Tochter und legte beide Handflächen an den Kristall. Er schloss die Augen, senkte den Kopf, konzentrierte sich. Die Risse blieben bestehen, aber Sabatea hätte schwören können, dass sich Atalis' Kinn unmerklich hob und ihre Haarspitzen einen Moment lang auf und ab wogten. Als Sabatea den Schrein umrundete, um nachzusehen, ob mit Maryam etwas Ähnliches geschah, wirkten beide wieder so leblos wie zuvor.

Khalis löste sich mit einem Seufzen von der Kristallrundung und sah aus, als wäre er um weitere Jahre gealtert. In seinen Augen stand ein Ausdruck von Erleichterung. Mit einem nervösen Blinzeln suchten sie Nachtgesicht, der den Durchgang zum Hausinneren mit seiner Körpermasse ausfüllte.

»Ich schulde dir Dank«, sagte der Magier. »Dafür, dass du meine Tochter gerettet hast.«

Nachtgesicht trat auf der Stelle, ebenso unangenehm berührt wie Sabatea. Atalis lebte nicht mehr, heute ebenso wenig wie vor einer Woche oder einem Jahr. Nichts, das er getan hatte, würde sie zurück ins Leben holen.

Aber Khalis wartete nicht auf eine Antwort. Er wandte sich wieder seiner Tochter zu und schien stumme Zwiesprache mit ihr zu halten. Sabatea schüttelte den Kopf und trat mit Nachtgesicht zurück ins Haus. Dabei fiel ihr Blick auf einen Teppich, der ausgerollt in einer Ecke des ehemaligen Wohnraums lag.

»Ist das eurer?«, fragte sie überrascht.

Nachtgesicht nickte. »Er ist von der Brücke geweht worden, als ich den Sturm heraufbeschworen habe. Wir haben ihn unten im Sand gefunden, bevor die Roch kamen und die Stelle untersucht haben.«

Sabatea ging neben dem Knüpfwerk in die Hocke und strich mit den Fingerspitzen darüber. Die Berührung erinnerte sie schmerzlich an Tarik. »Er hat euch gesucht« sagte sie leise. »Sonst hättet ihr ihn niemals wiedergefunden.«

Ifranji trat neben sie. »Er stammt aus der Werkstatt von Kabir. Der alte Mann weiß, wie man einen fliegenden Teppich knüpft. In Bagdad sagt man, dass es zwar schnellere und flinkere Teppiche gibt als seine, aber dass niemand ihnen mehr Charakter und Leben verleiht.«

Das brachte Sabatea zum Lächeln. Auch die Teppiche von Tarik und Junis stammten aus Kabirs Manufaktur, und sie selbst hatte in den Hängenden Städten erlebt, wie ihnen eines dieser Knüpfwerke das Leben gerettet hatte. Es hatte Tarik und sie in einer Rochtränke aufgespürt, hoch über dem Grund der großen Grotte. Ihr schien, als wäre das Jahre her.

Mit einem unterdrückten Seufzen erhob sie sich, durchquerte den Raum und blieb an der offenen Rückseite stehen. Der Blick den Hügel hinab über Tausende von gläsernen Ruinen war atemberaubend und Furcht erregend zugleich. Sie suchte nach einem weißen Pferd mit Schwingen, nach irgendeinem Hinweis. Nichts.

Dann entdeckte sie etwas anderes, das schlagartig all ihre Sorgen zurückbrachte.

»Ist das –«

»Eine Glasscholle«, fiel ihr Ifranji ins Wort. »Ich hab sie beobachtet, seit wir hier angekommen sind. Sie bewegt sich nicht von der Stelle.«

Südlich von ihnen, verschwommen im Dunst und hinter Schleiern aus flirrender Luft, schwebte ein flacher Umriss über Skarabapur. Es hätte eine dunkle Wolke sein können, ungewöhnlich geformt, hätte Sabatea es nach ihrer Begegnung in der Wüste nicht besser gewusst.

Die Glasscholle hing niedrig über den geschmolzenen Dächern, mehrere Kilometer entfernt, und das schattenhafte Wallen rund um ihre Ränder konnte nur eines bedeuten: Schwärme von Dschinnen, die sich dort zusammenzogen, auf- und wieder abstiegen und sich auf etwas vorbereiteten.

»Sie verladen etwas.« Nachtgesicht trat neben die beiden Frauen in die offene Rückseite des Gebäudes.

»Was?«, fragte Sabatea.

»Kriegsgerät«, vermutete Ifranji. »Belagerungsmaschinen. Käfige voll mit Schwarmschrecken oder anderen Drecksbiestern.«

»Den Dritten Wunsch«, flüsterte Nachtgesicht.

Sabatea sah ihn mit einem Ruck von der Seite an. »Wie verlädt man einen *Wunsch*?«

»Das erfahren wir nicht, indem wir hier rumstehen und von weitem zusehen«, sagte Ifranji, zog ihren Dolch und begann, die Klinge mit einem Stein zu schärfen.

»Willst du damit gegen die Dschinne kämpfen?«

»Willst du sie mit deinem Blut vergiften?«

Bevor sich die Fronten zwischen ihnen abermals verhärten konnten, ging Nachtgesicht dazwischen. »Erzähl uns von Tarik. Was ist passiert?«

Sie versuchte, sich weit genug zu entspannen, um die Ereignisse in Worte zu fassen. Ihr fehlte noch immer jede Distanz dazu, und sie abermals vor ihrem inneren Auge heraufzubeschwören, machte es nur noch schlimmer. Sie begann zweimal, brach ab, versuchte es erneut. Es half, dass Ifranji mit dem Messerschleifen aufhörte und sie mit aufrichtiger Sorge ansah, auch wenn nicht klar war, ob sie Tarik, Sabatea oder gar beiden galt.

Sie hörte selbst kaum, was sie sagte, und wusste gleich nachdem sie geendet hatte, schon nicht mehr, wie viele Einzelheiten sie ihnen erzählt hatte. Es gab zu viele Fragen zu viele Rätsel, und obwohl sie zu wissen glaubte, was geschehen war, konnte sie es doch noch immer nicht gänzlich begreifen. Sie hatte Tarik mehr als einmal aufgefordert

Almarik umzubringen, und beinahe hätte sie selbst es getan. Aber wie groß der Unterschied war zwischen einem Plan und dessen kaltblütiger Ausführung, das begriff sie erst jetzt. Vielleicht, weil sie jahrelang in ihrem goldenen Käfig in Samarkand die kühnsten Pläne ausgeheckt, aber nur die allerwenigsten verwirklicht hatte. Das brachte ein Leben in Gefangenschaft mit sich, und sie erkannte, dass sie innerlich nach wie vor eine Gefangene war. Die Wunden waren nicht verheilt, nur notdürftig übertüncht, und sie schmerzten noch immer.

Ifranji beugte sich vor und nahm sie in den Arm.

Sabatea versteifte sich für einen Augenblick, dann gab sie nach. Dass sie weinte, um Tarik, um sich selbst, um diese ganze lächerliche Welt, die dort draußen gerade vor die Hunde ging, bemerkte sie erst nach einigen Sekunden.

Nachtgesicht entfernte sich stillschweigend und ließ die beiden allein. Bald darauf aber stieß er einen aufgebrachten Schrei aus. Sabatea löste sich von Ifranji, zuckte erschrocken zurück. Ihre Tränen trockneten schon, als sie herumwirbelte.

»Khalis!«, rief Nachtgesicht aus der Tür zum Innenhof. »Er ist fort!«

»Fort?«, rief Ifranji.

Sabatea stürmte bereits auf ihn zu.

Nachtgesicht deutete wild gestikulierend in die Ecke des Raumes, dann durch die klaffende Öffnung hinaus auf die Stadt. »Er hat den Teppich mitgenommen. Und seine Tochter.«

Amaryllis

Tarik folgte seinem Spiegelbild durch die gläsernen Gassen Skarabapurs. Er sah es über die Wände huschen, verdreht, verbogen, verzerrt zu etwas anderem, das nicht mehr er selbst war. Auf den zerlaufenen Oberflächen streckte und dehnte sich diese andere Gestalt, und sosehr er sich auch bemühte, schneller zu sein als sie, er konnte sie nicht abschütteln. Wohin er sich auch wandte: Überall wartete schon dieses groteske Zerrbild seiner selbst auf ihn. Es grinste abscheulich und lachte ihn aus.

Almariks Blut klebte überall an seinen Kleidern, auf seiner Haut. Er stank nach Tod und rohem Fleisch. Dennoch hatte das Elfenbeinpferd nicht gescheut, als er mit seiner Trophäe zurückgekehrt war – mit dem Beweis, dass er seinen Teil ihrer Abmachung erfüllt hatte. Es hatte zugelassen, dass Tarik auf seinen Rücken stieg. Dann hatte es ihn durch den Nebelhimmel nach Skarabapur getragen. Am Rand der gläsernen Stadt hatte es ihn absitzen lassen und war davongeflogen.

Nun musste er den Rest des Weges allein gehen.

Nur dass er nicht mehr allein war. Der Narbennarr hatte sein Versteck verlassen und färbte Tariks Denken mit seinem Hass und seiner Bosheit. Sie wohnten nun beide im selben Körper, nutzten denselben Geist. Tarik fühlte sich fremd in sich selbst, als hätte man ihn in den Schädel eines anderen versetzt. Aber dies war sein Kopf, sein Verstand. Trotzdem gab Amaryllis ihm das Gefühl, dass er nichts als ein unerwünschter Gast war.

Das fratzenhafte Spiegelbild auf den Glaswänden wandte sich im Gehen zu ihm um. »Es hat keinen Sinn, sich zu wehren. Gib auf. Lass es geschehen.«

»Mach es dir nicht zu einfach«, rief Tarik.

»Ich bin in dir. Ich bin du. Das hast du gewusst, all die Tage und Wochen lang.«

»Ich habe dich getötet!«

»Du hast meinen Körper zerstört. Sonst nichts.«

Tarik schrie auf, fiel auf die Knie, verbarg das Gesicht in den Händen. Er hatte Mühe, zwischen seinen eigenen Emotionen und denen des Narbennarren zu unterscheiden. Als er die Arme sinken ließ und mit dem einen gesunden Auge auf eine gegenüberliegende Glaswand blickte, stand sein Spiegelbild aufrecht da, hatte die Arme vor der Brust verschränkt und sah ihn mitleidig an.

»Wem soll das helfen?«

Tarik gab keine Antwort. Da war nur sein Abbild, verzerrt vom Glas. Niemand, der mit ihm redete.

»Du verschwendest bloß Zeit«, sagte sein grinsendes Gegenüber im Glas. »Uns bleiben nur noch wenige Stunden. Steh auf und geh.«

Tarik wollte gegen den fremden Willen anschreien, wollte die andere Stimme übertönen. Aber kein Ton kam über seine Lippen. Stattdessen erhob er sich und stolperte weiter.

Er musste bereits die Hälfte des Weges zurückgelegt haben, durch enge Gassen, durchdrungen vom grünen Glimmen der zerflossenen Glasfassaden. Manche Gebäude waren zu bizarren Hügeln zerlaufen, hatten beim Zusammensinken Fäden gezogen wie aus Harz, die sich nun als kristallene Netze zwischen den Ruinen spannten. Andere hatten ihre äußere Form kaum verändert, waren nur durchsichtig geworden, Geister jener Häuser, die einmal hier gestanden hatten.

Und auf allen sah er sein Spiegelbild lächeln und spotten und scheußliche Grimassen ziehen.

»Was willst du von mir?«, stieß er aus. »Ich hab dich hergebracht. Das war es doch, was du wolltest, zurück nach Skarabapur. Jetzt bist du hier.«

»Wir sind noch nicht am Ende unseres Weges«, sagte sein Abbild im Glas, die Stimme des Narbennarren in seinem Schädel.

»Wenn du nur einen neuen Körper brauchst, dann –«

»Dann hätte ich jeden anderen nehmen können. Und es hätte einige gegeben, die es mir leichter gemacht hätten. Die beiden Frauen im Honig. Es reist sich ungestört in den Hüllen der Toten.«

»War dein alter Körper deshalb aus Leichenteilen?«

»Natürlich. Wer will schon ewig die Stimme eines anderen in sich hören?«

Tarik sah im Vorbeigehen auf die Glastrümmer eines Hauses, das unter seiner eigenen Last eingestürzt war. Es gab viele solcher Ruinen auf seinem Weg, meterhohe Scherbenhaufen, einige so groß wie ganze Straßenzüge. Wenn er einem zu nahe kam, blickte ihm sein Spiegelbild nicht einmal, sondern hundertfach entgegen. Das Gesicht des Narbennarren auf messerscharfen Splittern, ein Mosaik aus grinsenden Fratzen.

»Ist das alles, was dir einfällt?«, fragte Amaryllis, der jeden seiner Gedanken kannte. »Eine Scherbe nehmen und dir selbst die Kehle durchschneiden?«

Tarik blieb stehen, starrte in all die fremden, zugleich vertrauten Gesichter. Etwas Hypnotisches lag in dieser Vielzahl blutbespritzter Masken, durchdrungen vom silbergrünen Glaslicht. »Hätte das überhaupt einen Zweck?«

»Du würdest es mir nur leichter machen«, sagte Amaryllis. »Ich habe es dir schon gesagt: Es ist nicht schwer, einen Toten zu lenken.«

»Warum tust du es dann nicht? Warum ich? Aus Rache?«

Sein Spiegelbild lachte ihn aus. Tausend Facetten seiner selbst, tausend verzerrte Gespenster. »Zu Anfang dachte ich tatsächlich, dass das eine angemessene Vergeltung wäre«, sagte der Narbennarr mit all seinen Mündern. »Und ich war neugierig.«

»Worauf?«

»Ob du Maryam finden würdest.«

Tarik nahm eine der Scherben auf, beobachtete sein Abbild darauf, ließ sie fallen und zerrieb sie unter seinem Absatz zu milchigen Glaskristallen.

Die Gesichter blieben unbeeindruckt. »Ich war neugierig, was du empfinden würdest, wenn dir klar würde, dass sie all die Jahre über am Leben war. Wie hätte ich ahnen können, dass du eine Tote findest? Aber dann war ich gespannt auf dein Leiden, auf den Schmerz, den dir die Wahrheit bereiten würde.« Die Augen seiner Spiegelbilder verengten sich zu Schlitzen. »Aber du hast nicht gelitten. Du hast behauptet, sie zu lieben, aber das war eine Lüge. All die Jahre über war in dir nur Selbstmitleid, nur Hass auf dich selbst. Und da wirfst du anderen vor, dass sie *dich* hassen?«

Amaryllis lachte. »Gerade du solltest das verstehen. Dein größter Feind warst immer nur du selbst. Sieh dich an im Glas! Du bist es noch immer.«

Tarik riss sich von dem Splitterberg los, lief jetzt schneller, bis die Wände rechts und links der Straße wieder unversehrt waren, glatte Glasflächen, auf denen die Zahl seiner Spiegelbilder auf eine Handvoll schrumpfte. Im Laufen blickten sie sich zu ihm um, ganz gleich, in welche Richtung er selbst auch sah. Immer starrten sie ihn an und redeten in einem fort.

»Es wäre so leicht gewesen, dich noch mehr leiden zu lassen«, sagte Amaryllis. Tariks Atem jagte, aber der Narbennarr sprach ruhig, ohne jede Hetze. »Aber wäre es mir nur um Rache gegangen, dann hätte ich dich dazu bringen können, das Mädchen zu töten.«

»Lass Sabatea aus dem Spiel!«

»Wie hätte es dir gefallen, ihren Schädel abzuschneiden, statt den des Byzantiners? Eine Zeitlang war dieser Gedanke sehr verlockend.«

Die Straße wurde breiter und führte bergauf. Tarik erreichte eine Kuppe, beugte sich vor, stützte die Hände auf die Oberschenkel. Sein Herz pochte dumpf gegen die Rippen. Durchatmen. Ruhig werden. Nicht auf die Stimme hören.

Als er sich langsam wieder aufrichtete, sah er, dass die Straße vor ihm abwärts führte. Von hier oben aus bot sich ihm ein weiter Ausblick auf das, was noch vor ihm lag. Menschenleere Straßenzüge und Gassen aus Glas. Ein Meer aus Grün und blitzenden Lichtreflexen.

Die Glasscholle, die niedrig über den Ruinen schwebte, war nun deutlicher zu erkennen. Zahllose dunkle Punkte schwärmten um ihre Ränder, ein waberndes Auf und Ab zwischen Oben und Unten.

»Es wäre so einfach gewesen, dich zu quälen und für das bezahlen zu lassen, was du in den Hängenden Städten getan hast«, sagte der Narbennarr, unermüdlich in seinem selbstgefälligen Geschwätz. »Aber dann habe ich die Wahrheit über Skarabapur erkannt.«

Zum ersten Mal, seit der Narbennarr auf ihn einredete, spürte Tarik einen Anflug von Neugier. »Die Wahrheit über Skarabapur?«

»Diese Stadt war einmal ein Sinnbild für die Erfüllung aller Träume«, sagte Amaryllis. »Glaubst du, Dschinne träumen nicht?«

Er hatte sich bislang nie Gedanken darüber gemacht. Es war eine sonderbare Vorstellung.

»Die Roch waren die Ersten, die die Stadt entdeckt haben. Aber sie haben nicht das gefunden, was sie sich erhofft hatten. Kein strahlender, überirdischer Ort, der sie mit Glück und Zufriedenheit erfüllte. Alles, was sie vorfanden, war eine große Enttäuschung. Der Mythos von Skarabapur entpuppte sich als Lüge. Und da beschlossen sie, die Legenden aus eigener Kraft wahr werden zu lassen. Wenn es hier keine Macht gab, die ihnen ihre Wünsche erfüllen konnte, dann wollten sie eben dafür sorgen, dass es sie geben *würde*. Sie raubten die Wunschmacht der Ifrit und bündelten sie, ohne zu ahnen, auf was sie sich einließen. Sie waren schlecht vorbereitet, ihre Fähigkeiten begrenzt. Die Wunschmacht geriet außer Kontrolle, es kam zum Ausbruch der Wilden Magie. Und sie veränderte alles.«

Tarik setzte sich langsam wieder in Bewegung, nicht sicher, ob wirklich er selbst es war, der seinen Beinen den

Befehl dazu gab. Benommen fiel ihm auf, dass Amaryllis anders klang als damals in den Hängenden Städten, weniger dämonisch, fast wie ein Mensch.

Er benutzt nicht nur meine Stimme, dachte er. Er nutzt meinen Verstand, meine Wortwahl.

Amaryllis fuhr fort: »Inmitten dieser Verwandlung, inmitten dieser *Entartung* dessen, was diese Stadt einst gewesen war, wurden wir Dschinne in die Welt geboren. Ihr Menschen nennt uns die Kinder der Wilden Magie, und das nicht zu Unrecht. Vieles ist an jenem Tag geschehen, vieles war danach nicht mehr wie vorher. Die Roch wurden vernichtet, nur einigen wenigen ist damals die Flucht gelungen. Ihnen blieb keine Zeit mehr, um zu begreifen, dass sie sich von Anfang an getäuscht hatten: Skarabapur hatte einst sehr wohl ihre Wünsche und Ziele erkannt. Die Roch suchten nach Macht, ohne sich dessen bewusst zu sein, und Skarabapur gab ihnen die Mittel dazu. Doch als diese Macht sich nicht mehr kontrollieren ließ und die Magie alles veränderte, da wandelte sich auch Skarabapur. Wäre diese Stadt ein Lebewesen, dann könnte man sagen, sie hätte den Verstand verloren. Aber Skarabapur hat niemals gelebt, es hat stets nur widergespiegelt, was längst in den Köpfen derjenigen war, die es betreten haben. Träume wurden Wirklichkeit, Wünsche erfüllt, Ziele schlagartig greifbar – bis es zum Ausbruch der Wilden Magie kam. Danach veränderte sich die Stadt und das, wofür sie stand. Skarabapur saugte die Enttäuschung und den Zorn der Roch in sich auf, und es hat ihn tausendfach an uns weitergegeben. Als wir erschaffen wurden, eine ganze Rasse, die von einem Moment auf den anderen in diese Welt geschleudert wurde, da waren wir leer und formbar wie jedes eurer Neugeborenen. Wir kannten keine Wünsche, keine Träume. Aber Skarabapur, das wahnsinnige Skarabapur, gab seine Ziele an uns weiter, wiederum nur ein Zerrbild dessen, was die Roch einst gewollt hatten. Wir waren wie Gefäße für den Zorn dieser Stadt, und wir nahmen dankbar an, was sie uns lehrte.«

Für einen Augenblick verstummte die Stimme des Dschinnfürsten, und Tarik hatte das Gefühl, dass Amaryllis sich für kurze Zeit wieder zurückzog, dass er floh vor der Wahrheit, die er selbst gerade heraufbeschworen hatte. Aber es hielt ihn nicht lange im Verborgenen, zu fasziniert war er vom Klang seiner eigenen Stimme. Tariks Stimme.

»Ich wurde zum Werkzeug Skarabapurs«, fuhr Amaryllis fort. »Es verlieh mir die Macht, die Zukunft zu sehen. Oder das, was ich für die Zukunft gehalten habe. Eine Welt ohne Dschinne.«

»Dann glaubst du jetzt nicht mehr, dass es die Zukunft ist?«

»Wir sind eins, du und ich. Ich weiß, was du weißt. Ich habe gehört, was der Magier euch in Bagdad offenbart hat. Und ich glaube, dass er in vielem die Wahrheit gesprochen hat. Was wir sehen, mit dem Auge, das wir uns teilen, das ist nicht die Zukunft, sondern die andere Welt außerhalb der Flasche. Eine Welt ohne Dschinne, gewiss, aber nur weil es eine Welt ohne Magie ist, eine Welt ohne all das, was diese hier so besonders macht.« Er hielt kurz inne, als würde selbst einem Wesen wie ihm vom Ausmaß dieser Erkenntnisse schwindelig. »Skarabapur hat mich all die Jahre über in dem Glauben gelassen, dass ich sähe, was einmal aus dieser Welt werden würde, dann, wenn ihr Menschen uns Dschinne ausgelöscht habt. Und ich begann, den anderen davon zu berichten.«

»Sie machten dich zu ihrem Propheten des Untergangs.«

»Ich habe sie vor dem Ende gewarnt, ja. Und ich riet ihnen, was zu tun sei, um es abzuwenden.«

»Die Menschheit auszurotten, bevor sie euch ausrotten konnte.«

»So ist es.«

Tarik verfiel in einen leichten Trab, hielt sich dabei nah an den gläsernen Fassaden, damit ihn aus der Luft keine Dschinnpatrouille entdeckte. Begegnet war er während des ganzen Weges noch niemandem. Die Dschinne fühlten sich in Skarabapur geschützt. Dies war der Ort, der sie geboren hatte. Wo sonst, wenn nicht hier, waren sie sicher vor aller Gefahr?

»Warum wolltest du hierher zurückkehren?«, fragte er. »Und warum mit mir?«

Die Präsenz des Narbennarren in seinem Inneren, das Gefühl seiner Anwesenheit, schien mit einem Mal zu pulsieren, sich auszudehnen, jede Faser seines Körpers zum Glühen zu bringen.

»Du und ich, Tarik al-Jamal, werden Skarabapur für das bezahlen lassen, was es uns angetan hat«, sagte Amaryllis.

»Wir gemeinsam?«

»Wir gemeinsam.«

Tarik lief weiter, angetrieben von der Kraft zweier Geister, zweierlei Willen. »Wie?«

»Der Dritte Wunsch wird unser sein. Seine Macht, seine Gabe, ganz allein in unserer Hand.«

»Ich will nichts von alldem.«

»Doch, das willst du. Ich kann es in dir spüren.«

Tarik gab keine Antwort. Kannte Amaryllis ihn besser als er sich selbst?

»Wir werden den Dritten Wunsch beherrschen«, sagte Amaryllis. »Und mit ihm werden wir Skarabapur vernichten.«

In den Ruinen

Nachtgesicht trug Sabatea und Ifranji im Inneren eines Wirbelsturms tiefer in das Glaslabyrinth der verlorenen Stadt. Die Blase im Windtrichter schwebte nur wenige Meter über dem Boden. Der Sturm selbst war nicht höher als die meisten Häuser, die sie passierten.

Sie begegneten keinen Dschinnen auf ihrem Weg. Viele hatten Skarabapur in Richtung Bagdad verlassen, die Übrigen hatten sich ins Herz der Stadt zurückgezogen. Als Nachtgesicht den Tornado schließlich im Schutz einer Ruine zusammensinken ließ, waren sie weiter gekommen, als sie für möglich gehalten hatten.

Mit einem Klirren senkte sich der Sockel des Kristallschreins auf den gläsernen Boden. In seinem Inneren trieb nur noch die tote Maryam. Honig war an der Außenseite hinabgelaufen, als Khalis den Leichnam seiner Tochter aus dem Behälter gezogen hatte. Jetzt hafteten Sand und Staub an der Oberfläche wie brauner, klebriger Schlamm. Es stank süßlich und nicht allein nach Honig.

Aus Rücksicht auf Junis' Wunsch hatte Sabatea darauf bestanden, Maryam mitzunehmen. Ifranji hatte sie einmal mehr für verrückt erklärt, aber das war nichts Neues. Selbst die junge Diebin schien sich daran zu gewöhnen und brachte ihre Vorwürfe nur noch halbherzig vor. Im Vergleich zu dem, worauf sie sich eingelassen hatten, war alles andere kaum noch bedeutend genug, um sich darüber zu ereifern.

Sie hätten Maryam ebenso gut aus dem Schrein nehmen können. Sie waren sicher, dass Khalis' Zauber nicht mehr wirkte und der Körper binnen kürzester Zeit aufquellen würde wie ein nasser Brotlaib – Ifranjis Vergleich, natürlich, aber Sabatea konnte ihr nicht widersprechen. Verdammt, sie *glaubte* nicht einmal daran, Maryam wiederbeleben zu können. Und doch brachte sie es nicht über sich, sie zurückzulassen, nicht nach allem, was Junis auf sich genommen hatte, um sie über die Zagrosberge zu bringen. Sie hatte das Gefühl, ihm das schuldig zu sein.

Maryam aus dem Honig zu ziehen kam nicht in Frage, solange Nachtgesicht mit seinem Sturm den ganzen Schrein transportieren konnte. Sabatea scheute die Berührung des toten Fleischs, den Griff hinab in den heißen Honig und, wenn sie ehrlich war, vor allem die elende Sauerei, die das mit sich bringen würde. Ihr war jetzt schon schlecht von dem Gestank. Noch mehr davon konnte und wollte sie nicht ertragen, bei aller Freundschaft zu Junis und Respekt vor Tariks Schwur.

Die Sonne schien milchig durch die Dunstglocke über der Stadt. Die Glasscholle war nicht so groß wie jene, der sie in der Wüste begegnet waren; zweihundert Meter lang und halb so breit. Ihre Unterseite hing vierzig Meter über dem Boden, ihr Schatten lag wie ein Stück Abenddämmerung über den Ruinen eines mächtigen Kuppelgebäudes.

Vor langer Zeit musste der Bau einmal von einem Wassergraben umgeben gewesen sein. Er war längst ausgetrocknet, aber sein gläsernes Bett lag wie eine ringförmige

Schlucht um die Trümmerinsel des Bauwerks. Das Ganze ähnelte einem verkleinerten Abbild Skarabapurs: das kreisrunde Ruinenfeld in der Mitte, rundum ein Graben. Wie tief er einmal gewesen war, ließ sich nicht mehr erkennen. Sein Grund war mit rasiermesserscharfen Scherben und Splittern bedeckt, als wäre einst das Wasser selbst zu Glas geworden und zerbrochen. Vom einstigen Ufer bis hinab zu der tödlichen Oberfläche waren es vier oder fünf Meter. Wer von oben in das zerstoßene Glas fiel, würde den Aufprall nicht überleben.

Brücken führten über den Scherbengraben. Einige waren eingestürzt, aber Sabatea erkannte auf ihrer Seite der Anlage zwei, die unversehrt aussahen. Ob sie noch begehbar waren, blieb fraglich; die Dschinne schwebten darüber hinweg, ohne die filigranen Konstruktionen zu berühren.

Das zerstörte Kuppelgebäude auf der Insel mochte einmal der Herrscherpalast Skarabapurs gewesen sein – falls es hier überhaupt je Menschen gegeben hatte. Wie hoch die Kuppel einst gewesen war, ließ sich nur noch erahnen. Übrig war allein ein kreisrunder Glasrand, gezahnt wie ein geöffnetes Haifischmaul, dessen Spitzen sich nach innen geneigt bis zu zwanzig Meter hoch über dem Boden erhoben.

An mehreren Stellen klafften Lücken in dem gigantischen Scherbenkranz und gewährten freie Sicht in das Innere des Bauwerks. Die Dschinne hatten einen Platz inmitten der gewaltigen Glastrümmer freigeräumt und etwas errichtet, das Sabatea auf den ersten Blick für eine Hinrichtungsstätte, auf den zweiten für einen gigantischen Thron hielt. Aber sie waren zu weit entfernt, und es schwebten zu viele Dschinne durch ihr Blickfeld, um Einzelheiten der bizarren Konstruktion im Zentrum der Ruine erkennen zu können.

»Was ist das?«, fragte Ifranji. Sie kauerte neben Sabatea und Nachtgesicht in den Trümmern, nicht weit vom Rand des Splittergrabens entfernt. Der Honigschrein stand einige Meter entfernt zwischen Überresten gläserner Wände und war vom Graben und der Kuppelinsel aus nicht zu sehen. Nur falls eine Dschinnpatrouille genau über ihr Versteck hinwegflog, liefen sie Gefahr, entdeckt zu werden.

»Zu groß für einen Thron«, murmelte Nachtgesicht, der denselben Gedanken wie Sabatea gehabt hatte.

»Käme auf denjenigen an, der darauf sitzen will«, bemerkte Ifranji.

Sabatea interessierte sich im Augenblick für das Ding dort vorn am allerwenigsten. Stattdessen behielt sie die Brücken im Auge. Und den Himmel über den Ruinen. Der Platz inmitten der Trümmer wurde vom Schatten der Glasscholle verdunkelt, was es noch schwieriger machte, Details zu erkennen.

Nachtgesicht schenkte ihr einen Seitenblick. »Du suchst nach Tarik.«

»Wenn der Narbennarr ihn kontrolliert, dann muss er auf dem Weg hierher sein.«

»Vielleicht hat er Almarik aus freien Stücken umgebracht«, sagte Ifranji. »Wäre doch möglich.«

»Kurz bevor es passiert ist, hat er mir gesagt, dass Amaryllis immer mächtiger wird«, erwiderte Sabatea und fragte sich zugleich, ob sie sich damit nicht nur selbst beruhigen wollte. Sie verstand ihre eigenen Gefühle nicht mehr. Die Vorstellung von Tarik als Mörder Almariks hätte sie kaum berührt, wären da nicht die besonderen Umstände gewesen. Einem Mann den Kopf abzuschneiden, während sie selbst nur wenige Meter entfernt schlief, passte nicht zu Tarik. Er konnte kaltblütig sein, auch rücksichtslos, aber diese Tat trug die Handschrift des Dschinnfürsten.

Ifranji hingegen traute Tarik offenbar eine Menge Niedertracht zu. Und Sabatea musste sich widerwillig die Frage stellen, ob sie damit womöglich richtiglag.

Aber es war müßig, sich darüber den Kopf zu zerbrechen, solange sie ihn nicht fanden. Sie war überzeugt, dass er herkommen würde. Zugleich fürchtete sie, dass Amaryllis ihn den Dschinnen geradewegs in die Arme trieb.

»Was ist mit Khalis?«, warf Nachtgesicht ein und beobachtete den Splittergraben und die umliegenden Trümmerfelder. »Er müsste auch hier sein.«

»Vorausgesetzt, da vorn befindet sich tatsächlich irgendwo der Dritte Wunsch«, sagte Sabatea.

Ifranji stieß ein leises Lachen aus. »Ich hab keine Ahnung, *was* das da ist. Aber einen Wunsch hab ich mir anders vorgestellt.«

Sabatea sah sie an. »Und wie?«

Die Diebin öffnete den Mund, suchte nach Worten, schloss ihn wieder. Zuletzt beschränkte sie sich auf ein Kopfschütteln und Schulterzucken.

»Das ist es ja eben«, sagte Sabatea. »Der Dritte Wunsch könnte alles sein.« Und am wenigsten ein *Gegenstand*, gestand sie sich im Stillen ein. Nicht dieses Ding da vorn

»Wir müssen näher ran«, sagte Nachtgesicht.

»Oho«, höhnte seine Schwester. »Vielleicht mit dem Wirbelsturm mitten hinein?«

»Seht ihr das auch?«, unterbrach Sabatea die beiden

bevor sie ausgerechnet hier und jetzt eine weitere ihrer endlosen Streitereien vom Zaun brechen konnten. »Die Dschinne ... irgendwas ist da los. Sie schwärmen aus – dort rüber, nach Westen.«

Nachtgesicht legte die schweißglänzende Stirn in Sorgenfalten. »Was nicht allzu weit von *hier* entfernt ist, wenn man's genau nimmt.«

»Es geht ihnen nicht um uns«, widersprach Sabatea. »Sonst wären sie längst hier aufgetaucht.«

»Khalis?«, sprach Ifranji aus, was alle dachten. »Oder Tarik?«

Mehrere hundert Dschinne hatten sich aus den Schwärmen rund um die Glasscholle gelöst, etwa die Hälfte all jener, die von hier aus zu sehen waren. Aufgebrachtes Geschrei drang herüber, schnatternde, kreischende Rufe. Jetzt verließen noch mehr von ihnen die wolkige Formation und schwebten nach Westen.

Sabatea fluchte leise. Von ihrem Versteck aus war ihr Sichtfeld so stark eingeengt, dass sie in dieser Richtung kaum weiter als bis zum Rand des Splittergrabens sehen konnte.

Ihr Blick fiel auf einen Scherbenhaufen, der wie eine Treppe mit gefährlich scharfen Stufen an einer der Innenwände ihres Unterschlupfs aufgeschichtet war. Ifranji bemerkte ihn ebenfalls – und war schneller als sie. Noch während Sabatea aufsprang, huschte die Diebin bereits zu der glitzernden Scherbenrampe hinüber. Das Glas knirschte gefährlich, als sie die ersten Schritte in die Höhe machte. Auf allen vieren wäre es ihr leichtgefallen, aber an den messerscharfen Glaskanten konnte sie sich unmöglich festhalten. Stattdessen versuchte sie, aufrecht über die Splitter zu balancieren und mit ausgestreckten Armen ihr Gleichgewicht zu halten. Nachtgesicht raunte ihr eine Warnung zu und machte ein Gesicht, als sähe er sie schon mit abgeschnittenen Armen und Beinen im Glas liegen. Sabatea wäre ihr gefolgt, sah aber ein, dass der Scherbenhaufen zu instabil war, um zwei Menschen zugleich zu tragen. Selbst für einen allein schien der Aufstieg plötzlich ein viel zu großes Risiko.

Angespannt warf sie einen Blick über die Schulter, durch den Spalt hinaus aus der Ruine und hinüber zum Splittergraben und den Überresten des Kuppelbaus. Um das hohe, kantige Konstrukt in seiner Mitte hatte sich ein Schwarm gerüsteter Dschinne zusammengezogen.

Lärm wurde laut. Der Wind trug Heulen und Seufzen heran. Zugleich erklang ein hohes, helles Bersten und Brechen, als suchte sich etwas mit Gewalt einen Weg durch den gläsernen Irrgarten Skarabapurs und zertrümmerte dabei achtlos ganze Straßenzüge. Noch war es weit entfernt, aber die Geräusche kamen näher.

Ihr fiel nur einer außer Nachtgesicht ein, der auf einem Sturm ins Herz dieser Stadt reiten konnte und zugleich mächtig genug war, es mit mehreren Hundertschaften der Dschinne aufzunehmen.

Nachtgesicht zuckte zusammen, als hätte man ihm unvermittelt einen Stich versetzt.

»Ist er das?« flüsterte sie.

Er nickte benommen.

Ifranji hatte schwankend den höchsten Punkt der Scherbenrampe erreicht und balancierte tollkühn auf den Zehenspitzen, um einen Blick über die Wand hinweg nach Westen zu werfen.

»Oh«, machte sie leise.

Ihr Bruder sah durch sie hindurch, als wäre sie selbst mit einem Mal zu Glas geworden. Seine Lippen formten stumm einen Namen.

»Das solltet ihr euch ansehen«, sagte Ifranji.

Der Plan des Narren

Tariks Spiegelbild schwebte über seinem Kopf wie ein Geist. Als er das Gesicht hob, um zu ihm aufzublicken, starrte es mit verzerrter Fratze aus dem Glas auf ihn herab.

»Irgendwas geht da vor«, raunte Tarik.

»Kümmere dich nicht darum!«, verlangte der Narbennarr. »Weiter!«

Tarik befand sich unter einer der gläsernen Brücken, die den Splittergraben überquerten. Am Himmel wimmelte es von Dschinnen, die aus dem Ruinenkranz des einstigen Kuppelpalastes aufbrachen und in nordwestliche Richtung schwebten. Unter der Brücke war Tarik vor ihren Blicken geschützt.

Er hatte diesen Weg mit einer Selbstverständlichkeit eingeschlagen, als hätte er seit jeher von dem geheimen Pfad ins Innere der Ruine gewusst. Dass Amaryllis seine Schritte hierher gelenkt hatte, war ihm nur zu bewusst. Er wehrte sich nicht mehr gegen die Herrschaft des Narbennarren über seinen Körper, nicht in diesem Augenblick; sobald er seinen Halt verlor, würde er abstürzen, mitten in den Graben, der meterhoch mit Glasscherben gefüllt war, die meisten so lang und scharf wie Schwertklingen. Besser, er verließ sich auf Amaryllis' Führung. Besser für sie beide.

Er bewegte sich auf Händen und Füßen durch ein bizarres Netz aus gläsernen Strängen, das sich zwischen dem Brückenbogen und dem Grund des Grabens spannte. Einige der Stränge mochten einmal Säulen und Haltestangen gewesen sein. Die meisten aber sahen aus wie zähe Fäden, die von den Rändern der Brücke in das Grabenbett getrieft waren, manche senkrecht, andere schräg, ein paar sogar waagerecht, als hätte ein Windstoß sie zur Seite getrieben, während sie erstarrten. Nur ein bizarres Wunder mehr, das die Wilde Magie bei ihrem Ausbruch verursacht hatte.

Tarik kletterte und hangelte sich durch dieses Gewirr aus gläsernen Streben, immer darauf bedacht, sein Gewicht nur solchen Strängen anzuvertrauen, die breiter waren als sein Oberschenkel. Viele der dünneren waren bereits zerbrochen. Ihre spitzen Überreste ragten von oben und unten in Tariks Weg, und es verlangte ein hohes Maß an Konzentration, sich an keiner den Leib aufzureißen.

Während hoch über ihm noch immer weitere Dschinne ausschwärmten, erreichte er das Ende der Brücke. Vorsichtig zog er sich nach oben und suchte hinter einigen Glastrümmern Deckung.

»Gut«, sagte sein Spiegelbild, zersplittert über zahllose Oberflächen. »Jetzt weiter.« Ein Dutzend blutunterlaufener Blicke, ein Dutzend dunkle Augenklappen. Almariks getrocknetes Blut klebte noch immer braun und schuppig an seinen Wangen, auf seiner Stirn, auch unweit der Mundwinkel. Er achtete kaum darauf. Er ekelte sich mehr vor sich selbst als vor den Spuren seiner Tat.

Vor ihm befand sich eine Schneise im Trümmerring der ehemaligen Kuppel. Die unregelmäßigen Spitzen, letzte Überbleibsel der hohen Wölbung, ragten über ihm auf wie eine Silhouette gläserner Berggipfel. Sie alle waren leicht nach innen geneigt, als wollten sie jeden Augenblick zuschnappen.

Der Schatten der schwebenden Glasscholle lag über dem Platz. Graues Zwielicht überlagerte den allgegenwärtigen Grünschimmer. Dennoch war es hell genug, um zu erkennen, was sich wie ein absurdes Totem inmitten des Trümmerkraters erhob.

Tarik hatte den Knochenthron eines Dschinnfürsten nie mit eigenen Augen gesehen, aber dies hier mochte einer sein – nur ungleich größer, als wäre er für einen Riesen geschaffen worden. Die Rückenlehne aus Gebeinen ragte zwanzig Meter hoch und war nahezu halb so breit. Die Sitzfläche erschien dagegen unverhältnismäßig schmal und wurde rechts und links von massigen Wällen begrenzt, ebenfalls aus Knochen, viel zu hoch für Armlehnen nach menschlichem Maß. Dennoch gab es kaum Zweifel, dass es sich tatsächlich um einen monströsen Thron handelte, atemberaubend im Größenwahn seiner Konstruktion.

Eine schmale Gestalt war mit gespreizten Armen und Beinen an die Rückenlehne gekreuzigt worden, mehrere Mannslängen oberhalb des Sitzes.

Nicht gekreuzigt, erkannte Tarik wenig später, sondern in die Lehne *eingeflochten* wie ein abscheuliches Ornament.

»Wer ist das?«, flüsterte er und sah, dass sein Spiegelbild die Lippen dabei fest aufeinanderpresste.

»Du weißt es«, antwortete der Narbennarr. Ein Funkeln erschien in seinem einen Auge im Glas. »Sieh ihn dir ganz genau an. Erinnere dich!«

Die leblose Gestalt war zu klein und schmächtig für

einen erwachsenen Menschen. Ein Kind. Sein entblößter Körper wurde von mehreren Querstreben aus Knochen gehalten, die verbargen, ob es sich um einen Jungen oder ein Mädchen handelte. Die Haut war schneeweiß, der Schädel haarlos.

»Jibril?«, entfuhr es Tarik.

Amaryllis antwortete nicht. Tarik meinte Ungewissheit in den Zügen seines Spiegelbildes zu erkennen, vielleicht auch nur seine eigene Verwunderung darüber, den Jungen ausgerechnet hier zu finden. Junis hatte von ihm gesprochen, aber Tarik war ihm selbst nie begegnet. Es hätte ebenso gut irgendein anderes Kind sein können. Und doch sagte ihm sein Instinkt – oder womöglich gar das fremde Wissen in seinen Gedanken –, dass er mit seiner Vermutung nicht vollkommen falschliegen konnte.

»Was du dort siehst«, sagte der Narbennarr, »ist der Dritte Wunsch.«

Tariks Blick zuckte von seinem Spiegelbild zurück zu dem Kind in der Knochenlehne. Langsam schüttelte er den Kopf. »Der *Junge*?«

»Er ist kein gewöhnlicher Mensch«, sagte Amaryllis. »Die Magier haben ihn für ihre Versuche benutzt. Er sieht aus wie eines eurer Kinder, aber das ist er nicht. Er ist wie ein Gefäß, in das seit vielen Jahren die Macht aller dritten Wünsche strömt.«

Tarik war abgestoßen von der Grausamkeit der Dschinne und zugleich fasziniert von dem, was der Narbennarr da andeutete. »Ihr missbraucht ein Kind als *Gefäß* für die Wunschmacht? Ihr sammelt sie … *in ihm*?«

Die Dschinne waren für den Tod Hunderttausender Kinder verantwortlich, abgeschlachtet in dem halben Jahrhundert seit Beginn des Krieges. Eines mehr oder weniger hätte ihn kaum erschüttern dürfen. Und doch war etwas an diesem weißhäutigen wehrlosen Körper, das ihn stärker berührte als der Anblick der Leichenmonumente von Buchara oder der Sklavenlager in den Weiten des Dschinnlands.

Eine Stimme – nicht die des Narbennarren – schien ihm zuzuraunen, dass Amaryllis mit einem jedenfalls Recht hatte: Das dort oben war kein gewöhnliches Kind, nicht einmal mehr ein Mensch.

»Ihr habt ihn in den Zagrosbergen gefangen genommen und hierhergebracht«, stellte er fest, wollte weitere Fragen stellen, doch der Narbennarr fiel ihm einmal mehr ins Wort:

»Du täuschst dich. Er ist schon sehr viel länger hier, seit mehr als fünf Jahrzehnten. Er wurde kurz nach dem Ausbruch der Wilden Magie nach Skarabapur gebracht. Damals haben die Experimente mit ihm begonnen. Er saugt die Wunschmacht auf wie ein Schwamm das Wasser. Sie ist *in* ihm. Dieser Thron, diese Apparatur wurde errichtet, damit einer von uns darauf Platz nehmen und die Wunschmacht lenken kann, wenn es so weit ist. Die Magier haben jahrzehntelang nach Wegen gesucht, die Macht der Wünsche unter ihre Kontrolle zu bringen, und zuletzt ist es ihnen gelungen. Die Knochenthrone der Fürsten waren nur der Anfang. Auch in ihnen ist Leben, ist etwas wie ein schlagendes Herz, das seine Kraft auf jene überträgt, die darauf sitzen und eins mit ihm werden.« Tariks Spiegelbild verriet durch seine steinerne Miene, dass nicht einmal dem Narbennarr bei diesem Gedanken wohl war. Als wüsste er, dass die Dschinne an etwas gerührt hatten, das ihr eigenes

Begreifen überstieg. »Seit Tagen wird alles vorbereitet, um den Thron des Dritten Wunsches nach Bagdad zu bringen. Erst dort, vor den Augen aller, wird einer der Fürsten in einer großen Triumphzeremonie darauf Platz nehmen – eine Ehre, die mein hätte sein sollen! Und er wird den Wunsch aussprechen, dass die Menschheit ein für alle Mal ausgelöscht wird.«

»Einfach so?«, flüsterte Tarik. »Das ist alles? Er muss den Wunsch nur aussprechen, und dann wird es geschehen?«

»Niemand *weiß* genau, was passieren wird – darum sind all die Armeen vor Bagdad aufmarschiert, für den Fall, dass der Plan fehlschlägt. Die Stadt wird so oder so vom Antlitz der Welt gefegt, ob mit oder ohne den Dritten Wunsch. Aber ohne ihn wäre es nur der Sieg über eine Stadt – mit ihm jedoch der Sieg über eure gesamte Art!«

Tarik fuhr sich mit der Hand durch das verklebte Haar. Seine Finger glänzten rot, als er sie zurückzog. »Diese Magier, von denen du gesprochen hast … die für das hier verantwortlich sind … Meinst du die Kettenmagier?«

Amaryllis lachte leise, als er verneinte. »Sie sind nur Menschen mit begrenzten Fähigkeiten. Aber es gab schon immer andere, die sich an der Macht des Dritten Wunsches versucht haben, solche, die vorher hier waren, vor uns, und die die ersten Experimente unternommen haben, um die Wunschmacht zu bannen.«

Tariks trockene Kehle brannte. »Roch?«

»Einige von ihnen haben sich damals auf unsere Seite geschlagen, genau wie diejenigen unter euren Menschenmagiern, die wir zu unseren Kettenhunden gemacht haben. Die Roch hatten viele Generationen lang an ihrem großen Werk gearbeitet, und sie werden weit älter als ihr Menschen, älter sogar als wir Dschinne. Nach ihrem ersten Scheitern, damals vor sechzig oder siebzig Jahren, erkannten sie ihren Fehler, der zum Ausbruch der Wilden Magie geführt hat. Zwar hatten sie die Wunschmacht dazu bringen können, nach Skarabapur zu fließen, aber sie besaßen nichts, das solche Kräfte in sich aufnehmen konnte, ohne von ihnen zerrissen zu werden. Dennoch haben sie es damals versucht – und die Welt dabei fast in den Untergang getrieben. Erst als sie ihre Arbeit unter unserem Befehl wieder aufnahmen, stießen sie auf das dort vorn.« Mit einem Nicken wies Tariks Spiegelbild in die Richtung des leblosen Jungen. »Auf den *ersten* Jibril.«

Im Westen wurde der Lärm immer lauter, ein apokalyptisches Tosen und Brausen, und Tarik spürte den Drang, sich umzuwenden, hinzusehen, zu erfahren, was dort näher kam. Aber er weigerte sich und starrte ungebrochen sein verzerrtes Ebenbild an. »Du meinst … es gibt noch einen? Einen *zweiten* Jibril?«

Das Gesicht im Glas war eine Maske eisiger Ablehnung. »Es ist nicht nötig, dass du es verstehst. Du musst nur eines wissen: Wir müssen einen Weg finden, den Thron zu besteigen, uns mit ihm vereinigen und den Dritten Wunsch aussprechen.«

Tarik hatte bereits seit einer Weile das Gefühl, das da etwas war, das unsichtbar vor ihm schwebte, gerade außerhalb seiner Reichweite. Etwas, das nicht stimmte und von dem so vieles abhing. Er hatte danach greifen wollen, die ganze Zeit über schon, aber es war immer wieder vor ihm zurückgewichen wie ein Wort, das auf der Zunge liegt und einem dann doch nicht über die Lippen kommt.

Erst jetzt gelang es ihm endlich, diesen einen Gedanken festzuhalten. »Es heißt *der* Dritte Wunsch«, murmelte er. »Das bedeutet, es ist nur *ein* Wunsch, nicht wahr? Nur ein einziger!«

Sein Spiegelbild im Glas nickte bedächtig, obwohl er selbst den Kopf nicht bewegte. »Ein Wunsch von so umfassender Bedeutung, von solchem Gewicht für die Welt, dass er die gesamte Wunschmacht aufzehren und den Quell zum Versiegen bringen wird.«

»Wenn ich dir helfe … wenn ich wirklich mit dir dort hinaufgehe und auf diesen Thron steige … wer garantiert mir, dass es keine Falle ist?«

»Eine Falle?«

»Du hast gesagt, wir werden Skarabapur vernichten. Das ist der Wunsch, den wir dort oben aussprechen werden, richtig?«

»Gewiss.«

»Aber möglicherweise fällt dir ein, dass du Skarabapur nicht ganz so sehr hasst wie die Menschen. Vielleicht erkennst du, dass es stattdessen viel angenehmer wäre, genau das zu tun, was auch die anderen Dschinnfürsten vorhaben … wozu *du* sie überhaupt erst angestiftet hast: die Menschheit auszurotten.«

»Aber ich kenne jetzt die Wahrheit über die Spaltung und über das, was unser Auge sieht«, widersprach der Narbennarr. »Dein Auge und mein Auge, Tarik! Nicht die Menschen sind es, auf die es ankommt. Skarabapur hat uns das alles angetan. Diese Stadt hat mich getäuscht, sie hat *uns alle* getäuscht. Sie ist dafür verantwortlich, dass wir Dschinne uns gegen euch Menschen –«

»Unsinn!« Tarik nahm all seine Willenskraft zusammen. Er war nicht sicher, ob noch genug davon übrig war, um den Narbennarren davon abzuhalten, in seinem, Tariks, Körper den Thron zu besteigen – aber er unterdrückte den Gedanken an diese Zweifel, so gut es nur ging, damit Amaryllis ihn nicht durchschaute. »*Du* bist für den Krieg der Dschinne mit den Menschen verantwortlich. Und *nur* du!«

»Weil Skarabapur mir –«

»Weil es dich getäuscht hat? Vielleicht. Weil es dich überzeugt hat, dass dies das höchste Ziel aller Dschinne sein muss? Die Auslöschung der Menschheit?«

»Natürlich.«

»Aber du bist nur zu bereitwillig darauf eingegangen, Amaryllis. Und ich bin nicht sicher, ob du das nicht ein zweites Mal tun wirst – uns alle vernichten, so, wie du es immer gewollt hast.«

»Dann erforsche meine Gedanken, Tarik al-Jamal.« Der Narbennarr lachte leise. »Denn es sind *deine* Gedanken! Was ich denke und fühle, das ist alles auch in dir. Du würdest die Wahrheit erkennen.«

Tarik aber erkannte überhaupt nichts, nicht einmal mehr, was er selbst dachte, wollte und fühlte. Wie durch einen Schleier erinnerte er sich an seine Gefühle für Sabatea, an seine Angst um sie – und an die Sorge, dass die Zerstörung Skarabapurs auch sie treffen könnte, falls sie nicht mehr bei den Roch im Untersand war, sondern womöglich schon hier, vielleicht ganz in seiner Nähe.

»Das also ist es!«, rief sein Spiegelbild triumphierend »Du fürchtest, dass du sie töten könntest! Sie und alle anderen, die dir etwas bedeuten! Ich lese es in deinen Gedanken, so, wie du auch in meinen lesen könntest, wenn du es nur versuchen würdest.«

Tarik war nicht sicher, ob er wirklich die Gedanken eines wahnsinnigen Dschinnfürsten kennen wollte und ob seine Furcht, von seinem Irrsinn angesteckt zu werden, nicht genauso groß war wie alle anderen Ängste, die ihm zu schaffen machten. Bevor er mit Sabatea und Junis aus Samarkand aufgebrochen war, war er furchtlos gewesen – furchtlos, weil sein Leben vorüber gewesen war, desillusioniert, aller Gefühle entkleidet außer dem brennenden Hass auf sich selbst. Jetzt aber war die Angst wieder da, um Sabatea, sogar um Nachtgesicht und Ifranji. Und ein wenig sogar Angst um sich selbst, zum ersten Mal seit wer weiß wie langer Zeit. Weil das Glück, das er an Sabateas Seite empfand, zu groß war, um es einfach aufzugeben, und weil es an der Zeit war, ihr das auch zu sagen.

Der fremde Wille des Narbennarren ballte sich wie eine Faust – und schlug zu. Tarik bäumte sich auf, aber kein Schrei kam über seine Lippen. Er spürte, wie sein Kopf herumgerissen wurde, als wäre da jemand hinter ihm, hockte in seinem Nacken wie ein böser Geist und zwänge seinen Blick mit unsichtbaren Händen in eine andere Richtung.

Nach Westen. Wohin all die Dschinnkrieger ausschwärmten, Hunderte mittlerweile. Weil dort etwas war, etwas näher kam, etwas Großes, ungeheuer Mächtiges. Unter Tosen und Brausen, Heulen und Brüllen.

Was er sah, traf ihn ungleich heftiger. Sein Atem stockte. Sein Herzschlag jagte. Und dann verstand er, was Amaryllis mit dem *ersten Jibril* gemeint hatte.

Und wo der *zweite* gerade war.

Ein gewaltiger Wirbelsturm pflügte durch das gläserne Ruinenmeer Skarabapurs, als wollte er den Wunsch des

Narbennarren vorwegnehmen und die Stadt dem Erdboden gleichmachen. Viele Dutzend Meter hoch sprühten Glassplitter wie eine glitzernde Gischt, ein Orkan aus scharfen Schneiden und Spitzen, der den Dschinnen entgegenfegte und sie in der Luft zerfetzte, sie zu blutigem Nebel zerblies, wenn Tausende und Abertausende winziger Scherben ihre Körper innerhalb eines Augenblicks durchschlugen und zerstückelten.

Aber immer mehr drängten auf den riesigen Windtrichter zu, endlose Schwärme, und für jeden toten Dschinn rückten fünf neue nach. Zugleich stiegen Schwarmschrecken auf, die sich Gott weiß wo in den Ruinen verborgen haben mussten, und diese gewaltige Wolke aus Kriegern und Bestien warf sich dem Sturm und dem einzelnen Reiter in seinem Zentrum entgegen.

Wäre dies ein gewöhnlicher Sturmkönig gewesen, so hätte der Krieg schon vor langer Zeit ein Ende gefunden. Mit einem Heer solcher Stürme, einer Armee dieser Reiter, hätten die Rebellen jeden Feind aufreiben können. Tarik hatte in seinem Leben eine Menge Tod, eine Menge Zerstörung mit angesehen, aber dies überstieg seine Erfahrungen um ein Vielfaches.

Es konnte nur *er* sein, von dem Junis gesprochen hatte. Der Quell der Sturmkraft, das Herz der Rebellion.

»Jibril«, flüsterte sein Spiegelbild, und diesmal war er nicht sicher, ob es der Narbennarr war, der sprach, oder er selbst.

Erneut wurde sein Blick herumgerissen, zurück ins Zentrum der Kuppelruine, zu jenem Ort, den zweifellos auch der einsame Tornadoreiter in seinem wirbelnden Sturmtrichter erreichen wollte.

»Das ist die Gelegenheit!«, frohlockte der Narbennarr. »Sie sind abgelenkt. Wir können es schaffen.«

Aber aus dem Augenwinkel sah Tarik noch etwas anderes.

Einen einzelnen fliegenden Teppich, der sich von Süden her näherte.

Und zwei Gestalten, eine mit langem schwarzem Haar, die ebenfalls ihre Chance ergriffen und auf der anderen Seite des Splittergrabens geduckt auf die Glasbrücke huschten.

Zugleich aber fühlte er sich willenlos in die entgegengesetzte Richtung stolpern. Durch den Trümmerkranz, unter Schwärmen ganzer Dschinnschwadronen hindurch, hinaus auf den Platz im Kuppelkranz.

Hinüber zum Knochenthron des Dritten Wunsches.

Aufstand

Auf der Spitze der Zikkurat, hoch über dem Heerlager vor Bagdads Toren, sah Junis den Dschinnfürst an und erkannte, dass etwas Unvorhergesehenes geschehen war.

Ein unterarmlanges Insekt, halb Libelle, halb Schlange, war aus dem Abgrund aufgestiegen und surrte um den Schädel des Fürsten. Womöglich ein entfernter Verwandter der Schwarmschrecken. Erst nach einem Augenblick begriff Junis, dass der Fürst auf die Laute lauschte, die das Wesen mit seinen vibrierenden Flügeln erzeugte.

»Eine Nachricht«, flüsterte das Mädchen ehrfürchtig und deutete mit einem Nicken auf das Tier. »Diese Wesen … sie denken alle dasselbe. Als hätten sie nur einen Kopf, der über sie alle bestimmt. Was eines von ihnen weiß, das wissen alle. Die Dschinne benutzen sie als Boten.«

Bislang hatte der Dschinnfürst halb zusammengesunken auf seinem Knochenthron gesessen, eine Haltung, die keinen Hehl aus seiner Erschöpfung machte. Nun aber spannte er seinen Oberkörper und setzte sich schlagartig aufrecht. Die Muskulatur zeichnete sich unter der Purpurhaut ab, die weißen Flammenmuster dehnten sich. Ein Fauchen drang zwischen den spitzen Zähnen hervor, und seine Augen verengten sich zu Schlitzen, als er abermals Junis ansah.

»Was hast du getan?«, fauchte er.

Junis bemühte sich um ein kaltes Lächeln und machte kein Geheimnis aus der Tatsache, dass ihn der Zorn des Fürsten mit Befriedigung erfüllte. Zorn, sagte er sich, bedeutete Sorge. Und Sorge der Dschinne war im Zweifelsfall ein Hoffnungsschimmer für Bagdad.

»Jibril hat Skarabapur erreicht«, raunte der Fürst. »Das hätte niemals geschehen dürfen.«

»Warum habt ihr ihn nicht getötet?«, fragte Junis. »Ihr hattet die Möglichkeit dazu.«

»Wir wussten nicht, was geschehen würde. Ob dann nicht auch der andere –« Er brach ab, als das Surren der Libellenflügel noch einmal lauter wurde. Abermals hörte er aufmerksam zu, dann gab er seinen Leibwächtern einen Wink. Ohne ein weiteres Wort wandte er sich von Junis und dem Sklavenmädchen ab und ließ den Knochenthron in die entgegengesetzte Richtung schweben, außen am Rand der Zikkuratplattform entlang. Mehrere schwer gerüstete Krieger folgten ihm in einigem Abstand, auf einer parallelen Bahn um die Turmspitze.

Junis blickte ihm verwundert nach, sah dann, wie der Thron abermals verharrte und der Fürst sich leicht vorbeugte. Angespannt starrte der Dschinn hinüber zu dem dunklen Umriss am Horizont – zur Glasscholle mit dem Heer aus dem Süden. Das Insekt schwirrte über seinem Kopf, während er die Lippen bewegte und dem Tier etwas zuflüsterte. Junis erwartete, dass es kehrtmachen und hinüber zu den Befehlshabern der zweiten Armee fliegen würde, ehe ihm bewusst wurde, dass das nicht nötig war. Gewiss gab es dort andere dieser Wesen, die schon in diesem Augenblick die Botschaft des Fürsten empfingen und weitergaben.

Und er entdeckte noch etwas. Vorerst aber ließ er sich nichts davon anmerken.

Das Mädchen neben ihm bewegte sich nervös von einem Bein aufs andere. Es schien, als hätten die Dschinne für einen Moment jedes Interesse an den Gefangenen verloren.

»Das hast du dir anders vorgestellt, nicht wahr?«, flüsterte er.

Sie gab keine Antwort, schenkte ihm nur einen Blick, der sich nicht entscheiden konnte zwischen Vorwurf und Furcht.

Während sich Aufregung in ihm breitmachte und das Klopfen in seiner Brust immer schneller wurde, fragte er: »Sie haben dir nicht einmal eine Belohnung versprochen, oder?«

»Dein Tod ist meine Belohnung«, knurrte sie, ohne ihn anzusehen. Ihr Blick haftete an dem Dschinnfürsten, der nach wie vor Zwiesprache mit dem Libellenwesen hielt.

»Du weißt nichts über mich«, entgegnete er.

»Ihr wusstet nichts über *uns*, und trotzdem habt ihr so viele von uns getötet. Ihr habt geglaubt, ihr seid Befreier, die bejubelt werden, wenn sie auf ihren Stürmen herangeritten kommen, was?« Sie klang, als wollte sie vor ihm ausspucken. »Wir haben gebetet, dass ihr uns nicht zu nahe kommt! Manche haben gesehen, was geschieht, wenn Sturmkönige ein Lager angreifen … wie viele Unschuldige dabei ums Leben kommen. Stürme am Horizont haben uns keine Hoffnung gemacht – nur Todesangst!«

Er blinzelte gegen das Sonnenlicht, und seine Zuversicht sank. Hatte er sich getäuscht? Die Helligkeit bereitete ihm noch immer Schwierigkeiten, sie schmerzte in seinen

Augen, ließ sie tränen. Er war nicht mehr sicher, ob er wirklich etwas gesehen hatte, gerade eben erst.

Mehrere Dschinnwächter schwebten in ihrer Nähe und behielten die beiden Gefangenen im Auge. Diejenigen, die den Fürsten begleitet hatten, waren abgelenkt. Sie alle wussten, dass Junis als Mensch nur zu Fuß fliehen konnte, quer über die Plattform, dann die Rampe hinunter durch das Innere der Zikkurat.

Er senkte die Stimme. »Wenn ich von hier verschwinde«, sagte er ruhig, »Werde ich dich nicht zurücklassen.«

»Wenn du fliehst«, gab sie zurück, »Werden sie dich auf der Stelle töten.«

»Das werden sie ohnehin tun, wenn dein Freund auf dem Thron sich daran erinnert, dass er mir die Schuld gibt an« – er zuckte die Achseln – »an was auch immer. An irgendetwas, das ihm offenbar keine Freude bereitet.«

Die bizarre Zwiesprache zwischen dem Fürsten und dem surrenden Insekt ging weiter. Der Thron schwebte keine zehn Meter von Junis entfernt, mit ihm vier Krieger der Leibgarde. Vier weitere waren über die Plattform verteilt, hingen eine Mannslänge oberhalb der Ruinen und schenkten ihre Aufmerksamkeit abwechselnd den Gefangenen und der Umgebung. Einer brüllte lautstark einige Schwarmschrecken an, die dem Turm zu nahe gekommen waren. Sie machten kehrt und entfernten sich langsam. Mehrere der anderen Krieger sahen zu den Rieseninsekten hinüber, und für einen Augenblick zuckte auch das Libellenwesen neben dem Knochenthron zusammen, als hätten die Rufe des Wächters ihm gegolten. Der Dschinnfürst zischte seinen Untergebenen ungehalten etwas zu, und sogleich lösten sich zwei aus der Formation und folgten den Schwarmschrecken, die sich zu nah an den Turm gewagt hatten. Mit wilden Gesten scheuchten sie die tumben Ungeheuer davon.

»Sie werden uns beide töten«, flüsterte Junis dem Mädchen zu.

»Natürlich.«

»Du hast keine Angst vor dem Tod?«

»Und du?«

»Darüber mache ich mir Gedanken, wenn es so weit ist.«

Nun blickte sie doch von der Seite zu ihm auf, und zum ersten Mal entdeckte er etwas in ihrem Blick, das nichts mit Hass zu tun hatte. »Du gibst nicht so leicht auf, was?«, fragte sie.

»Du auch nicht«, sagte er überzeugt. »Sonst wärst du nicht aus dem Gehege geflohen, als du die Möglichkeit dazu hattest.«

»Ich –«

»Du hattest nicht von Anfang an vor, mich zu verraten«, unterbrach er sie leise, aber sehr bestimmt. »Nicht, als du hinter mir her in die Zikkurat gelaufen bist. Du *wolltest* frei sein, jedenfalls einen Moment lang. Und wenn du etwas anderes behauptest, dann belügst du nicht mich, sondern vor allem dich selbst.«

Sie starrte ihn an, jetzt verwundert, fast neugierig – und mit einer Spur von etwas, das tatsächlich Bedauern sein mochte, darüber, dass alles ganz anders gekommen war, als sie einige Augenblicke lang gehofft hatte.

»Von mir aus kannst du mich hassen«, fuhr er fort, »und verurteilen für das, was du den Sturmkönigen und Jibril vorwirfst. Meinetwegen stich mir später ein Messer in den Rücken, wenn du dich dann besser fühlst – aber nicht jetzt …«

»Ich hab gar kein –«

»… weil wir nämlich *jetzt* etwas ganz anderes vorhaben!«

Und mit diesen Worten packte er sie am Oberarm, zog sie die beiden Schritte bis zur Kante der Turmplattform und riss sie mit sich hinab in die Tiefe.

Sie schrie auf, als sie den Boden unter den Füßen verlor. Aber sie wehrte sich nicht gegen Junis' Griff, war viel zu überrascht, genau wie die Dschinne, die mit ansahen, wie die beiden Gefangenen im Abgrund verschwanden.

Der Teppich fing sie auf.

Er lag wie ein Brett in der Luft, eine gute Mannslänge unterhalb der Kante. Der Sturz währte kaum zwei Herzschläge, aber Junis kam es viel länger vor. Das Mädchen prallte neben ihm auf, strampelte panisch, hätte sich fast losgerissen und wäre über die Teppichfransen gerollt, hätte er sie nicht mit Gewalt niedergedrückt.

»Halt still!«, fuhr er sie an und musste sie im nächsten Augenblick loslassen, um den Teppich ungehindert lenken zu können. Er wirbelte herum, stieß die linke Hand ins Muster und spürte, wie sich die Stränge um seine Finger schmiegten. Eine Welle der Euphorie jagte durch das Knüpfwerk, loderte seinen Arm herauf und gab ihm die Kraft, die nötig war, um sich zu konzentrieren.

Er achtete nicht auf die Dschinne über der Zikkurat, nicht auf den Fürst auf dem Knochenthron, nicht auf all die anderen fliegenden Kreaturen am Himmel über dem Heerlager. Es war heller Tag, und dennoch hatte es der Teppich nach seiner Flucht hierher zurückgeschafft. Junis selbst hatte ihn nur einen Moment lang gesehen, ein winziger schwarzer Strich, der direkt aus der Sonne kam, schwer zu erkennen für menschliche Blicke, für einen Dschinn inmitten der glosenden Aureole so gut wie unsichtbar. Nachdem Junis ihn wieder aus den Augen verloren hatte, hatte es nur zwei Möglichkeiten gegeben – entweder, er war einer Täuschung erlegen oder aber der Teppich wartete genau dort auf ihn, wo er ihn vermutete.

Er sagte dem Mädchen nicht, dass es ein Glücksspiel gewesen war. Er hatte gehofft, dass das Knüpfwerk unterhalb der Kante schwebte, aber er hatte es nicht mit letzter Sicherheit gewusst.

»Du bist wahnsinnig!«, brüllte sie, als der Teppich aus völligem Stillstand mit halsbrecherischer Geschwindigkeit losjagte.

»Wahrscheinlich«, presste er zwischen den Zähnen hervor, »sonst würde ich nicht versuchen, jemandem das Leben zu retten, der mich gerade erst ans Messer geliefert hat.«

Er ließ das Knüpfwerk stattdessen schnurgerade nach Osten schießen, fort von der Zikkurat und ungeachtet aller Wächter und Krieger, die in diesem Augenblick ihre Verfolgung aufnehmen mochten. Er blickte nicht einmal nach hinten, weil er fürchtete, dass seine eigene Angst sich auf das Muster übertragen könnte. Im Moment aber war ihm, als ströme ein überschwänglicher Triumph aus dem Knüpfwerk seinen Arm hinauf, pure Euphorie und Glücksgefühle darüber, dass es dem Teppich tatsächlich gelungen war, seinen letzten Befehl zu befolgen. Und diese Freude übertrug sich auf ihn selbst, mochte die Kleine in seinem Rücken noch so zetern und fluchen und etwas von ganzen Dschinnschwadronen brüllen, die gerade ihre Spur aufnahmen.

Wir sind schneller!, raunte er ins Muster hinab. Wir sind besser als sie!

Und der Teppich beschleunigte noch einmal, unbeeinflusst von der zweiten Reiterin, die so unterernährt und federleicht war, dass Junis sie auf den Schultern hätte tragen können, ohne dass ihr Gewicht ihn behindert hätte.

Sie überquerten den Tigris hoch über dem Wasser, und auch am Ufer stiegen Dschinne auf, drehten aber gleich wieder bei und sanken zurück zum Boden.

Nur wenige Herzschläge später dämmerte ihm die Wahrheit. Und nun blickte er sich doch noch um, erst ins totenbleiche Gesicht des Mädchens, dann an ihr vorbei auf die Verfolger in ihrem Rücken.

Die Dschinne der Leibgarde waren langsamer als die übrigen Krieger, weil sie die Einzigen waren, die in schweres Rüstzeug gekleidet waren. Ihre Waffen waren größer und schärfer als die der anderen, und im direkten Gefecht hätte er keine Chance gegen sie alle gehabt. Einer Verfolgungsjagd aber waren sie nicht gewachsen, und sie wussten das.

Und dennoch bezweifelte er, dass dies allein der Grund war, weshalb sie mit einem Mal innehielten und einen Atemzug später kehrtmachten.

Es schien, als hätte sie ein Ruf ereilt – der Befehl ihres Meisters oben auf dem Turm. Ein Befehl, der sich wie ein Lauffeuer durch die Pulks des Dschinnlagers brannte, alle Krieger in helle Aufregung versetzte und ganze Horden von Schwarmschrecken und Sandfaltern in den sonnendurchglühten Wüstenhimmel aufsteigen ließ.

Das Mädchen legte von hinten einen dünnen Arm um ihn und klammerte sich fest. Nicht allein wegen des tosenden Gegenwinds oder aufgrund des Schocks, der sie bei ihrem ersten Flug auf einem Teppich nahezu lähmen musste. Vielmehr begriff auch sie, was dort unten gerade passierte.

Die Dschinnfürsten hatten ihren Plan geändert. Das Warten auf den Dritten Wunsch aus Skarabapur war beendet. Was immer dort auch geschehen war und was immer Jibrils Befreiung tatsächlich bewirkt hatte – es war Anlass genug, das Zeichen zum Angriff zu geben.

Hörner erklangen. Schwarmschrecken jaulten. Sandfalter flatterten aufgescheucht wie prachtvolle Schmetterlinge über einem Meer aus brodelnder Erwartung.

Das Lager der Dschinne erhob sich zum Sturm auf Bagdad.

Qatum

Ein Teppich raste über die gläsernen Ruinen Skarabapurs, näherte sich dem Herz der Wunschmacht. Sabatea sah ihn, während nicht weit von ihr die Welt in einem Hagelsturm aus Glassplittern versank. Der riesige Wirbelsturm, der von Norden eine breite Schneise durch die Trümmerstadt pflügte, war noch einige Kilometer entfernt, aber schon jetzt hörte sie das feine Klingeln vereinzelter Scherben, die von Glasoberflächen abprallten.

Ifranji war von ihrem Aussichtspunkt auf der Trümmerrampe zum Boden zurückgekehrt; hier war sie geschützter vor den heranpeitschenden Splittern. Falls der Sturm noch näher kam, und das war abzusehen, würden sie alle in den berstenden Glasmassen ums Leben kommen.

»Ist das Khalis?« Ifranji deutete zu dem Teppich, der aus östlicher Richtung herankam. Er war noch zu klein und hob sich nur als schwarzes Rechteck vor dem blendend hellen Himmel ab, sonst hätte sie womöglich bereits das Muster ihres eigenen Knüpfwerks wiedererkannt. Khalis musste sich wie sie selbst in den Trümmern verborgen und auf einen günstigen Moment gewartet haben.

Nachtgesicht warf das runde Lederband auf den Boden und trat hinein. »Versteckt euch hier«, sagte er aufgeregt. »Ich muss ihm helfen.«

»*Khalis?*«, fragte Ifranji entgeistert.

»Jibril«, antwortete ihr Bruder ernst. »Ich bin der letzte Sturmkönig. Wenn Jibril es bis hierher geschafft hat, dann ist es meine Pflicht, ihm –«

Sabatea hielt ihn am Arm zurück. »Das da ist nicht Jibril«, sagte sie fest, um dann leiser hinzuzufügen. »Nicht der, den du kennst. Glaube ich.«

Im Hintergrund schien Maryams Leichnam im Honig zu nicken, als der Boden unter den Gewalten des heranfegenden Sturms erbebte und der Kristallschrein ins Zittern geriet.

Nachtgesicht sah Sabatea an, als wollte er sie der Lüge bezichtigen. »Ohne ihn hätte ich nicht die Kraft, Stürme zu beschwören. Wenn er nicht in der Nähe wäre –«

»Jibril war vielleicht nie derjenige, den die Sturmkönige in ihm gesehen haben«, widersprach sie ihm eindringlich, holte tief Luft und sagte: »Ich glaube, *er* ist Qatum.«

Nachtgesichts Züge entgleisten. »Das ist Unsinn! Ich bin Jibril begegnet. Ich *kenne* ihn.«

Diesmal schüttelte Ifranji den Kopf. »Nein, tust du nicht. Niemand kennt ihn. Nicht einmal Maryam hat ihn wirklich gekannt. Wir alle im Lager haben damals gespürt, dass Jibril kein gewöhnlicher Mensch ist.«

Ihr Bruder warf die Hände in die Höhe. »Aber *Qatum*? Jibril hat gegen die Dschinne gekämpft!«

Sabatea deutete mit einem Nicken auf den Wirbelsturm über der Stadt und auf die Schwärme aus hunderten von Dschinnen, die sich ihm entgegenwarfen. »Und das tut er noch immer. Aber nicht, um die Menschheit zu retten, sondern nur, um endlich an den Dritten Wunsch heranzukommen und damit das Siegel der Weltenflasche zu öffnen.« Sie hörte sich selbst diese Worte aussprechen und konnte noch immer nicht recht daran glauben. Andererseits: Was war an der Vorstellung, in einer Flasche zu leben, so viel fantastischer, als im Zentrum des Universums, umkreist von der Sonne und den Sternen dort oben? Wenn sie es sachlich betrachtete, es wenigstens versuchte, dann war das eine Bild so irrwitzig wie das andere.

Aber Nachtgesicht schüttelte den Kopf. Die Dankbarkeit, die er Jibril gegenüber empfand, war nie verblasst. Und in einem jedenfalls hatte er Recht: Er *war* der letzte lebende Sturmkönig, und er allein besaß die Macht, Jibril zu Hilfe zu kommen.

»Tu es nicht«, bat Ifranji eindringlich.

»Er hat uns damals das Leben gerettet.«

»Nicht er selbst«, hielt sie dagegen. »Die anderen haben uns gerettet – sogar Maryam«, ergänzte sie widerstrebend. »Vielleicht hat er sie alle immer nur für seine Zwecke ausgenutzt.«

Sabatea pflichtete Ifranji bei. »Wenn er wirklich Qatum ist, dann wird er uns alle vernichten, nicht nur die Dschinne!«

»Er kann durch meine Augen sehen, mit meinen Ohren hören«, flüsterte Nachtgesicht ehrfürchtig. »In diesem Augenblick weiß er, wovon wir reden. Und was ihr ihm vorwerft.«

»In diesem Augenblick«, wiederholte Sabatea, »hat er eine ganze Menge Anderes zu tun.« Sie deutete auf die endlosen Schwadronen von Dschinnkriegern, die sich mit Todesverachtung in die Ausläufer des Wirbelsturms stürzten, ihre Lanzen ins Herz des Windtrichters schleuderten und ihm ganze Rudel aus Schwarmschrecken entgegenwarfen. Die Glasmauern rund um ihr Versteck verdeckten einen Teil der Schlacht, die dort tobte, aber zumindest den oberen Teil des Sturms konnten sie nun auch vom Boden aus sehen. Er kam noch immer näher, jetzt aber verlangsamt durch die Pulks aus Gegnern, die ihm kaum etwas anhaben konnten, aber seine Aufmerksamkeit ablenkten und es nötig machten, dass er einen Teil seiner Kräfte zu seiner Verteidigung aufwendete.

Nachtgesicht schüttelte abermals den Kopf und traf eine Entscheidung. »Pass auf Ifranji auf«, rief er Sabatea zu.

Die beiden Frauen mussten zurückweichen, um nicht erfasst zu werden. Im nächsten Augenblick stieg Nachtgesicht im Inneren der Säule in die Höhe, und schon Sekunden später raste er in einem Wirbelsturm davon. Der Fuß des Trichters wurde breiter, je weiter er sich von ihnen entfernte.

Ifranji stand die Angst um ihren Bruder ins Gesicht geschrieben. »Er glaubt doch nicht, dass ich hier sitzen bleibe und zusehe, wie er sich umbringt!«

Sabatea suchte Khalis' Teppich am Himmel, und als sie ihn fand, stellte sich zumindest kurz eine gewisse Genugtuung ein.

Die Dschinne hatten den Magier entdeckt und attackierten ihn. Der Körper seiner Tochter war von hier unten aus auf dem Teppich nicht zu sehen, aber Khalis wehrte sich mit solcher Entschlossenheit, dass Sabatea wenig Zweifel hatte, dass Atalis bei ihm war. Womöglich hatten sie alle den alten Mann unterschätzt. Jetzt, da er den Schutzzauber um den Honigschrein nicht mehr aufrechterhalten musste, fand er zurück zu seiner früheren Macht. Er musste dem Teppich befohlen haben, in gerader Linie in die Richtung der Kuppelruine zu fliegen, denn er hatte die Hand aus dem Muster gezogen, hielt beide Arme ausgestreckt und sandte den herankommenden Dschinnen unsichtbare Kraftstöße entgegen. Die Krieger wurden davon erfasst und vom Himmel gewischt wie Kreidestriche. Wer getroffen wurde, geriet ins Trudeln und stürzte schreiend in die Tiefe, geradewegs in die blitzenden Glasklingen der Trümmer.

»Sieh dir das an!«, rief Sabatea.

Ifranji aber blickte noch immer ihrem Bruder nach, der in einem wilden Zickzack in seinem Wirbelsturm durch die Ruinen jagte. Er fiel einem Schwarm Dschinne in den Rücken, der sich in diesem Augenblick dem ungleich größeren Sturm Jibrils näherte.

Sabatea packte Ifranji am Arm und riss sie herum. Widerwillig folgte die Diebin ihrem Blick.

Immer mehr Dschinne konzentrierten ihre Angriffe jetzt auf Khalis, zu viele, als dass er sie alle mit seinen magischen Kräften hätte aufhalten können. Die Sorge um seine Tochter ließ ihn unvorsichtig werden. Was er dort tat, folgte keinem ausgeklügelten Plan, nur purer Verzweiflung; er musste die leblose Atalis wiederbeleben, bevor ihr Körper endgültig verfiel. Noch hielt er den Angriffen stand, aber es war nur eine Frage der Zeit, ehe ihn die Dschinne allein durch ihre Masse überwältigen würden.

»Gut«, stellte Sabatea fest. »Noch einer, der sie ablenkt.« Ein wenig von ihrer alten Kaltschnäuzigkeit kehrte zurück. Tariks Verschwinden hatte sie weit mehr mitgenommen, als sie sich eingestehen wollte. Ihr fiel nur ein einziger Ort ein, an dem sie eine Chance hatte, ihn wiederzusehen.

Ifranjis Stimme krächzte. »Was hast du vor?«

Sabatea deutete zur Kuppelruine und dem riesigen Knochenthron. »Jeder von ihnen will mit aller Macht dorthin, koste es, was es wolle … Khalis, Jibril, die Dschinne.«

»Der Narbennarr.« Ifranjis Augenbraue zuckte nach oben. »Und Tarik.«

»Komm mit mir oder bleib hier. Nachtgesicht kannst du im Moment ohnehin nicht helfen.«

Ifranji versuchte ein schiefes Lächeln. »Glaubst du, *das* hat er mit ‚auf mich aufpassen' gemeint?«

Sabatea lief los. Schon nach den ersten Schritten war Ifranji neben ihr. Gemeinsam verließen sie den Schatten der Glastrümmer und überquerten den freien Streifen bis zur Kante des Splittergrabens. Nur wenige Meter vor ihnen lag die Glasbrücke, die hinüber zur Kuppelruine führte.

»Wenn du blutest«, knurrte Ifranji, »dann glaub ja nicht, dass ich dich anrühre.«

Die Brücke war ein schmaler gläserner Strang, keine dreißig Schritt lang. Die Überreste des Geländers waren zerflossen und in Strähnen von den Rändern getropft. Dabei waren sie erstarrt und bildeten nun ein verworrenes Netz aus gehärteten Glasfäden unterhalb der Brücke. Sabatea traute dem Ganzen nicht, aber es gab auf dieser Seite der Ruine nur zwei Übergänge, und beide waren im gleichen zweifelhaften Zustand. Auch Tarik musste eine davon nehmen. Falls er sich nicht längst auf der anderen Seite befand.

Ihr Blick streifte den haushohen Knochenthron im Herzen der Kuppeltrümmer. Erst jetzt entdeckte sie die schmächtige weiße Gestalt, die mit gespreizten Armen und Beinen an der Rückenlehne hing.

»Lauf!«, rief sie Ifranji zu und rannte los, ungeachtet der Dschinnschwärme am Himmel und des aussichtslosen

Kampfes, den sich der Magier auf seinem Teppich keine hundert Meter entfernt mit ganzen Trauben aus schwebenden Kriegern lieferte. Nur aus dem Augenwinkel registrierte sie, wie er in immer größere Bedrängnis geriet und die Distanz zwischen ihm und den Angreifern kleiner wurde.

Der Honigschrein mit Maryams Leiche war in ihrem Versteck zurückgeblieben. Wenn nicht einmal der Magier mächtig genug war, den leblosen Körper seiner Tochter mit Hilfe eines Teppichs zum Dritten Wunsch zu schaffen, wie sollten sie dann Maryam zu Fuß dorthin bringen? Es war aussichtslos. Wie vielleicht alles, das ihnen jetzt noch zu tun blieb. Aber auch das hielt sie nicht davon ab, noch einmal all ihre Kräfte zu mobilisieren, von der verzweifelten Hoffnung erfüllt, Tarik wiederzusehen, irgendwo dort drüben, vor diesem schrecklichen Thron und dem Wesen, das in die Knochenlehne eingeflochten war.

Die Glasbrücke knirschte unter ihren Schritten. In ihrem Rücken näherte sich der riesenhafte Wirbelsturm aus dem Norden dem Zentrum Skarabapurs und erschütterte die kristallgrüne Trümmerlandschaft.

Jibrils Sturmtrichter wurde von wogenden Dschinnschwadronen umschwirrt. Immer wieder stürzten sich Schwarmschrecken in die tosende Säule, um den Reiter im Inneren zur Strecke zu bringen. Aber der Tornado, mit dem Jibril sich umgab, tobte mit einem Vielfachen jener Gewalten, die Nachtgesicht mit seinem ungleich kleineren Sturm zustande brachte. Auch er kämpfte erbittert und konnte seinen Wirbel nur deshalb aufrechterhalten, weil die Dschinne erkannt hatten, dass von ihm keine große Gefahr ausging. Sie konzentrierten ihre Angriffe mehr und mehr auf Jibril, dessen Tornado sich durch Wolken aus

Glassplittern bewegte. Nach wie vor wurden Dschinne im Dutzend von den Scherben zerfetzt. Aber die Krieger waren vorsichtiger geworden, flogen höher am Himmel, wo sie nur noch die Ausläufer der gläsernen Gischt erreichte und weniger Opfer forderte.

Sabatea und Ifranji hatten beinahe die Mitte des bebenden Überwegs erreicht, als am anderen Ende eine Bewegung ihre Aufmerksamkeit erregte. Sabatea hatte nie ernsthaft damit gerechnet, dass Jibril und Khalis *alle* Dschinne von ihnen ablenken würden, und so war es keine Überraschung, dass sich ihnen dort drüben Feinde entgegenstellten.

Doch als sie genauer hinschaute, gegen das grelle Glasgefunkel und die Sonnenreflexe blinzelte, waren am Ende der Brücke keine Dschinne. Der Himmel war übersät mit ihnen, aber sie alle hatten nur Augen für den titanischen Wirbelsturm im Norden, nicht für die beiden Frauen tief unter ihnen.

Stattdessen entdeckte sie dort die Silhouette eines Menschen. Ihr Atem stockte. Für einen endlosen Augenblick hatte sie das Gefühl, nach ihm greifen, ihn berühren zu können, wenn sie nur schneller war, noch schneller.

»Tarik?«

Aber da verschwand er schon hinter gläsernen Schutthalden, die an den Rändern des Platzes im Inneren der Kuppelruine zusammengeschoben worden waren. Sie war nicht sicher, ob wirklich er es gewesen war. Aber es war die beste Spur, die sie hatte, und was ihn anging, hatte sie sich immer nur auf ihre Instinkte verlassen, nie auf Vernunft oder –

»Sabatea!«

Ifranjis Stimme brauchte einen Moment, ehe sie zu ihr durchdrang. Die Brücke schien noch heftiger zu erbeben, und sie fürchtete, dass die Katastrophe nicht mehr aufzuhalten war, dass das ganze schwankende Glaskonstrukt unter ihnen zusammenbräche, jetzt, *in diesem Augenblick*.

Und dann schaute sie zurück und sah, dass ihre Sorge begründet, aber vorschnell gewesen war.

Das Schlimmste kam erst noch. Und es kam in Gestalt eines fliegenden Teppichs, der außer Kontrolle geraten war und in gerader Bahn genau auf die Brücke zuhielt, in einem unnatürlichen Steilflug, viel zu schnell, mit viel zu großer Wucht, und der jeden Moment aufschlagen musste, die Brücke sprengen und sie alle hinab in den Splittergraben reißen würde.

Ifranji überholte Sabatea, packte sie am Arm und zog sie mit sich, von Todesangst vorwärtsgetrieben, jetzt wieder ganz die Diebin auf der Flucht, wie sie es schon hunderte Male zuvor gewesen war, wenn ihr Überleben nur von ihrer Schnelligkeit abgehangen hatte. Sabatea stolperte, fing sich, rannte mit ihr. Sie mussten schneller sein als der heranrasende Teppich, schneller als die Dschinne, die ihm folgten, schneller als das Flirren und Flimmern aus Magie, das das Knüpfwerk und die beiden Menschen darauf umgab.

Die letzten fünf Meter.

Ifranji schrie in hilflosem Zorn.

Sabatea presste die Lippen aufeinander.

Ein Geräuschorkan wie von zehntausend zerbrochenen Gläsern fegte über sie hinweg. Ein Inferno aus Bersten und Brechen, dann eine Druckwelle, die sie das letzte Stück vorwärtsschleuderte, über die Mündung der Brücke hinweg, die in derselben Sekunde unter ihnen explodierte und in einer Kaskade aus Splittern und Scherben in die Tiefe sackte.

Sabatea wurde zu Boden geschleudert, prallte auf, war einige Herzschläge lang betäubt vom Schmerz und rappelte sich dennoch gleich wieder hoch. Ifranji lag neben ihr und bewegte sich nicht. Blut klebte zwischen ihnen auf dem grünen Glasboden, und sie war nicht sicher, ob es ihr eigenes war oder das der Diebin, und da beide in erbärmlichem Zustand waren, ihre Kleidung in Fetzen hing, Staub und winzige Glassplitter ihre Körper bedeckten und, ja, auch Blut, war es vielleicht sogar das von ihnen beiden – mit dem einen großen Unterschied, dass Sabateas Blut tödlich war, falls es in Ifranjis offene Schnittwunden geriet, an ihre Finger, ihre Lippen.

»Pass auf!«, brachte sie hervor, nicht sicher, ob Ifranji sie überhaupt hören konnte. Dann aber sah sie, dass die Diebin die Augen weit aufgerissen hatte und an ihr vorbei zurück zur Brücke blickte.

Sabatea fuhr herum. Der gläserne Überweg war verschwunden, in tausend Stücke zerbrochen, verstreut über die Oberfläche des Splittergrabens. Dort unten, nicht weit unterhalb der Kante, lag Khalis' Teppich verdreht zwischen den Scherben.

Der Magier selbst stand aufrecht in einer Kugel aus flirrender Luft, aus purer Zaubermacht, abgeschirmt von den messerscharfen Schneiden unter seinen Füßen. In seinen Armen hielt er den Körper seiner Tochter.

Und Atalis regte sich.

»Gib Acht auf das Blut«, flüsterte Sabatea über die Schulter Ifranji zu, konnte aber den Blick nicht von den bei den unten im Splittergraben lösen. Zwei Dutzend Dschinne schwebten über ihnen, wagten sich nicht an das Flirren heran, hielten Abstand und warteten ab.

Atalis erwachte zum Leben.

Ihr Gesicht war mit Honig überzogen, und darauf klebte Sand wie eine archaische Steinmaske. Auf ihren Wangen, ihren Lippen, sogar auf den Augäpfeln – überall eine feine Schicht aus getrocknetem Honig und Sand. Doch jetzt erschienen Risse in dieser spröden Kruste, Schmutzschuppen brachen auf und zerbröckelten.

Atalis riss den Mund auf und *schrie.*

Es war kein Schmerzensschrei. Es war Zorn, blindwütiger, animalischer Zorn, der ihre Züge verzerrte. Spastische Zuckungen rasten durch ihren Körper. Sie begann zu strampeln und um sich zu schlagen, bis Khalis sie nicht mehr halten konnte und mit einem hilflosen Ausruf losließ. Sie sank vor ihm in die Hocke – immer noch eine Handbreit oberhalb der Scherben – und blieb für einen Moment in dieser Haltung, den Kopf nach vorn gesenkt, das verklebte lange Haar als sandiger Vorhang vor Gesicht und Brust, während weitere Strähnen wie tote Schlangen an Schultern und Rücken hafteten. Sie war der Wüstenhitze Skarabapurs nicht lange ausgesetzt gewesen, seit Khalis sie aus dem Honigschrein befreit hatte, aber die kurze Zeit hatte ausgereicht, ihren geschundenen Körper aufquellen zu lassen. Als sie das Gesicht hob und mit einer rissigen Sandfratze um sich blickte, wirkte sie aufgedunsen, ganz anders als zuvor hinter den Kristallwänden des Schreins.

Und sie brüllte noch immer, so laut, dass das Glas um sie herum in Schwingung geriet und eigene Töne von sich gab, ein Chor aus vibrierendem Summen.

Ifranji hielt sich die Ohren zu, dann auch Sabatea, schließlich sogar Khalis, der jetzt merklich Mühe hatte, die flirrende Kugel aufrechtzuerhalten. Er schwankte leicht, schien gar vor seiner Tochter zurückweichen zu wollen, konnte es aber nicht, weil dazu der Platz im Inneren der wabernden Blase nicht ausreichte.

Atalis richtete sich auf. Schloss den Mund. Ihr Schreien brach ab, aber das jammervolle Klingen der gläsernen Stadt hielt noch eine Weile länger an, schwoll auf und ab und waberte in ihren Ohren.

Sie riss die Arme auseinander, sprach ein einzelnes Wort.

Über ihr zerplatzten die Dschinne wie verfaultes Obst. Ihre Überreste ergossen sich in einem prasselnden Regen über den Splittergraben und die magische Kugel, die Khalis und Atalis schützte.

Sabatea und Ifranji stießen Flüche aus, während sie auf allen vieren rückwärts krochen, gerade so weit, dass sie über den Rand des Grabens hinweg den verwirrten Magier und seine auferstandene Tochter sehen konnten. Khalis rief etwas, das sie nicht verstehen konnten, redete dann eindringlich auf Atalis ein, aber sie achtete nicht auf ihn. Ihr Blick suchte den Himmel über dem Graben nach Dschinnen ab, und wo immer sie welche fand, holte sie sie mit einer Geste aus der Luft und zerfetzte sie.

»Warum … kann sie so was?«, stammelte Ifranji.

Sabatea schüttelte den Kopf. Nichts von dem, was da geschah, war von Khalis so geplant gewesen. Die verzweifelte Miene des Zauberers sprach Bände. Atalis lebte, aber sie tat es nicht mit Hilfe des Dritten Wunsches.

»Als hätte sie sich aus eigener Kraft entschieden, zu erwachen«, flüsterte Sabatea.

»Entschieden?«

»Sieh dir an, welche Macht sie besitzt. Khalis hat nie erwähnt, dass Atalis eine Magierin ist. Das da unten … das ist nicht richtig. Irgendwas ist schiefgegangen.«

Und dann erinnerte sie sich schlagartig an etwas, das Khalis zu ihr gesagt hatte, in seinen Gemächern in Bagdad:

»Als zweiten Wunsch forderte ich von dem Ifrit, mir einen anderen mächtigen Geist zur Seite zu stellen. Ich wurde zum Opfer meiner eigenen Maßlosigkeit. Der Ifrit wirkte seinen Wunschzauber, doch alles was geschah, war … dass meine Atalis, mein Kostbarstes … dass sie leblos zusammenbrach. Sie war wie tot, atmete nicht mehr, ihr Herz stand still. Und doch ist noch Leben in ihrem Verstand oder ein Schatten von Leben.«

Khalis hatte sich getäuscht. Und sie alle mit ihm.

Er hatte geglaubt, das Leben, das er in Atalis Körper gespürt hatte, sei ein letzter glimmender Funke ihrer eigenen Kraft. Ein Hauch ihres unbeugsamen Willens. Er war der Meinung gewesen, dass der *mächtige Geist*, den der Ifrit für ihn hatte herbeirufen sollen, nie erschienen war und ihm stattdessen in einem hinterlistigen Streich die Tochter geraubt hatte.

Die Wahrheit aber war eine andere, und Sabatea erkannte es jetzt mit solcher Deutlichkeit, dass sie sich fragte, weshalb keiner von ihnen schon früher darauf gekommen war.

Der fremde Geist *war* erschienen, und er war geradewegs in Atalis gefahren. Vielleicht freiwillig, vielleicht auch gegen seinen Willen. Während der ganzen Reise war er in ihr gewesen, hatte geduldig abgewartet, bis sein Ziel nahe vor ihm lag.

Nachtgesicht hatte Recht gehabt. Jibril war nicht Qatum, er war niemals Qatum gewesen.

Sie hatten sich auch keinen Wettlauf mit ihm geliefert. Vielmehr hatte sich Qatum nie aus eigener Kraft auf den Weg nach Skarabapur gemacht.

Sie selbst hatten ihn hierhergebracht. Er war bei ihnen gewesen, die ganze Zeit über. Zuvor hatte er jahrelang ausgeharrt, hatte gewartet, gelauert, bis Khalis endlich einen Weg gefunden hatte, das verlorene Skarabapur wiederzuentdecken.

Sabateas Blick geisterte verstört über die schwirrenden Dschinne am Himmel, die nun in immer größerer Zahl herbeieilten und von Atalis' Macht zerrissen wurden. Im Hintergrund tobte der himmelhohe Wirbelsturm, und davor, wie ein Ableger davon, der viel kleinere, den Nachtgesicht lenkte.

Unten in der Grube aber wandte Atalis sich für einen Augenblick von den aufgebrachten, panischen Dschinnen ab, drehte sich um und sah ihren niedergeschmetterten Vater an. Khalis konnte sich vor Entkräftung kaum mehr auf den Beinen halten, und die flimmernde Kugel, die sie beide umgab, löste sich mehr und mehr auf.

»Du bist nicht Atalis«, hörte Sabatea ihn sagen, und er wiederholte es ein ums andere Mal, während Atalis in ihrem Kleid aus Sand und Honig die Arme hob und beide Hände fast zärtlich an die Wangen des Alten legte.

Mit einer blitzschnellen Bewegung stieß sie beide Daumen in seine Augäpfel.

Khalis kreischte wie von Sinnen, als er in die Knie brach. Atalis hielt noch immer sein Gesicht, legte den Kopf schräg, blickte fast neugierig auf ihn herab. Dann pulste ein Stoß verheerender Macht aus ihren Armen in den Körper des alten Mannes. Gleich darauf war die gesamte magische Blase von innen mit rotschwarzem Blut ausgekleidet, schwebte wie eine scharlachfarbene Kugel über dem Splittergraben. Als sie sich einen Atemzug später auflöste und die Überreste des Magiers zu Boden prasselten, stand Atalis allein in der Luft. Oberhalb der Scherben stieß sie die Arme steil in die Höhe und drehte sich um.

Während sie ihr Zerstörungswerk fortsetzte, sank sie mit den nackten Fußsohlen auf die besudelten Splitter des Grabens hinab. Als könnten ihr die Spitzen und Kanten nichts anhaben, schritt sie aufrecht über das Glas hinweg zum Rand und nutzte das furchtsame Zögern der Dschinne, um mit einem übermenschlichen Sprung emporzuschnellen, die Kante zu packen und sich ungeachtet aller Schnittwunden daran nach oben zu ziehen.

Herzschläge später stand sie vor Sabatea und Ifranji und setzte sich erneut in Bewegung. Die beiden wichen zurück, lösten sich voneinander, und Atalis – in ihrem Krustenpanzer aus Blut und Sand und Honig – ging mit erhobenem Haupt zwischen ihnen hindurch.

Ohne ihnen Beachtung zu schenken, betrat sie durch den Trümmerkranz die Kuppelruine. Ruhig, fast herrschaftlich näherte sie sich der Wunschmacht, um das Siegel der Weltenflasche ein für alle Mal zu brechen.

Die Heimkehr des Propheten

Der Narbennarr frohlockte, während sich Tarik dem Knochenthron näherte.

Zahlreiche Dschinne flogen im Schatten der schwebenden Glasscholle über dem Platz inmitten der Kuppelruine. Einige rasten im Angriffsflug heran. Tarik spürte, wie er ohne sein Zutun den Mund öffnete. Rufe in der harten, rauen Dschinnsprache drangen aus seiner Kehle. Die ersten Angreifer zauderten, verhielten mitten im Steilflug und brachen ihre Attacken nach kurzem Zögern ab. Nur einer kam näher, senkte sich rechts von Tarik auf seinem fleischigen Körperstumpf zu Boden und neigte in Demut das Haupt.

Tarik hielt Ausschau nach seinem Spiegelbild, sah sich aber nur verzerrt auf dem sandigen, zerschabten Glasboden.

Der Narbennarr spürte, was in ihm vorging. »Sie wissen, was wir sind. Sie fürchten mich. Keiner von ihnen wird sich uns in den Weg stellen.« Als er Tariks Widerstand gewahr wurde, lachte er ihn aus. »Auch du nicht, Tarik. Nicht nur, weil du nicht stark genug bist, sondern weil du in deinem Herzen weißt, dass ich das Richtige tue. Skarabapur muss endgültig fallen. Das, was von dieser Stadt noch übrig ist, muss für alle Zeiten aus der Welt verschwinden.«

»Ich habe Sabatea gesehen. Hinter uns, an der Brücke.« Aber er brachte nicht die Kraft auf, sich auch nur umzudrehen und mit einem Blick zu vergewissern, dass sie unbeschadet die andere Seite erreicht hatte.

»Wir alle müssen Opfer bringen, um diese Aufgabe zu erfüllen.«

»Was geschieht mit dir? Wenn Skarabapur ausgelöscht wird –«

»Dann sterbe auch ich.«

»Das glaube ich dir nicht.«

»Ich habe dich nie belogen, Tarik al-Jamal.«

»Du nimmst dein eigenes Ende in Kauf, nach allem, was du bisher getan hast, um am Leben zu bleiben?«

»Ich wollte meine Art retten, nicht mich.«

»Das *ist* eine Lüge, Amaryllis. Du hast dir einen Körper aus menschlichen Gliedern erschaffen, um zu überleben. Du hast nach einem Ausweg gesucht, nach einer Flucht vor deinen eigenen Prophezeiungen.«

»Das ist lange her. Das war, bevor ich erkannt habe, was Skarabapur uns allen angetan hat.« Der Narbennarr zwang Tarik weiterzugehen. Sie hatten bereits ein Drittel der Fläche bewältigt. Vor ihnen mochten weitere zweihundert Schritte liegen, nicht viel mehr. Dort erhob sich der gigantische Knochenthron mit dem Körper des ersten Jibril, mit der Macht des Dritten Wunsches.

Aber da war noch etwas, das Tarik jetzt zum ersten Mal sah.

Gestalten mit Schwingen, die sich aus dem Schatten des Throns lösten, rechts und links davon Aufstellung bezogen, zwei auf jeder Seite.

Rochmagier. Die gefallenen Engel des Vogelvolks. Jene

Verräter, die den Dschinnen geholfen hatten, die Wunschmacht im Leib dieses Kindes dort oben zu sammeln, nachdem sie zuvor den Ausbruch der Wilden Magie herbeigeführt hatten.

»Was ist mit ihnen?«, fragte Tarik benommen.

Amaryllis lachte, nicht mehr tief in ihm, sondern jetzt in seiner Brust, mit Tariks eigener Stimme. »Sie sind schwach. Sie besitzen Wissen, gewaltiges Wissen. Aber sie haben kaum noch die Kraft, sich in die Luft zu erheben, geschweige denn –«

Eine Woge aus Lärm unterbrach ihn. Die vier Rochmagier, winzige Strichfiguren in der Ferne, flatterten aufgeregt auseinander. Zwei verbargen sich wie erschrockene Kinder hinter dem Thron, die beiden anderen tanzten nervös auf und ab.

Sie haben Angst!, durchfuhr es Tarik. Wovor haben sie solche Angst?

Er wollte sich umdrehen, kämpfte darum mit aller Kraft, und diesmal gab Amaryllis nach. Aber nicht Tariks Drängen brachte ihn dazu, sondern seine eigene Sorge über das, was da in ihrem Rücken näher kam.

Im ersten Moment glaubte er, es wäre Jibril. Aber jetzt waren da mit einem Mal *zwei* Wirbelstürme. Der eine so hoch wie der Himmel, eine apokalyptische Urgewalt – und noch immer jenseits des Splittergrabens.

Der zweite aber war niedriger und schmaler, und er fegte in diesem Augenblick durch den Graben, sprang die Kante herauf und tanzte mit irrwitziger Rotation durch die Schneise im Trümmerkranz der Kuppelruine. Nachtgesicht. Zwei menschliche Gestalten wichen ihm am Boden aus, pressten sich rechts und links des Durchgangs gegen die gläsernen Überreste der Kuppel, warteten ab, bis der Sturm an ihnen vorübergezogen war.

Und da war noch jemand.

Eine Frau, in Dunkelrot getaucht, die mit raschen Schritten denselben Weg über den Platz nahm wie Tarik, auf der Spur seiner Fußabdrücke im Staub. Sie hatte schon die halbe Strecke zwischen dem Graben und ihm zurückgelegt und befand sich genau vor dem heranjagenden Wirbelsturm. Einen Augenblick lang glaubte er, der Sturm gehorche ihr. Aber dann begriff er, dass der Tornado mit zerstörerischer Macht von hinten auf sie zuraste und sie jeden Moment zermalmen musste.

Nun erkannte Tarik auch eine der beiden anderen Gestalten – Sabatea! Der Sturm hatte sie bereits passiert, und genau wie Ifranji auf der gegenüberliegenden Seite der Schneise, befand sie sich im Augenblick in Sicherheit – solange Amaryllis keinen Erfolg mit seinem Plan hatte, Skarabapur dem Erdboden gleichzumachen.

»Das ist nicht die Tochter des Magiers«, raunte der Narbennarr in abruptem Begreifen. »*Er* ist es! *Qatum!*« Und er rief diesen Namen wie ein lang gezogenes Heulen, als dämmerte ihm in diesem Moment, dass sein Ziel, das so nah vor ihm lag, abermals in die Ferne zu rücken drohte.

Qatum. Der zwischen den Welten gewechselt war, bevor das Siegel geschlossen wurde. Der geschworen hatte, die Flasche wieder zu öffnen, um die gefangene Magie zurück in die Außenwelt zu entlassen. Der Mörder von Ajouz und Nasmat, die einst die Spaltung herbeigeführt hatten, um ihre eigene Welt vor der Wilden Magie zu retten.

Qatum.

Und jetzt – Atalis. Die Tochter des Magiers, gehüllt in blutverklebten Sand. Zwei in einem Körper, genau wie Tarik selbst, und er hätte lachen mögen angesichts dieser Ironie, und heulen, und schreien.

Zugleich floss Sonnenschein über den Platz. Die Glasscholle am Himmel bewegte sich nach Süden, und der Schatten, den sie über die Kuppelruine warf, wanderte mit ihr. Die Scholle wich vor den Stürmen zurück, vor allem vor dem einen, der hoch und machtvoll genug war, um ihr gefährlich zu werden und sie mitsamt der Heere, die sie trug, zu zerschmettern. Zahlreiche Dschinne folgten ihr, weil sie einsehen mochten, dass sie den riesigen Sturmtrichter über der Stadt nur verlangsamen, nicht aber aufhalten konnten.

Für einen Augenblick schien die Zeit still zu stehen. Das Sonnenlicht schob sich über den Trümmerkranz, über Sabatea, Ifranj und Nachtgesichts Wirbelsturm. Dann ließ es die blutrote Atalis aufglühen wie ein Raubtierauge, erreichte Tarik und floss zuletzt über den Thron des Dritten Wunsches. Die Rochmagier stießen scharfe Vogelrufe aus, während sich immer mehr Dschinnwächter in Panik zurückzogen und der Glasscholle nach Süden folgten, aus Angst, es könne ihnen ebenso ergehen wie den Hundertschaften, die bereits von Jibrils Sturm und Atalis' Zaubermacht ausgelöscht worden waren.

Im selben Moment, da die Sonnenstrahlen auch den letzten Winkel im Inneren der Kuppeltrümmer streiften, erreichte Nachtgesicht die auferstandene Tote. Das Wesen, das einmal Atalis gewesen war, wurde von den Ausläufern des Tornados erfasst und vom Boden gerissen. Tarik traute seinen Augen nicht, als sie in einer langsamen, beinahe majestätischen Spiralbewegung rund um den Sturmtrichter aufwärtsschwebte. Hatte es zuerst noch so ausgesehen, als wäre sie den Gewalten der kreisenden Winde hilflos ausgeliefert, so erschien es nun, als nutze Atalis sie aus, um hinauf zum Lenker des Sturms zu gelangen – zu Nachtgesicht.

Der Narbennarr hatte genug gesehen. Er zwang Tarik dazu, sich umzudrehen, den Weg zum Knochenthron fortzusetzen – aber diesmal wehrte sich Tarik mit solcher Kraft dagegen, dass der Fremde in seinen Gedanken wutentbrannt aufbrüllte. Was Tarik antrieb war nicht seine Neugier, auch nicht die Sorge um Nachtgesicht. Es war allein der Anblick Sabateas, von der er sich nicht losreißen konnte, so weit entfernt von ihm, kaum zu sehen durch Wände aus aufgewirbeltem Sand und feinsten Glassplittern. Dennoch meinte er sie noch immer zu erkennen und wollte zu ihr, wollte es mehr als irgendetwas anderes, ganz egal, was mit ihm selbst oder der Welt oder irgendeinem der anderen geschehen mochte. Die gleiche Willenskraft, die den Narbennarren zum Dritten Wunsch zog, trieb Tarik zurück zu ihr.

Für endlose Sekunden schien es, als wäre er stark genug. Verzweifelte Hoffnung flammte in ihm auf. Sie rangen miteinander, vielleicht zum ersten Mal gleichberechtigt, und Tarik spürte, wie Amaryllis' Wut und Ungeduld wuchsen, wie er nach Auswegen suchte, nach einem Mittel, um ihn zum Weitergehen zu bewegen.

Wie durch einen Schleier nahm er die Umgebung wahr, alles schien so fern, während er sich immer stärker auf sein Inneres konzentrierte, in sich selbst hinabtauchte, um den Narbennarren zu packen und aus sich herauszureißen wie ein wucherndes, giftiges Organ, das nicht in seinen Leib gehörte.

Zugleich erkannte er vage, dass Nachtgesicht die Kontrolle über den Wirbelsturm verlor. Was genau dort oben im Trichter des heulenden Tornados geschah, war vom Boden aus nicht zu sehen. Qatum – auf Atalis' Körper angewiesen wie der Narbennarr auf Tariks – kreiste noch immer als verwischter roter Fleck durch die Ausläufer des Sturms und versuchte offensichtlich, Nachtgesicht im Inneren mit Hilfe seiner Magie anzugreifen. Warum er ihn nicht zerfetzte wie die Dschinnkrieger, blieb ungewiss; womöglich kostete es ihn so viel Kraft, den mörderischen Mächten des Tornados zu trotzen, dass nicht genug übrig blieb, um dem Sturmkönig beizukommen.

Trotz allem aber zeigten seine Attacken allmählich Wirkung. Nachtgesicht wurde schwächer. Der Wirbelsturm bewegte sich nicht mehr auf gerader Linie vom Durchbruch im Trümmerkranz in die Richtung des Dritten Wunsches, stand auch nicht mehr still wie während der letzten ein, zwei Minuten. Stattdessen preschte er nun von Neuem los, neigte und schüttelte sich, wand sich wie eine Schlange und jagte in wirrem Zickzack über den weiten Platz in der Kuppelruine wie ein tollwütiger Löwe durch das Innere einer Arena.

Der Narbennarr erkannte das Verhängnis als Erster, sah es mit Tariks Augen näher kommen, zu spät, um fortzulaufen, zu spät, um *irgendetwas* zu tun.

Der Sturm, nunmehr völlig außer Kontrolle, fegte auf sie zu, packte sie mit seinen Ausläufern, riss sie vom Boden, wirbelte sie im Kreis und schleuderte sie gleich darauf mit aller Macht wieder von sich.

Sabatea schrie auf, als der Sturm auf Tarik zuraste und ihn erfasste. Sie sah ihn in wogenden Massen aus Sand und Glasstaub verschwinden, aufgesogen von der Wut des irregeleiteten Tornados – und gleich darauf ausgespien, hoch über ihre Köpfe hinweggeworfen, durch den Spalt im Trümmerkranz der einstigen Kuppel, hinaus zum Splittergraben und den Überresten der gläsernen Brücke.

Als sich der Staub senkte und sie sich unter Schmerzen durch die Bresche schleppte, entdeckte sie ihn unmittelbar vor der Kante, keinen Schritt entfernt von dem tödlichen Graben.

Er lag mit verdrehten Beinen auf der Seite, blutbeschmiert und schmutzig. Und er lebte. Er bewegte sich.

Aber da war etwas an diesen Bewegungen, das ihr falsch und grotesk erschien, wie eine Marionette, die von ihrem Puppenspieler Faden um Faden entwirrt und aufgehoben wird, vollkommen unnatürlich, als wäre da gar kein eigenes Leben mehr in ihm, sondern eine Macht, die von außen nach ihm griff und ihn aufrichten wollte, scheiterte, es erneut versuchte.

Sabatea war keine zehn Meter mehr von ihm entfernt, als er abermals zusammensackte, dabei einen Schmerzensschrei ausstieß und von neuerlichen Zuckungen erschüttert wurde.

Als sie die letzten Schritte machte, kam er zur Ruhe. Schlagartig bäumte er sich ein letztes Mal auf und sackte zusammen. Seine Beine waren noch immer falsch abgewinkelt, jedes mindestens einmal gebrochen – sie musste kein Arzt oder Wundheiler sein, um das zu erkennen. Sie sah keine offenen Brüche, aber die zerfetzte Hose bedeckte noch immer Teile seiner Schenkel. Da mochten durchaus noch weitere Verletzungen sein, und sie war nicht sicher, wie sie reagieren würde, wenn sie dort blanke, gesplitterte Knochen finden würde, die seine Haut und Muskeln durchstoßen hatten.

Als sie neben ihm auf die Knie fiel, war ihr erster Impuls, sein Gesicht in die Hände zu nehmen, ihn zu streicheln, zu küssen und festzuhalten. Aber sie erinnerte sich gerade noch rechtzeitig an das Blut an ihren Fingern, ungewiss, ob es ihr eigenes war und ob es ihn auf der Stelle umbringen würde, falls es sich mit seinem vermischte.

Es tat weh, ihn nicht berühren zu dürfen. Sie griff nach seinen Füßen, geschützt durch staubiges Leder, wollte vorsichtig seine Beine ausrichten, aber da schrie er vor Schmerz, was sie halb wahnsinnig machte, ihr aber zumindest zeigte, dass er auch jetzt noch lebte.

»Er … er ist fort«, brachte er mühsam hervor.

Sie rutschte zurück neben seine Schultern und neigte das Gesicht ganz nah über seines. »Was meinst du?«

»Der Narbennarr … er ist fort.« Ein fahles Flackern, vielleicht der Versuch eines Lächelns, geisterte über seine blut- und schmutzbeschmierten Züge. »Hat sich … zurückgezogen … War enttäuscht, dass ich immer noch … lebe. Tot hätte ich es ihm … einfacher gemacht …«

Sie verstand kaum, wovon er da redete. Amaryllis war fort? Wenn das stimmte und der Narbennarr ihn nicht nur täuschte, dann war das in alldem Leid und Elend ein Hoffnungsschimmer. Nur dass sie nicht ganz daran glauben konnte und die Angst um ihn ohnehin alle Erleichterung überschattete.

»Ich kann dich nicht anfassen«, schluchzte sie. »Mein Blut … es ist überall an mir.«

»Meine Beine …«

»Täten sie nicht weh, wäre wahrscheinlich dein Rückgrat gebrochen.« Sie versuchte, beherrscht zu bleiben, sich selbst zu kontrollieren, und es gelang ihr bis zu einem gewissen Grad. Doch kostete sie jedes einzelne Wort Überwindung, und die Vorstellung, dass er womöglich im Sterben lag, brachte sie schier um den Verstand.

»Ich liebe dich«, flüsterte er.

»Wenn das ein Abschied werden soll, dann mach dich auf was gefasst«, gab sie zurück.

Wieder dieses Zucken seiner Mundwinkel.

»Hier ist es nirgendwo sicher«, sagte sie. »Aber hier kannst du nicht bleiben. Wenn Jibril noch näher kommt, dann –«

»Der große Sturm?«, keuchte er.

»Ja. Und er wird nicht darauf achten, ob irgendwer mitten auf dem Weg liegt.«

»… vor ihm in Acht nehmen … in dir …«, stöhnte er und wollte nach ihrer Hand greifen. Gegen ihren Willen zog sie die Finger aus seiner Reichweite. Ihr verfluchtes Blut. Selbst heute noch hasste sie ihren Vater aus ganzem Herzen, jetzt sogar erst recht, weil er die Schuld trug, dass sie Tarik nicht in den Arm nehmen konnte. Wie eine späte Rache dafür, dass sie Kahramans Auftrag nicht ausgeführt hatte.

»In mir?«, wiederholte sie verwirrt.

»Amaryllis?« Er betonte es als Frage, glaubte sie. Und da verstand sie.

»Nein, in mir ist er nicht.« Sie zögerte kurz. »Das würde ich spüren, oder?«

Hinter ihr keuchte Ifranji: »In mir … übrigens … auch nicht.«

Sabatea hatte die Diebin beinahe vergessen. Beschämt fuhr sie herum, und da war sie, blutig, geschwächt, aber wieder auf den Beinen.

»Du musst mir helfen«, sagte Sabatea. »Ich kann seine Wunden nicht berühren.«

»Sieht nicht gut aus.«

Tarik murmelte etwas, aber er schien jetzt nahe an einer Bewusstlosigkeit. Sie wusste nicht, ob das gut war oder schlecht. Wenn er ohnmächtig wurde, dann schien der letzte Schritt zum Sterben gefährlich kurz zu sein. Das würde sie nicht zulassen. Und wenn sie selbst diesen verdammten Thron besteigen und die Welt gesund wünschen musste.

Ganz kurz spürte sie tatsächlich ein Verlangen, genau das zu tun, und es brachte sie dazu, einen Blick über die Schulter zu werfen.

Nachtgesichts Wirbelsturm jagte noch immer auf einem irrwitzigen Kurs über die offene Fläche zwischen den Kuppeltrümmern, mal näher, mal weiter vom Knochenthron entfernt. Hoch oben lag etwas wie ein roter Ring um den Trichter, und da begriff sie, dass das Atalis sein musste, eigentlich Qatum, und dass sie so schnell im Kreis gewirbelt wurde, dass es aussah wie ein leuchtendes rundes Band. Nachtgesicht hielt sich den Magier wacker vom Leib, doch angesichts der Zauberkraft Qatums war absehbar, dass es nicht mehr lange gut gehen konnte.

»Hier«, sagte Ifranji und schob Tarik den Griff ihres Dolches zwischen die Zähne. »Draufbeißen. Das wird jetzt weh tun.«

Sabatea schenkte ihr einen dankbaren Blick. Ifranji fasste Tarik unter den Achseln und zerrte ihn in den Schutz des Trümmerkranzes. Es waren nur wenige Meter, aber als Tariks Beine über den unebenen Untergrund geschleift wurden, sah er aus, als würde ihn der Schmerz endgültig umbringen. Endlich aber kam er am Fuß der mächtigen Kuppelfundamente zum Liegen, und Sabatea musste erneut dem Drang widerstehen, seinen Kopf in ihrem Schoß zu betten.

Ifranji machte sich daran, Tariks Hosenbeine aufzureißen. Sie fand keine offenen Brüche, nur scheußliche Prellungen und Blutergüsse. Dass die Beine gebrochen waren stand außer Zweifel, aber es gab keine größeren Wunden, die sich infizieren konnten. Sie konnte nur hoffen, dass er sich beim Aufprall keine inneren Verletzungen zugezogen hatte.

Hier gab es nichts, mit dem sie seine Beine hätten schienen können. Wahrscheinlich hatte das ohnehin keinen Zweck mehr. Qatums Triumph über Nachtgesicht war nur eine Frage der Zeit, und dann würde er den Thron besteigen und seinen Plan nach all den Jahren endlich in die Tat umsetzen. Die Magie würde entweichen und gemeinsam mit Qatum in die andere Welt zurückkehren, in die erste Welt, das Orginal. Und mit dem Entschwinden der Magie würden die Dschinne vergehen, gewiss auch Skarabapur. Aber damit würde es nicht enden. Diese Welt hier, das Innere der Flasche, war durch Magie erschaffen worden und wurde von ihr am Leben erhalten. Wenn dieser Zauber verloren ging, dann würde die Existenz von allem enden, ganz gleich ob Dschinn oder Mensch oder Magier.

Tarik flüsterte etwas. Sie beugte sich vor, um die Worte zu verstehen, aber da schwieg er schon wieder. Ifranji fluchte.

»Den Thron«, stöhnte Tarik. »Den Thron ... besteigen.«

Es war der gleiche Gedanke, den sie selbst eben gehabt hatte, aber auch jetzt noch erschien er ihr zu unwirklich, zu vermessen. Bis ihr klar wurde, dass es ihre einzige Chance war.

Tarik hob zitternd eine Hand, zeigte auf etwas.

»Teppich«, murmelte er.

Sie fuhr herum – und tatsächlich, da *war* ein Teppich. Er hing wie fortgeworfen im oberen Teil des Trümmerkranzes, inmitten schwertlanger Dornen und Scherben aus geborstenem Glas, eigentlich unerreichbar, aber irgendwie, vielleicht ... Sie musste es versuchen.

»Das ist unser Teppich!«, entfuhr es Ifranji begeistert. »Der, den Khalis gestohlen hat! Nachtgesichts Sturm muss ihn aus dem Graben hochgeschleudert haben.«

»Ich hole ihn«, entschied Sabatea.

»Nein«, sagte Ifranji. »Das mache ich. Du bleibst bei Tarik.«

Sabatea hatte nicht mehr den Willen zu widersprechen.

Ifranji sprang auf – und erstarrte.

Sie streckte eine blutverkrustete Hand aus, deutete zurück zum Splittergraben.

Jemand kroch aus der Tiefe zu ihnen herauf, besudelt mit Honig, bedeckt mit zahllosen Glasscherben wie mit einer glitzernden, tödlichen Rüstung. Welche Splitter nur am Honig klebten und welche im Fleisch steckten, war nicht zu erkennen. Nur Spitzen und Schneiden, die wie

Stacheln eines bizarren Tiers in alle Richtungen wiesen und bei jeder Bewegung knirschend aneinanderrieben.

Amaryllis hatte einen neuen Körper gefunden.

Maryam lächelte. Sogar zwischen ihren Zähnen blitzte Glas.

Tarik hob den Kopf und sah ebenfalls, wer dort aus dem Graben stieg, um in den Kampf um den Knochenthron einzugreifen.

Es hätte einige gegeben, die es mir leichter gemacht hätten, hatte der Narbennarr erst vor wenigen Stunden zu ihm gesagt. *Es reist sich ungestört in den Hüllen der Toten.*

Amaryllis gab nicht auf. Maryams Leichnam im Honigschrein war eine leichte Beute gewesen.

»Verdammt noch mal«, fauchte Sabatea neben ihm. »Ich hab *so* die Schnauze voll von ihr.«

Und damit stolperte sie auf die Füße und trat Maryam entgegen.

»Tu das nicht«, stöhnte er und schmeckte das Blut seiner aufgeplatzten Lippen. Sein Zustand war schlimmer, als er wahrhaben wollte, aber in diesem Moment spielte das keine Rolle. »Er wird dich umbringen …«

Sie wird dich umbringen, wäre richtig gewesen, aber er weigerte sich, dieses Ding da vorn als Maryam anzusehen. Sie hatte zu viel durchgemacht, zu viel erleiden müssen, und wenn sie nach alldem eines nicht verdient hatte, dann so zu enden, als entstellte, missbrauchte Sklavin des Narbennarren.

Aus dem Augenwinkel sah er Ifranji katzenhaft die Glastrümmer hinaufklettern, mit schmerzverzerrtem Gesicht und blutenden Händen. Sie konnte jetzt nicht mehr von dort herunterkommen, weil sie den Weg kein zweites Mal bewältigen würde. Stattdessen tat sie das einzig Richtige: Sie kletterte weiter, immer höher über die scheußlichen Schneiden und Kanten, dem zerknüllten, verschlungenen Teppich entgegen, der irgendwo dort oben auf dem Trümmerring hing.

Sabatea war auf sich allein gestellt, als sie wütend vorwärtsstürzte und mit einem wilden Tritt versuchte, Maryam zurück in den Splittergraben zu schleudern. Der lebende Leichnam in seinem Kristallkleid aus Scherben wirkte ungelenk und grobschlächtig, aber dieser Eindruck täuschte. Schlangengleich wich Maryam Sabateas wütendem Vorstoß aus, schwang sich über die Kante und kam mit beiden Füßen auf. Sabatea hatte Mühe, sich zu bremsen, als ihr eigener Schwung sie beinahe in den Graben riss. Sie stolperte, schwankte und blieb stehen. Entschlossen wandte sie sich zur Seite. Maryam und sie standen sich nun gegenüber, beide unmittelbar am Rand des Grabens, während weit im Hintergrund Jibrils Wirbelsturm tobte und die Welt jenseits des Grabens in ein wogendes Chaos aus Staub und Glaswolken verwandelte.

Maryam beugte sich leicht vor, ging in eine Angriffsstellung, die fremd an ihr aussah, eine Dschinngeste, die der Narbennarr ihr eingab. Auch in ihren Handflächen steckten Splitter. Wenn sie Sabatea zu fassen bekam, würde sie ihre Haut in Fetzen schneiden.

Tarik zog sich unter Schmerzen herum und begann, langsam auf die beiden Frauen zuzukriechen. Er zog seine Beine hinter sich her, ein loderndes Feuer von den Oberschenkeln abwärts. Aber es war unwichtig geworden, ob er sie je wieder würde benutzen können, weil nichts mehr wirklich wichtig war, nichts außer Sabatea.

»Amaryllis!«, brüllte er.

Maryam drehte den Kopf um eine Winzigkeit, blickte zu ihm herüber. »Stellt euch mir nicht in den Weg!«, fauchte sie durch das scheußliche Splittergebiss. Auch ihr Gesicht war mit Scherben überzogen.

Tarik zog sich Meter um Meter vorwärts, während sich die beiden Frauen lauernd gegenüberstanden. Sabatea sagte etwas zu Maryam, aber er verstand sie nicht, weil bei jeder Bewegung das Blut in seinen Ohren rauschte und sein Schädel zu platzen drohte.

»Sabatea«, rang er sich mühsam ab, nicht sicher, ob irgendwer noch hören konnte, was er sagte. »Er wird dich töten … Amaryllis wird ganz Skarabapur –«

Eine Woge aus Lärm rollte über den Platz im Inneren der Ruine, verschlang alle anderen Laute und Stimmen und ließ den Glasboden und die Trümmerwände um sie herum vibrieren. Die Dschinne, die sich noch über ihnen am Himmel befanden, schwirrten aufgebracht durcheinander, während zugleich ein zweiter Ansturm von Getöse herüberbrandete, diesmal nicht aus dem Inneren des Ruinenrings, sondern von der anderen Seite des Splittergrabens. Aus der Richtung Jibrils.

Tarik sah, dass der gigantische Wirbelsturm zu einem vernichtenden Schlag ausholte. Er rotierte jetzt auf der Stelle, mehrere hundert Meter hoch, und bog sich zurück wie eine Gerte, die jemand nach hinten zieht. Gleich darauf schlug er mit verheerender Gewalt nach vorn. Eine Hundertschaft Dschinne, die noch immer nach einem Weg gesucht hatte, den Sturmreiter im Inneren zu bezwingen, wurde erfasst und verschlungen. Genauso erging es einer Schar Schwarmschrecken, die von dem wütenden Wirbel eingesogen und wieder ausgespien wurde, in alle Richtungen verstreut, die meisten hinab in die gläsernen Ruinen, wo die Wucht des Aufpralls ihre Hornpanzer bersten ließ.

Aber auch in Tariks Rücken geschah etwas; das wurde ihm bewusst, als er den Blick Sabateas auffing, der über ihn hinwegflirrte, hinein ins Innere der Kuppelruine. Maryams glasgespickte Lippen öffneten sich zu einem zornigen Schrei.

Er rollte sich herum, brüllte dabei vor Schmerz – und sah, wie Nachtgesichts Wirbelsturm im Zentrum der freien Fläche in sich zusammensank. Auch Qatum – in Atalis' totem Mädchenkörper – senkte sich zu Boden, landete vorgebeugt auf den Füßen, schwankte kurz und richtete sich langsam auf.

Nachtgesicht stürzte die letzten Meter aus der Luft und schlug hart auf die Glasfläche, während um ihn ein letzter harmloser Wirbel tanzte und sich wenige Herzschläge später auflöste. Mit einem Mal war da nur noch der leblose Sturmkönig, ausgestreckt am Boden, und neben ihm, ein paar Schritt entfernt, die blutverkrustete Atalis, bebend vor Anstrengung und Erregung. Ihr verklebtes Haar stand in alle Richtungen ab, und sie schien noch immer Mühe zu haben, sich auf den Beinen zu halten.

Hoch oben zwischen den Glastrümmern stieß Ifranji einen Schrei aus und brüllte den Namen ihres Bruders über den Platz. Tarik konnte sie von hier unten aus nicht mehr sehen, sie musste sich irgendwo zwischen den Glasspitzen befinden, in denen sich auch der Teppich verfangen hatte. Wenn sie dort oben keine ebene Fläche fand, um das Knüpfwerk auszubreiten, war all ihre Mühe vergebens. Er konnte nur hoffen, dass Nachtgesichts Niederlage sie nichts Unüberlegtes tun ließ. Er kannte niemanden, der so impulsiv und voreilig handelte wie Ifranji.

Und noch jemand hatte eine Entscheidung getroffen. Der Narbennarr wusste, dass Tarik und Sabatea keine ernstzunehmende Gefahr für ihn darstellten. Sie würden ohnehin sterben, wenn Skarabapur unterging.

Der Einzige, der Amaryllis' Plan im Augenblick vereiteln konnte, war Qatum. Der Magier, dessen wahre Gestalt keiner von ihnen kannte und der doch eine größere Bedrohung darstellte als alle Dschinnfürsten und Kettenmagier, wandte sich jetzt im Körper des Mädchens Atalis von dem reglosen Nachtgesicht ab und nahm wieder seinen Weg zum Knochenthron auf – und zu der weißen Gestalt, die wie tot dort oben im Knochengeflecht hing.

Tarik verstand noch immer nicht alle Zusammenhänge. Vor allem nicht, warum es *zwei* Jibrils gab, einen im Thron und einen dort draußen in dem höllischen Wirbelsturm. Aber im Moment zählte ohnehin nur, sie alle irgendwie von dem Thron fernzuhalten, jeden mit seinen eigenen Absichten, ganz gleich, ob es der Narbennarr, Qatum oder der Herr der Sturmkönige war.

Er schrak auf, als Sabatea einen Ruf ausstieß. Vielleicht seinen Namen – aber sicher war er nicht, weil er noch immer vor allem seinen eigenen Atem hörte, das rasende Pochen seines Herzens, das Blut in seinen Ohren. Als er sich umschaute, sah er, dass Maryam von Sabatea abgelassen hatte. Sonnenstrahlen brachen sich auf Tausenden von Splittern, die im Körper der lebenden Toten steckten, hüllten sie in ein betörendes Glitzern, das ihr bei allem zerstörten Fleisch darunter einen Anschein überirdischer Schönheit verlieh.

Maryam stürmte in die Richtung der einsamen Magiertochter draußen auf dem Platz, um Qatum zuvorzukommen und selbst den Knochenthron zu besteigen. Tarik lag genau in Maryams Weg, sie setzte über ihn hinweg, achtete nicht auf ihn – und das war ein Fehler.

Er stieß die Arme nach oben, bekam eines ihrer Beine zu packen, zerschnitt sich Hände und Finger an den Scherben in ihren Waden, registrierte sogar noch, dass sie nicht mehr blutete, so ausgetrocknet, so *tot* war sie längst – und riss sie in einer verzweifelten Drehung zu Boden.

Der Narbennarr in ihr kreischte auf, ein fremdartiger Laut, der heulend über ihre zerfetzten Lippen drang, wütend, protestierend – vor allem aber von tierhaftem Zorn erfüllt. Glas bohrte sich tiefer in Maryams Körper, als sie auffschlug. Tarik riss die Hände zurück und nahm den Schmerz nur noch am Rande wahr. Viel schlimmer war die plötzliche Erkenntnis, dass dies *tatsächlich* Maryam war, nicht irgendein Gestalt gewordener Alptraum – es war Maryam, um die er all die Jahre so getrauert hatte, deren Verlust ihn beinahe zerstört hatte.

Sie rollte herum, und es waren *ihre* Augen, die ihn hasserfüllt anstarrten, nicht die des Narbennarren, selbst wenn er es war, der sie benutzte, so, wie er Tarik selbst all die Wochen über benutzt hatte.

Hinter ihm näherte sich Sabatea, um notfalls mit bloßen Händen auf Maryam loszugehen, während er spürte, dass er kaum noch etwas tun konnte, dass sein eigener Körper beinahe ebenso furchtbar zugerichtet war wie der von Maryam. Sie richtete sich auf, hin und her gerissen zwischen der Verlockung, Tarik und Sabatea endgültig den Garaus zu machen, und der Notwendigkeit, Atalis nachzusetzen, um vor ihr den Knochenthron zu erreichen.

Da stieß Ifranji über ihnen einen wilden Schrei aus, als sie auf dem fliegenden Teppich zwischen den Glaszacken der Ruine hervorschoss, trudelnd und schlingernd, weil ihre Hände vom Klettern blutig waren und das Muster verunsicherten, aber doch auf einer gezielten Bahn, die sie über die drei Gestalten am Boden hinwegführte, quer über den offenen Platz, über ihren leblosen Bruder hinweg, auf geradem Kollisionskurs.

Atalis fuhr herum, bevor Ifranji sie erreichte.

Sie riss eine Hand hoch, vollführte damit einen Halbkreis, hob die andere und bewegte sie in gegenläufige Richtung – und im selben Moment raste der Teppich in eine unsichtbare Wand. Ifranji wurde meterweit durch die Luft geschleudert und prallte nicht weit entfernt von Nachtgesicht auf den Boden. Der Teppich aber federte zurück, schlingerte führerlos umher, vollführte einen zitternden Salto und verlor an Festigkeit. Heiße Winde packten ihn, trieben ihn über den Platz und ein gutes Stück zurück in die Richtung von Tarik, Sabatea und Maryam. Schließlich sank er zu Boden und blieb halb zusammengerollt liegen.

Ein ohrenbetäubendes Heulen waberte über den Platz, als allen auf einen Schlag klar wurde, woher der plötzliche Wind kam, der den Teppich erfasst hatte. Keine fünfzig Meter von ihnen entfernt explodierte der Trümmerring der Kuppelruine, als der gewaltige Wirbelsturm Jibrils endgültig den Splittergraben überquerte und eine breite Schneise in den Scherbenkranz in seinem Zentrum fräste. Ein Hagel aus Glas prasselte auf die Umgebung nieder.

Atalis hatte sich nach Ifranjis Absturz bereits wieder umgewandt und den Weg zum Knochenthron fortgesetzt, als Jibril sich anschickte, ihr die Macht über den Dritten Wunsch streitig zu machen. Qatum im Körper des Mädchens blieb stehen und sandte dem Wirbelsturm mit blitzschnellen Handbewegungen einen Abwehrzauber entgegen. Zu spät.

Jibril erreichte Atalis und riss sie in den Strudel seines Sturmtrichters. Das Duell, das Qatum sich gerade erst mit Nachtgesicht geliefert hatte, begann von Neuem – mit dem Unterschied, dass er es diesmal nicht mit einem ungeübten Sturmkönig zu tun hatte, sondern mit dem geheimnisvollen Quell aller Sturmgewalten, um ein Vielfaches machtvoller – und wütender.

Während sich der riesige Wirbelsturm dort draußen auf der Stelle drehte und Atalis und Jibril unsichtbar in seinem Inneren kämpften ... während Ifranji und Nachtgesicht unweit der rotierenden Ausläufer lagen und sich erschöpft aufeinander zubewegten ... während Sabatea auf Tarik zustürzte und Tarik sich fragte, ob die Steigerung von Schmerz nicht Taubheit sein musste und ob diese Taubheit nicht vielleicht der Tod war ... während all dies geschah, sprang Maryam unter dem Einfluss des Narbennarren auf, eilte mit schlingernden Schritten auf den abgestürzten Teppich zu, entrollte ihn mit einem Fußtritt und fiel darauf in die Hocke. Die Splitter und Scherben in ihren Handflächen hätten umgehend alle Stränge des Musters zerschnitten, aber darauf war Amaryllis nicht angewiesen. Tarik erinnerte sich, dass der Narbennarr in den Hängenden Städten einen Teppich geflogen hatte, ohne ins Knüpfwerk zu greifen, und das gleiche Wunder vollbrachte er auch jetzt.

Der Teppich hob vom Boden ab, flog einen weiten Bogen um den tobenden Wirbelsturm und trug den Narbennarren zum Knochenthron.

Der Wunschthron

Tarik beobachtete die Ereignisse mit einer zeitversetzten Wahrnehmung, die ihn mehr und mehr das Gefühl für die Wirklichkeit verlieren ließ.

Im einen Moment war Maryam noch mit dem Teppich in der Luft, im nächsten stieg unweit von ihr ein schmaler, zitternder Wirbelsturm auf, fegte von hinten auf sie zu und pflückte sie aus der Luft – Nachtgesicht, der mit allerletzter Kraft einen weiteren Sturm zustande gebracht hatte.

Der Trichter war winzig im Vergleich zu jenem, in dem Jibril und Qatum miteinander kämpften, viel kleiner auch als der, den Nachtgesicht zuvor heraufbeschworen hatte. Und doch erfüllte er seinen Zweck.

Der Tornado schwankte, als wäre er selbst fremden Winden ausgesetzt, die ihn mal in diese, mal in jene Richtung wehten. Aber er erfasste den fliegenden Teppich, bevor Amaryllis in Maryams Körper zur Gegenwehr ansetzen konnte. Der Schrei des Narbennarren schien sogar das Tosen der Stürme zu übertönen, doch das mochte Einbildung sein – vielleicht war es auch Tariks eigener, denn die Schmerzen steigerten sich noch weiter, drangen in alle Winkel seines Körpers vor.

Maryam wurde vom Teppich gerissen, verschwand für einige Sekunden in Nachtgesichts Sturm und erschien gleich darauf erneut, jetzt scheinbar leblos. Im weiten

Bogen und mit wirbelnden Gliedmaßen wurde sie fortgeschleudert. Weit entfernt vom Knochenthron und dem Dritten Wunsch prallte sie auf den Boden. Tarik wandte den Blick ab.

Der Teppich selbst kam ebenfalls wieder zum Vorschein, schaukelte wie ein Blatt zu Boden und blieb liegen. Nachtgesichts Sturm verpuffte als trichterförmige Rauchwolke, während sein Lenker stöhnend auf das Glas polterte, in die Hocke sank und schwer zur Seite stürzte.

Aber auch Ifranji nutzte ihre Chance. Sie taumelte auf den herrenlosen Teppich zu, grub die Hand ins Muster und ließ ihn aufsteigen. Das Knüpfwerk glitt niedrig über das Glas hinweg und landete neben Nachtgesicht. Ifranji zerrte ihren Bruder über die Fransen hinter sich auf den Teppich, schrie ihn dabei an, verfluchte ihn, doch er hatte nicht mehr die Kraft, ihr zu widersprechen. Als er einigermaßen sicher lag, brachte sie das Knüpfwerk abermals in die Luft, entdeckte die anderen im Durchbruch des Trümmerrings und hielt genau auf sie zu.

»Sie wird uns rammen«, stöhnte Sabatea neben Tarik.

Ifranji glitt heran, noch immer niedrig über dem Boden, während hinter ihr Lichtblitze und dunkelrote Feuersbrünste durch das Innere des gigantischen Wirbelsturms tobten.

Tarik blinzelte dem Teppich mit den Geschwistern entgegen. Sabatea fluchte erneut, wollte Tarik beiseiteziehen und besann sich eines Besseren. Er sah Tränen in ihren Augen. Aber es gab nichts, das er tun, nichts, das er sagen konnte, weil ihm das Sprechen immer schwerer fiel. Als läge der Schmerz seiner gebrochenen Beine wie ein Knebel auf seiner Zunge und verhinderte, dass er auch nur einen weiteren Ton herausbrachte.

Der Teppich sank tiefer, berührte den Boden, verlor an Festigkeit und schlitterte durch knirschenden Glasstaub. Keine zwei Meter vor Tarik und Sabatea blieb das Knüpfwerk liegen. Ifranji hatte Schürfwunden am ganzen Leib, aber sie achtete nicht darauf, fuhr besorgt herum und beugte sich über Nachtgesicht.

»Habt ihr ihn gesehen?«, brachte sie hervor, während sie ihn keuchend auf den Rücken rollte. »Habt ihr gesehen … was er getan hat?«

»Ja«, sagte Sabatea leise. »Das war sehr mutig.«

»Mutig?« Tränen spülten rosige Bahnen über Ifranjis Wangen. »Er … er hat sich fast umgebracht und … und …« Sie verstummte wieder, als ihr Bruder mühsam den Kopf hob, ein Lächeln zustande brachte und dann von Ifranji zu Tarik und Sabatea herübersah. »Sieht nicht gut für uns aus, was?«, flüsterte er heiser. »Irgendwer muss was unternehmen.« Und dabei blickte er Tarik an, der genau wusste, was er meinte, allerdings nicht sicher war, ob er dazu noch in der Lage war. Aber Infranji wäre nicht die Richtige dafür gewesen, Nachtgesicht zu entkräftet und Sabatea … nun, er *wollte* Sabatea nicht gehen lassen. Er musste es selbst tun.

Nachtgesicht ignorierte Ifranjis Proteste, als er sich mühsam vom Teppich zog. Sie rutschte ihm auf den Knien hinterher aufs Glas, wo sie hilflos seine Wunden mit einem schmutzigen Ärmel betupfte und unablässig auf ihn einredete.

Tarik kreuzte Sabateas Blick. Sie musste ihm ansehen, was er dachte, denn sie sagte: »Ich gehe.«

Er gab keine Antwort, verwandte stattdessen alle Kraft darauf, sich die zwei Meter bis zum Teppich zu ziehen.

Sabatea protestierte, aber sie konnte ihn nicht festhalten, ohne ihn zu vergiften, und dann lag er auch schon halb auf dem Knüpfwerk, stieß eine Hand hinein und klammerte sich an das Muster, während er den Rest seines Körpers unter rasender Pein über die Fransen schob.

Sabatea sprang neben ihn auf den Teppich.

»Ich mach das allein«, sagte er mühsam, während er auf dem Bauch zum Liegen kam, jetzt der Länge nach ausgestreckt, die Linke tief im Muster versenkt.

»Nein«, widersprach sie entschieden. »Wenn überhaupt, dann gehen wir zusammen.«

»Bleib du bei den beiden.«

Sie schüttelte den Kopf, rückte sich neben seinen Beinen auf dem Teppich zurecht, immer bemüht, ihn nicht zu berühren.

Sie würde nicht freiwillig absteigen, das war ihm klar, und er wollte sie dabeihaben, wollte es wirklich. Ohne auf Ifranjis Proteste zu achten, ließ er den Teppich aufsteigen, stemmte dabei mit dem rechten Ellbogen den Oberkörper hoch und blickte voraus über die Kante des Knüpfwerks.

Das Muster rebellierte, aber das meiste Blut an seinen Fingern war getrocknet und verursachte keine ernsthaften Schwierigkeiten. Die Welle, die der Teppich gleich darauf schlug, mochte wie ein unkontrolliertes Zucken erscheinen, wie etwas, das er nicht hatte verhindern können. Zugleich blickte er über die Schulter, sah in Sabateas weißgraue Augen, erkannte das Begreifen darin – dann verlor sie auch schon ihren Halt, rief seinen Namen, so zornig wie verzweifelt, und rutschte über die Kante des Teppichs hinweg. Sie befanden sich kaum einen Meter über dem

Boden, als sie abstürzte, und noch ehe sie aufkam und erneut nach dem Rand des Knüpfwerks greifen konnte, hatte Tarik den Teppich bereits beschleunigt. Sie brüllte seinen Namen, aber er ließ sich jetzt nicht mehr aufhalten, entfernte sich immer schneller von ihr und ließ sie nur wenige Schritt von Ifranji und Nachtgesicht am Rand des Platzes zurück.

Er selbst glitt auf dem Teppich über die freie Fläche, flog einen Bogen um den riesigen Wirbelsturm und das Flammengewitter in seinem Inneren und suchte nach Maryams Leichnam. Sie lag noch immer dort, wo Nachtgesicht sie hingeschleudert hatte, und Tarik fragte sich, ob der Narbennarr noch in ihr steckte oder ob er sich nicht längst eines der toten Dschinne bemächtigt hatte, die verstreut auf der gläsernen Fläche lagen. Er sah zum Thron, entdeckte aber keine lebenden Dschinnkrieger, nur die vier Roch, die sich nicht entscheiden konnten, furchtsam dahinter Schutz zu suchen oder den Dritten Wunsch mit ihrem Leben zu schützen. Sie waren keine Alptraumkreaturen wie die Kettenmagier und einst wohl eher Alchimisten oder Forscher gewesen. Vielleicht hatten sie ihre Magie schlichtweg aufgebraucht, als sie den Thron errichtet und dabei machtvollere Zauber gewirkt hatten, als die Kettenmagier sie je hätten zustande bringen können.

Benommen raste Tarik auf das Stufenpodest zu. Der Teppich unter ihm erbebte immer wieder, als widerstrebte es ihm, sich in die Nähe des knöchernen Bauwerks zu wagen. Aber er behielt das Muster unter Kontrolle, verschwendete keinen Blick mehr auf die Umgebung oder die leblose Maryam, schaute nur noch nach vorn – und entdeckte, dass einer der vier Roch in diesem Moment seine Angst überwand und sich daranmachte, selbst auf dem Knochenthron Platz zu nehmen.

Tarik stieß einen zornigen Ruf aus, trieb den Teppich zu größerer Geschwindigkeit, sah im Näherkommen, wie sich die Augen des Vogelmenschen weiteten, erkannte die verzerrten, verschobenen Details seiner Anatomie, die ihn verwachsen erscheinen ließen, ein Zerrbild seiner Artgenossen im Untersand – dann zog er die Hand aus dem Muster, ließ den Teppich geradeaus weiterfliegen und rollte sich im letzten Moment über die Kante, kurz bevor das Knüpfwerk den Roch im Flug rammte, gegen die turmhohe Knochenlehne schleuderte und auf den Gebeinspitzen aufspießte.

Tarik stürzte brüllend auf die breite Sitzfläche des Throns und blieb halb bewusstlos liegen, von tobender, kaum mehr zu ertragender Pein erfasst. Durch wabernden Schmerz erkannte er, wie die drei übrigen Roch auseinanderstoben, der vierte auf den Knochendornen erschlaffte und der Teppich von der Lehne abprallte, um außerhalb seines Sichtfelds zu Boden zu gehen.

Irgendwie rollte er sich herum, zu schwach, um aufrecht zu sitzen. Aber er brachte seinen Rücken mühsam gegen die Lehne, starrte verschwommen hinaus auf den Platz, sah den strudelnden Wirbelsturm aus Feuer und Zauberlicht rotieren, dachte, dass irgendwo dahinter Sabatea war, dass er sie fühlen konnte, als wäre sie bei ihm, dass er Angst um sie hatte und kein bisschen um sich selbst, weil ihm klar war, dass er jetzt sterben würde.

Aber etwas anderes erwachte dafür zum Leben, tief im Knochengewirr des Throns, begann zu pochen, zu schlagen, zu denken. Griff nach ihm und seinen Empfindungen, grub die Enden unsichtbarer Nervenfäden in seinen Körper, seinen Geist, verschmolz mit ihm und erforschte seine Gedanken.

Ertastete seine Wünsche.

Wer bist du?, dachte er, ganz zäh und langsam, doch die Antwort erreichte ihn umso schneller, weil sie bereits in ihm war wie all das andere, das in diesem Thron gefangen und bereit war, seine Macht so einzusetzen, wie er es verlangte, damit all der Schmerz, all die Qualen endlich ein Ende nahmen, nicht seine eigenen, sondern die des lebenden Kindes, das in die Knochenlehne eingeflochten war und das die größte, allumfassende Macht dieser Welt in sich vereinte.

Ich bin, begann eine Stimme tief in ihm und brachte eine große Ruhe mit sich. *Ich bin -*

Jibril!, dachte Sabtatea.

Inmitten des himmelhohen Wirbelsturms sah sie die Feuer verblassen, die rote Flammenhölle erlöschen, sah den Trichter selbst immer schmaler werden, wie einen Turm, dann einen Baumstamm, und auf dieser dünnen, rauchigen, wirbelnden Säule stand eine kleine weiße Gestalt, die Hände weit ausgebreitet, als wollte sie diesen Platz und ganz Skarabapur umarmen.

Sabateas Blick wanderte an dieser Pylone aus rotierenden Winden hinab und entdeckte den zweiten Körper unten an ihrem Fuß, hingeworfen und reglos – Atalis' Leichnam, die Tochter des Magiers, jetzt die untote Sklavin Qatums.

Und Sabatea begriff, dass Qatum besiegt war, denn die

Säule des kreisenden Wirbels stand auf ihr, *in* ihr, tanzte in ihren Überresten und verstreute sie im nächsten Augenblick in alle Richtungen, pulversiert zu einem Nebel aus Honig und winzigen Partikeln, auseinandergeblasen vom Inferno des Sturms, der nichts an Gewalt verloren hatte und nur auf einen Punkt konzentriert war, einen Punkt, der im einen Moment Qatum war – vom Ifrit im Leibe Atalis' gebannt –, im nächsten nichts mehr, nur Honigstaub, dann Leere.

Die Sturmsäule setzte sich in Bewegung, raste auf die gegenüberliegende Seite des Trümmerplatzes zu, auf den Thron und die zusammengesunkene Gestalt darauf. Zog einen engen Kreis um das Stufenpodest, streifte die drei verbliebenen Roch und zerschnitt sie wie eine scharfe Klinge.

Und da war noch jemand.

Ein einzelner Dschinn schlingerte in niedrigem Flug über den Platz hinweg, von dort, wo Sabatea jetzt die leblose Maryam entdeckte – nur ein unscheinbarer Dschinnkrieger mit wehendem Menschenskalp am Hinterkopf, unbewaffnet, übersät von tödlichen Wunden und dennoch wieder am Leben.

Ein Dschinn, der sich dem Thron und Tarik näherte.

Im selben Augenblick vollendete der Wirbelsturm seine Kreisbahn um den Knochenthron, sank in sich zusammen und setzte den weißhäutigen Jungen sanft am Boden ab.

Jibril betrat die Thronplattform. Blickte hinauf zu seinem Ebenbild in der Rückenlehne, dann auf den zusammengesunkenen Tarik. Schließlich über die Schulter auf den einsamen Dschinn.

Die Haut des Jungen schien zu erglühen, wurde selbst

zu Licht und explodierte in einer Eruption aus blendender Helligkeit. Aus schneeweißer Glut formten sich schlängelnde Tentakel. Einer griff nach Tarik, legte sich sanft um seinen Körper. Ein zweiter Fangarm schoss vor, raste wie eine flirrende Lanze auf den Dschinn zu, packte ihn trotz seiner panischen Ausweichmanöver und verbrannte ihn im gleißenden Licht wie eine Fliege.

Von einem Augenblick zum nächsten floss die Geschichte dieses Jungen, dieser *beiden Jungen* in Tariks Verstand, flutete über seine eigene hinweg, als hätte sie nie stattgefunden, als wäre seine Vergangenheit ausgelöscht und ersetzt von dem, was Jibril erlebt und durchlitten hatte, all die Jahre lang. Der erste Jibril auf dem Thron und der zweite inmitten der glühenden Fangarme.

Tarik saß da und sah Bilder aus einer anderen Welt und auch aus dieser, sah einen Mann und eine Frau in farbigen Gewändern, sah sie unter Aufbietung aller Kräfte etwas tun, das die Zukunft von Millionen Menschen verändern sollte. Sah eine Flasche auf einem Tisch, rund und bauchig und aus schwarzem Stein, daneben einen Korken und Pech, und er sah Tränen und Schweiß, sah Gesichter, verzerrt von Leid und Furcht und Ungewissheit. Sah ein Kind, einen weißhäutigen Jungen ohne Haar.

Er sah die Geschichte von Ajouz und Nasmat.

Und die ihres Sohnes Jibril.

Erfüllung

Sabatea hatte die Hälfte des gläsernen Platzes überquert, als sie sah, wie einer der Lichttentakel Tarik vom Knochenthron hob und am Fuß des Stufenpodestes ablegte. Die Helligkeit des wirbelnden Nests aus Fangarmen spiegelte sich auf seinem schweißnassen Körper, überlagerte seine zahllosen Wunden und ließ ihn so makellos weiß erscheinen wie den Jungen im Herzen des Tentakelgewirrs – und wie dessen Doppelgänger, der reglos in der Knochenwand der Thronlehne hing, festgeflochten zwischen Gebeinen von Menschen, Tieren und Ungeheuern des Dschinnlands.

Im Hintergrund, weiter im Süden, entfernte sich die riesenhafte Glasscholle mit majestätischer Langsamkeit, umschwirrt von den geflohenen Dschinnen, vernichtet bis auf einige Dutzend, die es nicht mehr wagten, den Sturmkönig anzugreifen. Da waren auch Schwarmschrecken unter ihnen, die zu viele ihrer Artgenossen hatten sterben sehen, um jetzt noch den Befehlen der Dschinne zu gehorchen und sich erneut für sie in den Kampf zu stürzen. Die verbliebenen Kettenmagier hielten mit ihrer Macht die Scholle in der Luft, und falls sich dort oben noch ein Dschinnfürst aufhielt, so fehlte auch ihm der Mut oder die Entschlossenheit, den größten aller Stürme anzugreifen.

Aber all das registrierte Sabatea nur am Rande, und es

berührte sie nicht mehr als eine Kulisse in einem Puppenspiel, eine bemalte Leinwand, die nicht in derselben Welt wie die Figuren im Vordergrund existierte, flach und bedeutungslos, während sich auf der Bühne das wahre Drama abspielte.

Im Laufen rief sie Tariks Namen, aber dann verdeckten die glühenden Fangarme ihre Sicht auf ihn, und sie sah nicht mehr, ob er sie hören konnte, irgendwie reagierte, oder ob sie ihn endgültig verloren hatte. Der Gedanke trieb sie vorwärts und wollte sie zugleich lähmen, das Atmen fiel ihr schwer, ihr Blick verschleierte sich. Aber sie rannte nur noch schneller, von brennendem Schmerz und Panik erfüllt.

Mehrere Lichttentakel schlängelten sich in ihre Richtung, zwangen sie zwanzig Meter vor dem Thron zum Stehenbleiben, betasteten sie mit heißen, züngelnden Enden. Alle bis auf einen zogen sich wieder zurück, aber dieser Einzelne hielt sie auf Abstand, stieß sie zurück, wenn sie einen weiteren Schritt nach vorn machen wollte, bis sie rasend war vor Wut und Hilflosigkeit und ihre Gefühle als verzweifelter Schrei aus ihr hervorbrachen.

Tarik bewegte sich. Sie konnte ihn wieder sehen, weil jetzt ein Großteil der Fangarme von dem Jungen am Boden steil hinauf zu seinem Ebenbild in der Knochenlehne wanderte. Der eine Jibril erforschte den anderen, strich über seinen gefangenen Leib hinweg, suchte vielleicht nach Leben oder Antworten oder nach einem Schlüssel zu jener Macht, die dort oben gebündelt war, Hunderte, vielleicht Tausende von unerfüllten Wünschen, die zu einem einzigen verschmolzen waren.

Mit einem weiteren Aufschrei wich sie dem Tentakel

aus, tauchte darunter hinweg und rannte los, kümmerte sich nicht mehr um die schlangengleiche Bewegung an ihrer Seite, lief einfach immer weiter. Wenn er sie aufhalten wollte, dann würde er es mit Gewalt tun müssen, aber auch dann würde sie sich noch wehren, würde kämpfen, bis sie Tarik endlich erreichte. Und wenn sie ihn auch nicht berühren konnte mit ihren blutigen Händen, so wollte sie doch, dass er ihre Stimme hörte und wusste, dass sie bei ihm war, immer bei ihm bleiben würde, ganz gleich, was in den nächsten Augenblicken hier geschehen sollte und was aus ihnen und der Welt werden würde, wenn die Macht des Dritten Wunschs erst freigesetzt war.

Die Spitze des Lichttentakels blieb ganz nahe bei ihr, folgte ihr, packte aber nicht zu. Jibril ließ zu, dass sie neben Tarik in die Hocke sank, ungeachtet der Glassplitter, die dabei in ihre Knie schnitten, und dass sie auf ihn einredete und dabei weinte vor Erleichterung und Schmerz und hemmungslosem Bangen, als er die Augen öffnete und sie ansah und Worte stöhnte, die wie Namen klangen.

Ajouz und Nasmat und Jibril.

Neben ihr flammte es weißglühend auf. Als sie den Kopf herumriss, sah sie, dass die Tentakel verschwunden waren und dort, keine drei Schritt entfernt, nur noch der bleiche Junge stand, übersät von Schnitten und nässenden Stellen, die wie Brandwunden aussahen.

»Ich weiß, wer ihr seid«, sagte er.

»Kannst du ihm helfen?«

»Nicht jetzt.« Der Junge löste seinen Blick von Tarik und ihr und machte die letzten Schritte zum Thron.

Er war zu klein und musste auf die Sitzfläche klettern, an den Knochen hinauf, über die Kante hinweg, als der aufgespießte Roch eine Mannslänge über ihm zum Leben erwachte.

»Amaryllis!«, keuchte Tarik.

Der Vogelmensch bebte am ganzen Leib. Er hing auf der Rückenlehne des Throns, nicht weit von dem eingeflochtenen Jungen entfernt, begann jetzt zu zappeln und mit den gebrochenen Flügeln zu schlagen. Mehrere Gebeinspitzen – Teile von Rippenkäfigen und zerbrochene Knochenspeichen – hatten ihn von hinten durchbohrt und ragten aus seinem Oberkörper. Er versuchte, sich mit den Armen nach vorn zu stoßen, und machte unbeholfene, hektische Bewegungen mit den gefiederten Schwingen. Erst jetzt erkannte Sabatea, dass es die Flügel von Elfenbeinrössern waren, die der Roch statt seiner verkümmerten eigenen auf dem Rücken trug, mit seinem dürren Leib verwachsen durch Magie, und zugleich erkannte sie zumindest *einen* Zweck, den die Experimente der Dschinne mit den Zauberpferden gehabt hatten. Die vier Rochmagier hatten durch sie die Flugkraft ihrer Vorfahren wiedererlangt; vermutlich war das der Preis gewesen, den die Dschinnfürsten für ihre Dienste hatten zahlen müssen.

Noch während sie dies dachte, in Anflügen von blitzartigem Begreifen, die wie Schlaglichter durch ihren Verstand flackerten, zwängte der Roch mit Gewalt seine Schwingen zwischen sich und das Knochengewirr der Thronlehne und versuchte, sich nach vorn zu stoßen, von den Spitzen herunter, um wieder frei zu sein, vorwärts zu stürzen, genau auf die Sitzfläche des Throns. Der Narbennarr war seinem Ziel näher als jemals zuvor.

Tarik brüllte wütend auf. Er hatte Amaryllis schon einmal besiegt, aber das hatte nicht ausgereicht. Und nun lag er hilflos am Fuß des Podests, mit gebrochenen Beinen und nicht in der Lage, es abermals mit dem Narbennarren im Körper des toten Roch aufzunehmen.

Stück für Stück schob sich der Vogelmensch von den Knochendornen und musste jeden Moment freikommen.

Jibril zog sich auf den riesenhaften Sitz wie ein Kleinkind auf einen Kalifenthron, drehte sich um und nahm unbeholfen Platz. Er wirkte winzig und verloren inmitten der meterbreiten Fläche. Die Armlehnen hätte er selbst dann nicht erreichen können, wenn er die Hände nach beiden Seiten ausgestreckt hätte.

Der Roch schüttelte sich, rutschte weiter nach vorn. Die ersten Spitzen verschwanden in seinem Körper. Er gab sich einen heftigen Ruck, kam mit der linken Seite frei, jetzt nur noch die rechte …

Jibril lehnte sich zurück.

Sein Ebenbild oben im Knochengeflecht schlug die Augen auf.

Aus der Kehle des Roch drang das hysterische Brüllen des Narbennarren. Seine Flügel flatterten, rammten den Körper ungeduldig vorwärts – viel zu heftig. Er glitt mit einem Ruck von den Dornen, zu angeschlagen, um sofort zu fliegen, wurde vom eigenen Schwung über den Sitz hinweggetragen und stürzte auf die Stufen vor dem Thron. Knochen brachen, diesmal seine eigenen, als er auf die harten Glaskanten prallte.

Tarik lag zwischen dem Roch und Sabatea, keine zwei Schritt von ihm entfernt. Der untote Vogelmensch, angetrieben von der Kraft des Narbennarren, wollte sich aufrichten, aber seine Beine gaben nach, ließen ihn wieder zusammensacken. Ein Aufschrei drang aus seiner Kehle,

Amaryllis' Zorn über die Unzulänglichkeiten des fremden Körpers, und er wollte seine übel zugerichteten Flügel entfalten – als Tarik das letzte Stück kriechend überwand. Mit schmerzverzerrtem Gesicht bekam er den Roch zu packen, klammerte sich fest, riss ihn zurück auf den Rücken und presste ihn mit seinem ganzen Gewicht auf die zuckenden Schwingen.

Sabatea wollte ihm zu Hilfe kommen, aber sie wagte nicht, in das Knäuel der beiden Kämpfenden zu greifen, aus Angst, Tarik zu berühren. Sie konnte nur zusehen, auf eine günstige Gelegenheit warten, während Tarik versuchte, den Roch davon abzuhalten, den Jungen auf dem Thron zu erreichen.

Amaryllis kreischte in rasendem Irrsinn und gewann die Oberhand. Er rollte sich herum, zog Tarik unter sich, holte mit der Faust aus, um das Gesicht seines Gegners zu zerschmettern – als Sabatea von hinten seinen langen, dürren Arm zu fassen bekam und festhielt. Das Kreischen wurde noch lauter, zwang sie beinahe zum Loslassen, aber sie versuchte dennoch weiter, ihn nach hinten zu ziehen, fort von Tarik. Der Roch war zu stark. Er bekam den Arm los, während Tarik von unten nach ihm schlug und spürte, wie der Unterkiefer des Vogelmenschen unter seinem Hieb nachgab.

Amaryllis hatte längst alle Geduld verloren, er kämpfte jetzt ums nackte Überleben. Sabatea bekam einen harten Schlag vor die Brust, der sie zwei Meter zurückwarf, während der Roch sich nun abermals Tarik zuwandte, ausholte – und seine Hand tief in den Oberkörper seines Gegners trieb. Seine langen, scharfkralligen Klauen drangen durch Tariks Bauchdecke, gruben sich in seine Eingeweide, schnappten zu wie eiserne Zangen.

Sabatea schrie verzweifelt auf, während sie halb betäubt versuchte, erneut auf die Beine zu kommen, um Tarik zu helfen und Amaryllis von ihm fortzuziehen.

Ein Sturm von Helligkeit fauchte über sie alle hinweg, der sie erst in Wärme, dann in kaum zu ertragende Hitze hüllte. Als die Luft wieder abkühlte und Sabatea die Augen öffnete, geisterten Lichterscheinungen an dem bizarren Knochengewirr des Throns umher, kletterten wie winzige Lebewesen aus Blitzen zwischen den beiden Jibrils auf und ab, ein Flirren und Leuchten und Gleißen und Lodern, das sich verzweigte, miteinander vereinte und wieder zerriss, ein beständiger Wechsel und Neubeginn.

Der Narbennarr schrie noch immer, ein panisches Vogelkreischen, weil er begriff, dass er verloren hatte, genau in diesem Augenblick. Er riss die Hand aus Tariks Bauchwunde, wirbelte herum, kam jedoch abermals nicht hoch.

Der Junge auf dem Thron öffnete den Mund.

»*Ich wünsche –*«, sagte er, und der Rest des Satzes ging unter in einem maßlosen Getöse in der Ferne, weiter im Süden, wo die gewaltige Glasscholle schlagartig ins Schwanken geriet, als es die Mächte, die sie in der Luft gehalten hatten, von einer Sekunde zur nächsten nicht mehr gab.

Der zweite Jibril oben in den Knochen bewegte ebenfalls den Mund, sprach denselben Satz, und diesmal meinte Sabatea die Worte von seinen Lippen ablesen zu können.

Ich wünsche, dass die Dschinne nicht mehr existieren.

Der Roch sackte leblos über Tarik zusammen, als der Narbennarr ein für alle Mal aus der Welt verschwand.

Überall auf dem gläsernen Platz vor dem Thron lösten

sich die Leichen der Dschinnkrieger in Luft auf. Rund um die Glasscholle strömten die überlebenden Schwarmschrecken in Panik davon, während ihre Meister plötzlich verblassten. Gleich darauf sank die Scholle tiefer, kippte im Sturz zur Seite und stürzte hochkant vom Himmel, als mit den Dschinnen auch ihre Magie nicht mehr existierte. Unter ohrenbetäubendem Lärm rammte sie in den gläsernen Irrgarten Skarabapurs, begrub Kriegsmaschinen und Kreaturen unter zertrümmerten Straßenzügen.

Sabatea schleppte sich zu Tarik, zerrte den toten Roch von ihm herunter und sank an seine Seite. Er tastete nach ihrer Hand und zog sie mit letzter Kraft auf die nasse Wärme unterhalb seiner Brust.

»Nein«, flüsterte sie.

Ihr Blut vereinte sich mit seinem.

Tarik schüttelte den Kopf, zu kraftlos, um noch etwas zu sagen. Vielleicht hätten ihn auch die anderen Wunden umgebracht, aber diese hier war sein Todesurteil – Sabatea musste das ebenso gut wissen wie er. Er wollte es jetzt zu Ende bringen, während er die Entscheidung noch selbst treffen konnte, wollte nicht tage- oder wochenlang sterbend durch die Wüste getragen werden, ehe ihn der Wundbrand dahinraffte oder der Schmerz seiner zerfetzten Eingeweide. Sein Mund füllte sich wieder mit Blut, das wie Erbrochenes nach oben stieg, und er spürte, dass sein Herz nur unter entsetzlichen Anstrengungen weiterschlug und trotzdem immer wieder aussetzte, nicht aufgeben wollte, aber einfach zu schwach war, um gegen die Zerstörungen im Inneren seines Körpers anzukämpfen. Seine gebrochenen Beine waren eine lächerliche Verletzung im Vergleich zu all dem anderen. Splitter steckten viel tiefer in ihm, als er bisher hatte wahrhaben wollen, jeder Atemzug brannte höllisch, und manchmal bekam er überhaupt keine Luft mehr. Er wollte leben, wollte weitermachen, irgendwie, für Sabatea und das, was zwischen ihnen entstanden war, aber er konnte es nicht mehr. Und er sah ihr an, dass sie die Wahrheit längst kannte, dass sie es in jenem Moment gewusst hatte, als sie ihn am Fuß des Knochenthrons erreichte und ihm in die Augen blickte, und dass der Kampf mit Amaryllis nur besiegelt hatte, was schon vorher festgestanden hatte.

Sie versuchte, ihm ihre Hand zu entziehen, von ihm abzurücken, das Gift aus ihren Adern von ihm fernzuhalten. Aber seine Finger hielten sie fest, und als er noch einmal solche Kräfte aufbrachte, Kräfte, über die nur Sterbende verfügen, musste auch sie erkennen, dass es zu spät war. Das Gift machte es schnell und sauber, verringerte den Schmerz, den er kaum mehr ertragen konnte. Und besser noch: Es war etwas, das ihr gehörte und ihm nun zu Hilfe kam, und er hoffte, dass sie das verstehen und ihm vielleicht irgendwann verzeihen würde.

~

»Du verfluchter Scheißkerl!«, brüllte sie ihn an, zog und zerrte an ihrer Hand, konnte nicht fassen, wie stark er mit einem Mal wieder war, und wusste zugleich, woher diese Stärke kam und was sie zu bedeuten hatte.

Um sie herum wurde die Welt von den Dschinnen gereinigt, aber nichts auf der Welt vermochte *sie* zu reinigen, den Tod in ihrem Körper, den sie immer nur anderen brachte, aber niemals sich selbst. In ihr flackerte der Gedanke auf, dass sie Tarik folgen wollte, wenn nicht so, dann anders, es gab genug Wege, um dorthin zu gelangen, wo er nun hingehen würde.

Blutige Bläschen erschienen auf seinen Lippen, und sie sah, dass Krämpfe ihn schüttelten und wie sehr er sich dennoch bemühte, ihr den Eindruck eines ruhigen, schmerzlosen Endes vorzugaukeln, obwohl sie es doch besser wusste, weil sie es so viele Male hatte mit ansehen müssen, wieder und wieder und wieder. Den Hass, den sie dabei für sich selbst empfunden hatte, hatte erst Tarik ihr ausgetrieben. Doch nun sollte abermals sie die Schuld an einem Tod tragen, *seinem* Tod, und das war nach allem, was sie erlebt hatte, endgültig zu viel für sie.

»Jibril!«, schrie sie den Jungen auf dem Thron an, noch immer durch das Lichtgeflecht mit seinem Ebenbild verbunden. »Verdammt noch mal, hilf ihm! Das bist du ihm schuldig. Du bist es *uns* schuldig!«

Sie verstand nichts von dem, was vorgegangen war, außer der Wirkung des Dritten Wunsches, aber nicht, wie es dazu gekommen war, warum es zwei Jibrils gab und ob sie Zwillinge waren oder doch eher Spiegelbilder ein und desselben Kindes.

»Jibril!«

Sie schrie seinen Namen, zerrte an ihrer Hand und bekam sie endlich frei.

Tarik trieb auf einem Strom aus Erschöpfung und Pein.

Aus ganz Skarabapur war das Brüllen der Schwarmschrecken und anderer Wesen zu hören, deren Meister sich von einem Augenblick zum nächsten in Nichts aufgelöst hatten. Gehege, eben noch bewacht, wurden gesprengt. Netze zerrissen. Käfige geschüttelt und Gitter zerbrochen. Viele würden sich nicht befreien können und in Gefangenschaft sterben. Aber ganze Horden entkommener Schwarmschrecken und Sandfalter stiegen in den Himmel über der gläsernen Stadt und flohen in alle Richtungen. Ihr Trumphgeheul und das Surren ihrer Schwingen hingen wie geisterhafter Lärm aus einer anderen Welt über den Ruinen, und obgleich sie sich nur verkriechen und irgendwann abermals Menschen jagen würden, bedeuteten sie in diesem Moment keine Gefahr mehr, nicht für Sabatea oder Ifranji oder Nachtgesicht, und hoffentlich nicht für Junis im fernen Bagdad, falls er noch lebte und nicht bereits auf ihn, Tarik, wartete, irgendwo.

Die Krämpfe schüttelten seinen Körper, aber sie fühlten sich sonderbar betäubt an, vielleicht auch nur ertränkt von all den anderen Schmerzen in seinem Bauch und seinem Brustkorb. Er meinte, das Blut in seine Lungen sprudeln zu hören, wie es sie mehr und mehr erfüllte und alle Luft daraus verdrängte. Meinte das Gift durch seine Glieder fließen zu spüren, näher und näher zum Herzen hin, und wie es dort ankam und weiterverteilt wurde, bis es jede Faser seines Körpers tränkte.

Sabatea riss ihre Hand aus seiner, und er versuchte zu lächeln, wusste nicht, ob es gelang, hätte gern etwas gesagt, aber das war vergebens. Blut floss über seine Lippen, vermischt mit Speichel und irgendetwas anderem, das aus seinem Inneren kam, bitter und brennend auf seiner Zunge.

Dann sah er ein Licht. Wie albern das war, denn hieß es nicht, alle sahen immer ein Licht? Er hatte nie daran geglaubt und war nun überrascht und sogar ein wenig amüsiert, dass es wahr sein sollte und selbst die dümmsten Legenden manchmal Wirklichkeit wurden.

Er versuchte, in Gedanken Lebewohl zu sagen und wie sehr er sie liebte, und was sie ihm in den vergangenen Wochen bedeutet hatte und immer bedeuten würde, wenn das noch möglich war, dort drüben hinter der Helligkeit.

Aber etwas war mit dem verdammten Licht, vielleicht zu viel davon, und es war so heiß und überall, und was war dieses Zeug, das er mit Blut und Galle aus seinem Körper hustete, immer mehr davon, und warum drang die Hitze jetzt von überall her in ihn ein, als wollte sie etwas in ihm wieder miteinander verbinden und heilen, und warum war das Licht so hell und weiß, so weiß, *so weiß* –

Jibril war vom Thron gestiegen, schwankend wie jemand, dem selbst kaum noch Zeit blieb, und war neben Tarik auf die Knie gefallen. Seine Hände lagen auf Tariks zerrissener Bauchdecke, taten dort irgendetwas, das Sabatea nicht erfassen konnte. Sie selbst sah alles verschwommen, verzerrt, und nun war ihr gar, als bewegten sich dort *vier* weiße Hände in einem verwirrenden Wirbel über Tarik hinweg. Sie blickte am Thron empor, suchte den zweiten Jibril und fand ihn nicht mehr. Und als sie erneut zu dem Jungen neben Tarik sah, war es, als überlagerten einander dort zwei Erscheinungen, die ihre Kräfte bündelten, miteinander verbanden und etwas mit Tarik taten, das über ihren Verstand hinausging und das womöglich doch genau das war, was sie gefordert hatte.

Sie hatte halb erwartet, dass Skarabapur um sie herum erbeben und womöglich einstürzen würde, dass sich die Wüste auftun und diese ganze Stadt ein für alle Mal verschlingen würde. Doch nichts dergleichen geschah. Skarabapur existierte weiter, unberührt vom Dritten Wunsch und seinen Konsequenzen für die Dschinne, existierte hier wie in all den anderen Welten, und sie musste das nicht verstehen, wollte es auch gar nicht, weil es gerade Wichtigeres gab.

Denn nun ließ Jibril von Tarik ab, drehte sich zu ihr um und nahm ihr Gesicht in seine weißglühenden Hände, Gespensterhände, obwohl sie nicht durchscheinend waren und Substanz besaßen wie die eines Menschen. Sie ließ es geschehen, weil sie kaum genügend Kraft hatte, aufrecht dazusitzen, auf den Knien im Glasstaub. Dann wurde ihr erbärmlich schlecht, in ihrem Mund war ein bitterer Geschmack, und sie riss sich doch noch los, fort von Jibril, auch von Tarik, fiel zur Seite und übergab sich in heftigen, schmerzhaften Schüben. Es war unmöglich, aber sie wusste in diesem Augenblick, *was* sie da ausspie, alles, bis auf den letzten Rest. Und obgleich es sich anfühlte wie Blut, war es doch keines, so viel bitterer, aber ebenso warm, fast heiß, und sie erbrach immer mehr davon, während ihr die Tränen aus den Augen schossen und sie schluchzte und nicht einmal ganz genau wusste, warum, weil ihr Gefühl ihr sagte, dass nicht alles, aber doch manches gerade gut wurde und dass sie leben würde und –

Tarik schlug die Augen auf und sah Sabatea neben sich liegen. Krämpfe schüttelten ihren Körper, sie spie klare Flüssigkeit aus, so unendlich viel davon, immer mehr und mehr.

Er suchte nach dem Schmerz in seinen Eingeweiden, und der war nicht fort, ganz und gar nicht, aber er fühlte sich – falls es so etwas gab – nicht mehr endgültig, nicht so vernichtend an.

Mühsam zog er sich im Liegen zu Sabatea hinüber, seine Beine nach wie vor gebrochen und keineswegs auf wundersame Weise geheilt, aber er lebte, lebte noch immer und würde vielleicht auch weiter leben, wenn sie bei ihm blieb und nicht durch eine finstere Ironie von ihm fortgerissen wurde, vielleicht im Austausch für das, was ihm gerade widerfahren war. Er presste sich von hinten an sie, ihre Hand ergriff seine, und sie hustete und spuckte noch immer in die andere Richtung, aber ihr Körper schien sich allmählich zu beruhigen, zuckend und ausgemergelt, am Leben wie er selbst, und mehr musste er nicht wissen, das war alles, was zählte.

Über Sabatea hinweg sah er, wie Jibril mit unsicheren Schritten hinaus auf den Platz ging, entkräftet und schwankend, und wie sich mit einem Mal etwas vom Himmel herab neben ihm niedersenkte, ein Elfenbeinross, das weiße Fell mit Almariks getrocknetem Blut befleckt. Jibril blieb stehen, als es ihn mit den Nüstern anstieß und auffordernd mit den Schwingen schlug.

Aber Jibril zog sich nicht auf den Rücken des Zauberpferds, sondern ging nach einer Weile weiter, beugte sich in der Ferne über Nachtgesicht, sagte etwas zu der panisch zurückweichenden Ifranji und setzte seinen Weg schließlich fort. Er verschwand in der Lücke im Trümmerring rund um die Kuppelruine, während sein weißer Glanz noch eine Weile länger über die gläserne Oberfläche funkelte, als wäre er eins damit geworden.

Sabatea rollte sich mit einem Stöhnen auf den Rücken und betrachtete Tarik voller Sorge mit ihren weißgrauen Geisteraugen. Sie schien etwas in seinem Blick zu entdecken, und ihre Verzweiflung verblasste, noch zögerlich, und an ihre Stelle trat ein Ausdruck von Hoffnung und Erleichterung und ein sehr, sehr zaghaftes Lächeln.

Das Elfenbeinpferd trabte mit klappernden Hufen heran, senkte den Kopf und beobachtete sie beide voller Neugier.

Am Grab

Jenseits der Glasebene, nördlich von Skarabapur und dem Untersand der Roch, trugen sie Maryam zu Grabe. Die Sonne stand niedrig, sie alle warfen lange, spitze Schatten über die goldenen Dünen. Der Geruch der Wüste, den Tarik so lange nicht mehr bewusst wahrgenommen hatte, erschien ihm intensiver als jemals zuvor. Die Trockenheit, die Stille, die überwältigende Einsamkeit dieses Ortes – das alles erfasste seine Gefühle wie ein Feuer, das nicht ausbrannte, nur loderte und strahlte und alles andere überlagerte.

Er saß mit geschienten Beinen auf dem einzigen Teppich, der ihnen geblieben war – jenem Teppich, den Kabir der Knüpfer ihm zugedacht hatte, den aber schließlich Ifranji und Nachtgesicht geritten hatten. Das Knüpfwerk lag unmittelbar neben einer flachen Grube im Sand. Die Übrigen standen ringsum und blickten hinunter auf den ausgestreckten Leichnam.

Sie hatten Maryam in eine Decke der Roch gewickelt, die Crahac ihnen mit einigen Rationen Wasser und Nahrung überlassen hatte. Nach den Ereignissen in Skarabapur hatte sich der Zeremonienmeister mit einer Eskorte aus dem Untersand emporgewagt und sie an der Glaskante erwartet. Er hatte kaum noch mit ihnen gerechnet.

Die Roch hatten die vier auf ihren Elfenbeinpferden zur

anderen Seite getragen. Nur wenige Worte waren gewechselt worden. Das Ende der Dschinne hatte Menschen und Roch einander nicht nähergebracht, aber Crahac schien, stärker noch als zuvor, zu akzeptieren, dass es die Aufgabe seines Volkes war, künftige Reisende von den Ruinen Skarabapurs fernzuhalten. Es würde immer wieder jemanden geben, der sich auf die Suche danach machte, Träumer, die wilden, fantastischen Zielen nachjagten, und manch einer würde wohl auch in Zukunft genug Glauben an die Stadt aufbringen, um eines Tages an den gläsernen Klippen des Untersands zu stehen und nach einem Weg über den Nebel zu suchen.

Bei ihrem Abschied hatte Crahac sich verbeugt und ihnen lange nachgeblickt, als sie auf Teppich und Elfenbeinpferd weitergezogen waren.

Und nun standen sie hier, zwei Tagesreisen nördlich, und schauten hinab auf die Tote im bestickten Leichentuch der Roch. Tarik suchte nach Worten und fand keine. Der Sonnenglanz im Westen erinnerte an wogenden Honig hinter Kristall. Die Erinnerung war zu frisch, als dass ihm das noch neuen Schmerz bereitet hätte. Der Eindruck, selbst inmitten seiner Freunde allein zu sein, wurde für einen Augenblick überwältigend.

Er schnappte nach Luft, atmete Hitze ein, Schweigen und die Beklommenheit der anderen. In ihm gab es keine Worte mehr für eine Grabrede, nichts, mit dem er seinen Empfindungen Ausdruck verleihen konnte. Statt Gefühlen war da Wissen, und plötzlich dachte er, dass es genau das war, was auch Maryam gerne gehört hätte. Keine rührseligen Erinnerungen.

Nur Wissen. Erkenntnis.

Da entschied er, ihnen von Jibril zu erzählen, von allem, was er im Augenblick seiner kurzen Vereinigung mit dem Dritten Wunsch erfahren hatte. Er fand es richtig, dass es das Letzte war, das Maryam in dieser Welt zu Ohren kam.

»Die Roch sind bei ihrem ersten Versuch, die Wunschmacht in Skarabapur zu horten, gescheitert«, begann er mühsam. »Zwar hatten sie einen Weg gefunden, die dritten Wünsche der Ifrit dorthin zu leiten, aber sie besaßen nichts, um sie zu sammeln und sicher aufzubewahren. Schließlich haben sie die Kontrolle darüber verloren … aber das alles wisst ihr schon. Es kam zum Ausbruch der Wilden Magie und zur Geburt der Dschinne. Die Dschinnfürsten haben die letzten überlebenden Rochmagier zu einem zweiten Versuch verleitet, sich die Wunschmacht Untertan zu machen. Nur dass sie diesmal klüger vorgegangen sind und nach einem Gefäß gesucht haben, das stark genug war, der Macht des Dritten Wunsches standzuhalten.«

»Und da kamen sie ausgerechnet auf ein *Kind*?«, fragte Ifranji über das offene Grab hinweg.

»Nicht irgendein Kind. Ajouz und Nasmat waren unter den Ersten, die herausgefunden haben, was in Skarabapur geschehen war. Sie waren weithin bekannt als die mächtigsten Magier ihrer Zeit, und das lag nicht zuletzt an der Tatsache, dass sie ihre Magie stets gemeinsam eingesetzt haben. Ajouz und Nasmat liebten einander, und sie bekamen einen Sohn.«

»Jibril«, flüsterte Sabatea neben ihm.

Tarik nickte. »Schließlich haben auch die Dschinne von diesem Kind erfahren. Jibril trug den Zauber beider Eltern in sich und würde sie eines Tages an Macht übertreffen. Wenn es also etwas – oder jemanden – gab, der der Wunschmacht standhalten konnte, dann war es dieser Junge. Mit Hilfe missgünstiger Magier, die Ajouz und Nasmat ihre Kräfte neideten, gelang es den Dschinnen, Jibril zu entführen und nach Skarabapur zu bringen – aus den Zauberern, die sich auf ihre Seite geschlagen hatten, wurden später die Kettenmagier. Von da an haben sie Jibril gefangen gehalten und als Gefäß für die Macht der Wünsche missbraucht, die bald von Neuem nach Skarabapur strömte.«

»Haben Ajouz und Nasmat nicht versucht, ihn zu befreien?«, fragte Nachtgesicht.

Tarik schob seine Augenklappe zurecht. Ein provisorischer Verband bedeckte seine Stirn und seinen Hinterkopf, er trug am ganzen Körper schmutzige Bandagen. Das Leder der Augenklappe drohte zu verrutschen. Seine Fähigkeit, in die andere Welt zu blicken, war mit dem Verschwinden der Dschinnmagie verblasst, aber das fremde Auge ertrug nach wie vor kein Licht.

»Die beiden mussten eine Entscheidung treffen. Entweder konnten sie versuchen, Skarabapur zu finden und Jibril zu retten – was selbst für sie angesichts Tausender Dschinne kein Leichtes gewesen wäre –, oder aber sie verwendeten ihre gesamte Magie darauf, einen letzten, allumfassenden Zauber zu wirken.«

Sabatea atmete scharf aus. »Die Spaltung.«

»Ajouz und Nasmat hatten erkannt, dass die Wilde Magie und ihre Kreaturen nicht mehr aufzuhalten waren –

wie eine Seuche, die sich weiter und weiter über die Erde ausbreitete. Sie nutzten ihre Macht und schufen ein Ebenbild ihrer Welt, bündelten alle Magie darin und versiegelten sie im Inneren einer Flasche. Damit entzogen sie ihrer Welt nicht nur alle Zauberei, sondern auch jedes magische Wesen – die Dschinne und andere, die fortan dort nicht mehr existierten. In der zweiten Welt aber, im Inneren der Flasche, tobte der Zauber weiter, und dort hatte kaum jemand bemerkt, dass überhaupt etwas geschehen war. Ihr wisst, dass Qatum sich damit nicht abfinden und das Siegel brechen wollte, um die Magie wieder entweichen zu lassen … Darum setzte er alles daran, vor dem Anbringen des Siegels in die Flasche einzudringen, um dann von innen heraus zu versuchen, den Zauber seiner beiden Erzfeinde rückgängig zu machen.«

»Als Khalis uns in Bagdad von alldem erzählt hat«, sagte Sabatea nachdenklich, »habe ich mich gefragt, warum Qatum überhaupt noch Gelegenheit dazu hatte. Das alles muss doch ungeheuer schnell gegangen sein.«

»Was uns wahrscheinlich zurück zu Jibril bringt«, bemerkte Nachtgesicht und sah Tarik erwartungsvoll an.

»So ist es.« Er holte noch einmal tief Luft und ignorierte das Brennen unter seiner vernarbten Bauchdecke. Es fiel ihm nicht leicht. Während der wenigen Augenblicke auf dem Knochenthron war eine Flut fremder Bilder und Eindrücke auf ihn eingestürmt. Nicht alles ergab auf Anhieb einen Sinn. Nachdenklich senkte er den Blick, sah auf Maryams Leichnam und dachte, dass er es ihr schuldig war, den Geheimnissen auf den Grund zu gehen.

»Das Ende der Magie kam nicht schlagartig – es dauerte eine Weile, ehe die Spaltung überall Wirkung zeigte und auch dem letzten lebenden Magier seine Macht entzog. Zwischen der Spaltung und dem Versenken der Flasche im Ozean lagen mehrere Tage. Nachdem Ajouz und Nasmat die Beschwörung durchgeführt hatten, eilten sie nach Skarabapur und fanden dort Jibril, gezeichnet von seiner Gefangenschaft, aber am Leben. Nun mussten sie erneut eine folgenreiche Entscheidung treffen, und wahrscheinlich ist sie ihnen noch viel schwerer gefallen als die erste.«

Er hatte das Gefühl, sich zurücklehnen zu müssen, so viel Kraft kostete ihn die lange Rede. Sabatea war bei ihm und stützte ihn.

»Ajouz und Nasmat wussten, dass sie mit dem Abbild der Welt und all ihrer Bewohner auch ein Abbild von sich selbst und ihrem gefangenen Sohn erschaffen hatten – im Inneren der Flasche. Dort gab es also einen zweiten Jibril, der noch immer ein Sklave der Dschinne war, und mit diesem Wissen konnten sie nicht leben. Sie selbst besaßen so gut wie keine Macht mehr und würden bald auch den Rest verlieren. Jibril aber war etwas Besonderes, erst recht, nachdem er so lange dem Strom der Wunschmacht ausgesetzt gewesen war. Schweren Herzens entschlossen sie sich, ihn mit letzter Kraft ins Innere der Flasche zu versetzen, bevor sie endgültig versiegelt und im Meer versenkt wurde. Die beiden haben gehofft, dass er dort seine alte Macht zurückerlangen würde – und vor allem einen Weg fände, sein gefangenes Ebenbild, das doch ebenso sehr ihr Sohn war wie er selbst, aus der Gewalt der Dschinne zu befreien.«

Ifranji runzelte zweifelnd die Stirn. »Sie haben *freiwillig* ihren einzigen Sohn aufgegeben, damit der seinen Doppelgänger im Inneren der Flasche retten würde?«, fragte sie ungläubig. »Nach allem, was sie zuvor unternommen hatten, um ihn zu retten?«

»Beiden war klar, dass sie nicht mehr lange zu leben hatten«, sagte Tarik heiser. »Ihre Macht war aufgebraucht, und sie hatten sich durch die Verbannung der Magie zahllose Feinde gemacht. Ihre Gegner würden sie bald finden und zur Rechenschaft ziehen, und sie fürchteten, dass dann auch Jibril ihrer Rache zum Opfer fallen würde. Indem sie ihn mit in die Flasche verbannten, bewahrten sie ihn vor der Vergeltung der übrigen Magier, die sich um ihre Macht betrogen fühlten, und sie gaben ihm die Möglichkeit, sein Ebenbild aufzuspüren und zu befreien.«

»Und dafür hat er fast fünfzig Jahre gebraucht?«, fragte Ifranji.

Er nickte. »Der Wechsel in unsere Welt muss ihn geschwächt haben – genau wie Qatum. Beide mussten sich erst orientieren und Verbündete finden. Qatum hat das auf seine Weise getan und Khalis ausgenutzt, ohne dass der es überhaupt bemerkt hat. Jibril ist einen anderen Weg gegangen.«

Nachtgesicht seufzte. »Die Sturmkönige.«

»Jibril stand allein vor der Aufgabe, hier bei uns, wo es nach wie vor die Wilde Magie, die Dschinne und ihre Magier gab, einen Gefangenen aus Skarabapur zu befreien. Und damals war er tatsächlich erst elf oder zwölf und nicht wie zuletzt ein erwachsener Mann, der im Körper eines Kindes steckte.« Tarik zuckte die Achseln und verzog vor Schmerz das Gesicht. Impulsive Bewegungen taten ihm nach wie vor höllisch weh.

Erneut war es Nachtgesicht, der den Faden aufnahm. »Also schloss er sich den Rebellen an, verlieh ihnen die

Macht über die Stürme und trieb sie in den Krieg gegen die Dschinne.«

»Aber warum ist er erst jetzt nach Skarabapur gegangen?«, fragte Sabatea. »Warum hat er all das nicht viel früher getan? Mag ja sein, dass er anfangs zu schwach war – aber ein halbes Jahrhundert?«

»Zum einen hat er wohl abgewartet, bis die Dschinne die Kettenmagier und einen Großteil ihrer Heere nach Bagdad abgezogen hatten – vielleicht war es sogar das, was er von Anfang an mit seiner Rebellion im Sinn gehabt hatte: ein einfaches Ablenkungsmanöver.« Tarik wusste, dass er sich immer weiter hinaus auf das dünne Eis bloßer Vermutungen wagte. Doch je länger er darüber nachdachte, desto schlüssiger erschien es ihm. »Letztlich muss ihm klar geworden sein, dass er sie nur mit ihrer eigenen Waffe schlagen konnte. Genau wie die Dschinne selbst muss er auf den Augenblick gewartet haben, an dem der Dritte Wunsch die größtmögliche Macht angesammelt hatte. Dann erst konnte er ihn gegen sie einsetzen und genau das tun, was auch sie selbst vorhatten: ein ganzes Volk einfach zum Teufel zu wünschen.«

»Aber«, begann Ifranji düster, »dann hätte er ja sein Ebenbild gar nicht befreit –«

»– sondern ebenso wie die Dschinne als Waffe benutzt«, sagte Sabatea leise. »Und das macht ihn im Grunde genommen nicht besser als sie.«

Tarik verzog das Gesicht, weil er wusste, dass sie Recht hatte. Trotzdem konnte er ihre Missbilligung nicht teilen. »Nach allem, was er in den Jahrzehnten dieses Krieges mit angesehen hatte, muss er begriffen haben, dass es wichtiger war, das Töten von Millionen zu beenden, als um das Schicksal eines Einzelnen zu kämpfen.«

Nachtgesicht rieb sich gedankenverloren das Kinn. »Nur dass er dafür Millionen *Dschinne* getötet hat, nicht wahr?«

Ifranji warf erbost die Hände in die Höhe. Sie senkte die Stimme und zischte aus dem Mundwinkel zu ihrem Bruder hinüber: »Wie man's auch macht, niemals bist du zufrieden!«

Tarik aber kreuzte Nachtgesichts Blick, nickte kaum merklich, spürte Sabateas Hand auf seiner und warf den ersten Sand ins Grab.

Die leeren Lager

Lange bevor sie Bagdad erreichten, stießen sie auf Vorboten dessen, was sie erwartete.

Sonderbare Wesen, klobig und muskulös, bewegten sich in trägen Herden nach Süden, manche eingespannt in riesenhafte Geschirre, an denen die Überreste von Belagerungstürmen, Katapulten und fremdartigen Kriegsmaschinen hingen. Andere hatten ihre Lasten abgeschüttelt, seit niemand mehr da war, der sie in Eisen legte und vorwärtspeitschte. Dann waren da Kreaturen, groß wie ganze Dörfer, auf deren Schildkrötenpanzern Aussichtskörbe und Wehrgänge errichtet worden waren. Und schließlich sahen sie in der Ferne Sandfalter und Schwarmschrecken, die keinerlei Interesse an den Reisenden zeigten. Die Wilde Magie war nicht erloschen, und ihre Kinder würden weiterhin die Wüsten, Gebirge und Meere bevölkern.

Nach den befreiten Dienerwesen der Dschinne passierten sie die ersten verlassenen Außenposten, dann die Ausläufer der riesigen Heerlager. Es würde Jahre dauern, bis die Wüste alle Spuren verweht und unter den Dünen begraben hatte. Als Erstes würden die unzähligen Feuerstellen verschwinden, dann die Knochen und anderen Nahrungsreste. Zurückgebliebene Kriegsmaschinen mochten von den Armeen des Kalifats abtransportiert oder von Heimkehrern zerstört werden; vielleicht würde man ein paar der Überreste zum Bau neuer Hütten verwenden. Irgendwer würde gewiss auf den Einfall kommen, einige der Fundstücke zu Heiligtümern zu erklären, aus Furcht vor einer Rückkehr der Dschinne. Es würde Jahrzehnte, vielleicht Jahrhunderte dauern, bis diese Ängste endgültig der Vergangenheit angehörten.

Sie kamen an uralten Ruinen vorbei, die von den Dschinnen als Stützpunkte benutzt worden waren. Die Stufen einer Zikkurat waren übersät mit Rüstzeug, das die Leibgarden der Dschinnfürsten getragen hatten. Wie die verstreuten Waffen würden auch Panzer und Harnische irgendwann vom Wetter und der Wüste zerstört werden. Findige Händler mochten einige aufsammeln, verkaufen oder aus dem Eisen Werkzeuge schmieden. Aber das meiste würde einfach vergessen werden, von Stürmen verweht und vom Sand begraben.

Bagdad erschien am Horizont, davor der Trümmerberg einer geborstenen Glasscholle. Und nun sahen sie auch die ersten Trecks von Flüchtlingen, die über eine Woche nach dem Ende des Krieges den Weg in ihre Heimat antraten. Immer größere, immer dichter bevölkerte Zeltlager breiteten sich unter ihnen aus, die meisten nahe am Tigrisufer. Die Zustände waren katastrophal. Tausende drängten sich aneinander, und der Gestank, der in den blauen Himmel aufstieg, raubte Tarik und den anderen den Atem.

»Das müssen alles ehemalige Sklaven der Dschinne sein«, rief Sabatea, die allein auf dem Elfenbeinpferd ritt.

Tarik lag mit seinen geschienten Beinen hinten auf dem Teppich, während Ifranji lenkte und Nachtgesicht neben ihr sorgenvoll in die Tiefe blickte. Das Knüpfwerk flog mit dieser Last nur langsam, aber das Zauberpferd weigerte sich, einen der anderen zu tragen.

Das Versiegen der Dschinnmagie bedeutete auch das Ende der Besessenheit, die den Männern und Frauen den Verstand geraubt hatte. Dennoch war Tarik froh, dass sie die Lager vor Bagdads Mauern nicht am Boden durchqueren mussten. Hier oben in der Luft fiel es leichter, sich vorzumachen, dass alles wieder gut werden würde und dass es für die Menschen dort unten Hoffnung gab. Sie benahmen sich nicht mehr wie Tollwütige, aber die Apathie, die viele von ihnen befallen hatte, war selbst in dieser Höhe spürbar.

Ifranji warf einen Blick über Bagdads Dächer und Zwiebeltürme, über Ruß und Asche der Schlammvulkane auf den ehemals goldenen Kuppeln, über das dicht gedrängte Elend in den Straßen. »Lange bleib ich hier nicht«, murmelte sie.

Ihr Bruder horchte auf. »Zurück in die Wüste?«

»Wie wär's mit dem Norden?«, fragte sie. »Nach Byzanz?«

Tarik wartete auf den unvermeidlichen Streit der beiden, aber die Geschwister verfielen wieder in Schweigen, während das Knüpfwerk sie über das Gassenlabyrinth der Runden Stadt trug, durch Schwärme von Teppichen, die wieder ungehindert aufsteigen durften. Sie ritten auf Wogen aus rumorenden Stimmen, trieben auf den Gerüchen zu vieler Menschen auf zu engem Raum. Manche starrten mit offenen Mündern zu der Frau auf dem Zauberpferd empor.

»Da unten ist es«, sagte er und zeigte auf eines der zahllosen Flachdächer, weit ab vom Palast und seinen Gärten.

Wenig später landeten sie auf dem Dach der Knüpferwerkstatt, erst der Teppich, dann, nach einer Schleife über dem Haus, auch das Elfenbeinpferd. Sabatea glitt von seinem Rücken und kam zu den anderen herüber. Die Sorge schien seit Tagen nicht mehr aus ihren Augen zu weichen, sobald sie Tariks Verbände und die geschienten Beine begutachtete. Er bemühte sich um ein Lächeln. Es fiel nicht schwer, wenn er sie ansah.

Unten im Haus rumorte es. Jemand fluchte alarmiert über das Hufgetrappel auf dem Dach, dann wurde die Falltür aufgestoßen.

Kabirs faltiges Gesicht schob sich durch die Öffnung. Er sah erst das geflügelte Pferd, dann die vier abgerissenen Gestalten. Er grinste, als er Tarik erkannte.

Statt einer Begrüßung beugte er sich zurück und rief über die Schulter ins Haus hinab:

»Komm schon rauf, beeil dich! Dein Bruder ist zurück!«

Viel später an diesem Tag, nach dem Wiedersehen auf dem Dach, dem Transport von Tarik hinab ins Haus – unter Flüchen und Schmerzen und einem Anflug von Bewusstlosigkeit, der ihm nicht unwillkommen war –, nach dem Besuch eines überarbeiteten Heilers, den Kabir hatte bestechen müssen, nach Umarmungen und nervösem Gelächter, bat Tarik die anderen, ihn mit Junis allein zu lassen.

Erst dann berichtete er ihm ruhig und mit wohlüberlegten Worten, was mit Maryams Leichnam geschehen war und wo sie ihre letzte Ruhe gefunden hatte. Und nach langem Schweigen erzählte Junis schließlich von dem, was ihm im Lager der Dschinne widerfahren war, von Jibrils

Befreiung und wie sich alle Heere der Dschinne gegen Bagdad in Bewegung gesetzt hatten – und von einem Augenblick zum nächsten verschwunden waren, noch bevor der erste Pfeil verschossen, die erste Lanze geschleudert, das erste Pech von den Zinnen gegossen worden war.

Junis sprach auch weiter, als Sabatea und die anderen schließlich zurückkehrten. Von den Stunden völligen Unglaubens und der Verwirrung unter den Verteidigern; viele hatten mit Ratlosigkeit, manche mit Panik auf das Verschwinden der Dschinne reagiert. Er erzählte, wie der Bann von den kranken und hungernden Menschensklaven abgefallen war, und von der düsteren Gewissheit, dass dennoch viele von ihnen nie wieder würden leben können wie früher. Er erwähnte ein junges Mädchen, das ihm in der Gefangenschaft der Dschinne geholfen hatte und seither Botengänge für Kabir erledigte. Sie bestand darauf, jeden Abend in die Lager vor der Stadt zurückzukehren und bei ihren Freunden zu übernachten. All jene, die der Magie der Dschinne widerstanden und die Hölle der Sklaverei überlebt hatten, scharten sich auch jetzt noch im Dunkeln zusammen wie Wolfsrudel und spendeten einander Schutz und Trost.

Bis tief in die Nacht brannten die Kerzen in Kabirs Knüpferwerkstatt, und für einige Stunden vergaß Tarik den Schmerz seiner Verletzungen. Selbst die Schrecken des Dschinnlands verblassten für eine Weile, während sie beisammensaßen und redeten. Sechs Überlebende auf Stapeln von Teppichen, um einen Tisch mit dünnem Wein und fadem Brot, das ihnen allen wie ein üppiges Festmahl erschien.

Die Geschwister verabschiedeten sich einige Tage später und traten ihre Reise in den Norden an. Draußen auf der Gasse bot ein Händler lauthals Kettenglieder an, die angeblich von den verschwundenen Magiern stammten. Der Handel mit Kuriositäten des Krieges florierte bereits; noch wechselten die meisten im Tausch gegen Nahrungsmittel den Besitzer.

Nachtgesicht hatte sich das Lederband um den Hals gelegt, jetzt nur noch ein schlichtes Schmuckstück, eine Erinnerung an das, was gewesen war. Seine Macht über die Stürme war für immer verloren, aber er trauerte nicht um sie. Kabir bot den beiden einen neuen Teppich an, doch sie bestanden darauf, den alten zu nehmen, der sie heil aus Skarabapur zurück nach Bagdad gebracht hatte. Obwohl das Knüpfwerk gereinigt worden war, würde man ihm immer ansehen, durch welche Hölle es seine Reiter getragen hatte. »Warum soll es ihm auch anders ergehen als euch?«, bemerkte der Knüpfer mit einem Augenzwinkern, und alle bis auf Tarik lächelten höflich.

Sie wünschten einander Glück, versprachen, sich eines Tages wiederzusehen, und ahnten, dass es vielleicht auch anders kommen würde.

Sabatea und Junis stiegen mit aufs Dach, als Ifranji und Nachtgesicht aufbrachen. Tarik saß allein mit seinen geschienten Beinen unten am Fenster, als Ifranji den Teppich in einem waghalsigen Manöver hinab in die Gasse lenkte, ihm zunickte und ihren Dolch samt Scheide zu ihm ins Haus warf. Da musste er lachen und rief ihr zu, er werde Acht darauf geben, bis sie sich wiedersähen; nun glaubte auch er ein wenig mehr daran, dass dieser Tag irgendwann kommen würde.

Das Knüpfwerk lag schräg in der Luft, ein wenig nach hinten geneigt, weil Nachtgesicht so viel schwerer war als Ifranji. Aber es trug die beiden gewissenhaft davon, hinaus in die Schwärme aus fliegenden Teppichen über Bagdads Dächern und durch sie hindurch nach Norden.

Sabatea stieg vom Dach, setzte sich auf die Kante von Tariks Lager und küsste ihn. Sie hatte Tränen in den Augen und lächelte dabei, während Junis vor der Haustür mit dem Botenmädchen stritt und Kabir sich über Pferdedreck auf seinem Dach beschwerte.

Bis zum nächsten Abschied würden noch Wochen vergehen, aber sie alle wussten, dass er unausweichlich war.

Alabasda

Die Abendsonne tauchte die Gipfel des Pamirgebirges in Bronzeglanz, als der einsame Teppich aus den Weiten der Wüste Samarkand erreichte.

Die grünen Auen rund um die Stadt waren voller Menschen, die meisten auf dem Heimweg von den Feldern. Niemand beachtete die Teppichreiter am Himmel. Es gab Dutzende davon, hoch über den blauen Kuppeln der Stadt und draußen auf der Ebene am Fuß des Gebirges. Das Verbot der fliegenden Teppiche war nur eines von vielen, die nach dem Sturz des Emirs außer Kraft gesetzt worden waren.

Nur die Mauerhaken rund um die Zinnen der Wälle kündeten noch von Kahramans Schreckensherrschaft. Auch die neuen Statthalter des Kalifats waren keine gnädigen Männer, und sie wussten, dass das Gift, das Harun al-Raschid getötet hatte, von Samarkand nach Bagdad gekommen war. Obwohl im Palast bekannt sein musste, dass Harun freiwillig in den Tod gegangen war, hatte man die Schuld daran dem Emir gegeben. Kahramans Ende durch das Messer eines Spions wurde nachträglich zur Hinrichtung erklärt. Auch seine Berater und hochgestellten Höflinge waren abgeurteilt worden, und so hatte das letzte Blut, das die Mauerhaken für lange Zeit trinken sollten, ausgerechnet jenen Männern gehört, die so viele andere zum gleichen Schicksal verdammt hatten.

Tarik lenkte den Teppich über die Stadtmauer und spürte, wie sich Sabatea in seinem Rücken versteifte. Niemand in Samarkand kannte ihr Gesicht und ihren Namen; die Vorkosterin, in deren Adern einst Schlangengift geflossen war, war das bestgehütete Geheimnis des Emirs gewesen. Nach ihrem Aufbruch hatte Kahraman alle Mitwisser beseitigen lassen, auch die wenigen Diener, die ihr von Angesicht zu Angesicht begegnet waren.

Nur einen einzigen Menschen gab es noch in der Stadt, der wusste, wer sie war. Eine Frau, die Kahraman als Faustpfand für Sabateas Gehorsam in seinen Verliesen eingekerkert hatte. Harun hatte versprochen, nach dem Tod des Emirs für ihre Freilassung zu sorgen.

Alabasda, Sabateas Mutter.

Der Teppich senkte sich hinab in die verwinkelten Gassen des Qastal-Viertels, Samarkands Bezirk der verbotenen Freuden und finsteren Absichten. Auf jede Dirne, jedes Tanzmädchen und jeden Halsabschneider in den Hinterhöfen kam einer, der gegen Geld geheimes Wissen anbot. Noch vor Monaten waren das Kenntnisse über nächtliche Teppichrennen, geschmuggelte Ware und die besten Hurenhäuser der Stadt gewesen. Heute verdienten einige dieser Männer ihren Lebensunterhalt mit Gerüchten über das, was zu Kahramans Zeiten hinter den Mauern des Palastes vorgegangen war. Einige verkauften nichts als genüssliche Geschichten über Dekadenz und Verdorbenheit, andere besaßen echtes Wissen: ehemalige Diener und Kerkerknechte, sogar der ein oder andere Höfling, der mit Ruß im Gesicht und ein paar Wunden am Körper den Häschern der neuen Machthaber entkommen war.

Hier im Qastal-Viertel, bei einem dieser Verkäufer von

Namen und Schicksalen, erfuhren sie, dass Alabasda überlebt hatte. Und wo sie zu finden war.

Sabateas Mutter war ihr Leben lang eine Konkubine Kahramans gewesen, und sie hatte das Schicksal ihrer Tochter geduldet, solange es ihr eigenes Wohlergehen am Hof des Emirs gesichert hatte. Sabatea verurteilte sie nicht. Sie selbst hatte früh gelernt, andere zu manipulieren, und wenn Worte nicht geholfen hatten, hatte sie ihren Körper eingesetzt, um ans Ziel zu gelangen. Es kam ihr falsch vor, ihrer Mutter deswegen Vorwürfe zu machen.

Tarik erwartete das Schlimmste, als sie in Erfahrung brachten, dass Alabasda nicht weit entfernt im Viertel der Bleicher, Färber und Tuchhändler untergekommen war. Tatsächlich wäre es ihm lieber gewesen, sie in einer der Qastal-Spelunken aufzustöbern; wenn Alabasda auch nur ein wenig von Sabatea an sich hatte, dann war ihr zuzutrauen, selbst hier ihre Würde zu bewahren.

Anders in den Säurehöllen der Bleichhäuser. Eine Hofdame des Emirs konnte dort nicht lange überleben, ganz gleich, was sie im Verlies hatte durchmachen müssen.

Noch vor Mitternacht fanden sie die Gasse, die man ihnen genannt hatte. Sie fragten nicht nach einem Namen, sondern nach einer Frau mit gepflegten Händen – wie immer Alabasda sich auch nennen mochte, auffallen würden den Menschen hier nur die verräterischen Zeichen ihrer Herkunft.

Sie wanderten durch Schwaden von Säuredämpfen, vorüber an Reihen von Becken, in denen Kinder hüfthoch in giftigem Wasser standen. Niemand hier kannte die Frau.

Am Ende ihres dritten Tages in Samarkand fanden sie Alabasda schließlich nicht im brodelnden Dunst der Werkstätten, sondern im Haus eines reichen Kaufmanns. Nach ihrer Freilassung hatte sie keine zwei Wochen gebraucht, um einem der Tuchhändler den Kopf zu verdrehen. Nach einem Monat lebte sie in seinem Harem, und in der sechsten Woche war sie seine Frau geworden.

Spätabends saßen Sabatea und sie sich auf einem prachtvollen Diwan gegenüber und schwiegen. Tarik überließ es ihnen, nach den richtigen Worten zu suchen, und machte sich auf den Weg zu Amids Taverne.

Er setzte sich ans selbe Fenster, vor dem er einst die falsche Vorkosterin hatte vorüberziehen sehen, hinaus ins Dschinnland und in ihr Verderben. Er plauderte mit Amid, trank den gestreckten Wein von den Pamirhängen und sah den Tanzmädchen zu, wie sie die Glöckchen an ihren Knöcheln erklingen ließen. Jemand machte einen Scherz über seine Augenklappe, und Tarik brach ihm die Nase; es fühlte sich nicht an wie früher. Das alles gehörte zu einem anderen Leben. Wie sein Streit mit Junis, wie die Trauer um Maryam.

Irgendwann in dieser Nacht ging die Tür auf und Sabatea trat ein, begleitet von den Blicken der Männer und dem Gemurmel der Tänzerinnen. Sie kam zu ihm ans Fenster, setzte sich an seinen Tisch und trank von seinem scheußlichen Pamirwein. Sie roch nach den teuren Düften ihrer Mutter, vermischt mit den Dämpfen der Bleichkeller.

Im Morgengrauen verließen sie Hand in Hand Amids Taverne und wenig später Samarkand, und als die Sonne aufging, waren sie hoch über der Wüste Karakum, hoch über der Welt, und das Land unter ihnen war weit und leer und lodernd rot der Horizont.

ENDE

Tigris
Euphrat
Dschinnarmee
Bagdad
PERSIEN
Dschinn-
armee
Dschinnarmee
Wüste
Hundert
Regenbögen
Glaswüste
Glasbruch
Ruinen
Scherbensteg
Rochkluft
Skarabapur